U0110051

高前 著

編劇的前置作業

——六十年廣播電視編劇經驗實錄

廣播劇的首創者、開拓者、名編導——崔小萍老師。
（請見36頁的說明）

作者高前獲得的編劇獎座。右排一為最佳編劇金鐘獎。

左為名編導申江先生，中為本書作者高前，右為年輕的演員公會理事長康凱。

崔小萍老師向她的弟子「萬能演員」劉引商女士獻花。
（請見36頁的說明）

2003年5月29日於文化大學戲劇系大義館九樓研讀「鐵牛和他的三個女人」又名「豆腐坊喜事」四幕話劇與學生合影，二排右二為名導演表演戲劇碩士劉華女士，右排三為作者高前，右排四為戲劇理論家賈亦棣先生。

舞台劇、電視劇巨匠，資深演員
——常楓先生。（請見84頁的說明）

廣播劇台柱女演員，常楓的千金
——常菁小姐。（請見84頁的說明）

演什麼像什麼的千面演員王孫先生。
（請見84、85頁的說明）

渾身都是表演細胞的資深演員鐵夢秋先生。你瞧他那悠然自得淡泊的風度，令人激賞。（請見96、124頁的說明）

序——寫在前面

彭行才　申江　姜龍昭　貢敏　王中平

這是一本特殊而優良的書。為什麼特殊而優良呢？且讓我們進一步說明。

凡是喜歡看電視、電影、話劇以及聽廣播的。都知道，也都承認，編劇是戲劇工作的一環，編寫劇本的人稱為編劇、劇作家。這本書的內容、主題，就是告訴大家，如何編劇。編劇是要有技巧的，也是要有功力的，更主要的是懂得編劇的竅門，和具備豐富的編劇經歷和經驗。高前正是這樣一位編劇家，他為寫劇本，耕耘了六十年，獲得了千錘百鍊的編劇經驗，他寫的廣播劇、電視劇、話劇，保守的估計，總在三千本以上。由經驗的結晶寫了這一本如何編劇的書，實在是彌足珍貴，非常難得。你說是不是可稱做優良而特殊呢？

我們讀過很多戲劇藝術方面的書，我們也曾讀過關於編劇方面的書，說實在話，編劇理論書不多，寥寥無幾，尤其是有系統的完整的編劇理論書更是少之又少。至於「編劇入門」的書可說是沒有，沒有像高前編著的這本「編劇的前置作業」這樣的書。他從收集素材、組織情節、創造人物、寫出對白、表達主題、製造戲劇效果，有條理、有秩序、按部就班的完成一個劇本，這樣的編劇理論書，你看過嗎？甭說台灣沒有，就連香港、大陸也不多見，說它是稀有書籍，特殊而優良的「編劇寶典」，並不誇張。

除此之外，這本書還有特殊值得賞識的地方，就是一本實際生動的編劇理論書。本書的理論不是憑空而來，不是在腦袋裡產生的，而是從編劇工作中產生的，讀起來津津有味兒，一點也不單調枯燥。每一項編劇技巧，譬如：主題、人物、情節、對白的撰述，都來自作者高前的編劇經驗，而且為了易懂，容易掌握，便附錄了多種不同形式的劇本，來驗證他的說法。看了他的理論、他的經驗，再對照他附錄的劇本，你立刻會吸收，明白了，懂得了，編劇是怎麼回事，有了這本「編劇入門」的書，你勝過在大學戲劇系讀四年的編劇課，也勝過那些速成的編劇訓練班。

這本書的理論正確，言之有物，內容紮實，是一本難得的專業的編劇書籍。重要的是這本書不是扳起面孔說教，也不是講述深奧的編劇理論，使讀者難懂難讀，枯燥無味。乃是用一種自傳式的寫法，融入了高前自身編劇的過程，道出編劇的艱苦、編劇的甘甜，以及他的挫折、他的摸索和他的百折不撓，奮鬥向前的堅忍與執著，非常有價值、有意義，令人欣賞、使人喝采！

高前在書中一再叮嚀，一再重複告訴讀者，他的寫作方法。這樣公正無私、毫無保留的傳授，令我們十分敬佩！

最後我們把他寫作方法和他的獨到之處，歸納四點於後。

一、高前從他的寫作經驗談起，盡量避免涉及到深奧不符實際的理論，尤其是編劇理論，即使無法避免理論深奧的部份，他是深入淺出，盡量說得清楚，講得明白。使讀者喜歡讀、愛讀，可以讀下去。

二、易懂、易讀，是本書的優良特點：他一方面談編劇，一方面述說他在編劇遭遇到的困難、挫折、甘苦以及心得。這是每一個編劇工作者碰到的經驗，其中有苦有樂，有悲有喜，有欣慰也有憂愁。使你愛不釋手，津津有味兒的讀下去。

三、高前受過戲劇教育，所謂科班出身，又做過政工隊、康樂隊、藝工隊的隊員與隊長。他主持演出，熟悉舞台，又在電視台和廣播電台作過三十年的編劇、製作人、戲劇指導，他也非常瞭解電視台和廣播電台的播出，因此他知道，什麼樣的劇本適合舞台劇演出，什麼樣的劇本適合廣播電台播出，什麼樣的劇本適合電視台播出，這是非常重要的。你的劇本再好，再有文學價值，不適合演出，也是徒然，只能放在書架上供人閱讀的「書齋劇本」。

四、高前從二十三歲一直寫到八十五歲，六十年台灣戲劇運動的演變，無線電視與有線電視的誕生，生態、競爭，真是歷盡了滄桑，苦樂參半。高前在本書「編劇的甘苦與無奈」，寫出了編劇者的淚水與汗水。可說是高前的編劇史，也反映了舞台劇、廣播劇、電視劇的部份歷史。

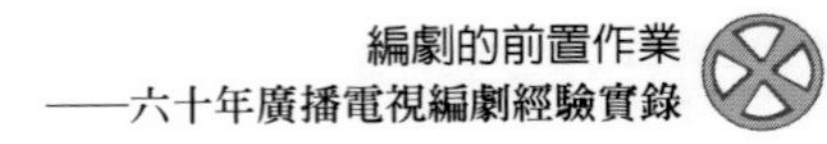

序——高前劇本比樓高

李宗慈

那年夏天，動心臟手術的高前，在開刀後第三天，就下地趴趴走找牛肉麵吃。我聽著一愣，他的教友更將這事當成奇蹟。

但換個角度看，又一點不覺得稀奇，因為高前早說過，做為一個成功的編劇，一方面要瞭解劇本的構成，熟悉並運用編劇技巧；另一方面還要擁有一顆「好心」。而這顆好心猶勝過良心，要集愛心、同情心、正義、光明、悲天憫人、濟世救人之大成的多元的心。也因此，心臟手術對於他而言，也就不算大事。

寫劇本的編劇家高前自有一顆好心，並且具備靈敏度，他觀察入微，看別人看不到的，感別人感受不到的。因為他一直以為：寫作就是自我修練的過程，等到你完整無缺，成熟的作品也就創造出來了。所以他堅信：走良心的路，過文藝生活，是文字工作者的必要。

去年「可樂果劇團」（由殘障人士組成的劇團）在新舞台演出他的「豆腐坊喜事」（又名「鐵牛和他的三個女人」），高前很開心，因為這部戲得過編劇學會「姜龍昭戲劇獎」，劇中人物性格鮮明，對話傳神又逗趣，故事曲折又離奇，能夠經由「可樂果」的殘障朋友演出，格外特別，更別說劇中的內容正是高前所有作品的縮影。

寫了六十年廣播劇和電視劇本，高前家中有落著比樓高的劇本。八歲隨父離開家鄉河北，在抗日戰爭的烽火中完成中小學教育，後來考入國立戲劇專科學校（現在改為中央戲劇學院），民國三十七年，高前由上海來到台灣，在鳳山導演法國名劇「樑上君子」，並且在三十九年編寫他個人的第一本劇本——歷史劇「鄭成功」，民國四十年，高前開始創作話劇、廣播劇，並且遷居板橋。

已故台籍作家王昶雄曾說：高前的每一部劇本，都寫的適度而且適分，能做到字字確切，句句妥貼。

數十年如一日，從未在編寫劇本崗位上退休的高前，感嘆台灣最引以為傲的廣播劇紛紛停播，戲劇園地鮮少有人耕耘，而他，在大環境變化下，現在準備出版戲劇全集，紀念曾經走過的年代，也懷念著那個廣播的年代。

高前說：編劇的技巧是形而下的，像他做的小菜，清淡中自有芬芳，是透自生活的歷練，少去了膠著，少去了躁情，也沒了橫溢繁複的人情世故，是信口吟道的。所謂短髮無多休落帽，長風不斷任吹衣啊！

所以，杯水如茗淡，村茶比酒香。

得過無數獎項的高前，總是清晨即起做運動，不同於以往的埋首伏案創作劇本，現在的他，將時間奉獻給宗教，並整理著人生檔案，這一齣他已經扮演了八十五年的戲。

你寫過這樣的書嗎？你讀過這樣的書嗎？當你讀過以後，你就會瞭解我們說他是一本精彩又特殊的編劇理論書籍，並沒有誇張。

我們跟高前同是編劇人，我們深知他三千本劇本是怎麼寫出來的，六十年的編劇生涯是怎麼熬過來的。我們感同身受，我們和他一樣，一樣的喜樂，一樣的無奈，一樣的甘甜。

六十年的努力，六十年的奮鬥，六十年的耕耘，高前就像他的名字一樣，永遠向前，不眠不休，不敢落後，從不鬆懈，是值得稱讚的。到了晚年，他仍然提筆疾書，寫他的編劇經驗公諸於世，我們恭喜他出這本書，讚美他對話劇、廣播劇、電視劇的貢獻，深深地祝福他，是為序。

民國九十七年五月

自序——我為什麼寫這本書

高前

我寫這本書的動機很單純，就是把我的編劇經驗留下來給初學的、年輕的編劇作家做為參考，同時也是供諸同好作為參考。人家是年輕不要留白，我卻是年老不要留白白走一趟。

在這裡，你會看見道道地地的編劇經驗，看見如何由素材編成一個劇本。這是貨真價實的，把真材實料呈現在讀者前面，怎麼樣編劇，編劇的過程是什麼？從選擇題材說起，一直到一步一步的把劇本編成，我都詳細地告訴你，一點不漏的完全告訴你。

我寫了六十年劇本，先是寫舞台劇，在草台上演出；接著寫廣播劇，廣播劇是中國廣播公司節目部主任邱楠先生發起，由崔小萍學姐（我與她是南京國立劇專同學）創辦主持兼導演，在台灣是首創，沒有前例，沒有人寫過劇本，也不知道劇本的格式，都是崔小萍一點一滴摸索著建立起來的。

我進入寫廣播劇的陣容是靠投稿進去的，沒有任何關係，我投稿非常不順利，可說是很慘，碰得鼻青臉腫。廣播劇由中廣公司節目部編審組承辦，編審組諸公，我一個也不認識，他們也不認識我。每次我把稿子寄出去，都抱了無限的希望，希望能夠被採用，在電

台播出來給廣大的聽眾聽到「高前編劇」這句話。這是我夢寐以求的。想了又想，想了很久的願望，但每次都碰釘子給退了回來，真是慘透了。

有一次，我用功用力寫了一本廣播劇寄給中廣，因為我廢寢忘食花了很大功夫，而且自覺寫得不錯，有被採用的可能。等呀等，盼望又盼望，信息來了，一看是中廣的大信封，急忙打開一看，又給退回來了，而且在劇本的封面上寫著四個毛筆字「不知所云」。我當時差點昏了過去，我這樣努力，這樣下功夫，為什麼還是被退回來呢？

為了自己的遭遇，所受的折磨和委屈，我真想大哭一場。

雖然投稿是難上加難，難如上青天，但是我並沒有氣餒，照寫不誤，也照寄不誤。常言道「不怕苦不怕難，就怕沒恆心。」天下沒有過不去的河，越不過去的山，我就更專心收聽廣播劇，細心研究人家廣播劇的優點，他們被採用的原因在哪兒？

那時候，當紅的廣播劇作家有朱白水、劉非烈、劉枋、趙之誠（已故）等人。我這樣苦心研究，取長補短，終於突破了中廣退稿的防線，採用了我一個叫「祖母」的劇本，從此，廣播劇寫作的大門全開，在收音機裡經常聽到甜美的聲音「高前編劇，崔小萍導演，李林配音，唐翔錄音。」這是我踏出編劇生涯的第一步，多麼艱苦又令人興奮的第一步。

有誰能相信，我的第一步這麼曲折悲喜！又誰會相信，一個寫了六十年的編劇，劇本累積三千本的作者，會在投稿時碰到釘子，並且還碰得鼻青臉腫！這一個鼻青臉腫，這一個悲哀淒苦，這一個無助無奈，得到的啟示就是：有志者事竟成。為此，在這開首的話語，我一定要勉勵初學者以及年輕的編劇，只要堅忍不拔，就有美好的明天。同時，不要再害怕投稿的折磨、退稿的心痛，不要怕浪費心力體力，要再接再厲的堅持下去，必定成功。

你讀了我的這本書，瞭解了編劇的秘訣，踏進了門檻，即使不能一帆風順、通行無阻，至少也不會遭受三投四投的辛苦與折磨。

這就是我要寫這本書的動機和願望。

在這裡，你看不見名編劇嘉獎的理論，你也看不見深奧難懂的編劇理論，你更看不到在大學戲劇系的課堂裡教授如此簡明可用的編劇方法，甚至在圖書館裡，你也找不到像這本書所寫的編劇實務與累積的經驗。

這份編劇經驗，是我經過六十年的歲月，奮鬥不懈，竭盡智慧，勞心勞力，淚水和汗水齊流共同完成的。這經驗也是我孜孜不倦，力行篤實所獲得的。更是認識、瞭解、領悟、體會、最真實、最實際的編劇經驗和編劇心得。

假如，你喜歡看話劇、電視連續劇、聽廣播劇，同時你對於從事編劇工作有興趣的話，你一定喜歡我這本書，這本書也一定會給你啟示和莫大的幫助。帶你走上編劇之路，成為一位傑出而優秀的編劇工作者，甚至編劇家。

目次

◆目次◆

第一章　廣播、電視劇是如何形成的？

電視機很普遍，幾乎家家都有，就算沒有電視機起碼也有一台收音機，所以看電視劇、聽廣播劇是生活中的平常事。如果我問你看電視劇和聽廣播劇是看什麼或聽什麼？你也許會愣住，一下子不知如何回答，接著會順嘴溜出就是一些人在哪裡說話，你說過來，他說過去。

如果我再問你，看電視劇和聽廣播劇是看什麼？聽什麼？我想你是看明星，是聽故事。對不對？最早有一齣連續劇「晶晶」（中視播放），故事敘述一個叫「晶晶」的女孩尋找母親。你是看她母親到哪裡去了？她是怎麼樣尋到母親的？經過的過程又是怎麼樣？

當你看一齣推理劇時，你會注意殺人兇手是什麼人？他為什麼殺死女主人？有一個西洋劇本叫「情書」，就是寫這樣的故事。故事撲朔迷離，兇手就是查不出來，吸引觀眾繼續看下去。接著倒敘兇殺案發生的經過，這會吸引你看下去。因為你想知道兇手是什麼人？

還有，我們看許多愛情故事，總是發生許多波折，不是家長反對，就是環境不許可，再來就是男女主角雙方在觀念上與心理上發生偏差。通常我們看下去的原因，是他們有情人是否終成眷屬？還是分手？……也就是故事的結局。

還有一部連續劇「柔情萬縷」，是寫一個軍閥，周旋在三個漂亮女人之間。到底軍閥得到哪一個做正房，也是吸引人看下去的原因。（「柔情萬縷」播出六十集，台視播出，由本人製作兼編劇。）

其實劇本不僅僅是「你說過去，他說過來」的「對話」，不是那麼簡單，而且也不僅僅是說說故事。它的整體結構相當複雜，包括了主題、人物、情節（故事）、四大部分，現在我向你一一說清楚。

一、廣播、電視劇的核心價值

劇本的核心價值是什麼？就是劇本的主題。主題通常代表一個人的思想觀念、道德修養，以及行事為人，也就是你表達的什麼？用意何在？都包括在主題之內。

比方說有一些宣導的劇本，特別注意主題，因為沒有主題，它就言之無物，不曉得要宣導什麼？你寫宣導交通安全的劇本，那麼遵守交通秩序、不闖紅燈、小心駕駛、注意行人、不開快車，就是你的主題。不但是你的主題，也成了你劇本的素材，所以，主題與素材是緊密的連接在一起的，就像血肉相連。

還有的主題是環保的、家庭的、治安的，以及社會福利的、愛情的、好人好事的，都是很好的戲劇主題。

但主題的表現方法必須通過人物的表現，不能說教、喊口號，要用劇中人的嘴來說主題。這樣的表現方法是最笨的，最沒有效果的。你想想看，看戲的人是來娛樂的，是想輕鬆的，誰願聽大道理，被教訓呢？

主題的表現方法，是用素材來表現，要隱藏起來，隱藏在劇本的內容（故事、人物活動）之中。不知不覺潛移默化地、浸入觀眾的心中。怎樣才能這樣呢？前面我說過，題（素）材要跟主題緊密的連接在一起，融合在一起。

這隱藏中的「不知不覺」、「潛移默化」非常重要，這是高招，只有有功力的編劇，才能做到。

如何「潛移默化」呢？這就看你選的是什麼題材，也就是說，你寫哪一種主題的劇本，你就得選擇哪一類的題材來寫。離開了主題的題材叫做「離題太遠」，根本就沒有辦法透過題材來表現主題，只有用人物的嘴巴說出來。這不但沒有戲劇效果，而且令人生厭。你願意這樣做嗎？你當然不願意。那麼請在沒有動筆前，把握住主題，慎選題材。尤其注意主題與素材緊緊相連，融合一體。

比方說你寫親子教育為主題的劇本，你不妨寫一個小女孩生長在單親家庭中，她的母親不但疏忽了她的教導與照顧，而且還常常帶男朋友來家中「約會」，使她感到非常難堪與難過，而她又正處在叛逆期，即向母親反抗。

這樣的題材本身就有了主題（親子教育），一方面顯示了為人母者要顧到女兒的感覺，也要對女兒有所認識和了解，而且還要關懷她、照顧她；一方面作女兒的對母親不要反抗，應虛心改正自己的過錯，反省自己的不是。這裡你看到題材與劇本的結合。所以是一個成功的劇本，如果「文不對題」、「離題太遠」，題材與主題分家，必然是一個失敗的劇本。

有的劇本你看不出主題，它表現了生活的實際、生活的多采多姿；它使你陶醉在愛的故事中，這就是主題與題材的融合。沒有主題，處處是主題，主題就是素材，素材就是主題。這樣的表現功力到家，達到最完美的地步，非常難得，非常不容易。必須下功夫才能達成。

二、廣播、電視劇的主軸

劇本的主軸是人物，劇本的中心也是人物。「無人無戲」就是這個道理。人物的性格、心態和動作帶動劇情（故事）的發展，人物與人物之間交往、互助與衝突，產生劇本的內容。如果沒有人物，什麼主題、情節、對白都沒有了。所以說，「沒有人物就沒有戲了」。編劇者常說的一句話：「戲不夠，人來湊⋯」意思是戲短了，不夠一個小時演出，只有四十多分鐘，這個時候你加幾個人物，就可以有一小時了。所以說，沒有人物的互動和人物的衝突，就沒有戲。劇本根本就不存在。

這裡我特別引用我在編劇訓練班對學生講過的兩段話：（取自一本書，書名已忘記）

「任何小說、舞台劇、電影、廣播劇、電視劇，無不是表現人對他的處境，他的敵對者、歡樂和痛苦的反應。這些反應都是人物的反應，構成了劇本的內容。」

「戲劇是寫給人看的，內容也是人。戲劇寫一個人、一群人、成千上萬人的個性、感性和遭遇。他們的個性與感性縱橫面的環境、經緯面的遭遇中反映出來。從人與人的交往中反映出來，寫一個人在環境的接觸中，表現他外在的世界、內心的世界，尤其是內心的世界更為重要。」

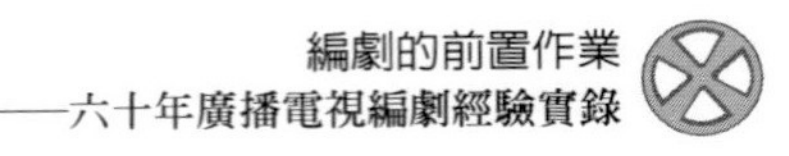

我們看過「魯賓遜漂流記」，他是怎樣漂流荒島上的，他在荒島上做了些什麼事？如何生存下去？又如何人與天爭、人與大自然搏鬥？我們都記不清楚了。但是對於魯賓遜這個人，我卻很清楚，忘不了他那一臉的大鬍子，佩服他堅強的毅力和百折不撓的精神。尤其是他那在荒島上求生存的能耐和智慧。

我們看了許多中外名著、小說，多少年過去，流傳在讀者心裡的不是故事，也不是背景，更不是內容和對白，而是被作者創造成功的典型人物，有血有肉有靈魂的人物。

什麼是典型人物呢？典型人物性質如何？典型人物是如何創造、完成的呢？這是最困難的工作，也是最偉大的工作。一個劇作家、小說家，寫了一輩子的小說、劇本，不見得會創造一個典型人物，這是可遇而不可求的事情，特別需要功力、靈感、智慧和技巧。

我們進一步來分析典型人物的構成。先要從類型人物中擷取眾多的特點，然後加在一個人的身上，使之活靈活現，真實逼真，使得觀眾看來似曾相識，就像熟悉的老朋友，親人或愛人一樣。

典型人物的產生，多半是從類型人物開始，然後演變成典型人物。我再加強地說一說，典型人物就是抽出類型人物的特點，把這些特點一一組合起來、融合為一體，最後歸於一個人，就會產生典型人物。這中間的過程是再造的，也就是重生的，賦給他新的人格特質，新的生命。

所謂類型人物，簡單地說，就是屬於某一類的人物，劇作家也好，小說家也好，通常創造的人物成為類型人物就不錯，要想達到典型，可還差一大截哩。

類型人物是有相同範圍的，也就是同一階級。在職業上有士、農、工、學、商之分，在教育上有小學、中學、大學和留洋之別。無論是什麼類型人物，你要抓住一個人，加以塑造。有「可能」成為典型人物，但是這「可能」頗為不易，也許你寫了一輩子的劇本，連一個典型人物都沒有創造出來。當然，你大可不必氣餒，這是可遇而不可求的。雖然別人都沒有創造出來，並不能肯定你也創造不出來。常言道，有志者事竟成。

三、廣播、電視劇的骨架

現在來到劇本的四大要素之三的「劇情」。劇情就是劇本的骨架，它支撐著整本劇本，就像蓋房子的鋼骨水泥一樣，把整棟房子撐起來一樣。

一個劇本的骨架就是「劇情」，也就是故事梗概。有人叫它「情結」，但我還是認為叫「劇情」比較合適。但這裡必須強調一點，就是劇情跟著人物走，也就是劇情向前發展，帶領的就是人物。在劇本中，劇情是被人物所左右而帶動的，更貼切地說，情節是人物的發展，人物是劇情的動力，劇本是人物的交往、互動、發展所產生出來的。

人物的發展帶動了劇情，劇情的形成，又使人物順著劇情的軌道前進，使它有規範，有了方向，這有相輔相成的功效，但主導的是人物，跟隨的是劇情。

有的劇本是先有劇情，根據劇情設計幾個人物，把他們一一裝進去，然後由劇情的發展引導人物前進去，也就是人物被劇情牽著鼻子走，人物淪落成沒有意見、沒有生命的東西，變成了情節的傀儡。

這樣的劇本價值不高，又沒有吸引力，因為觀眾主要的是看人物，次要的才是看情節。情節主導的劇本很快就會被觀眾遺忘。這是犯了本末倒置的毛病。

說得更明白一點，劇情是人物的附屬品，它是為了襯托人物而存在的，劇情絕對不可以傷害到人物，更不可以自尊自大蓋過人物。有些「推理劇」、「情節劇」，往往是情節至上，情節第一。忘記了情節的本分以及它的功用。我再說一遍，情節是因著人物而存在的，它的主要功用就是幫助人物的發展，襯托人物，為人物鋪一條軌道，使人物走在上面，發揮它推波助瀾的作用，同時又可以增加戲劇性與張力。至終能達到人物與劇情合一的效果。

我們常常看到報紙上的電影廣告，什麼「劇力萬鈞」、「高潮迭起」、「絕無冷場」、「引人入勝」等，都是由劇情製造出來的。雖然是劇情製造出來的，但它的主導、推力，仍然是人物。

四、廣播、電視劇的血肉

如果說主題是劇本的核心價值，人物是劇本的主軸，劇情是劇本的骨架，那麼對白就是劇本的血肉。同時，對白也幫助了劇本主題的表達，人物性格的刻畫，以及劇情的啟動。由此可見，它的功能非比尋常，乃是多元化的。

戲劇有四大要素，主題、人物、劇情、對白這四大要素，相輔相成，互動向前，乃是劇本的基礎，缺一不可。以人體來說，主題是人類的頭腦、思想、觀念；人物是身體的整體，從內到外；劇情是身體的骨架；對白是身體的血肉。以房子來說，對白是房子的外表，是水泥磚做成的牆壁，外表的美觀和兼顧耐得住風雨，也是很重要的，這都要靠對白來完成。

寫對白的要點是什麼樣的人說什麼樣的話，什麼樣的身份地位，說什麼樣的語言。我們常常在電影、電視劇裡看到一個六、七歲的小孩說出高級知識份子的話來，引經據典、出口成章，並且還語驚四座，超過了他的年齡，他的智慧。我們又看見一個市井小販，居然說出一連串四個字的成語，什麼「遠山含笑」、「霧鎖青山」、「美不勝收」、「花紅葉茂」、「晴空如洗」⋯，還有一個黑道老大說不出一句江湖上的話，居然說的是鄉巴佬土裡土氣的話；還有一個妓女，說話不帶髒字，文雅得像玉女。

這些都是編劇把對白放錯了地方，驢唇不對馬嘴，其實是編劇家藉劇中人的嘴說出自己的話，並不是劇中人憑他的身份、地位、學識、經歷所說出來的話。這樣的話不但不能對人物性格有所助益，甚至是在傷害人物。

好的對白不但使人物突出、生動靈活起來，而且表達人物性格、人物的心理。人物是劇本中最重要的，描寫完整的性格，即是描寫人物最重要的工作。好的劇本只要一兩句話，就能把人物豎立起來，立刻活靈活現，有血有肉的呈現在聽眾面前。

抗日戰爭間，我流浪到雲南，在鄰近越南邊界的開遠城演出名編劇作家陳白塵老師（他是我在南京劇專讀書時的老師）的作品四幕話劇「群魔亂舞」，描寫淪陷區漢奸媚日的醜態，其中有一個吳從周老夫子，一出場就念起詩來「落霞與孤鶩齊飛，海天共秋水一色」，把他那陳舊迂腐的性格，完全表現出來了。他的性格立刻鮮活起來，這就是對白的功效——什麼樣的人說什麼樣的話。

陳白塵老師還有一個劇本「大地回春」，是我在昆明的昆明大戲院上演時，購票去看的。劇中有一吹牛大王，口頭禪是「沒有問題」，什麼事、什麼困難交給他辦，他都說「沒有問題」。後來他生意作垮了，老婆跟人跑了，人家告訴他，他仍然說「沒有問題」。等到回過神來，才發現不對勁兒，問題大了，急忙去追，老婆已經跑得無影無蹤。這就是靠「沒有問題」這句話，把這個人物寫得活起來。吹牛大王嘴巴痛快，其實他辦什麼事都有問題。

有的編劇看到了「大地回春」演出的笑果，寫劇本時也模仿給人物加上適當的口頭禪，一方面鮮活了人物，一方面又增加了喜劇味道，真是一舉兩得。

寫北方人，寫下層低俗社會的人物，一開口來個「他媽的」，味道就出來了。

抗日戰爭期間，我為了考入國立劇專，從昆明單獨一個人走崎嶇驚險的川滇公路，九拐十八彎，來到重慶，在重慶銀社劇場，看了名劇作家于伶寫的「杏花春雨江南」，劇中有愛國老人，因為留在淪陷區而被日本兵凌辱壓迫，由名演員金山飾演，他仰望天空，悲憤而蒼涼的呼出「移民淚盡胡塵裡，南望王師又一年。」金山自己淚水滴下，道出淪陷區同胞的悲傷與辛酸，那種暗無天日的無望感，觀眾被感動的也在流淚，這都是對白的力量。

我由昆明到重慶投考劇專，抽空看「杏花春雨江南」，那年我才十八歲，今天我已經八十五歲了，仍難忘懷，記憶猶新，那種場面，那種氣氛，那種表情那種詩句，真是打動人心，感人至深、沁入肺腑，永遠難忘懷。這也是對白的力量和功效。作為一個編劇，怎能不在對白上下功夫呢？

以劇本類型來分，喜劇的對白比較短，有逗趣和幽默感、節奏快且輕鬆流暢，並且雋永而富於喜感。悲劇的對白較長、深刻、深沉、富於情感，撾擊的厲害。

我這樣把劇本分析出來，指出四大要素：主題、人物、劇情（故事）、對白。當你看電視劇，聽廣播劇的時候，必然會有新的感覺，因為內行人看門道，外行人看熱鬧。你會看出主題、人物、情節（故事）、對白。也明白了他們的作用，彼此之間的關係誰輕誰重，相信會增加你的見識和興趣，如果你想從事編劇工作，那麼對你幫助可大哩！

第二章　廣播劇優良的品質

一、無助單獨的表現

什麼是無助？什麼是單獨表現？這兩項都是廣播劇特性。無助就是不需別人幫助，也可以說是自助。單獨表現就是只憑自己就可以表現了。莫非是「單口相聲」？一個人唱獨腳戲嗎？有點像單口相聲，但不是獨腳戲。

這個無助與單獨，說穿了就是一張嘴，也就是僅憑一張嘴就能演一齣戲，僅憑一張嘴就能說出人物，說出情節，說出主題，這就是廣播劇的特性與其他的劇類劇型不同的地方。

一齣廣播劇只憑一張嘴，一張嘴說出風花雪月，一張嘴說出千軍萬馬，一張嘴說出春夏秋冬，一張嘴說出世界局勢，廣播劇就能做到這一點。上山下海靠一張嘴，吃飯喝茶靠一張嘴，唱歌聊天靠一張嘴，工作休息也靠一張嘴。廣播劇就有這種特殊卓越的功能，也能做得頭頭是道。它雖然做得到，但是它不是單口相聲、不是獨腳戲，不是說書的，它跟這些大大不相同。因為它是戲劇，它是一齣戲，人生百態，社會現象、國家興亡、世界大同都能反映、表現出來，就跟真的一樣身臨其境，這就是廣播劇不同的地方，也是了不起的地方。

當你打開收音機聽廣播劇的時候，你只是有一種感覺，就是「聽」的感覺。它沒有形象，它沒有畫面，它沒有服裝、道具、燈光、布景，因為它不是看的。只是聽的。它不靠服裝、道具的幫忙，它也不靠鏡頭和

特寫，更不靠燈光的照射，它就是單獨表現，單獨作戰，只靠自己，每次它都打勝仗，使聽眾感動，使聽眾流淚，使聽眾歡笑，使聽眾淒涼悲苦，使聽眾輕鬆愉快。它為什麼會有這麼大的本事呢？因為它是廣播劇。它具備了聽覺的功能。把聽覺發揮得淋漓盡致。

廣播劇發揮的是「聽覺的感受」，是用「說」製造而成的，因此廣播劇是「說」的藝術，你憑一雙耳朵來聽，他用一張嘴來說。

其實廣播劇除了「說」以外，還要靠音效，音效可與舞台劇、電影、電視的大不相同，廣播劇可以呼風喚雨，打雷爆炸，以及腳步聲（人物的上下場），開門關門聲（人物的出去進來、進來出去）甚至機車、汽車、火車的行進聲、馬路上的喧騰聲，漁船進出港口的馬達聲，碗筷打破聲、衣服撕裂聲、狗叫、雞叫聲，昆蟲叫聲等，只要有聲音，音效就能做得到。常言道：燈光是戲劇的靈魂，音效卻是廣播劇的靈魂。它左右一齣廣播劇的成敗。

因為廣播劇是說的藝術，全憑一張口，廣播劇的演員必須音質宏亮、優美，口齒必須清楚，絕對不能「吃字」。什麼是「吃字」？吃字就是把一句話當中的一兩個字，吞到肚裡去了，並沒有送進聽眾的耳朵裡去。有這種毛病的演員，必須糾正過來，否則不但廣播劇不能演，其他的劇種也是不能演的。

廣播劇的演員，在語言的表達能力要特別強，能使語言千變萬化，說出一朵花來，要說出人物個性，劇情發展，是風是雨還是地震，是海上還是山上，是屋內還是屋外，是晴天還是陰天。

大家都以為做廣播劇的演員很容易，照本宣科就是了，又不用背詞兒。其實是難上加難。廣播劇的演員沒有姿態和臉部表情，沒有肢體語言，沒有服裝道具，也沒有燈光照射，更沒有鏡頭來個大特寫，照出她美麗的臉龐和柔細的腰身，廣播劇演員是在沒有完整的輔助條件下，從事表演藝術，所以說是無助單獨表演。

二、美的情境與美的氣氛

廣播劇是「說的藝術」，它給人的是「聽覺的感受」，當夜深人靜，寂寥無聲，你躺在床上，關了燈，打開收音機，聽一齣音樂優美、對白流暢，感情濃郁的廣播劇，此乃是一大享受。帶給你的是寧靜、平安、和諧、舒暢，是美的情境與美的感受。這種享受，在別的劇種裡是很難碰得到的。

什麼是美的情境和美的感受呢？這是靠「說」的魅力也靠「聽」的接受。也就是「說」和「聽」的結合，才有的享受。

比方說你在電視劇裡常常看到破屋陋巷、看到垃圾污染，也看到流浪漢的又髒又亂的形象，還看到殺人流血，倒在血泊中的畫面，但是在廣播劇裡，你是看不到這樣血腥的畫面，因為你只能聽，不能看。即使一條陋巷破屋，你聽到的感覺也比看到的要美；即使衣衫藍縷的乞丐，你聽到的也比看到的更美，因為聽覺把現實美化了，你可以看到現實的醜露面，但是聽不到現實的醜露面，這就是廣播劇迷人的地方。

有人說看電視比看電影方便，不必出門、坐車、買票，更不必受天氣的影響，不怕風吹雨打太陽曬，坐在家中的客廳，翹起二郎腿，就可以看了。然而聽廣播劇比看電視更方便，它可以在床上聽，在廚房裡聽，不必坐在客廳裡，這種方便享受只有廣播劇才有。

三、巧妙的聽衆創造

要說廣播劇是夢幻的，這種說法有點誇張；要說廣播劇有強烈的想像力，應該是恰當的。馳騁千里，升高到九霄雲外，波濤洶湧，翻滾在大海之上，無遠弗屆，不受時空的限制，這些廣播劇是游刃有餘不在話下。

然而，廣播劇優勢不僅於此，還有最重要的，就是「巧妙的聽眾創造」，這是大家沒有注意，也沒有發現到的。這是本人寫了六十年劇本，從中得到的啟示。不敢說是獨門絕活兒，至少是一個有意義的心得。

什麼是「聽眾巧妙的創造」？就是聽眾根據廣播劇中所表現的人物，憑自己的想像，勾畫出人物性格與人物外型，聽眾對這個人的形象、行動、舉止，加以美化與強化，使之更為可愛，更為肯定與喜歡，對劇中人物產生極大的好感，極強的欣賞，簡直可以說是愛上了。

這個憑聽眾想像創造出來的人物形象，雖然與編劇的創造很接近，但是比較具體，比較完整。因為是自己想像出來，所以特別覺得可愛。而每個聽眾都有他自己的想像，每個聽眾的想像不盡相同，於是產生了大量的人物，活躍在聽眾中間，活在聽眾的腦海裡。這是一個特殊的景象。在這裡可以看出，廣播劇的魅力有多大。

記得一九五一年，中廣公司的廣播劇裡出現了一位演少女的女演員劉引商，我根據她的演技和聲音，把她想像成一個小巧玲瓏、溫柔溫順的女孩，可愛的小模樣，像香扇穗的那樣，凡是有她演的廣播劇，我是聽得津津有味，聽了又聽，我簡直是迷上了她。

那時候她在國立藝術專科學校戲劇組讀書，被廣播劇導播崔小萍發現，那時候崔小萍是她的老師，在藝專教她表演。崔小萍也是我的學長，她是南京國立劇專畢業（是北京國立戲劇學院前身），他的班級比我高，我在抗日戰爭末期，在四川江安入學，那是一個樸實而安靜的小鎮，佇立在長江畔，為了躲避日機轟炸，遷移到那裡。劇專的校址就設在孔廟裡。我在江安看見崔學長的時候，她是行將畢業的高材生，在學校演出名劇「萬尼亞舅舅」，她飾演一位老太婆，令人激賞。我們這些新生毛頭，簡直是佩服的五體投地。她為人嚴肅，不苟言笑，令人敬畏。演起戲來十分投入，導起戲來，更是絲絲入扣，步步抓緊，絕不馬虎。她是一位被人尊敬的戲劇工作的前輩，她的言行、修養，都足資楷模，值得我們學習。我到現在見了她還是有點怕她。

台灣的廣播劇是邱楠先生在中廣公司節目部主任任內倡導的。崔小萍是台灣廣播劇創始和發展成形的先驅，我在廣播劇中期加入編劇的行列，所以我在這裡特別記錄下他們兩位，以備後人參考。

現在繼續談廣播劇浩大的魅力，聽眾也會巧妙的創造人物，前面談到劉引商小姐的聲音表情，十分嚮往她的溫柔與柔順，並且渴望著能見她一面，以驗證我對她的印象是否真和想像的一樣，這是年輕的我一再渴望的事情。有一天機會來了，我在漢聲（軍中）廣播電台錄音室錄廣播劇，有人告訴我「高編導，你欣賞的那個嬌小玲瓏的小女孩來了。」我急忙跑出去，三步當作兩步走，猛然一看，嚇我一跳，哇塞！出現在眼前的是一位健康結實十分強壯、剛強有力的小姐。莫非是有兩個劉引商嗎？氣質、姿態完全不同，我想像的劉引商與廣播劇中的劉引商，簡直沒一點相像，這是廣播的幻覺吧！真是叫我驚奇又喟嘆。

我每次寫愛情廣播劇的時候，會把女主角寫得很美，什麼沉魚落雁，閉月羞花之貌，身材是如何的窈窕，眼神是如何的靈活，臉蛋是如何的圓潤，我毫無顧慮，盡量把一些美麗的詞藻加上去，怎麼樣寫，聽眾都看不見。

寫電視劇就不行了，製作人馬上打電話來抗議：「高編劇，你把女主角寫得那麼漂亮，我去找誰來演呀？恐怕台港大陸三地都找不到哩。到天上找仙女嗎？你不要給我添麻煩，好不好？」

同樣的寫男主角也會惹上麻煩，記得我製作連續劇「天涯三鳳」（台視播出），有一個很重要的江湖大反派的角色，他是老大，也是一個梟雄，非常粗暴又陰狠，為了增加他的份量，使他在劇中發揮震撼作用，我把他刻畫成一個體型高大，舉止誇張，眼如銅鈴，嘴如血盆，走起路來虎虎生風，一跺腳，房頂都會搖晃，為了增加他的威風，給他取了一個司馬勝雄的名字，就是他壓倒了江湖上的英雄好漢，唯我獨尊。找這樣體型和氣質的演員非常不容易，台港兩地都不好找，最後找了凡偉來飾演。他在外型上跟劇中人物有些相似。

四、快速敏捷的反應

比起其他劇種來，廣播劇是快速部隊，什麼是快速部隊？如果有什麼政令需要宣傳，或者是什麼運動需要普遍的開展，運用廣播劇來宣導、宣傳，實在迅速不過的，所以廣播劇可以稱之為快速部隊。

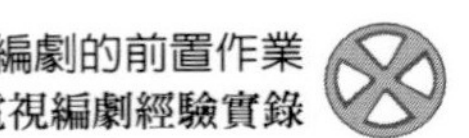

抗日戰爭期間，宣傳日軍燒殺擄掠，慘無人道的暴行，有一齣街頭劇叫「放下你的鞭子」，不需要布景、也不需要服裝、道具，在大街上就演起來，因為是在街上，拉近了觀眾與演員的距離，使觀眾感到很親切很真實，因此，宣傳效果也特別好。

那個時候，全國上下一條心，團結一致，同仇敵慨，與日本鬼子誓不兩立，所有的獨幕劇、街頭劇、舞台劇，都是宣導抗戰建國、抗日勝利的內容，非常受歡迎，而戲劇也凝聚了抗日的力量，武裝了抗戰精神。

現在的政令宣傳、國際宣傳、社會工作，也要靠戲劇來宣導，尤其是廣播劇，在這方面更有效力。這是因為它製作簡單，排練的時間也較短，方便省事，不需要象話劇、電視劇那麼費事費時，尤其是演員不需要背詞，照著劇本表演就行。它能在最短的時間內錄製完成，立即播出，立即反應，達到即時的效果。

凡是國際間發生的重大事件，像以往的中日戰爭，以色列孤軍奮戰，對抗回教國家，波斯灣戰爭，美國出兵打海珊等等，當時我曾寫了一個美軍出擊伊拉克的劇本，劇名「遙望波斯灣」，在復興電台播出。還有社會新聞，像王建民打棒球，成為台灣在美國的棒球明星；九二一大地震，颱風、水災，我都寫了廣播劇在中廣播出。此外，打擊犯罪，販毒走私，掃蕩黑道等新聞，我也曾用廣播劇宣導過，都收到快速反應現實的效果。

我寫過漁船在海上爆炸起火，船員在海上漂流三十多天，脫險遇救的劇本。也寫過一本青年登山，遭遇山崩坍落活埋人的不幸事件的廣播劇。如果要拍成電視劇，登山的艱難和登山的危險緊張的過程，要把攝影機運上山等等，不曉得要花多少錢，費多少事。拍大海上波濤洶湧的情形和漁船海上爆炸的場面，不知道有多麼費事費錢，又要花多少時間才能完成。

廣播劇只要海浪、山崩的效果，也有緊張刺激的音樂，就能夠表達出來，而且相當完善、完美，甚至與真實的境況有過之而無不及哩。

第三章　廣播、電視劇寫作的基本技巧之一

——人物創造與性格刻畫

一、廣播、電視劇的種類與形式

社會的變遷、文化的趨勢，以及現實生活的多元化，讓戲劇早已沒有「純悲劇」與「純喜劇」了。比方說車禍受傷，男主人躺在醫院裡（悲），接著下來是兒子舉行婚禮（喜），男主人一拐一拐的作主婚人。（喜）再比方公司的業務蒸蒸日上（喜），董事長十分得意，突然一把火燒個精光（悲），身陷火窟的董事長必死無疑，但卻奇蹟似的死裡逃生。（喜）這就是悲喜的交織與融合。

有一個雜貨店老闆中了樂透彩，獨得六千萬（喜），老闆全家歡樂（喜），但是因為錢多作怪，老闆染上了賭癮，不但把六千萬輸光，還把雜貨店賠上（悲）。全家陷入一片殘雲愁霧中（悲）。這也是悲喜交織與融合。

悲中有喜，喜中有悲，喜喜悲悲，悲悲喜喜，這就是現代生活實際的反映，也反映了現代生活的多面性，因此我們不能再把廣播劇、電視劇中悲劇和喜劇來分類了，那用什麼來分類呢？有的用演播時間的長短來分類。

廣播劇分為十分鐘、二十分鐘、半小時和一小時四種。電視劇則有十分鐘、二十分鐘、半小時、一小時和九十分鐘五種。連續劇是一小時一集，其實除去廣告時間只有四十五分鐘；半小時的除去廣告時間只有

二十五分鐘；十分鐘的廣播劇和二十分鐘的電視劇，是不能單獨存在的，它必須依附在別的節目中生存，像過去廣播方面的全國聯播節目，就有十五分鐘的廣播短劇，筆者為製作單位中廣公司曾經寫了兩年多的廣播短劇，那年代稿費只有一千元。

二十分鐘的電視劇則是產生在電視台的綜藝節目中，成為橋劇，因為它有轉場銜接的作用，多半是逗笑打諢的內容，讓觀眾一笑置之，不費什麼腦筋。

從劇本的性質、內容方面也有分類，屬於愛情、親情、友情、母愛、父愛方面的，稱之為文藝劇；屬於殺人放火或者是抽絲剝繭，追求答案方面的，稱之為推理劇；屬於小市民生活、辦公室生活或者是家庭倫理感人溫馨帶點逗笑的才稱為喜劇。流眼淚，要觀眾帶手帕進場，多半是「大悲劇」，女主角的命運非常坎坷，得不到母愛和愛情，像韓劇「老天爺，給我愛」、國片「油麻菜籽」（陳秋燕主演）劇情悲是很悲，但其中也有喜劇場面，也有溫馨、感人和希望。

二、什麼是悲劇？喜劇？

悲也好，喜也好，所謂悲劇喜劇，並不是劃分的那麼清楚，有苦中作樂，也有樂極生悲，但對於劇本的分析，我們還是尊重傳統的思想與看法，分為悲、喜，情節屬於悲劇、鬧劇、逗笑，動作對白都很誇張，屬於喜劇。我們在這裡也要特別說一說，廣播劇和電視劇的分場。從分場才能透視廣播劇和電視劇的內容全貌，從分場才能抓住廣播劇和電視劇的核心價值，以及它的特殊性。

廣播劇和電視劇都有分場。電視劇的分場是以時間、地點、事件為依據，由客廳發展到餐廳，地點換了就得分場，在同一地點停留時間過長，也要分場。譬如春天到夏天，早上到晚上，還有事件告一段落也要分場，比方說，女兒婚事談妥了，請主人來吃飯完畢，到醫院看病人完成了，離職交待清楚了，都得分場。

廣播劇與電視劇分場依據完全相同，只是廣播劇不受時空的限制，比方第一場在客廳，第二場就可以在飛機上，第三場也可以換在海上的輪船上，室內室外，上山下海，海闊天空，揮灑自如，這就是廣播劇。但是電視劇就沒有這樣自由，必須顧及拍攝的困難與換景搭景的費用。早期的電視劇曾經限定五個人三個景，一方面是攝影棚太小，景多了搭不下，一方面是為了製作費，製作一場布景所費不貲哩！拍外景也要花不少錢，還要申請批准才能拍。

我曾經寫了一本海上漁船爆炸，非常難製作的戲，假如要拍成電影也需要大成本，海上作業不容易，該劇名「海上歷險記」（又名「生命的光輝」），在漢聲電台播出，榮獲金鐘獎最佳戲劇節目獎。另外我還寫了一本「山」的廣播劇，裡面有登山遇難，發生坍方，也不容易製作，單是把攝影機搬上山去就很困難，山崩地裂，地動山撼，就更不好拍了。但是廣播劇就沒那麼麻煩，只要運用音效和音樂就能完成任務。

三、人物個性的描寫與刻畫

當我們聽廣播劇，看電視劇的時候，常常聽到呼喚對方的名字，或是說出自己的名字，尤其是廣播劇幾乎在每一場的對話中，都有這樣叫名字的事情。舉例：

瑪麗：惠芳，我們今晚去吃牛排好不好？對街新開的一家，打八折優待哩。
惠芳：瑪麗，八折優待嗎？不知道好不好吃？
瑪麗：好吃極了，美味可口，肉質鬆嫩，而且裝潢美觀，服務又周到，真是一大享受，怎麼樣，去吧？
惠芳：瑪麗，教你這麼一說，我真想去，好吧！咱們今晚就去享受享受。
瑪麗：好的。

這裡說出對街那一家，並沒有說出餐廳的名字，如果說出餐廳的名字，就有廣告宣傳的嫌疑，電視公司是不准許的，而且是特別忌諱的。

劇中瑪麗、惠芳每次說話前，都會叫對方的名字，如果是在現實生活中，就會覺得囉唆、俗氣，但是在廣播劇中卻很需要，這使聽眾可以分別出來，誰是瑪麗，誰是惠芳。惠芳說的什麼話，瑪麗又說什麼話，就好向看見她們說話的神態一樣，瑪麗的性情比較活潑，惠芳則比較內向、保守，但是兩個人都好吃。

像前面所述，兩位女性喊來喊去，如果在電視劇和電影、話劇裡，就不必要，而且是多餘的；但是在廣播劇中，非這樣不可。如果不這樣做就分佈清楚，聽眾也聽不清楚誰是誰，除非是老太婆與少女，或者是結巴與正常人，也或者是同性戀的女人腔，嗓子沙啞，向國劇大師麒麟童那個味道。但這些都是特殊的現象，我寫的聽到的都是一般的，普通的廣播劇。

在電視劇、電影或舞台劇裡，都看得見演員的姿態，演員的面部表情及肢體動作，這些叫來叫去的技巧，也就不必了。

還有在對白中，喊出自己的名字。舉例如下：

「我王大貴豁出去了，我要跟劉一郎拼了。我就不相信劉一郎有三頭六臂，能是我王大貴的對手，不相信等著瞧好了。」

「張娟她呀差得遠，她憑什麼跟我王小美比，就憑她大圓臉、大嘴巴小鼻子，什麼德行！我王小美比她漂亮多了。站一邊兒去，這種人我絕不正眼看她，免得我眼睛受傷，心裡噁心。」

這兩段對話，充分表現出王大貴霸氣、流氓氣以及自以為了不起。而王小美的驕傲、任性、目中無人，不但使聽眾瞭解王大貴的霸氣，目中無人，同時也瞭解到王小美的驕傲、自以為是大美人，瞧不起別人。

此外，還有表示動作的對白。在筆者所寫的「今夜沒有螢火蟲」（中國廣播公司播出，附錄刊載本書內）劇中，男主角田長雄代替女主角陳秀琴懇求秀琴父親陳福安答應他們的婚事。

陳福安：（慈祥老人）田先生，聽你的口氣，你跟秀琴很熟。
田長雄：（老實青年）是的，我家是開西藥房的，秀琴推銷西藥常到我店裡來，我們就這樣認識了。
陳福安：啊！就很熟了。
田長雄：是的，我們…我跟秀琴已經…已經談論到…到嫁娶…
陳福安：（爽朗笑聲）哈哈年輕人，瞧你說這幾句話「緊張地臉紅肌漲的」。
田長雄：啊！嗯，是的。

△陳福安看出田長雄一副老實像，而且看見他臉紅肌漲，這裡的對白表達了人物臉部表情，「瞧你說那幾句話『臉紅肌漲』」，這是由對白所表現的劇中人的面部表情。

母親對於受了委屈的女兒，安慰說。
母親：別哭了桂香，你的「眼睛都哭紅了。」哭是解決不了問題的。知道嗎？這裡我們看出女兒的哭，臉紅的表情。
桂香：媽，我知道哭解決不了問題，可是有什麼法子？我「眼淚就是止不住」。
說完，女兒又哭起來…

△這個哭的表情，哭紅了眼，眼淚就是止不住！由於對白，也讓聽眾很清楚。

以下，再介紹粗線條的對白動作。
老李：怎麼？你想動手？「瞧你張牙舞爪的」，想打我嗎？

老趙：你小子說話太氣人了，欠揍。
老李：你要敢打我，我跟你沒完沒了，怎麼？「你舉起拳頭」？我的媽呀，你真打呀！
老李：當然真打。我打的是你的一張賤嘴，說話太刻薄。「看拳」！（打拳聲）
老趙：唉呦唉呦，（喊叫聲）打人呀，救命呀！
△一陣拳打腳踢聲。
△以上對白中，你看見老趙的懦弱，老李的蠻橫，而且老李「張牙舞爪」「拳頭相向」，老趙的膽怯、退讓。這裡表現了人物的動作與人物強弱的對比。

四、時間、地點與人物的上下場表現方法

1、
小英：爸，你要「出去」？
爸爸：是的。
△腳步聲，爸爸出去了。

2、
小英：哥，你「回家來」啦，爸媽好想你。
哥哥：我知道爸媽想念我，你不會想念我。
小英：什麼話？我當然也想念你呀。（呼）爸，媽，快下樓來呀，哥哥「回來了」。
△腳步聲示爸媽下樓。

3、

小英：媽，我「回來了」。

哥哥：媽，我也「回來了」。

媽媽：太好了，你們「都回來了」。馬上開飯。

爸爸：你們媽媽可是做了好菜等你們「回家來」呦。大家入座吧。今天好好吃一頓。

△一陣桌椅移動聲，示眾人入座。

4、

小英：媽，我「去」圖書館看書了。

媽媽：好好用功，考上公立大學，也減輕爸媽的負擔。

小英：媽，妳放心好了。保準考三百分以上。

媽媽：「吹牛」。

小英：嘻，我「走」了。

△腳步聲示小英走。

5、

哥哥：媽，我「出去」一下。

媽媽：「去」哪裡？

哥哥：跟朋友約好了。

媽媽：男朋友還是女朋友？女朋友是吧？長得怎麼樣？人品好不好？

哥哥：媽，妳不要問這些，到時候妳自然就知道了。……我「走」啦。

△腳步聲，哥哥行出。

△人物的動作可在對白裡說出來，時間地點也可以用對白說出來。還有人多的場合出來進去，進去出來，如何表現？我們也在這裡說明一下。

瑪麗：約好惠芳在這家餐廳吃牛排，她怎麼還不來呢。

△又走了一會兒，以音樂划過表達

瑪麗：都六點五十分了，惠芳還沒來，這樣不守時。

△腳步聲，惠芳行入。

惠芳：（邊走邊說，加入來者腳步聲）瑪麗，對不起，對不起。我遲到了。

瑪麗：惠芳，妳怎麼現在才來，都幾點了？妳有沒有戴錶？

惠芳：唉呀，六點五十五分了，實在對不起。

瑪麗：妳慢了三十五分鐘，惠芳，真有妳的，妳還真大牌。

△以上是表示時間的對白。

△人多的場合、同學會、同鄉會、公司會報、朋友小聚、閒話近況、聊聊家常，上場出場的人一定要清楚的讓聽眾知道。

△比方說正在開同學會有人要離席。

老張：各位學長，對不起，小弟有點急事，「必須離席」。

老李：張同學，你怎麼「走」啦？

老王：是呀，大家同學很難見面。張學長，你「不能走」。

老張：對不起，實在對不起，我也不願意「走」，實在是有重要的事急需我去處理的。「不得不走」，各位學長學姐，再見了。

眾人：再見。

△腳步聲老張行出。

△還有三五位老友閒話家常。

老李：我不能再聊了，我要「走」了。

老王：李兄，你怎麼「要走」啦？大家正談得起勁兒。

小劉：對嘛，我不讓「你走」。再坐一會兒嘛。

老王：對對，吃了飯「再走」。

小劉：對嘛，吃了飯「再走」。你「走」了我們還談個什麼勁兒？

老李：說真的，你的話向來風趣又有見地，也有啟示性，我們都喜歡聽你說話。

老李：謝謝，承蒙誇獎。不敢當，我真的「要走了」。我約好四點鐘談一筆生意，是大生意，不能不去呀。各位好友，再見了。

眾人：再見。

△腳步聲老李行出。

△眾人正談的熱鬧的時候有人加入。

小趙：各位好，我「來遲了」，謝罪，謝罪。

老李：小趙，「你可來了」，歡迎歡迎。

小劉：歡迎，歡迎小趙「光臨」！坐在這兒，坐這兒。

小趙：謝謝，謝謝。

△以上所介紹的是人多場合，人物上下場的對白，要注意人物的來到和離去，必須特別交待清楚，不可混淆。

人物的上下場有各種不同的場合，也有不同的介紹方法，不是千篇一律，編劇者可以根據劇情，靈活運用，並不是死死的只有一種方法。總而言之，你的介紹一定要配合人物與劇情，最好求其自然，不能有介紹的痕跡，也不能勉強，必須順暢。

△前面介紹了人物的上下場和人多場面的人物上下場，同時也介紹了劇情發展的時間，現在再談一談劇情發展的地點。

△以下各種對話中，包含著地點。

一、

惠芳：瑪麗，這間「咖啡廳的情調不錯」。

瑪麗：是的，我也有同感。「這咖啡館」很有情調。

△這裡介紹了瑪麗與惠芳約會的地點是一個情調幽美的咖啡館。

二、

陳福安：長雄，我不能跟你多談了。「我要去上課了」。

田長雄：啊，陳伯伯，你在這學校教的是什麼課？

陳福安：我教的是國文。

△校園的上課鐘響

陳福安：「我去上課了」。明天「你來學校」找我，我們再談了。

田長雄：好的，陳伯伯再見。

陳福安：再見。

△這裡介紹了陳福安與田長雄是在學校談話，陳福安是在「學校」教書。

小娟：玉英姐，你們「工廠」好大呦。
玉英：小娟，你只看了一部份，那邊還有「三座大的廠棚」。
小娟：你們「工廠」有多少員工？
玉英：可是不少，男女員工，再加上警衛、清潔工等等，總共有一千三百多人，我們分三條生產線生產。
小娟：啊，好了不起。
△這裡介紹了小娟和玉英在「工廠」裡說話。

廣播劇沒有辦法看得明白，只有力求聽得清楚，也因此，聽得清楚當是廣播劇主要的技巧。廣播劇必須在聽得清楚的基礎上向上提升，向前發展，切忌講話誰是誰都搞不清楚。哪幾個人物在場，哪幾個人物出去了，場上還剩哪些人，都要交待得清清楚楚，明明白白。否則便弄得一團糟，這是初學者最易犯的毛病。

廣播劇因為沒有鏡頭，也不像平劇、話劇看得見上下場，原則上要避免大場面，如千軍萬馬的戰爭場面，群眾暴動的場面，甚至辦婚喪喜事、公司開股東大會的場面，以及學生上課的場面，如確實劇情需要，可找主要人物來表現。我曾經寫過「生命的光輝」海難廣播劇與大海的競爭，人在生命受到嚴重威脅的掙扎和奮鬥中；我也寫過「山」難的劇本，大學生登山被困、挨餓、求助無門，也是臨死的掙扎。還有空難的劇本「九霄驚魂」（中廣公司播出刊登在本書中），人物都非常精簡，非常技巧的用了五、六個人。可是他們代表了幾十人甚至是幾百人。總而言之，如果沒有必要，廣播劇的人物，最好在五六人之間，最多不超過八人，因為人物一多，誰是誰都分不清楚了，遑論人物性格和劇情。

第四章　廣播、電視劇寫作的基本技巧之二
——如何選擇題材

裁縫師傅做衣服需要布，大廚師做酒席需要菜，編劇寫劇本需要素材，好的布料做出美觀漂亮的衣服，質量佳的菜，做出色香味俱全的酒席，編劇有什麼素材，編出什麼樣的劇本，這就是說，當你選擇素材時，就已經注定了你劇本的成敗。素材關係劇本的成敗，編劇者不能不慎重。

我舉例裁縫和大廚師做衣服和做菜來形容編劇，好像是風馬牛不相干，也貶低了編劇家的價值，其實，說得通俗些，編劇家就像裁縫做衣服和大廚師炒菜，尤其是大廚師更為相近。大廚師把從市場買來的菜，經過整理、洗淨、切、削，再運用他烹飪的技術做成筵席，就好比編劇把選擇好的題材、刪減、加添、去蕪留菁。然後再運用編劇技巧、組織、分場、寫出傑出的劇本，兩者在作法上是一樣的。

大廚師炒出來的菜是吃的，是佳餚美味；編劇家寫出來的劇本是看的，是藝術創作。

大廚師所需要的素材（菜）可從市場上很容易購得，編劇家的素材（題材）可沒那麼輕鬆易得，編劇者需要追尋、選材、分析、儲存，要下很大的功夫。

人海茫茫，何處去追尋呢？也就是說，你怎麼去尋找你所需要的題材呢？根據我六十年編劇經驗，可從四方面得來。

一、主觀的經歷

主觀經歷也視為個人的經歷，乃是最豐富的題材。很多成名的大作家、名編劇都是寫自己的事情，像自傳一樣的加以演變、組成，因為是自己經歷的事情，不管是生活、工作、求學、戀愛都是很親切，特別感人的，所以能一炮而紅打響名號。

童年的回憶很美而富於幻想的，小時候在河邊捉小魚小蝦，草地放風箏，過年過節，全家和樂，尤其是小朋友更加興奮，玩瘋了起來。我家鄉村子裡有一個大廟，供奉關公，每逢過年，我們小孩人手一隻燈籠，在關帝廟裡追逐遊戲，一會兒跑進廟裡的供桌下，一會又跑到廟外的老松樹下，真是玩得不亦樂乎。還有一座初級小學，學校門口的門洞裡供奉一隻大木棍，油漆的透亮，繫著紅綢帶子，表示校規尊嚴，不可冒犯。頑皮學生逃不了挨棍子打屁股，這個紅綢木棍好似人，我們都怕它，繞著它進到學校；還有校園，有小紅棗樹，蜜蜂房，春天百花齊開，彩蝶飛舞，蜜蜂採花忙，這些給我極深的印象。一直到上了年紀，仍然時常想起，而且都寫進了我的劇本裡。

進到公司或是公家機關任職，都是很好的經歷，遇到好的主管承蒙提攜，感恩難忘。我進到藝工總隊（前身為康樂總隊）第一任總隊長龍芳，辦事有創意，領導有魄力，任人有膽識，是難得的好長官。後來陪香港電影大亨陸運濤由台北乘民航機到台中，不幸墜機遇難，英年早逝，令人惋惜。遇到好同事結為至交，相互砥礪，互相幫助，也是人生一大樂事，這也是寫劇本最有意義，最有價值的題材。

個人經歷，不僅僅是包括童年時代，求學時代，工作情形，還包括戀愛，結婚。

談到戀愛，戀愛是甜蜜的，失戀是痛苦的，戀愛是歡笑的，失戀是哭泣的。不管男女老少，每個人都有幾段情，由初戀就愛到底結婚的人少之又少。所以戀愛不但是豐富的素材，也是多采多姿的題材，同時也是吸引人的題材，提供劇作家盡情運用。

再就是戀愛後的結婚生活，多半是先禮後兵，先甜後苦，如何保持白首偕老，如何保持愛情永不褪色，卻是人生一大課題。包含了許多學問。如果不幸發生了外遇、劈腿，是非常痛苦難過的事件。但卻是寫劇本很好的題材。我們常常看到廣播劇、電視劇裡三角、四角糾纏不清。這是聽眾觀眾愛看的題材之一，就要看你的手法和處理的技巧了，處理的不好反而叫人生厭。

每個人都有戀愛、結婚的經歷，每個人也不盡相同。就好比每個人心中都有一畝田，就看你如何耕種了。有的茂盛叢綠，欣欣向榮，有的枯黃衰弱，難有收成。同樣的題材有人寫出精彩的劇本，有人卻寫出很糟的劇本，怎樣耕種，存乎一心，多在一念之間。

也有的編劇不願意寫自己的經歷，認為不客觀，把自己陷在裡面拔不出來，反而寫不好。這不能說沒有道理，還有個人的壓力。畢竟個人經驗有限，長久下來會枯竭、會用完，所以說靠個人經歷，絕非長久之計。那怎麼辦呢？

二、觀察得來

一九六〇年代，我遷居板橋，每天要坐火車到台北上班，那時候尚無捷運，淡水線也沒有拆除，我坐的是慢車，在車上會遇見很多學生，有些學生一上車就嘰嘰喳喳，說個不停，又笑又鬧，甚是活潑、青春。其中有一個女生很文靜，總是躲在一邊默默無語，臉上蒙著一層愁雲，這引起我的注意。她為什麼與眾不同呢？別人快樂，她為什麼憂愁呢？小小年紀會有什麼煩惱呢？我為了求得答案，便向一個活潑外向的女同學打聽，當我走近那女同學，我還沒開口，她便指著胸前掛的名牌說——

「你，你就是高前？」她有點驚訝。

「是的，我就是高前。」我回答。

這時候有七八個女同學都跑過來，把我圍起來。

「你就是寫廣播劇的那個高前嗎？」另一位女同學說。

我說「沒錯。」

她們為什麼懷疑呢？我想也許是跟她們心目中所想像的高前不一樣，個子這麼矮，又這麼胖，一點都不英俊瀟灑，她們想像中的高前一定是個大高個，像帥哥一般。

「妳們不要懷疑，我就是寫廣播劇的高前，我不會說謊，更不會騙妳們。妳們看，這是下個星期天播出的廣播劇本，我已經先拿到劇本了。」

我把劇本給她們看，她們都擠過來，看劇本，都很好奇。這時候，她們都相信我就是寫廣播劇的高前，我乘機把那個活潑的女學生叫到車廂一邊，詢問她那個看上去很可愛又可憐的小女生為什麼不合群，又默默無語，我才明白了原委。

原來她父母雙亡，寄住在姨媽家裡，姨媽的女孩得到父母愛心的照顧，享受母愛、天倫之樂，這讓她刺激很大，總認為自己是可憐人。班級導師對她特別照顧和愛護，並給她做心理輔導，但是作用不大。她的成績全班第一，這又引起同學們的嫉妒，造成她的困擾，尤其是她姨媽的女兒更看不得她。在家裡面對表姊，在校面對同學，冷嘲熱諷，總沒好日子過，一顆心繃得緊緊的，隨時提防有人攻擊她，計算她，實在很難應付。

於是我以這小女孩和她老師、同學們作題材，寫了一本一小時的電視劇，由葛雷主演，劉明飾演女老師，劇名「學生與我」，後來又擴充為九十分鐘電視劇，在「台視劇場」播放，劇名改為「吾愛吾師」，為台視公司奪得一座最佳單元劇節目金鐘獎。過了若干年，我從寫電視劇又回頭寫廣播劇，我又把這個故事改寫為廣播劇，「新來的女老師」（附在本書中，在中廣播出，）這就是我下面說到標準的「一魚三吃」。這一個豐富又感人的題材，就是坐火車時觀察得來的。

有一天，我經過忠孝東路，那正是木棉花盛開的季節，有一位女郎迎面走來，她風度氣質不錯，身材勻稱，我與她幾乎是擦肩而過，因此看到她的臉一半有疤痕。

這麼漂亮的女郎為什麼臉上會有疤痕呢？她的疤痕是怎麼有的呢？是在火災中燒傷的嗎？還是遭到歹徒毀容呢？幾經思索我寫了「半邊美人」這齣九十分鐘的電視劇。在「台視劇場」播放。

我設計她是從小燙傷的，時空回到民國初年，她嫁給一個富有之家盲兒子，受婆婆的折磨和丈夫的虐待，她始終沒有半句怨言，守住自己的本分，做一個稱職的兒媳婦，最後她瞞著丈夫獻出她的眼角膜使丈夫復明，她自己卻從此變成了瞎子。

等丈夫眼睛復明看到妻子失明，知道了她犧牲了雙目是為了她，不禁感激涕零，同時敬佩她的人品高尚。因為她的犧牲，她先生才能有新生的起頭，開始繪畫，而揚名國際，成為名畫家，這時候先生費盡了心力給她畫了一張像，並沒有掩飾那半邊臉上的疤痕，照樣真實的畫出來，不管從外型，從內在看，丈夫都認為她是最美的，也是世上最美的第一美人。

這就是觀察得來的題材，由半邊臉寫成的一點東西，「演繹」成一個兩小時的電視劇，這種「演繹」的功力是非常奇妙的，下面我再繼續詳述。

以上所說都是屬於「個人經歷」，和「觀察得來」兩項，現在我們再來談談報章雜誌得來。

三、報章雜誌上得來

報章雜誌，經常刊載一些文藝性的新聞以及故事性的新聞，有的很溫馨，有的很感人，有的是奇異的，有的是戲劇性的，有的是在家庭中發生的，有的是在學校發生的，有的是在工廠裡發生的，有的是在馬路上發生的，有的是在公園裡發生的，有的是在公司裡發生的，有的是在餐廳裡發生的。形形色色，應有盡有。只要你注意收集，「留心」報紙，雜誌，不愁找不到編劇材料。

平時你就要作一些準備，就是素材分類，當你在報章雜誌收集的材料多起來，你就要分類，用紙袋裝好，註明是關於哪方面的材料，放在書架上以備應用。如果你有機會來我家，我可以指給你看，讓你參觀，我收集分類的材料。那是一隻隻籃子，（比菜籃小一點，竹器店裡可以買到）籃子上貼上各種不同的標籤，例如「衛生環保」、「家庭倫理」、「愛情故事」、「親子教育」、「社會新聞」、「藝文活動」、「老人保健」、「傳奇故事」、「好人好事」等等。每個籃子裡都有幾個牛皮紙袋，上面再詳細分類。比方說「航空藝術」、「昆蟲種類」、「茶的種類」、「烹調技術」、「衛生、健保」，其他如森林保育、花卉栽種、花卉種樹、保護森林、保護路樹等，不勝枚舉。當你需要的時候，只要在你的籃子裡，牛皮紙袋拿去就行了，非常方便，這就是平時做了準備的工作，也就是編劇的前置作業了。

四、朋友提供

至於說朋友提供，要包括觀眾、聽眾在內，這也是編劇很好的材料來源。就是今天早上，我在公園運動的時候，有一位每天都來運動的婦女高月晃女士，跑過來跟我說：高編劇，我有一個很動人的愛情故事，你要不要聽。大概是一個男人一輩子愛一個女人，後來女孩去美國留學，得到學位定居美國結婚，但是這個男人仍然對她的愛，非常堅定又堅守不移。後來女的離婚回國，男的得到了她的消息，提著兩大箱他寫給女孩子無法投遞的情書向女孩求婚，女的感念他的愛堅強，流著淚應允，兩人終成眷屬。

如果你加以組織，藉以寫成劇本，這就是所謂從朋友得到的素材。

從素材到劇本有一段距離，也就是說素材不等於劇本，就好比從菜市場買來的菜一樣，必須經過挑選洗淨，刀切、鍋炒、料理，才能成為一道可口的佳餚。在寫劇本方面，必須經過構思、組織、演繹三部分，再加進自己主觀的意識，並予以整理、取捨、增減或擴充，編劇必須具備悲天憫人的細胞、同情心和愛心，觀察和搜尋素材，要異於常人。也許別人看見一個人或是一個現象無動於衷，但是編劇卻會立即反應注意到，而且進一步加以擴大、演繹。演繹就是由一點擴充到面，由一絲便成一縷，這一點一面一絲一縷間，全靠「演繹」的功力。我常常提醒我的學生，不會「演繹」的人，沒辦法編劇，必須操練成「演繹」的本事。

五、演繹

我來說一個「演繹」的故事。

有一個女孩名叫婷婷，出外謀生，在一個小鎮上開一間販賣兒童成衣的店。因為一個人太單調寂寞，就買了一隻九官鳥玩賞，每天教九官鳥說話，這九官鳥倒也聰明，學會了呼叫女主人的芳名「婷婷」，甚得婷婷的喜歡，常常逗九官鳥喊她的名字。使得婷婷非常喜歡這一隻鳥。把牠寶貝似地飼養著。

不幸有一天夜裡，九官鳥不見了。被小偷偷走了。婷婷悲傷至極，哭紅了眼睛。

於是婷婷偕男朋友小揚展開尋找九官鳥的下落。他們走遍小鎮的大街小巷，河邊、公園、車站，腳都磨破了，就是找不到九官鳥的蹤影。

「九官鳥，九官鳥，你在哪裡？你可知道我和小揚在找你嗎？嗚……嗚……」喊著喊著，婷婷就哭了起來……「九官鳥。如果你有知，我們在找你，趕快回來吧！自從你失蹤以後，婷婷茶不思飯不想的，就是想你。想你想得眼睛都哭紅了。」小揚一面呼喚九官鳥，一面安慰哭泣的婷婷。二人走走停停，費盡了力氣，實在走不動了，因為一連找了三天了。真的是精疲力盡了。於是婷婷擦乾眼淚，對小揚說：

「小揚，我們不要再找了，沒有希望了。找了三天，連一點影子都沒有。算了！再找，我也支持不住了。」

小揚：「我也是支持不住了。我早就想停止不找了。可是我怕妳傷心，不便說出來，現在既然妳說不找了，我也贊成，那就算了。可是你受得了嗎？」

婷婷：「有什麼法子呢？找不到呀！只好算了。走吧！小揚，我們回家！你拉我起來。」

小揚：「好，回家，好好休息。」

兩人站起來，正要起步回家，忽然聽到「婷婷」的呼聲。

婷婷喜出望外，「小揚，你聽見沒有？九官鳥在喊我。」

小揚：「聽見了，聲音好像是由左邊的巷子裡傳來的。」

九官鳥：「婷婷！婷婷！」

婷婷：「不錯，是從那巷子裡傳來的，我們快去。」

婷婷和小揚恨不得三步當作兩步跑，快速找到了九官鳥的所在，是掛在一位老醫生診所的屋簷下。這位老醫生在鎮上德高望重、義診濟貧，甚得鎮民擁戴。婷婷與小揚進入診所與老醫生說明來意，老醫生甚是不悅。

「什麼？九官鳥是你們的？我是花了兩萬元從鳥店買來的，怎麼會是你們的呢？」

「醫生伯伯，的確是我們的。我們不會誣賴你。」婷婷說。

「你們不是誣賴我，難道我會誣賴你們嗎？為了一隻鳥，我會誣賴你們嗎？真是笑話。」老醫師氣呼呼地說。

「醫師伯伯，我們有證據，證明這隻九官鳥歸我們所有。這位小姐名叫『婷婷』，她是這隻鳥的主人，九官鳥可以叫出她的名字。」小揚說。

婷婷「九官鳥」（示意鳥呼叫她）

九官鳥真的叫了「婷婷！婷婷！」

小揚說：「醫師伯伯，你聽見沒有？牠叫出女主人的名字。」

婷婷：「醫師伯伯，這九官鳥是我養了兩年，花了不少心血，我們找尋牠鞋底都磨破了。請你還給我吧！」

小揚：「是的，這九官鳥是婷婷的寶貝，婷婷不能沒有牠。」

老醫師：「我也不能沒有牠。牠同樣是我心愛的寶貝。你說牠會叫女主人的名字，牠同樣會叫我的名字。九官鳥。」（示意九官鳥叫他）

九官鳥：「王醫師、王醫師」。

「你們聽見了吧！我沒騙你們吧！」

婷婷：「小揚，這怎麼辦呢？」

小揚：「醫師伯伯，我相信牠叫你的名字，是你最近教牠的。但是牠叫『婷婷』為先，由此，牠是先被婷婷收養的。凡事總有先來後到吧。」

「說什麼先來後到？牠現在掛在我的屋簷下，又會呼喚我的名字，牠就是屬於我的。你們休想要回去。」老醫師生氣了。

婷婷：「醫師伯伯，我願意把你購買九官鳥的兩萬塊錢補給你，同時再給你一萬塊，算是賠償你精神上的損失。」

老醫師：「真是笑話，我會為了三萬塊錢就妥協嗎？你們太看不起老人家了。你們去打聽打聽，我是什麼人？我在本鎮行醫四十多年，鎮上的人大部分都認識我，我不是一個沽名釣譽、貪財自私的小人，你們簡直在污辱我。」

婷婷：「醫師伯伯，你做做好事，可憐可憐我吧！」

小揚：「醫師伯伯，高抬貴手，通融一下吧！」

老醫師：「去！去！不要多說，少跟我囉唆。九官鳥絕對不會給你們帶走！」

婷婷和小揚看來是爭不過老醫生，只有垂頭喪氣的回到兒童成衣販賣店。婷婷想念九官鳥以淚洗面，但是又束手無策，只有嘆氣的份兒了。

小揚一旁安慰，好言相勸，也無濟於事。婷婷仍然思念九官鳥，甚至想關掉生意，回老家去。

正在婷婷思念至極，準備返歸故里的時候，老醫生突然找上門來，而且提著鳥籠，裡面正是九官鳥。

老先生笑眯眯的說道：「我把九官鳥帶來還給你們。我曾經到鳥店和警察派出所去調查過，證明這九官鳥的確是婷婷失竊的。所以我特地來還給妳。哈哈，國劇有一齣『鳳還巢』的戲碼，我也來一齣『九官鳥還巢』的戲碼吧！」

婷婷：「醫師伯伯，這是怎麼回事？真不敢相信你會把九官鳥還給我。」

小揚：「是呀！醫師伯伯，這是什麼原因？請告訴我們吧。」

婷婷：「是呀！醫師伯伯，你該不是開玩笑吧！」

老醫師：「絕對不是開玩笑，真的要還給你們。我在派出所打聽清楚了，是一個小偷，偷了婷婷的九官鳥，然後以三百元代價賣給鳥店老闆，我再以兩萬元由老闆店裡買回來。現在，再歸還給你們。」

婷婷：「原來是這樣！那我們付你兩萬塊，再加一萬元作為你精神上的損失。」

老醫師：「不要！不要！絕對不要！」

婷婷：「怎麼不要呢？應該給你的呀！」小揚：「是呀，醫師伯伯，你就收下吧！」

老醫師：「我不但不能收下，而且還要給你們錢哩！就因為我到派出所調查九官鳥失竊情形，使我有了重大的發現，原來醫院裡失竊的價值三百多萬醫療器材，也是偷九官鳥這個小偷集團偷的。一下子追回來大部分醫療器材。這是因為你們這九官鳥帶來的喜事呀！你們說是我應該給你們錢，還是你們該給我錢呢？」

婷婷：「好！好！兩免了吧！皆大歡喜！九官鳥，你說對不對？」

九官鳥：「對！對！」

眾人大笑，喜劇收場。

這一個故事完全是靠「演繹」而來，大部分的素材都是我自己想像出來的，也就是說「演繹」出來的。原始資料，只是報上一個小小的方塊，寫著「九官鳥會說人話，一女孩飼養一隻九官鳥，居然會叫這女孩的芳名，女孩甚是疼愛，如獲至寶！」就這樣短短一則不到五十個字的新聞，可是你必須把它「演繹」成一個故事，一個有頭有尾有中間的完整故事，其演繹重點如下：

首先是構思設計：

1、九官鳥被小偷偷走。
2、接著婷婷與男友小揚尋找九官鳥，苦無下落。
3、發現九官鳥在王姓老醫師診所的屋簷下，喜出望外。
4、老醫師稱是用兩萬元代價買來的，堅持不肯還給婷婷。
5、婷婷和小揚失望的回到住處，絕望、悲哀、無法可想。
6、正在思念九官鳥，苦無對策之時，突然老醫師攜帶九官鳥來訪，並將九官鳥歸還給婷婷。
7、原來，九官鳥是被小偷偷走，賣給鳥店，又被老醫師買回。因為發生糾紛，老醫師到派出所查詢，居然意外查出他失竊的價值三百萬的醫療器材，也是被小偷集團偷走，因此，得以追回。老醫師為感謝這「九官鳥」的牽引，故將九官鳥送回原主，同時也得到失而復得的醫療器材。婷婷也收回了九官鳥，雙方皆大歡喜。

由這個故事中你可以看見，「演繹」是怎麼發展，怎麼形成的。當然也靠編劇的想像力和創造力。「演繹」是發展、延伸、擴大，它是編劇的基本技術之一。

第五章　廣播、電視劇寫作的基本技巧之三
——劇情的發展與推進

一個劇本的劇情，好比火車行走在軌道上，火車一開出去就不能停止（靠站除外），如果在半途停下來，那就是發生故障和意外了。飛機也是，一起飛就不能停止，一停止就要摔機。一開始飛機起飛升空，慢慢上升，到達最高點，然後再降低高度飛行，慢慢落地，完成任務。這和劇情的發展十分相像，戲劇一開始，也就是劇情一開始慢慢發展、延伸、擴大、鋪排，一直到最高潮，也就是飛機的最高點，然後劇情再下降，處理高潮、善後和交代，一直到劇終。（飛機落地）

前面所舉的關於情節推進、發展方法，是直線式的，直線式的推進和發展，就像火車前進與飛機飛行一樣，但是還有曲折式、回憶式的，這兩種形式有開場、鋪排、過場、高潮、結尾等項目，現在分別說明於下。

一、開場戲

開場就是開始演出第一場戲，這要抓住觀眾緊張、刺激、懸疑或是逗趣，都要緊緊地抓住觀眾。比方說一開始某公司的辦公室失火了，職員驚慌、失措、奔跑、逃命，其中董事長因為年邁衰老，無法逃出而下落不明。觀眾為了知道公司燒成什麼樣？董事長是生？是死？就得看下去，也就是說你一開場就抓住了觀眾。

還有一開場，突然飛沙走石，把登山的一群學生活埋了。（拙作「登山歷險記」中），這些大學生的下落如何？是死？是傷？幾人生還？幾人罹難？這也能吸引觀眾看下去，想知道究竟。

還有，正要舉行婚禮的時候，新娘不見了？新娘為什麼不見了？是被綁走了嗎？是潛逃了嗎？為什麼被綁？為什麼潛逃？觀眾也要看下去。

還有，一開場就是激烈場面，夫妻發生嚴重口角，妻子一張利嘴把丈夫惹毛了，二人打了起來，打得頭破血流，二人都受了傷，還是不肯罷休？到底如何善了？觀眾也要看下去。

總而言之，開場戲不能太平順，不能像白開水，淡而無味，即使像白開水，也是滾燙的白開水。一定要吸引觀眾看下去，緊緊地抓住觀眾，把觀眾套牢，這才是好的開場戲。

前面舉例都是「懸疑手法」，其實也可以用喜劇方式開場，引人發笑，或者是劇中人很可愛很討喜，照樣會抓住觀眾。

二、過場戲

過場戲多半用在掀起高潮，為高潮鋪張。比方說大官出巡，前面走的是馬隊、儀隊，接著出現一頂轎子，八個壯漢抬著，裡面坐著的就是大老爺，這先前的馬隊、儀隊，都是為了鋪陳大老爺的身份、地位和威儀。過場戲總是為了高潮出現，推進高潮，或者是主要人物出現之前，加強高潮和人物的份量而設立的。同時，它因為依附高潮而存在，或者是主要人物出現之前，加強高潮和人物的份量而設立的。同時。它因為依附高潮而存在，所以要寫得清楚，說得明白，切忌拖泥帶水。還有一種介於主場戲之間的過場戲，它是為了加強主場戲，介紹主場戲而存在的。不像推進高潮戲那麼有功用，它主要的功用，就是把主場戲聯繫起來，牽引出來，這在電影和電視劇裡常常看得到。

比方說一位妙齡女郎要去約會，出門前總是在化妝台前打扮一番。再比方說你全家要去某風景區旅遊，車行在路上，全家在車上歡樂的說笑，父親開車母親照顧孩子們，不亦樂乎。這一車行路上就是過場戲，接著主場戲到了，大家坐在草地上野餐等等。

過場戲有介紹、聯繫、推動的功用，雖然不像主場高潮戲那麼重要，但也不可草率行之。過去台視公司的台視劇場編審陳為潮（已故）極力主張不要過場戲，一開始推進就是主場戲，就是高潮。我跟為潮都是由藝工總隊（康樂總隊前身）出來的，友情彌篤，我站在一個編劇的立場跟他力爭，爭得面紅耳赤。沒有過場戲是行不通的。沒有過場戲哪來的主場戲？沒有汽車中的歡笑，怎麼會有風景區的野餐？沒有前面的儀隊、馬隊，哪有後面大老爺的花轎。請珍惜過場戲，注重過場戲，過場戲絕對不能廢棄。如果一齣戲都是主場戲，那就顯不出主場戲來了。

三、高潮

高潮顧名思義就是最高點。它不但是最高點，而且還有「潮」的作用。比方說怒潮澎湃，潮來浪高，還有「人潮」、「海潮」等等，都是形容「潮」之不平常。「人潮」來了，擠都擠不動，「海潮」來了，巨浪滔天，形成一種氣勢，如石門水庫洩洪形成特殊的景觀，好奇的大眾都會跑去看洩洪，同時如果是在海邊颱風來襲，也有不怕危險去觀潮的人，像大陸錢塘江的潮，全世界馳名，跑去看的人就很多很多。

劇本的高潮以飛機來說，它是飛到最高點。比方說三萬公尺，三萬五千公尺，不能再高了，這個最高點就是高潮。以火車來說，火車軌道有平地、有山地，尤其是台灣火車山線，在山區行進的時間很多，當火車爬到最高點的那一個車站，就是火車的最高潮。飛機飛到兩萬尺，見到的是青天白雲，飛到三萬尺、三萬五千尺，見到的也是青天白雲，並不稀奇，火車也是一樣，停在平地車站和停在最高點的車站，都差不多，都是旅客候車室、售票窗口等等，幾乎是一樣的，然而加上高潮的「潮」，就不一樣。

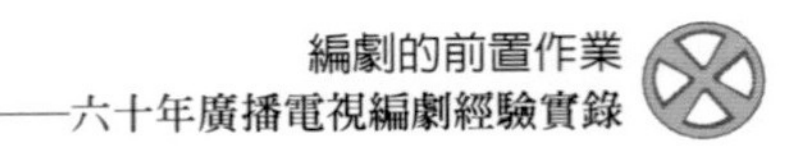

飛機遇上壞氣流，一下子下降三百公尺、五百公尺，使旅客驚慌失措，如果遇上劫機案，更是嚇得旅客不敢動彈、目瞪口呆。同樣的，火車如果在山頂站出了車禍，大家爭先恐後逃命，弄得一團亂，一個平靜、人稀的山頂小車站，突然騷動起來，這就是「潮」的作用所造成的不正常、特殊的現象。

飛機在三萬公尺高空平穩飛行，火車爬到了最高點的小車站，都是很平常的事情，如果沒有「潮」也不會有人注意，但是如果加上「潮」，潮來了，就不一樣了，立刻引起騷動，報上也會登載。而這些可都是平常沒有的。如此看來，新聞記者、觀眾都不注意平靜，都喜歡「潮」。

我的好朋友陳為潮，他是台視公司的名編審，也是編審組的組長，他策劃過很多有名的連續劇，像「向日葵」、「神州英雄傳」、「廢園舊事」、「柔情萬縷」等等，都是筆者製作，陳為潮策劃的。而且是有口皆碑、聲譽興隆的台視劇場，也是他策劃的兩小時單元劇。但一生做了許多「潮」來「潮」去的事情，與他的名字不無關係，因為他名叫陳「為潮」，天天都在「為潮」、「弄潮」！

一個劇本的高潮是很難產生的，大多數的劇本平淡無奇，順水行舟，如果有高潮，一定是最感人最震撼，使人流淚或者是使人大笑；不然就是令人省思、啟迪人生，所以說高潮難求。

一個連續劇有的二十幾集，有的三十集五十集，還有的一百集兩百集的，但是不見得每集都有「高潮」。「高潮」得來不易，可望而不可求。有的電影廣告宣傳寫「高潮迭起」這就是說高潮一個接一個出現，不斷的出現。哪會有這種事情！果真如此，觀眾會感動的要死，哭泣不止，或者是大笑狂笑不止！甚至被驚恐、震撼的麻木了，走不出戲院了，在座位上癱瘓了。天下會有這種事情嗎？不可能的。

一個劇本的高潮要順其自然，不可勉強、硬拗，有就有，沒有就沒有，不可誇大，渲染，露出造作的痕跡，這樣反而得不到效果。跟著劇情的發展，劇本內容的需要，水到渠成最好，乃是最佳的高潮，最有價值的高潮。

四、分場的依據

連結就是場與場之間的連結，這是指廣播劇與電視劇而言。廣播劇與電視劇都要分場，它組成的基本單位就是場，在舞台劇來說，分場不是很明顯，它的組成叫做「幕」，在每一幕中有時分為兩場或三場，有時不分場，只是分幕而已。所以舞台劇對於分場可有可無，它的地位不是像廣播劇那麼重要。

通常情形，廣播劇播出半小時的叫「三十分鐘廣播劇」，演出時間一小時的叫做「單元廣播劇」。電視有連續劇。廣播只有單元劇，沒有廣播連續劇，但在民國八十五年左右，中國廣播公司創辦了廣播連續劇，有的二十集，有的三十集，非常受歡迎，並且風靡一時。筆者正逢其時，奮力為廣播連續劇創作。筆者曾寫過「女強人」、「看雲的女孩」、「木麻黃的眩惑」、「幸福人生」、「梧桐月」、「美麗的日子」等多部，其中「女強人」（朱秀娟同名小說）曾經得過金鐘獎最佳戲劇節目獎。「木麻黃的眩惑」（朱秀娟同名小說）本人曾獲得中國編劇學會最佳廣播劇編劇獎。後來因為經費短缺，文建會停止補助，才停播了。

現在說一說場與場的連結。這在劇本的結構方面是十分重要的，以場次來說，每一場有每一場的功用，是獨立的，以整個劇本來說，每一場必須融合在整本劇本中，照著劇本的劇情前進，被劇中人物牽引、發展，絕對不可以置身於劇本之外、作為獨立、我行我素。這就是說，以單一場來說，它是獨立的，有它的地位、特性與功能；照著整本劇本來說，它是劇本之中的某一場戲，絕對不能違背整個劇本的內容、風格與主題。如果有所違背，比方說大方向是向東，這場戲卻向西，是喜劇卻出現慘絕人寰的場面，這都是不容許的。戲劇大師曹禺老師的「日出」第三幕與整體不搭調，顯得特殊，演出時多半演一二四幕，而把第三幕拿掉；陳白塵老師的「群魔亂舞」，本來是喜劇，第三幕出現悲劇的情形，跟整個劇本也不搭調，並且格格不入，看上去怪怪的，演出時也是多半被拿掉，只演其餘的三幕戲，其餘三幕是統一的，一致的，沒有走出軌外。

劇本分為很多場，但演播出來，你看不出場次，也就是說劇本在靜態中可看出第幾場第幾場，但是在動態中，（劇本播出）觀眾看不出第幾場的痕跡，甚至忘了場次了。這就需要每一場緊緊的連結在一起，毫無間隙。這種連結的工作，不僅僅是費功夫，同時也需要智慧，需要「竅門」，是編劇必須具備的基本技巧之一。

通常一齣半小時的廣播劇（包括電視劇）分為五場到六場，再多就膨脹了，如太少也不符合內容的需要。廣播劇的作者要把握住人物的身份，性格必須分明，這是很難的編劇技巧，因為觀眾看不見人物的上下場，也看不見形象，只能用「聽」的來感覺，來分辨，確實是不容易。

在電視劇方面，就沒有這種困難，但人物也不宜太多，人一多戲就分散了，一個人物分一點，就會有零零散散的情形出現，做不到效果集中了。

現在我們要談的是分場的依據。你說半小時廣播劇（電視劇亦然），分成四場到五場，一小時的電視劇（廣播劇分場也是一樣）分成七場到八場，這都是有根據的，當然不可亂分。並且是根據如下的四點。

1、根據人物的上下場。

當有新的人物出場，這個人物是觀眾嚮往了很久了的，為了增加懸疑性、神秘性，必須立即分場造成懸疑。

2、根據地點的轉換。

學生們在教室裡討論登山準備事項，大夥非常熱烈，興趣濃厚。等到決定攀登大壩尖山時，於是準備出發登山。這樣，教室的場景不能用了，必須轉到山上。（分場）再如全家在客廳裡，談著為爸爸過生日、為選擇去哪家餐廳而發生了爭執，於是請壽星自己決定餐廳。爸爸以自己喜愛決定了大三元餐廳，眾人一致表示贊成。那麼接下來場景轉換成餐廳，大家向爸爸敬酒、祝壽，共唱生日快樂歌。（分場）。

3、一件事的發展發生了或遇到了瓶頸。

當一件事情告一段落，或是大家同意了，或是談得很完美，也或者是發展到頭了，前進不成，後退不可，解決不了啦。譬如婚姻大事，投資買賣，子女留學問題、工作問題等等，既然到了不能解決的地步，一下子想不出好的方法，只好打住，交給時間。因為事緩則圓，這時候必須分場，但是不必換景，如果在客廳可以繼續在客廳商討解決之道，如果在公司，在餐廳同樣可以繼續研究最妥善的解決方法，也不必換景。雖說不必換景，但是一定要有新的話題，新的可行的方法，或者是加入新的人物，來了一位德高望重的人，他的意見被尊重，或者是一個有智慧有口才的人說服了大家，都同意按照他的方法實行。這裡說明了可以分場的原因，需視實際的情況而定。

4、為時間的流失而分場。

比方說，一個婦人結了五次婚，現在跟她住一起的仍然不是她的丈夫。如果你從第一次結婚寫，第二、第三、第四、第五，所費的時間不貲而且也顯得囉唆。不如只寫第一次婚姻失敗、二三四次就跳過去了，來到了第五次與人同居的這場戲。（這婦人就是聖經上寫的撒瑪利亞婦人）這種時間的流失，用換場來表世事最方便，也最常見的方法。

在廣播劇裡卻是用音樂來表示時間的過去。登山的同學們爬到高山上一個工寮，大家安排休息，累得無話可說，於是呼呼大睡，第二天，天一亮，大家又整裝出發，步上登山之路。這過了一夜時間，音樂划過，就過去了，夜已逝去，黎明來了，表示第二天的到來。這也是分場的依據之一。

除了以上四種分場方法之外，分場主要的根據還要根據劇情的發展，和人物的活動，只要這兩項你覺得有分場的需要，認為非分場不可，即可分場。在不違背分場的依據之下，你盡可以自由自在的分場，不必太規條，太拘束。

這裡還要說明一點，就是場次份量與平均。每一場不可太長，也不可太短，總而言之，一個劇本的每一場都要合意、合適、合乎劇情與人物活動的需要，就是好的分場。

第六章　廣播、電視劇寫作的基本技巧之四
——場與場的連接

前面說過，場與場的必須連結的天衣無縫，不要露出生硬或是勉強硬湊的痕跡，使場次有條理、統一、融合成一體，成為一個完整的餅，而不是一塊一塊拼湊起來的大餅。現在分成五點來說明場與場的連結。

一、靠道具來連結

鏡頭由一隻花瓶推進，那是一隻漂亮的、手工細緻的，非常令人欣賞的花瓶。男主人在一旁誇耀，他是如何的識貨，他的一雙慧眼一看就知道是真貨，他的朋友都佩服不已，願意出兩倍的價錢把這花瓶收買過來，但是主人不肯，朋友再三懇求加到三倍高於原價的價錢。主人才勉強轉讓。朋友得了花瓶付了支票，志得意滿的抱回家。

鏡頭對著那花瓶拉開，這位朋友正在跟他的另一個朋友大肆誇耀花瓶，說得都是那位主人的話。另一個朋友在一旁聽得大為興奮，願意出五倍於這位朋友買回來的價錢，請其割愛。

這一個買賣花瓶的轉場，完全是靠花瓶（道具）來完成的。是一個簡潔而清楚的手法。令人折服，值得我們借鏡。

場次的妙處。

老牌名歌星鳳飛飛，人稱「帽子歌后」，她喜歡戴帽子，更喜歡收集帽子。現在我們來用帽子說明轉接

比方說鳳飛飛在舞台上表演，一曲唱完，她摘下帽子一鞠躬，準備退場，鏡頭喊「卡」，立即出現下一場，鳳飛飛把手上的帽子放在衣架上，很自然的由舞台的場景轉換到客廳場景。這帽子就作為轉場的道具。

當然這手法也可用在一般人、任何場景，比方說一位工作繁忙的總經理，工作一天準備下班了，他拿起辦公室衣架上的帽子戴在頭上，然後走出去。接著總經理下班回到家裡，把他的帽子從頭上摘下來，交給旁邊的傭人，傭人把帽子掛在客廳的衣架上。這一轉場，由辦公室轉到了客廳，看來也十分合理、順暢。這也是利用帽子（道具）轉場的方法之一。

二、靠對白來連接

一對情侶在河邊談情說愛，卿卿我我，突然女朋友接到大哥大的電話，傳來母親病危的消息，立即告訴男朋友。男朋友瞭解以後，說：「我們趕快去醫院。」

下面一個場景就是醫院的病房，母親躺在病房裡雙眼微閉，緊鎖雙眉，已經到了彌留地步，於是男女二人急忙進入病房，女朋友見狀，忍不住伏在母親身上哭泣起來。

這一個在河邊男女談情說愛的場面，一下子轉到悲傷哭泣的場面，由河邊一下子轉到醫院，就是靠男朋友一句話「我們去醫院」而轉換場次完成的。

一個小女孩對媽媽說：「我好想吃炸醬麵。」

母親：「那妳到小麵館去吃呀！我給妳錢。」說著就從皮包拿錢給小女孩。

小女孩把嘴一撇，搖搖頭說：「我才不吃小麵館的炸醬麵，難吃死了，我要吃媽媽做的炸醬麵，那才好吃哩。」

母親說：「做炸醬麵很費事的，光是手桿麵，就要費很多功夫，還要做炸醬，太麻煩了。妳出去吃多方便。可以去喜歡的大餐廳呀！」

小女孩嘟著嘴：「我不要不要嘛！我就是喜歡吃媽媽做的炸醬麵。什麼小館子，大餐廳的，我都不愛吃。」

母親被逼的沒辦法，「妳真是磨人，拿妳沒辦法。」

小女孩：「媽！……」（懇求）

母親：「好！好！我給妳做！」

轉場，小客廳，丈夫正坐著看報紙，端了一碗炸醬麵，由廚房出來的妻子：「好了好了，老公，我做的炸醬麵好了。你一碗，我一碗，女兒一碗。」

丈夫放下報紙，對妻子報以感激的微笑，笑瞇瞇的迎接這一碗炸醬麵，一面說著：「太好了，我正想吃炸醬麵。好！好！妳真是善體人意，是我賢慧的好太太。」

這做炸醬麵和「好！好！」的對話，把兩個場景連在一起，母女小客廳與夫妻大客廳連在一起，同時把母女二人和夫妻二人也連接串連在一起，這就是對白與道具（炸醬麵）的雙重作用。

一個粗壯的漢子，帶一點霸氣，與一個瘦弱的男子，因金錢糾紛爭吵起來，瘦弱男子雖然瘦弱，但身子骨很硬朗，絲毫不受粗壯漢子的威脅，一點都不退縮。

粗壯漢子：「你這傢伙。巧言善辯，我不跟你打口水戰，走！到外面去！」

瘦弱男子：「去哪裡？做什麼？」

粗：「到外面草地上較量較量。」

瘦：「你要打架？」

粗：「不錯！在草地上比畫比畫。你敢不敢？」

瘦：「怎麼不敢！你別把我看扁了，誰怕誰？」

於是二人氣呼呼地來到草地上，二話不說打了起來，因為瘦弱男子有膽識有智慧，並沒有輸給粗壯漢子，二人你來我往，打了幾個回合，不分高下，但是把客廳和草地兩個場景連在一起了，這就是靠著對話和打架的動作造成的。

三、對白與動作互相運用

對白與動作互相運用，在電視劇與廣播劇裡都可運用。在廣播劇裡用的是對白，在電視劇裡用的是動作，（當然也會運用對白）在前面「靠對白轉場」也曾提到靠動作、對白與動作不是分得很清楚，有時同時交互運用。

拙作廣播劇「你不要離開我」一對小夫妻鬧彆扭，男主角邱偉良喝酒罵女主角，女主角在忍無可忍之下，跑到她大姊孫玉梅家「避難」。這時候，丈夫邱偉良帶著讀小六的兒子找上門來。大姊孫玉梅和丈夫王福田十分緊張，深怕被邱偉良揭穿，責怪他們包庇孫玉蘭（女主角），所以才帶著兒子小雨找上門來理論。

場景是大姊孫玉梅家的客廳，分樓上樓下兩個地點，孫玉蘭由孫玉梅帶到樓上躲避，樓下是大姊夫王福田應付邱偉良和小雨，三方面各有企圖。樓下的邱偉良和小雨急於要找到孫玉蘭一塊回家。妻子出走，生活亂了方寸，快活不下去了。王福田極力阻擋，就怕揭穿真相，堅決否認孫玉蘭躲在他家裡。樓上孫玉蘭孫玉梅姊妹，姊姊深怕妹妹回去被邱偉良欺負，妹妹擔心丈夫和兒子的生活沒人料理，想回家去了。

於是樓上樓下分兩個地點。兩組人馬來進行。

△樓下

王福田開門，邱偉良偕小雨行入。（廣播劇用「門聲」音效）

王福田：偉良來啦。

邱偉良：（招呼）大姊夫。

小雨：大姨父還有我。

王福田：啊！小雨也來啦，真乖！

△鏡頭跳到樓上，孫玉梅緊張的偷聽樓下的談話，這樣兩場樓上與樓下的戲就連結在一起了。這就是靠動作、對話雙重運用。

△樓下

王福田：偉良，你們來我家有什麼事嗎？

邱偉良：大姊夫，出了大事了。

小雨：大姨父，我媽媽走了。

王福田：走了？果然是大事，偉良，是玉蘭離家出走嗎？

邱偉良：是的。

王福田：吵架了？

邱偉良：是的。

王福田：準是你欺負她了。

邱偉良：我哪敢欺負她，她身材高大，又當過舉重選手，她輕輕一推，我就趴下了。

王福田：你說她很厲害是不是？其實你比她更厲害，你會唸，囉唆起來沒個完，她受不了才離家出走的，是不是這麼回事？

小雨：爸爸罵媽媽，把媽媽罵哭了。
王福田：你看我說得不錯吧！
小雨：大姨父，你把媽媽還給我們吧！
王福田：瞧你這孩子，好像我把玉蘭藏起來似的。
小雨：（難過哭出）媽媽，我要媽媽，媽媽，你在哪裡？（哭）⋯⋯

△樓上
孫玉蘭、孫玉梅姊妹一直聆聽，隨著王福田與邱偉良的談話而有所表情。
孫玉蘭：（難過的）小雨想我，小雨哭了⋯
孫玉梅：小雨哭了怎麼樣，你想回家去是不是？
孫玉蘭：大姊，偉良帶著小雨來找我了，我想跟他們回家去。我不回家怎麼行呢？小雨上學誰打點？偉良也需要照顧，他上班穿的襯衣、領帶，都需要我燙平，還有⋯⋯
孫玉梅：（打斷蘭的話）別還有啦，你回去能解決問題嗎？邱偉良動不動就罵你唸你，你受不了又跑到我這裡來哭訴，你受得了這種折磨，我和福田也看不過去呀！
孫玉蘭：大姊妳生氣啦。
孫玉梅：妳只要保證邱偉良，不要動不動就罵妳，妳就回去。

△樓下
王福田：我說偉良呀！你不要總是「動不動就罵玉蘭」，罵得她抬不起頭來。這樣是不好的，你一定要改正你這種臭脾氣。
邱偉良：我也不知道為了什麼，我就是控制不住自己的脾氣，常常罵玉蘭，唉⋯⋯

王福田：回家去吧。記住，別罵人了。國家不可一日無君，家庭不可一日無主婦，家和萬事興！回家吧，玉蘭要是到我這裡來，我會勸她回家的。
小雨：大姨父，我媽媽是不是在樓上呀？
邱偉良：大姊夫，我們能上樓看看嗎？
王福田：（佯裝發怒）豈有此理，你們以為我把玉蘭藏起來了嗎？還是以為玉蘭躲在樓上不下來嗎？真是活見鬼，怎麼可能呢？告訴你們，你們要是到樓上去搜查，就是對我不尊重，污辱我的人格。
邱偉良：沒這意思，沒這意思，大姊夫你別誤會。小雨，我們回家去吧！大姊夫再見。
小雨：大姨父，再見。
王福田：不送。

△樓上
孫玉梅：他們走啦。
孫玉蘭：是呀，小雨和偉良走了。

四、補述與回憶

補述與回憶，就是在劇情進行與發展中應該補足對劇本中缺少的人和事，對劇情的張力和關係都有正面積極的作用和加強的作用。

補述與回憶有別，但性質相同。比方說一個舞女，她之所以作了舞女與她可憐的身世有關，由她的親友把她不幸的身世說了出來，幼年喪父，母親改嫁，她無依無靠被人收養，作了養女，受盡了虐待與折磨，這段戲如果演起來，就很費時費力，也嫌累贅，所以由親人說出來，也就補述出來，讓觀眾瞭解舞女的遭遇，對舞女產生了同情，有了進一步的認識，這個就叫補述，也叫敘述。

有的劇情很重要，如果用嘴說出來，固然收到簡單明瞭的功效，但給人的印象不夠深刻。這就要用回憶來表現。

一對仇人，打得你死我活，任憑勸解，都不能消滅他們之間的敵對行為和仇深似海的情況。為什麼會這樣？這就要把他們倆結仇的原因和事實演出來，讓觀眾知道。這演出來的場面就叫回憶。原來雙方有殺父之仇奪妻之恨，所以才勢不兩立，殺得你死我活，還不罷休。

用嘴巴說出來覺得說服力不夠，把他演出來才有推力，這段補述是很重要的重點。沒有他這個復仇的劇本就沒有動機，沒有推力，就萎縮下來，衰弱不振了。在拙著「三姐的婚事」（中廣播出），父親堅決反對第三個女兒和警察結婚。不管怎麼說怎麼勸他都不允許，並且沒收三女兒的手機，不許她和警察男友通話。連跟三女兒親近的四女五女也都沒收手機，以防她們借手機給三女兒，把她關在一個小房裡不見天日，後來三女兒為追求自己的幸福，與警察私奔在外面結了婚，這老頭還上法院把小倆口告了。這老頭為何如此頑固，干涉三女的婚事呢？原來老頭在年輕時與警察因為拆遷違章建築發生衝突，被一年長的警察打斷了一條腿，這位年長警察不是別人，正是三女男友的父親，第一代的仇恨延續到第二代，沒法了結。

這是廣播劇，回憶場面因為廣播劇與電視劇不同，沒有畫面，全靠一張嘴，所以是由四女的嘴中說出來的，這就是補述，也是回憶，補述構成了本劇發展的源頭，增強了戲劇性。

回憶與補述，在拙作「今夜沒有螢火蟲」（中廣播出刊載本書中），有兩段回憶與補述是表演出來的。雖說廣播劇沒有肢體動作，沒有畫面，許多有經驗的編劇，用嘴巴描寫畫面，再加上觀眾的想像力，與電視劇的畫面比較起來毫不遜色。「今夜沒有螢火蟲」（附刊在本書中）是描寫父親與女兒的故事，女兒陳秀琴在某製藥廠任業務專員，認識了開藥房的小老闆田長雄，兩人戀愛，進一步論到嫁娶，由準女婿去東部一處山地中學，向教書的父親陳福安提親（畫面出現）。邀請陳福安到北部某小鎮參加女兒婚禮，女兒多年的心願，就是離了婚的父母見面，乘她結婚的當兒，共同參加她的婚禮，彼此和好如初，這樣她才會安心出嫁，其用意是促使父母言歸於好。

劇本有兩段回憶，一段是女兒告訴父親與準女婿認識的情形，當時田長雄說陳秀琴是新來的女店員，陳秀琴以為田長雄是賴皮顧客，賴在店裡閒聊，兩人是大水沖了龍王廟，自家人不認識自家人。

第二段回憶，是父親叫女兒把舊情人的情書燒掉，從此只愛田長雄一人，原因是母親結婚後丈夫發現妻子李玉珍舊情人的情書，陳福安醋勁大發，兩人大吵一頓，一氣之下跟妻子李玉珍離了婚，一直造成父親在東部，母親在中部，女兒在北部分散，全家不得團圓，父親特別告誡女兒小心，不可重蹈父親的覆轍，再演離婚的悲劇。

這兩段回憶，不但增加了劇本的內容，同時也增加了趣味（陳秀琴與田長雄的不打不相識）以及戀愛，婚姻的哲學和啟示。

五、鋪排與墊場

鋪排與墊場，可說是有連帶關係。什麼叫鋪排，什麼叫墊場，聽我細細道來。墊場就是在一場戲開場之前，只演一段與前一場戲有連帶關係的戲，或者是加強前一場戲的氣勢，再就是介紹前一場戲的重點。提示觀眾注意，打起精神來看下去，同時也有鋪排後面戲的作用。觀眾看不見開場之前的戲，只有編劇知道，所以開場就是拍觀眾看不見的戲，牽引出來，還把後面的戲加以鋪排，有承先啟後的功效。

這有點像國劇裡的跳加官，先來跳一跳，擺一擺，使觀眾注意力集中了，正戲才開始。跳加官的演員多半是跑龍套的角色，接著上場的，必然是主角，比方說大將軍出來，先來二十個龍套出來，分列兩旁，然後大將軍出來，好不威風。再比方說，關老爺要上場了，他的馬伕先出場比劃比劃，再就是關平周倉上場。最後關公出場，好不威武，使觀眾眼睛為之一亮，精神為之一振。

這就是鋪排和墊場，但在電影、電視劇、廣播劇裡，鋪排與墊場的戲當然不只如此。前面說它有介紹前場發展加強氣勢以及鋪排後場的作用。

一群強盜要襲擊一個小村莊，村民交頭接耳，口耳相傳，十分驚惶緊張，有的關緊門戶，有的潛逃出村，還有的手足無措，只知哭泣，不知如何是好。這時候強盜進村，掠殺搶奪，洗劫一空，村民死傷慘重，鬼哭神號。這一段恐懼的戲就是墊場。它有發展後場與連接前場的作用。因為前面一場，觀眾雖然看不見，但從引申判斷，必定是強盜集團如何決定，洗劫小村莊，並計畫寧可錯殺萬人不可放走一人的手段。所以一開場小村莊慌張的情況，和恐怖無助的氣氛，接著強盜來臨。如果是前一場，強盜決定搶劫，血洗小村，那麼接著下一場一開場強盜就來到了，這種轉接不是不可以，可是氣勢消滅了很多，村民的恐怖驚慌也沒法完全表示出來，也就是表達的不夠清楚。所以說強盜進村，這一段戲就是墊場。

在戲劇的味道、氣氛、氣勢，加強張力都不十分圓滿，所以就需要墊場和鋪排，予以幫襯，韓劇「老天爺給我愛」一再講媳婦子晴要生下小孩，兩家大大小小都很期待，突然，媳婦子晴子宮出血不止生命垂危，全家驚慌失措，一下子將戲推到最高潮，這前面盼望的戲都是鋪排，也是墊場。

場與場的連接不是連環圖畫，一場過去又是一場，單線發展，這樣的連接不是不可以，它會顯得單調、貧乏、不夠豐富。尤其是多元化的內容，墊場與鋪排是十分重要的。

電視連續劇的發展更需要鋪排與墊場，因為它不是直線發展，記住，連續劇要是只有一條直線，是寫不下去的，素材不夠，份量不夠，精彩不夠，不能滿足觀眾多元化的需要。

一齣愛情連續劇，男女主角經過父母的反對阻撓，忍受了折磨。但是男女愛情堅定，緊守不渝，終於成功，走進結婚禮堂。（參考拙著「三姐的婚事」中廣播出）。除了男女主角戀愛折磨以外，你必須設計一條副線，副線跟著主線發展進行。如果再加一條副線，雙方父母對於愛情以及女兒婚姻的態度，男方父母比較保守，採取嚴格管制、考核的態度，因為是富商的身份，注意到社會的觀感和門當戶對的老觀念。女方家長是一般公務員，比較開放，只要小兩口情投意合，兩情相悅，作長輩的不可有太多意見，女兒婚姻穩定，生活幸福就好了。一齣連續劇通常有三四條副線，也就是有三四組演員演出，好比天空有一小隊戰鬥機，拱衛著主機，當然要比一機單飛好看得多。

第七章　編劇的甘苦與無奈

一、臨時換角的煩惱

連續劇是一個大工程，一個人吃不下來，多半是邀請五六個編劇來寫。連續劇一共五十集，五人一分就是每個人負責十集，如果是六十集，當然最好找六個人，一人寫十集，如果是四十二集，六個人每個人寫七集。當然也又能者多勞的傑出編劇，像王中平、趙玉蘭都是一人獨幹。為什麼一人包辦呢？因為一個人寫單純，再怎麼寫都會一貫，連接不成問題，而且隨心所欲，愛怎麼寫就怎麼寫，不會有人干涉，與人協調、開會討論，省事省時。

只是，一個人能完成一部連續劇的不多，這「獨食」並不好吃，因為要才華出眾，智慧高、毅力夠，這一人幹是非常辛勞辛苦的。

連續劇大部分是集體創作，先開會喬好題材，以及人物、情節，尤其是如何發展與銜接，一定要事先喬好。初期的連續劇要開會討論若干次，有時各執意見，爭得面紅耳赤，開會開個通宵，也不見得解決掉眾人的意見。

在電視劇方面，我曾做過午間半小時的國語劇，週三一小時國語單元劇，八點檔小說選播。我認為可看的有「天涯三鳳」（古裝武俠）由朱惠珍、李烈、趙佩瑜主演。八點檔連續劇有「向日葵」（繁露的小說）由鄒森、陳莎莉主演。「小城故事」白嘉麗主演。「柔情萬縷」陳莎莉、薛芳、王孫、常楓、勾峰、江明、孟滌塵、小亮哥、韓甦、王定和、曹健、馮海主演。

在這裡特別提一提常楓、王孫兩位老演員。常楓是大鵬話劇隊的，跟孫越同出一門，他演了多少話劇、電視劇、廣播劇，恐怕連他自己都記不清楚，要說有三百部，恐怕也不誇張，他是全能演員，演什麼像什麼，演達官貴人是他拿手，演叫化子、流浪漢他也能勝任，演企業家董事長更不在話下，演升斗小民他是維妙維肖，尤其是他說話的語氣與聲調，算是一絕，別人是學不來的，稱之為獨門絕活兒。有腔有調的演員也不算少，但是都公式化，成為「老套」的傾向，但是常楓卻不然，他的腔調靈活，不會呆板，用在什麼角色身上都恰如其份，這就不能不說是他獨到之處。

常楓的太太張瑤女士也是從事戲劇工作，夫妻感情彌篤，歡聚晚年，他的義子是康凱，小伙子挺能幹，正在往上衝。他的寶貝女兒名常菁，以少女角色見長，她跟我是廣播劇同行，也不曉得演了我多少廣播劇，我最近常聽「茶與咖啡」廣播劇的錄音帶，就是由常菁主演，她演一個鄉村種茶少女，非常好，她是國立藝專的高材生，也跟我都是科班出身。

王孫是我的老朋友，在我印象中他是最講義氣的，我跟他平常接觸不多，但是有個什麼事通知他，他一定到。而且從不缺席，他不會禮到人不到。這種義氣反應他在戲劇工作上，只要他接了戲，無論角色大小，只要他答應了接下來，從不遲到早退、排戲、錄影、拍電影、錄廣播劇，他都認真工作，是守時守分的一位。導演製作人最喜歡這樣的演員，不耽誤工作，不給添亂找麻煩，也不會讓大夥等他一個人，浪費時間與成本。

他排戲、錄影的認真、負責，是大家都知道的。記得我在台視製作「神州豪俠傳」（臥龍生的小說，本人編劇製作），他演一位有武功的俠客，從八仙桌上面往下跳，那種古式的八仙桌比一般桌子要高，跳下去可不容易。我建議找替身，他堅持不幹，非要自己跳不可，而且要表現武功高強，身手靈活的架勢，結果他上了八仙桌，往下跳了，胳臂腿不聽使喚，把腳扭到了，當時痛徹心肺，但他強忍著不動聲色，裝成一副大俠的模樣。當導播喊「卡」，他一歪，倒在地上爬不起來了。立刻冰敷送醫院，一隻腳已經腫得像麵包一樣。因為認真，扭傷了腳，因為負責使自己受罪。三天以後他出院了，一拐一拐的來拍戲，這就是王孫。不畏艱險，自己跳桌，傷了腳脖，毫無怨言也不後悔。

有一次，王孫使我對他又氣又惱又佩服。記得我在台視導演一齣半小時的電視劇。台視成立之初，除了連續劇之外，其他的半小時一小時的單元劇都是現場播出，也都不事先錄影。現場播出的節目，演員一定要熟練、沉著、穩重，不能慌張，尤其是不能忘詞，不能遲到，請你上場的時候，你就得上場，你若不上場，沒有人代替，戲就演不下去了。

記得那齣戲裡有王孫，他擔任重要角色，結果戲已開始演播，仍不見王孫的影子，大家那股焦急勁，別提多厲害了，這可怎麼辦呢？每個演員心裡，都起了這樣的問號，我更像熱鍋上的螞蟻。如果王孫不來，開了天窗，誰也負不了這個責任。我是編劇、導演，首當其衝，這可怎麼辦呢。求天求地，拜神拜佛都沒有用，只有王孫趕來。

我心裡忐忑不安，心裡想要出大紕漏了。我跑到台視大門口，站在台階上眺望，希望能看見王孫。王孫呀王孫，你快點來吧！馬上就該你上場了。否則這個戲就垮了。王孫，你是我們的救星，快來吧！

這時候製作人、現場指導都一齊跑了出來，異口同聲，大聲問：「王孫來了沒有？」

來了，王孫來了。他真的來了。不負眾望的來了。還差六分鐘要開演，他及時趕到。他怎麼來的？他是坐大卡車來的，是南部運豬的一輛大卡車把王孫載來的。豬不停地叫著，眾人歡呼著，王孫像個大英雄大將軍坐著載豬的車來到了。原來他在桃園大楠片場拍電影，時間到了，他找不到計程車，就在公路上攔了一輛裝豬的大卡車來了。

「王孫呀，你真把我急死了。」

「你急什麼？我王孫是從來不遲到的。」王孫笑著說，真是讓我又氣又惱，又佩服他的敬業精神。

在演「向日葵」的時候，產生了一個插曲。丁強想演男主角，結果落在鄒森身上，心裡有些不舒坦，進而要李璇不要接戲。我是製作人，在協調不成的時候，只好換人，因為攝影棚派定了錄影時間是不能更改的，時間急迫，就想到了陳莎莉。女主角的性格有溫柔的一面，也有剛強的一面，起先我是偏重柔情的一面，所以請李璇來演，沒想到李璇拒絕，改請陳莎莉演，陳莎莉因為演了這個女主角一炮而紅，奠定了她在台視首席花旦的地位。從此扶搖直上，一帆風順，花旦的地位穩固不衰。

我在台視製作「柔情萬縷」，那是一個軍閥和三個女性的愛情故事，為了打破傳統，我們請馮海主演軍閥，他不是那種只要看上什麼女人，就派副官找來作姨太太的人，他要學時髦，他要談情說愛，因為他要對他看上的女人猛追不捨，但是絕不勉強，絕不霸王硬上弓，必須女方同意，對他也發生愛情，喜歡他，他才要。所以他也會說甜言蜜語，也會施小手段，獻殷勤，討女人喜歡。那時候，馮海剛從國立藝專影劇科畢業沒有多久，很年輕，於是塑造了一個年輕不土不霸氣帶點斯文的會談戀愛的軍閥，對女人不是用強迫的，只用溫順柔情的方式進攻，這個人物塑造成功，立刻引起觀眾的好奇和關注，別的電視台也注意了。創新有新鮮感的緣故，台視從低落的收視率一路攀升上來，從逆境中衝上來的氣勢，業務部裴經理直讚「不容易」，也使我在台視八點檔連續劇打下了基礎，接下來製作了「小城故事」、「春江水暖」、「向日葵」、「神州豪俠傳」、「廢園舊事」、「天涯三鳳」等等。

「柔情萬縷」女主角有陳莎莉、薛芳、馬嘉陵。陳莎莉因故不演了，這引起製作團隊的緊張，主角不演了，這還能成為戲嗎？經過多方溝通，依然不演，這可把我這個製作人急得喉嚨冒煙，據說是為了戲份，另一主角薛芳戲多。陳莎莉是台視首席花旦，演戲年資比薛芳久，一個初出道的小女孩，（當時薛芳還在淡江大學歷史系就讀）居然蓋過資歷多的，覺得不受重視，這口氣實在嚥不下，於是一怒之下來個罷演。

她罷演，我低頭，撿了一個黃道吉日由劇務杜士林陪著我，親自登門拜訪，還帶著禮物。

上午，十點多鐘姑奶奶還在睡夢中，聽說製作人登門謝罪來了，這才穿著粉紅色的睡衣、繡花鞋，從臥房裡緩步行出。我說明了來意，並且懇求她恢復演出，她除了發了一頓牢騷之外，依然不肯答應。無奈我只得告辭，灰頭土臉的走人。請來編劇、編審、戲劇指導連夜商量對策，又苦思苦想的絞盡腦汁，當然還是從劇本搞起，向劇本開刀。女主角不演了，觀眾看不見他喜歡的人，也就失去了看的興趣，這一來一定會使收視率滑落。罪過！現在全賴在編劇身上，多方被批評，什麼不學無術、胸無點墨、淺薄無物、胡編亂編，都將罪過推給編劇。相反的，如果收視率長紅，那麼編審、導播、演員、音效、現場指導、甚至布景工人都要分一杯羹的功勞，反正人人有分。現在演員發生問題罷演，大家都怪編劇沒有把女主角的戲份加多，千錯萬錯都是編劇錯，學句某政客的口頭禪：「我錯了嗎？我真的錯了嗎？難道編劇錯了嗎？」不管是不是你的錯，你都得想辦法補救，否則明天的連續劇就要開天窗，這麼大的事情，誰也負不了責。

於是，挑燈夜戰，研討一夜，這不可行，那不能作，到了天亮的時候，大家倦了，也不爭了，終於得到結論，就是陳莎莉飾演的角色死了，沒這個人物了，以後軍閥只徘徊在兩個女性之間。

陳莎莉所演的人物怎麼死的？那是劇中鬧土匪，殺人不眨眼的土匪闖了進來，一刀斃命，砍死的陳莎莉所飾演的替身，倒地背對鏡頭，側身對觀眾一動也不動，鏡頭在她身上拍過來拍過去，讓觀眾都看清楚了，這個人死了，這個人被土匪殺死了，以後不會再出現了，觀眾再也看不見她了，這樣的劇情，大功告成了。

那麼，這個死的替身是誰呢？是多方物色找到的一位臨時的女演員，身材跟陳莎莉相仿，當時的酬勞是一萬元。一萬元解決了大問題，豈不樂哉！

二、攝影棚旁邊的小房間

攝影棚旁邊的小房間是做什麼用的？答案是——裝編劇用的。電視台由編審發動，把該檔連續劇相關人士都請到小房間裡，請到小房間幹什麼？寫劇本。一本一本的劇本寫出來，甚至是一場一場的劇本寫出來，立即拿到攝影棚去排去錄，連排演場都跳過去了。小房間就成了劇本工廠，要不斷的出貨，而編劇就關在小房間裡，吃喝拉撒睡都在裡面，甭說不能回家，連出去一下的時間都沒有，也根本不許你出去，就是要你出去，你也不會出去，因為連續劇等著要劇本，接不上就要開天窗，誰擔當得起呢！說句老實話，連刷牙洗臉，上廁所的時間都得控制，這樣的編劇不再是作家，他們是編劇工廠的小工，待遇低廉，身價卑賤，是聽人使喚的小工而已。

為什麼會這樣呢？

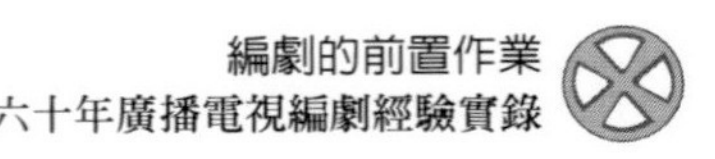

第一是收視率長紅。大家都知道，電視台是收視率掛帥的，萬事沒有收視率高。電視台在全盛時期，工作人員的薪水很高，大小主管更是超高，最高的年終獎金，那時候一個節目部經理、業務部經理、新聞部經理等等，年終獎金就可拿五六十萬，真是羨煞人！這樣說，編劇的待遇應該也很高了。錯錯，稿費大約二千元一本，就是連夜趕出來的也不會多給一毛錢。告訴你，就連關在小房間裡吃的飯還得要自掏腰包呢。

因為收視超好，本來定好的四十集，一下子加十集、二十集，這缺少的集數，就是要在小房間裡給趕寫出來。但是，如果收視率再往上衝，那麼再加三十集都有可能，而編劇就必須繼續窩在小房間裡，也甭想回家了。這樣的趕劇本，可比聯考命題進闈場時間要長。

我製作的「向日葵」、「柔情萬縷」都發生過這種趕劇本的事情。這種事聽起來一定很鮮，還有更鮮的是更改劇本。

通常一個劇本送到公司編審手裡，編審通過給組長，組長就可以交給製作人去製作了。這個過程看起來簡單，其實，這裡面的「學問」多得很。從劇本完成到播出，經過編審審查、排練、採排、搭景（或出外景）、錄影後置作業的剪接才算完成。這當中，有導演的意見，導播的意見，演員的意見，甚至連搭布景的小工都有意見，他們如果提出這場景太費事不能搭，或是嫌景太多，必須刪掉那一場的場景，這就麻煩大了，你就得馬上修改劇本。刪景就是刪場次，就是刪戲，一本劇本牽一髮而動全身，前後劇情還要接得很緊湊，這一刪，可害得編劇又要苦思苦想在小房間裡絞盡腦汁，這真的太費周章了。

三、演員難伺候

搭布景的小工老實，還好應付，如果是演員提出意見，那可真的麻煩了。演員的意見多半站在自己的立場，這與編劇的原始想法大多大相逕庭，因為編劇是站在全劇的立場上編劇，但是演員則針對戲份發表意見，就是戲多戲少的問題，有的演員很難伺候，他們扮演的角色戲份太少，份量太輕，他便不高興，於是他說話了。

演員：「這麼一點戲叫我來演，幾句台詞就過去了，我演技再棒，也演不出一朵花來。簡直糟蹋我。砸我招牌嘛！這是誰編的劇本？（於是看劇本封面的編劇姓名）是他編劇，什麼玩意？」

這是嫌戲太少，份量太輕。如果戲很重，台詞很多，他也有另一番說法。

演員：「這麼多台詞，叫我怎麼念？怎麼背得下來？簡直是誠心整人，要累死我嗎？老子也是拿一份酬勞，拿不到兩份！老子真他媽的不想幹（演）了。」

「這是誰編劇？（再看劇本封面）我說是誰呢？原來是他呀！成心跟我過不去！」

於是把劇本摔在地上，又踩又踢的發洩一番。

正好編劇進排練場，看見自己的心血結晶這樣被人踐踏，心中真不是滋味。而這個踩劇本的就是一位資深的名演員。如今，他已乘鶴歸去，這是他年輕氣盛時做出來的舉動。

被踩劇本的編劇就是我的同行黎光亞（已故），他一生熱愛戲劇，對戲劇貢獻良多，寫了無數優秀的劇本，而且他為人忠厚誠懇，不爭名奪利。

一般而言，演員意見總是使編劇頭痛，還有就是要求增加集數，因為增加一集，就可以多領一份酬勞，演員的酬勞是由集數而定，不是拿月薪的。但是集數的多少，完全是根據劇情而定，怎麼可以根據演員的要求而定？比方說，一個水果行老闆，水果行關門了也就沒有他的戲了，他還要求增加集數，而且還出點子，在劇中增加一個肉粽老闆，由他改行飾演肉粽店的老闆，這是非常為難的事情，整個劇本中就沒有一個肉粽店，硬加上去不倫不類，與劇本的內容不合，你沒法達到他的要求，他對你就不諒解，甚至於懷恨在心，總會乘機杯葛。

演員的要求雖然使你很為難，但是編審的要求，更會使編劇痛苦，甚至痛徹心肺，苦惱萬分。

四、編審掌握生殺大權

編審對待編劇有好幾種，其中就是把你的劇本改掉，本來是喜劇的結尾，硬要你改成悲劇的結尾，本來是悲劇結尾，要你改成喜劇的結尾。這個一百八十度大轉彎，可把編劇改得七葷八素，墜入五里霧中，摸不到出路，悲劇的結尾是悲傷的、痛苦的。要是愛情劇就是失戀，要麼愛人得了絕症死了；要是做生意的，就是大失敗，不得翻身，落到傾家蕩產，活不了啦；要是作公務員的，就是貪污舞弊，或是被人陷害，或是職務上的疏失，導致失業丟官，生活無著，面子丟盡，上天無路入地無門，最後燒炭自殺，還帶著妻小一塊同歸於盡。這就是悲劇的結尾。

喜劇的結尾跟悲劇相反，喜劇是樂觀的、奮鬥向上的，有希望的。悲劇的結尾是留下深刻的回味，供你咀嚼，喜劇的結尾則供你享受、爽快、舒暢就夠了。最好看完以後就忘記，不要有任何掛慮。喜劇帶給人們快樂、欣慰、有活力，由消極變為積極，由下沉變為高昂，而悲劇與喜劇不同調不一樣，完全是兩回事。但是編審為了給觀眾打氣，消滅憂鬱，要你把悲劇的結尾改成喜劇、通俗、普通，不要高深、不費腦筋。你不能說編審沒道理，但是所費工程艱鉅，不是一蹴而成，好比造好的橋，拆了再造，蓋好了的房子，重新再蓋一樣。因為結構變成了喜劇，每一場都要改，人物個性也要改，一個樂天爽朗開明的總經理，就不能害憂鬱症了。你總不能每場都是歡樂的、爽快的、舒適的，最後一場，突然變成了悲劇，這是不可能的。這是作不到的，這也是不符合人性的。而且嚴重的說，這簡直是個笑話。不是把悲劇的結尾改成喜劇，而是改成笑話了。

叫你把劇本大修改、小修改，改掉一兩場，甚至刪掉一、二個場景，叫你重寫，唉！這都是常有的家常便飯！其把編劇折磨的六神無主。

大概是一九五九年末，台灣電視公司成立，考進一批戲劇藝術系的學生，這批學生有的作編審，有的作導播、有的作美工設計，非常優秀、傑出，但是也很年輕氣盛。當時我寫舞台劇、廣播劇、戲劇理論文章等已經有了點名氣，提起「高前」這個名字，在影劇圈裡都曉得。那時台灣電視公司聘請基本編劇人員，有幸選中了我，是無給職的，你要編了劇本，才有收入。一本稿費基本編劇要比普通編劇多一倍的錢，同時打出字幕「本公司基本編劇」字樣，但是這兩樣優厚待遇，隔了沒有好久就取消了，原因是編劇的人太多，大家搶著編劇拿稿費，什麼基本編劇不基本編劇，待遇一視同仁。

基本編劇的劇本照樣修改，照樣砍殺，並沒有特別尊重的意思。有一次，我的劇本有點小問題，某編審把我叫去，像對小學生一樣給教訓了一頓，真是虎落平陽，龍陷淺灘，甚受其辱。另外還有一次，編審把我的劇本寫了十一個問題，根本沒辦法修改，只有忍氣吞聲接受退稿。還有一次，謝鵬雄編審在我的劇本上批了「惡形惡狀」四字，他是指一個喜劇人物，言語、動作太誇張。其實喜劇人物要比現實生活誇張些，還不至於達到「惡形惡狀」的地步。我實在氣不過，到電視公司找謝鵬雄理論，叫他解釋什麼是「惡形惡狀」。是我編劇惡形惡狀，還是劇中某一位人物惡形惡狀。

謝公自覺不太文雅，當面致歉，後來我二人成為不錯的朋友。謝公是一位尊重別人，也被別人尊重的。若是換了有些一瓶不滿半瓶晃的人，態度就不一樣。後來他常在報刊發表雜文，成了名作家。

我想和我有同感的編劇不在少數，受的閒氣、窩囊氣一定不少。記得當時我在大華晚報（那時候，大華晚報還沒停刊）述說編劇所受的委屈與傷害，曾有讀者寫信給我，大意是「原來編劇那麼難做，我本來很想作一個編劇，看你寫得那麼悽慘，好像是一個被侮辱與被損害的，真的不敢作編劇了。」

說到編劇是被侮辱與被損害的，我想到製作兼編劇的劇本被宰殺的事情，那真是痛徹心肺，令人扼腕。我在台視製作兼編劇的「大漢春秋」（連續劇）胎死腹中，「大漢春秋」的劇情是征服匈奴開疆闢土、雄振國威，主要人物是寫漢武帝劉澈、大將軍衛青（我曾寫過舞台劇衛青）驃騎將軍霍去病（曾寫過廣播劇在中廣播出）以這三個人的統御、戰功、善戰，把大漢國威發揚起來，由「和親外交」改成「武力外交」，使匈奴信服稱臣。

這一個題材當時沒人做過，我是首先要製作的。誰知企畫案送上去給打回票，退回的理由非常牽強不合理，說什麼這劇本內容是給政府一大諷刺，暗指漢武帝劉澈能幹，征服匈奴，顯示蔣中正總統懦弱沒有能耐。因此不予通過，就這樣，我籌備了半年的「大漢春秋」胎死腹中，令人心痛吐血。

胎死腹中的還算好，還有比這更難堪的哩。那就是我製作的武俠連續劇「劍俠英雄」，都已經進棚錄了兩集，突然台視當局頒下停錄的命令，正在拍的時候，政府有一高官發表對武俠劇的看法，意思是打打殺殺，驅趕了祥和之氣。台視當局怕得罪高官，下令停止錄影。這一來，我花的力氣、金錢、時間，都順水東流，尤其是費腦筋、智慧的構想，也跟著玩完了。我砸下去的金錢損失也找不回來了。還有一次更可笑，我的一個青年「登山」劇本，是我花了很大功夫，蒐集資料寫成的兩小時電視劇，台視通過了劇本審查，當時的編審是陳為潮，我幫他聯絡演員，排定演員表，劇本開始排練，布景燈光、服裝道具都已準備就緒，一切安排好了，第二天晚上九點播出，我約了三朋四友坐在客廳裡，讓他們欣賞我寫的劇本，才知道演播的不是「山」，換了另外一本劇本，當時我一氣。差點暈過去，天下怎麼會有這種事情呢？這比臨陣換將叫人驚訝！電視公司怎麼這樣？沒有信用，給人難堪，簡直糟蹋編劇、凌辱編劇嘛。

第二天，我跑到電視公司去問個究竟，據陳為潮說，是演員嫌劇中人太年輕，都是青年大專學生，演員說他們年紀大了，演的不像，彆彆扭扭的，沒有把握演好，所以另換劇本。

演員的幾句話，就把劇本給否定了，編審陳為潮也不阻擋，任由演員換劇本，這對編劇太不尊重了，主張不演換本的演員有吳桓一個，他罹患肺癌去世。陳為潮編審也已作古歸西，這筆帳就一筆勾消吧。沒法算了。所受的閒氣也只好往肚裡吞了。

編劇受打擊，受挫折，似乎是司空見慣不算什麼大不了的事，可是編劇也有甘甜的一面。世界上的人都想賺錢，有的人用錢滾錢，有的人憑勞力賺錢，有的人用智慧賺錢。而賺錢最難的有二，一是把人家口袋的錢，想辦法弄到自己口袋裡來。第二件最難的事，就是把自己的思想、觀念傳出去，引起共鳴，被人接受和你一樣的觀點，一樣的看法，喜歡看你的劇本，引起了共鳴，被人接受，我覺得這是最難的。也是編劇窮追不捨的。編劇就是做這種改變人思想觀念想法的智慧工作！

當你的劇本在電視上播出，在電台中播出，在舞台上演出，引起觀眾的共鳴，跟著劇情的發展緊張、喟嘆、歡笑、悲泣，無數的觀眾被你感染了，他們跟你一樣的感覺，一樣的想法，完全說服於你，被你征服了。這是多麼不得了的事！這是多麼有價值的事！你受的委屈，不被重視，不被尊重，這時一股腦兒化為烏有，那個高興勁兒，別提有多樂了。

編劇是一條坎坷的路，不是平坦大道，就看你怎麼走，它需要耐力、毅力，也需要智慧幫助你解決諸多困難。當然我也有灰心、厭倦的時候，就跟某部長一樣，被質詢的滿頭包，脫口而出「真他媽的不想幹了。」

這是衝動時說的氣話，稍後冷靜下來，轉念一想，不幹要幹什麼呢？半途出家，轉業多難，不給台視編劇給誰寫呢？台灣只此一家，別無分號，還是硬著頭皮幹下去吧！

在正眼看了寫字桌擺著的奶瓶，那時我太太給我生了第二個女孩，他白白胖胖，非常可愛，身體最健康，吃得又多，嬰兒奶粉貴得很，真是供應吃力，所以我特別把奶瓶放在寫字桌上，正面對著它，只要我倦怠不想寫了，我就看看奶瓶，那股勁就來了，心想，不幹成嗎？買奶粉的錢沒有了，是等著用稿費去買呢。四十年代末，五十年代初，台灣電視公司成立，嚇！不得了，是新興事業，科技掛帥，全國只此一家，凡是電視公司的大小職員個個威風凜凜，帥氣逼人，連管電梯的小妹眼睛都長在頭頂上。編審導播的權力，比人權還大，比軍權還高，要改你的劇本，你就得改，如果不改，你就別編劇了，這就形同失業。除此外，你到哪裡找編劇工作？尤其是編劇本來就是冷門行業，所以，編劇戰戰兢兢，不敢得罪導播編審，個個聽話點頭稱是，所謂為五斗米折腰是也。後來中視、華視相繼成立，互相競爭，三台節目不分上下，台視就不那麼囂張了。等到有線電視成立，無線電視吃癟。受到很大的威脅，廣告收入大打折扣，年終獎金更沒有大筆鈔票落袋，電視公司的大小編審、導播這才正眼看編劇，由高傲變成謙虛，由昂首變成平視，真所謂十年風水輪流轉，有好有壞不定時。

五、導播對編劇的招數

編審對編劇那麼威風，導播呢？導播也有他的招數，如果說編審對編劇是刮鬍刀，那麼導播對編劇就是剃頭刀，比刮鬍刀更厲害，不但刮你的鬍子，而且剃光你的腦袋，最嚴厲的要求，就是要你加戲減戲。比方說你的劇本有一條主線與兩三條副線，播出反應，主線不受歡迎，主線降為副線，主線的男女主角遭遇和人物性格完全與副線不同，這一轉變，猶如顛倒乾坤，甭說沒有兩下子的編劇不能勝任，就算是有兩下子的編劇也難勝任。

我一直希望編劇工作是一種勝任愉快的工作，這一來反而變成了勝任痛苦的事情。這種被壓制、干涉的編劇工作，對劇本而言是一種破壞與殘害，對作者而言是剝奪了編劇的自由與發揮，被人家牽著鼻子走，失去了自尊與主權。我就這樣在台視作了二十年基本編劇，耗去了我寶貴的黃金歲月，由三十五歲到五十五歲。以致我兩鬢斑白。

我看見許多不平的事情，導播亂指揮人，編審亂砍劇本，那時候三家無線電視台的編審座位後面，都有個鐵櫃子或者是書櫃，每個鐵櫃放的都是「死屍」，是被電視公司砍死的劇本屍首，靠主觀意識個人偏見，把劇本否定掉，鎖在鐵櫃子裡，等於一輩子被埋葬了。

就這樣，居然也有劇本復活的。「包青天」就是在中視被編審砍死的劇本，但是拿到華視被採用、復活，而且大紅特紅，演的家家戶戶都看「包青天」，它的片頭歌也被唱紅了起來，不但人人會唱，而且朗朗上口，「開封有個包青天⋯⋯」這是很多人想都想不到的。

這僅僅是給編劇出了一口氣，編劇受的氣可多著哩。真是罄竹難書！一言難盡！就拿稿費來說，增加那麼一點稿費，都是沾演員的光，演員加演出酬勞不好意思，編劇也加一點吧，演員是靠著歌星才加的，歌星不用開口，台視公司自動送上去，成為演員靠歌星吃飯，編劇靠演員活命，如此可憐。

電視公司有一句順口溜「疼歌星、怕演員，不理編劇」，歌星的待遇本來就很高，演員有加酬勞，就是不理編劇。歌星是電視公司的佼佼者。有一次，某歌星不曉得為什麼鬧情緒，不願簽合同，跑到台中躲起來，電視公司緊張了，深怕該歌星跳槽，被別家電視公司搶了去，立刻派大員到台中去找，予以安慰，並答應她的條件，滿足她的需求。如果是演員，就沒這麼爽快；如果是編劇，誰理你！

每次編劇增加點稿費，說也可憐，都是演員的演出費增加，歌星也增加了，甚至看電梯的小妹也增加了，這才想到編劇，不好意思也加那麼一點兒。這是沾了演員的光，演員調皮會嚷嚷，大聲喊，讓公司當局聽到，「不加錢，就不幹了！」而編劇是有學問的，有風度的，幹嘛為了錢和公司過不去呢？那多麼不清高，多麼銅臭氣！

六、一魚三吃

前面說過電視台對演員是不敢怠慢，對歌星疼愛有加，對編劇是理都不理，所以修改劇本，刪減劇本，甚至退稿，不予採用，使得編劇這只飯碗一戳就破，編劇該怎麼辦呢？沒有薪水，只是論件計酬，劇本寫出來被採用才有錢拿，不被採用，一毛錢都沒有。孩子要吃飯，老婆要穿衣，編劇自己要喝茶、抽煙（全是開銷），這日子怎麼過？想來想去頗費思量，靈機一動，有了，把電視劇退稿改成廣播劇。

於是花了一番功夫，重新構想，加強一番，寫成了廣播劇。有的時候，一齣舞台劇上演以後，效果好，便改寫為廣播劇，廣播劇播出反應不錯，便寫成電視劇。有時電視劇演出不錯，就改成廣播劇，再由廣播劇改為舞台劇。

這都是用的同一題材，有時加點新的東西，有時改一改劇中人的姓名，加強其性格；有的時候加強劇情，有的時候更改劇名，便產生了新的劇本，這就叫「一魚三吃」。同樣的題材可用三次，舞台劇、廣播

劇、電視劇「一魚三吃」，拿三份稿費。這不是照抄，而是重新創作。我很多劇本都經過了「一魚三吃」的過程。我在台視週日劇場寫省政電視劇，寫了七年多，有大部分都改編為中廣的廣播劇，週日劇場是半小時的電視劇，中廣是一小時的廣播劇，這也要補充很多素材才行。我用這一招越寫越精鍊，越寫越有心得，據說莎士比亞每一本傑作都是採用民間故事或者是上演過的地方劇，並沒有一本是他自己創作的。我當然不能與劇聖莎士比亞相提並論，僅僅是變通寫法，使退稿復活，賺點生活費而已。我從二十三歲起開始寫劇本，寫到八十五歲，整整六十年，少說也寫了三千本以上。不然，哪裡來那麼多素材。

七、毅然決然離開電視公司

七十年代初，我毅然決然的離開電視公司離開電視劇，又回到廣播劇陣營，先前電視公司沒成立的時候，我就在中廣公司寫廣播劇，又在漢聲電台成立廣播劇團，播出兩百多本廣播劇，由我擔任編導，劉靖劇務，胡覺海報幕，朱光漢錄音、配音，主要演員有武莉、李娟、錢璐、楊敏、范守義、鐵夢秋等人，袁寶璜、楊敏已作古，他們天生就是廣播劇演員，聲音宏亮、穩健；武莉也是好演員，口齒伶俐，咬字清楚，對白生動、活潑、非常難得。范守義聲音清脆悅耳，是演小生的材料；至於鐵夢秋，具備了充分的演員細胞，一開口一舉手一投足，一個眼神都是戲，天生就是要吃演戲飯的。

回到廣播劇陣營，我開始寫廣播劇而且是大量的寫，作品有「三頑童」、「藍色的愛」、「學生與我」（電視劇改編）、「情深意重」，接著有「33次相親」、「博士新娘」、「巧姻緣」（電視劇改編）、「禿頭校長」、「牆頭記」（金鐘獎最佳編劇）、「斷崖笛聲」、「開滿鮮花的地方」、「她還會再來」、「變味的果汁」、「走過小鎮的街道」、「月下的誓言」等兩百多本。

這個時候，中廣得到文建會的支援，創辦了半小時廣播連續劇，電視連續劇打電視公司成立就有，多年下來，大家都看膩了，這時候中廣打頭陣，首先開創廣播連續劇，第一炮是我編的「女強人」（中廣榮獲廣播劇節目金鐘獎，朱秀娟同名原著小說），接著我又改編了朱秀娟的「木麻黃的炫惑」（我個人獲得中國編劇學會廣播劇最佳編劇）、「美麗的日子」、「梧桐月」等等。

當時一本電視劇的稿費一萬至兩萬五不等，廣播劇的稿費只有四千，酬勞懸殊，差得太遠，有名的編劇都不願意寫，我回去寫廣播劇當然會大受歡迎。稿費不是我最看重的，我看中的是寫起來非常愉快，精神大爽。

這是因為——

1、廣播公司當局和編審對編劇十分尊重。認為一齣戲播出的成敗完全在於編劇。劇本編得好必定成功，其餘的演員、導播、配音、錄音都是以劇本為目標，為中心，也就是說，為劇本而工作。

2、演員對於劇中的對白一字不差的唸出來。這種一字不差不改的唸出來，這是尊重編劇，不亂改劇本。不像電視演員任意加詞減詞，隨性而行，把自己加上去的話與劇本內容和人物性格攪在一起，順嘴溜，破壞了劇情與格調。

我在中廣寫廣播劇分八點鐘播出和二十分鐘播出。八點鐘播出的是一小時大廣播劇，每逢星期天播出一集。二十分鐘的是週三播出，是從廣播連播節目中精選出來，擴充為三十分鐘，完全由我一個人編劇，前面有李若梅小姐（中廣公司名播音員兼導播）的引言介紹，播後有李若梅小姐的分析、感想。這樣一前一後，十五分鐘的連播廣播劇就湊足二十分鐘有餘了。此外，我還在正聲廣播公司寫「花香小集」半小時的廣播劇，另外在復興電台寫週末半小時的廣播劇，在漢聲電台寫星期天八點的大廣播劇（與中廣打對台），這是我寫廣播劇最興旺的全盛時期。對於廣播劇金鐘獎各電台都非常重視，我為中廣公司寫「牆頭記」（附錄刊載本書中）得了最佳編劇獎；為漢聲電台寫「生命的光輝」，得到最佳廣播劇節目獎。有一年，我為正聲公司寫「千古奇鈣」（描寫武訓興學的艱苦過程），正好與我寫的中廣公司的「牆頭記」打對台，是我自己打自己，結果中廣得獎，正聲敗北。

寫了這麼多劇本，經過這麼多事情，讓我體會到一個廣播劇的編劇，才是真正屬於自己的編劇，他被尊重，他有充分的自主性，他可以自由的發揮，無論是導播、演員、錄音、配音、音效…沒有徵得編劇的同意，誰也不許更改劇本，尤其是對白一字都不許更動，要百分之百的照著劇本播出。

這是有趣的事情，也是很離譜的事情談給大家聽一聽。我的字寫得很潦草，尤其我寫廣播劇、電視劇「生意」最好的時候，平均每兩天要生產一個劇本，編審、導播、演員都看不懂我寫的字，要是趕稿的時候，連我自己都認不出來。據說大作家倪匡的字也不好認。原因在於它是「一筆字」，任何筆畫繁多的字，都一筆寫完，絕不寫第二筆，就是「叢」這樣筆畫多的字也是一筆寫完，但是不知道這「一筆字」的真相如何？我倒是很好奇。

打字行打出來的字，有些字型很相近的就容易打錯，比方說「火」字很容易打成「天」字。我有一本廣播劇「畢業生」（漢聲電台播出）一位要考托福的大學生，開夜車看書，肝火上升，嘴角起了泡，他的妹妹跑到學校宿舍去找他，一看見他的模樣，急得呼出——

妹妹「哥，你開夜車太厲害了，瞧你嘴角起了泡，你上『天』了吧。」其實是「上火」了吧！因為把「火」打成「天」字，演員尊重編劇，照劇本唸出，就成了你「上天」了，上天豈不是死了嗎？但是演員尊重劇本，即使打錯了也照念不換。飾演妹妹的就是名廣播演員于潤蘭，飾演哥哥的就是聰明靈巧的演員袁光麟。

還有「茶」與「菜」字字形相近，劇本打字把「茶」打成「菜」字，演員照念，「喂，各位，今天請到我家喝『菜』」，菜是吃的，不是喝的，除非喝湯還差不多。

還有「間」和「閒」的字型也是相近，打字小姐把「還有加強的空『間』」打成「還有加強的空『閒』」。「空間」還要加強、改進以致於更加完善的意思；「空閒」則是有閒工夫聊天、有空閒時間休息，兩種意義是不同的。「我們公司出的貨不是頂完美，還有努力的『空閒』。」這就不對了，有了「空閒」，那還能努力呢？照「閒」字唸出來出了問題，有劇本為證，也不會怪到演員頭上。

還有，我寫「木麻黃的炫惑」，「男主角從飛機上下來，走過停機坪，被女主角迎上去，見他穿了一套『藍色的西裝』，相當瀟灑。」這一句話的錯誤是把西裝的「西」字打成錯字，成為「白」裝，所以成為「藍色的『白』裝」，既然是藍色的西裝，一下子變成藍色的白裝，一套西裝有藍也有白變成兩種顏色，這可能嗎？但是演員為了尊重劇本照樣唸出「藍色的白裝」這樣不通的話。

演員對於編劇的尊重，不改變劇本，這是好事，也是應該的，但是矯枉過正，帶給聽眾錯誤不通的對白，這就不好了。還是要把「上火」與「上天」，「喝茶」與「喝菜」，「空間」與「空閒」，「西裝」與「白裝」改正過來才是正確的。編劇不但不會責怪你們，反而要謝謝你們。

坦白說，一齣戲的成功是靠大家，編劇寫成劇本放在書桌上，或是送到電視公司編審的手裡，它是死的，沒有生命的，是靜態的東西，等到一播出，這個劇本就活了起來。是誰把它點活的？是編審？導播？演員？音效？燈光？美術設計？甚至服裝、道具？不！是大家，編審、導播、演員、音效、燈光、美術設計⋯⋯大家密切的合作，努力與貢獻，缺一不可。所以我們說戲劇是綜合藝術。綜合大家的努力，齊集大家的智慧，始能完成，因此每個部門不能自立為王，只顧著自己的表現，而不顧到別人，必須密切合作，精確配搭，各盡其工，各出其力，才能事半功倍。

第八章　劇本的結尾

一個劇本的結尾，在話劇來說是閉幕，在電視劇、廣播劇是「謝謝收看」。通常結尾有幾個要點必備的條件。

一、結尾必須給觀衆一個圓滿的交代

比方說，有情人終成眷屬，流離失所最後相會、團圓。公公婆婆、丈夫都希望媳婦生個兒子，在多方努力下，在媳婦經過長期的壓力下，懷了身孕，劇名可叫「早生貴子」，這個生小孩，就是一個圓滿的結尾。

二、留下餘味的結尾

這種結尾比較難寫。青年離家投考大學，經過種種波折，克服種種困難，在家人和愛人的祝福下登上前程，能不能平安抵達，到底能不能考上理想的大學，以及該青年爾後的命運如何，都留給觀眾省思的空間。劇名可叫「前程萬里」。

三、沒有結尾的結尾

沒有結尾可是要暗示觀眾有了結尾，拙著「寂寞的早餐」（兩小時電視單元劇，台視劇場播出）太太去了香港，丈夫獨守空閨，思念太太，尤其是思念太太做的早餐以及和太太邊吃早餐邊聊天的情形。這時候同樓隔壁搬來一位大方美麗的女郎，找他搭訕，二人聊得很融洽。女郎看見丈夫做的早餐，土司烤焦了，蛋煎老了，好心的願意為他做早餐，並陪他一塊吃早餐。這時候，太太來電話了，說明在香港坐纜車，看海豚表演玩得很開心，不過沒有老公在身邊，總是覺得缺了點什麼。老公也訴說沒有太太上好可口的早餐以及家常話中無所不談的早餐會談，他感到很寂寞。這時候大方女郎聽到了電話傳來的夫妻之情，悄悄的退出去了。老公打完電話，轉身一看早餐好端端的擺在餐桌上，伊人不知去向，空蕩蕩的更加寂寞…（拙著「寂寞的早餐」）

四、懸疑驚訝的結尾

懸疑驚訝的結尾，最多用在連續劇上。因為連續劇用這種結尾很有效果，最好是每一集的結尾都用這種懸疑結尾，可以吸引觀眾急著看下集。但是實際上這種懸疑的結尾頗不容易製造，不是每個情節每個人物都能用得上。現在加以說明。在我製作的「柔情萬縷」（台視播出，共播出六十集）裡，曾有一集是用懸疑與驚奇的手法。一排武裝槍兵都舉起槍來，對準軍閥，並且一齊開槍射擊，軍閥應聲倒地，立即死亡。這就是其中一集的結尾。

軍閥死了，這個連續劇還怎麼連續下去？因為他是劇中的主角，劇情、內容、人物都需要他支撐，他死了，這戲就演不下去了。一共要演播六十集的戲，現在才演到二十集，主角就死了，這可怎麼辦？

這個困難非解決不可，否則無法向觀眾交代，明天就要錄影，晚上八點鐘就要播出，男主角死了，原來編好的劇本不能用了。那劇中的軍閥還活得挺好的，他並沒有死，他不但沒有死，還一再追女主角，並且有所收穫，得意洋洋哩。你要說他死了，是不能令人信服的，可是明擺著他是死了，上一集的結尾武裝槍兵對準他開槍射擊，他倒在地上，當然是死了。

觀眾嚇得目瞪口呆，刺激的說不出話來，都等著看下一集如何來解決。收視率一下子衝上了兩個百分點，公司當局當然很高興，尤其是業務部廣告大漲，申請的商家不斷湧進來，一下子就滿檔了。業務部裘經理可樂了，特地前來向製作團隊祝賀、恭喜。他拍著製作人的肩膀予以感謝和鼓勵，外加說著敬佩的話。然而製作人怎麼辦呢？明天就要排練、錄影、播出，這繁忙而緊湊的工作不能耽擱的，真是急如熱鍋上的螞蟻，急如星火一般的趕緊想辦法出點子，解決難題。解決的方法，困難的克服，最後還是要落在編劇的頭上，編劇出的點子是用槍打死軍閥，造成懸疑與驚訝，以提高收視率，目的是達到了，但是善後呢？接下去的後續發展呢？不得不落在編劇頭上，解鈴還是繫鈴人嘛。

於是，編劇群大動腦筋，搜盡枯腸，啟用智慧，東想想西想想，這樣想那樣也想，又是雞叫天亮的時候，想出了好點子解決，黎明的曙光初現，大家的希望也降臨了。

這就是軍閥沒有死，當戲一開場，他就站起來，那個趴在地上站不起來的是軍閥的副官，替他檔了子彈，副官是再也爬不起來了，軍閥又站了起來，飯照吃，酒照喝，女人照追，錢照撈，一點影響都沒有。

這一個懸疑與驚訝的結尾，使我這個製作人兼編劇既緊張又刺激，既歡樂又欣慰，一直難忘，印象深刻。這是我幹了一輩子戲，最擔心、驚慌也最得意的事情。

第九章　四種不同的情節

談完了編劇藝術，我們再談一談情節（劇情）的種類。劇情種類約略分為四種。

1、懸疑驚奇法。
2、回憶補述法。
3、對比衝突法。
4、平鋪直敘法。

這四種劇情跟前面談的補述與回憶，鋪排與墊戲，有著異曲同工之處。因為它是屬於情節的基本方法，也是編劇的基本技巧，所以我不厭其詳的說了再說，說了又重複，一方面它很重要，一方面讀者讀了後早已忘記前面所說的，所以我用各種方式向讀者剖析，加強讀者印象，俾使到時候能夠運用自如。

小時候唸書，老師叫我背唐詩，還叫我背九九乘法表，一遍又一遍，一再地重複。那時候不明白老師的用心良苦，覺得很麻煩，等到長大了，入了社會，才知道它的妙處，因為隨口說出的感覺真的很順暢，也頓時領悟老師教我重複讀書、背書的美意。年幼時背王浩的唐詩因為背不下來，挨過老師的戒尺，當時恨他恨得牙癢癢的。現在提起這首詩即可朗朗上口「月落烏啼霜滿天，江楓漁火對愁眠，姑蘇城外寒山寺，夜半鐘聲到客船。」如不是孩提挨打，一再背誦，哪記得這麼牢呢。這才化解了對老師的懷恨，不但化解了懷恨，還升起敬意。他名叫王哲全，戴一副寬邊眼鏡，夏天喜歡戴一頂草帽，是我初小的老師。我們農村小學只有初小沒有高小，一二三四年級只有王哲全一位老師。一間教室分成數排而坐，最後一排是四年級。

一、懸疑驚奇的情節

懸疑驚奇法首重開場，一開場就出現懸疑和驚奇，扣人心弦，緊緊抓住觀眾，使觀眾透不過氣來，既驚奇又害怕，硬著頭皮看下去，因為要知道結果。劇本一開始製造一個懸疑性的事件，會發揮觀眾看下去的效果，增強戲劇的吸引力。

一個開茶館的老闆，早上打開門營業，居然發現門口躺臥著一個小女孩，奄奄一息。小女孩為什麼躺在茶館門口呢？她為什麼奄奄一息呢？這會引起觀眾的注意，吸引觀眾看下去。

接下來可以抽絲剝繭，把小女孩倒地的真相揭露出來。而真相有多種寫法，這就要看你怎麼處理了。一種是小女孩到鎮上找親戚，親戚搬家了，飢寒交迫，昏倒在茶藝館門口。一種是被酗酒的養父毆打成傷，找茶藝館老闆求助。還有一種是小女孩被村子裡的不良少年調戲，意欲強暴，少女奮力抵抗，力敵少年。她打退了不良少年，她自己也受了傷，倒在茶藝館門口；第四種是被茶藝館老闆的兒子給欺負了，而且始亂終棄，來找老闆理論，但因已懷了身孕，體力不支倒在茶藝館門口。

二、回憶補述

回憶補述這手法，不僅僅是驚奇的，刺激的，震撼的題材可以用，諸如家庭生活、商場上的情況、社會上發生的種種、學校裡、校園裡發生的事情，以及戀愛故事，都是很好的表現方法。

一個國中學生在一次演講比賽會上發現榮獲第一名的女同學，於是這個男同學就愛上了這位既漂亮又有口才的女同學。但是女同學自恃甚高，傲慢、嬌寵，男同學則是放牛班的劣等生，沒有優等的好成績，女同學不可能看上他。他以無比的勇氣寫了一封愛慕的信給女同學，女同學收到後竟然交到訓導處，訓導主任在司令台公開讀出這封愛慕的信函，使得男同學不但尷尬，而且秘密被全校都知道，難為情死了。但他依然不死心。

等到二人都中學畢業了，女同學考上台北市的名校北一女，男同學考上郊區的高職，兩人拉開距離，唯因男同學的家與女同學的家同街同巷，兩人上學、放學依然可以碰到，男同學便試著和女同學接近，但是都碰了釘子，男同學寫信也都被退回來。但是他仍然不死心，還是繼續寫信，而且每天寫一封信，從不間斷。一個禮拜，把七天寫的情書集中投入女同學家的信箱，仍然如石沉大海，毫無動靜。

時光荏苒，二人都高中畢業，女同學考取留美出國就讀美國加州聖若望大學，男同學則考取國內一家私立學院，二人際遇懸殊，距離拉長，隔著一個太平洋，不但見面不可能，寫給她的信也無法投遞了。在此艱困的情形之下，男同學的愛情不但沒有消滅，反而更旺，逼著他拼命用功，廢寢忘食一心考取留美。他仍然一天寫一封信，述說自己對女同學濃濃的思念，萬縷的情絲不斷，一方面奮發向上，他也考上了留學出國，雖然沒進女同學的名校，但是卻進入同一城市的某大學就讀，可以有機會和女同學見面。這時候女同學仍然不理他，毫不珍惜他千里迢迢來相會，也不重視他拼命努力奮發向上考取美國學校，並且已經和同校的一位台灣去的男生談戀愛結了婚。男同學得到這樣刺激的信息，看到這樣傷心的場景，忍不住放聲大哭，哭訴自己不幸的遭遇，哭訴女方的鐵石心腸，這些都不能改變事實，他不禁呼出「老天爺，給我愛！」（韓國連續劇）老天爺也不理會，他擦乾了眼淚，振奮起精神，提起筆來，還是給女同學寫信，寫好放在一支皮箱內收藏，仍然是一天一封信，寫好都放在皮箱內保存。

數年後，他得了博士學位，回國工作，女同學也離了婚回到台灣，他邀女同學與之見面，幾經轉折，女同學終於答應和他見面，他沒有買禮物，只提了兩大皮箱，右手提一支皮箱，左手提一支皮箱，裡面全裝的是歷年來他寫給女同學的情書，千言萬語，一個字「愛」。展現在女同學面前，他把自己如何堅持愛女同學，如何拼命用功考上美國留學，以及心裡的愛慕、情堅如金以及感謝女同學給她力量和刺激，使他一個放牛班的孩子居然一躍而成為留美博士，他誠摯說出他對女同學的永恆的愛，海枯石爛愛情如恆堅守不渝。

女同學被他所感動，淚珠兒滴下…終於接受了他的愛，答應嫁給他。

這個題材是基督教板橋教會高月晃姊妹提供，是她保存了二十幾年的一篇報導，紙已經發黃，作者失名。

用回憶倒敘，處理這一題材的重點如下：

1、開場，男同學提著兩大箱無法投遞的情書，走在小鎮安靜的行人道上，赴女同學的約會，臉上有著驚喜，也有蒼涼…

2、男同學回憶女同學演講競賽獲第一名，師生為之歡欣鼓舞，男同學愛慕之心滋生，目光一直注視著女同學。女同學並露出驕傲的表情，理都不理他。

3、男同學回憶碰釘子，女的不理他，他只好寫情書封存。這一回憶，包括了男的怎麼追，女的都無動於衷，而且傲慢，看不起男同學。

4、高中階段回憶到女的出國停止，回到男同學提著皮箱走在小鎮安靜的街道上，轉了一個彎，經過一座小橋，橋下潺潺的流水…

5、回憶男的拼命用功，考取留美，想到可與女的在美國見面，欣喜愉快，覺得有甜蜜的滋味。

6、男的去美國讀書，與女的會面，女的冷若冰霜，男的滿腔熱情成泡影，受到嚴重的打擊，得知女的已和台灣去的某留學生結婚，男同學痛苦萬分，像跌下無底的深淵…在美留學生活結束，男生歸國。

7、再回憶到小鎮的街道上，男的提著皮箱沿著河邊的石板小徑前進，轉入一條巷子。再回憶男的回國後，在某科技公司任職，做了白領階級，優厚的待遇。高級水準的生活。二人未見面以前的戲到此全部結束。女的離婚，從美國回來，找不到職業，聽說男的很有成就，經多方打聽找到男的，求他幫忙找工作，邀好在某咖啡廳見面。

8、男的提著兩大皮箱情書，抬頭看到某咖啡廳的招牌，女的已經坐等。男的由外進入與女的見面。

以上，僅僅是重點，只以男同學單線進行，並且插入女同學的情況。其實女同學的戲還可以增加很多，比方在美國的生活與台灣留學生戀愛，以致於結婚等，很多事都可以加進去。

同時，還需要設計副線，包括男女雙方家長、同事好友或者再增加兩條談情說愛的副線，一條副線戀愛成功，對比主線，一條副線戀愛失敗，襯托主線。

回憶的手法在廣播劇、電視劇裡常常看到，劇本一開始由劇中主要人物敘說，我是怎麼樣在此地當醫師，十幾年後由一個山地診所的醫師，升任為醫院的院長，接下來就是回到十幾年前他提著簡單的行李通過一座吊橋，在橋頭遇到來迎接他的山地青年阿松，立即把他的行李接過來，帶領他登上往山地目的地走去。劇情也由此開始展開、延伸。（拙著「青山翠谷」，中廣公司播出）

凡是回憶的手法，都是主觀的表現，由劇中主角自己敘述，敘述的事件、地點、環境、回憶者必須在場，親身經歷。如客觀身份，譬如以編劇者的口吻來描寫回憶，當然也可以，但是會缺少真實感和感動人的力量。

三、對比與衝突

常言道：沒有鬥爭就沒有戲劇。一個劇本從頭到尾充滿了鬥爭，鬥爭並不是完全打架，也不是砲火連天，雙方廝殺，尚有內心的鬥爭，性格的鬥爭，觀念的鬥爭等等。

鬥爭中有對比，對比中也含有鬥爭。

有一個木訥的老頭兒和一個活躍的老太婆，為兒女前途發生爭執，老頭兒主張兒子學農，將來繼承己志，作一個農夫，在家種田；老太婆主張學法律，將來可以競選縣市長，國會議員，說不定選上總統。那才是喜滿門哩。這老頭兒與老太太就是對比。

一隊新婚夫妻為生小孩子意見相左，憨厚的男主角主張快生，傳宗接代，好讓父母含飴弄孫；女主角活潑外向，主張避孕，不願意太快生孩子，怕被孩子拖住。她要痛痛快快地玩幾年。這丈夫與妻子也是對比。

這種對比中也有鬥爭，爭的面紅耳赤，互不相讓。

卡通影片卜派跟大鬍子，一大一小，一高一矮，打鬥起來就有一種對比的趣味。

貓與老鼠的卡通：貓又肥大又兇狠，又狡猾，老鼠又瘦又小又善良，卻經常受到大肥貓的捉弄與欺負，可是每一次交手，老鼠都得到勝利，而貓被整的很慘。觀眾看了大樂，因為人們都同情弱者，老鼠揚眉吐氣，打敗肥貓，觀眾當然會喜樂了。平常生活中人類都愛養貓當寵物，伺候的比嬰兒還周到、講究。見了老鼠就討厭，恨不得把牠打死！貓與老鼠的卡通影片，就來一個反操作，反常的表現，逆水而行，讓你喜歡的變成討厭，讓你討厭的變成喜歡，這是卡通中強烈的對比。

四、平鋪直敘法

平鋪直敘，就是有頭有尾有當中，本法的好處是讓觀眾看得懂，聽得清楚，這是老祖母說故事的方法，小孩子最愛聽。如果加上回憶，補述就亂了。不但老祖母講不好，小孩子也聽不懂，被弄糊塗了。現代人都怕傷腦筋，最好看戲不要太費神，所以這種平鋪直敘的方法，也很受歡迎。但是對於編劇而言並不簡單，處理不好會平淡單調，缺少變化、枯燥乏味，看似容易，卻是最難寫的一種，也是需要功力的一種手法。

第十章　重頭戲——人物創造

人物創造對劇本的重要性勝過主題、情節和對白。雖然主題、情節、對白也很重要，但比起人物創造來卻是望塵莫及。我們可以這樣說編劇是創作藝術，創作就是創造人物，也就是說離開了人物，創作就沒有了。因為劇本中有各種形形色色的人物，男男女女、大大小小的人物，年輕年老的人物，好人壞人的人物。這些人物，帶動了劇情的發展，談出了對話，表達了主題。如果劇本沒有人物，劇本就空了，一無所有了，根本不存在了。

《紅樓夢》沒有賈寶玉、林黛玉、劉姥姥、薛寶釵還能存在嗎？《三國演義》沒有了劉備、關公、張飛、趙雲、諸葛亮能行嗎？《水滸傳》看的就是一百零八條好漢，宋江、林沖、魯智深、武松。《西遊記》說的就是唐僧、孫悟空、豬八戒、沙和尚。

西洋名片《老人與海》有人說主角是「海」，其實是老人和小孩才是真正的主角，因為海不會動，它再怎麼波濤洶湧，它還是沒有生命的。它的生命是透過老人和小孩表露出來的。易卜生的名著《娜拉》，當然就是娜拉這位拋棄平凡家庭生活，而鼓足勇氣走出家庭，走出樊籠的偉大女性，不畏艱難，追求希望，也給觀眾帶來希望。

還有莎翁的劇本、蕭伯納的劇本、托爾斯泰的《拉娜透娜》、《戰爭與和平》、名著《飄》寫的都是人物。莎翁的《羅蜜歐與茱麗葉》，雖然寫的是愛情、是兩代情仇，但是其主旨卻是在塑造羅蜜歐與茱麗葉這兩個人物。他們情堅如金，深邃如海的愛情，令人為之動心。莎翁的另一本名著《哈姆雷特》，寫的是哈姆

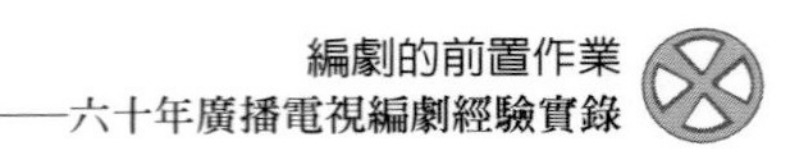

雷特軟弱、猶豫、膽怯、矛盾的搖擺性格，要想報仇又不敢報仇，下定決心報仇時，臨到頭來又猶豫起來改變了主意，只會痛苦的折磨自己空餘恨。

這些古今中外的名著，我們都讀過了，但是問起它的主題、情節、對白，你可能一無所知，因為你記不起來了，老早忘到九霄雲外了，但是如果問你作品中有什麼人，你馬上就會回答出來，並且在你腦海裡顯現。

像《三國演義》的劉關張趙諸葛，劉備是多麼莊重、謹言慎行；關公是如何義薄雲天，那個「義」字當頭，不為自己犧牲小我，令人敬仰。張飛是如何的粗魯、暴力、蠻橫，當陽橋上一聲吼，嚇斷了橋下的水倒流，這還了得；趙子龍護主忠心，保護阿斗殺出重圍、血浸衣衫；諸葛亮是那麼神機妙算，草船借箭把曹操打得落花流水⋯

《紅樓夢》裡黛玉葬花是怎麼回事？薛寶釵鼓動三吋不爛之舌，周旋於賈府是怎麼回事？劉姥姥進大觀園是怎麼回事？你都不記得了，但是一提起林黛玉這個人，你立即就想起來她的嬌嗔溫柔以及多愁善感等等，而劉姥姥活靈活現，在大觀園鬧出多少笑話，一個鄉下老太婆進了大觀園可開了眼界了，也讓讀者笑出了眼淚。

還有《西遊記》裡孫悟空怎樣在花果山水濂洞做猴王，牠又如何大鬧天宮？蜘蛛精引誘唐僧想吃他的肉，師徒闖過火燄山與牛魔王大戰，豬八戒招親，你都模糊了，記不清細節了，但是一提起唐僧、孫悟空、豬八戒、沙和尚這四個人，你立刻清楚明白起來，彷彿這四個人都來到你面前，就像你的老朋友一般，你認識他們很久了，是那麼的熟悉、親切、知之甚詳。

同樣的在世界名著的內容中，你早已忘記，中國古典小說理寫的什麼你也弄不清楚了，但是作者所創造的人物，卻永存不朽，只要你一想起他們，就會自動跳出來。所以我說編寫劇本就是創造人物，希望你摸著這一點，抓住這一點，這對你從事編劇工作是非常有助益，有幫助的，而且有啟示的。

人物創造就是把劇中人寫活起來，有血有肉有生命，不但外型畢像畢肖，其內在也像真人一樣有心路歷程，有生命活動，而不是只活在紙上，活在編劇者腦海裡，而是要活在觀眾們的心中，活在實際生活裡，活在他那特定環境裡，也活在他那特定的人群之中。

這並不容易，但也絕非困難重重，這要從四個方面著手，就會成功。

一、外貌與體型

外貌與體型是你一見到他的時候，你本來不認識他，當然也沒有和他交往，但是第一眼他給你的印象是非常珍貴的。我是說為創造他這個人而珍貴，人物的外貌與體型就是一個人物最初的反應。

他的身材是高大還是矮小的，是英俊還是醜陋的，是隨和的還是驕傲的；他的氣質是高貴還是低俗？他待人接物是有禮貌還是粗枝大葉？他是關懷人還是只顧自己的自私型？他的穿著是整潔還是邋遢的？他講的是文雅的話還是低級的話？

從這些細微小節上，就可以看出一個人的大概，這是什麼樣的人，這不需你先前就認識，也不需要很深的交往，只要一見面，他給你印象，你能夠抓住，把他寫出來，就對了，這是你創造人物的第一步。

二、心路歷程

心路歷程需要你進一步的觀察、捉摹和探索，不是只看外表、憑初步印象就能把握住的。

心路歷程就是人物的內心世界，俗話說得好「知人知面不知心」，單靠外表的認識是絕對不夠的，你必

須深入他的內心世界，瞭解他的思想觀念，心理狀態和心理反應，進一步再寫出他的感情世界，他是堅強堅定，他是剛強有膽的，還是懦弱怕事、裹足不前的？他是大方開朗，還是暗藏心機？他是陰險奸詐，還是寬宏大量？他是自私小人，還是正人君子？他是好壞不分，還是端莊正直？他是糊里糊塗，還是精明幹練？他是懷疑成性還是寬宏厚道？他是正大光明，還是邪惡無狀的？他是卑鄙的還是善良的？他是無恥的還是自愛的？他是純潔的還是污穢的？他是單純的，還是複雜的？你都要一一瞭解、認識清楚。

二、身世背景與經歷

他是做什麼的？教書的還是看門房的？工程師還是水泥工人？大餐廳老闆還是賣肉粽的？是搞電腦資訊的還是送信的郵差？是百貨公司經理還是推銷員？是洗衣店老闆還是做成衣的工人？是法官還是律師？是果園老闆還是賣水果的小販？

職業與人的個性有著密切關係，很容易分出貧賤高低、善良邪惡，這些在劇中出現的每一個人物，都賦予他一個工作，這個工作就好比是識別證，能識別出這個人來。哪怕她是家庭主婦、學生、無業遊民，也要把他的工作清清楚楚的標明出來。

從職業可以看出一個人的氣質、品格，所受的教育，以及出身的高低。鄉下農夫自然不同於大學教授，建築小工也沒法跟老闆比財富。一個餐廳小妹，她一走出來就是一個小妹，跟餐廳女老闆截然不同。所以從職業著手，你可以寫出他身世的背景，他的語言舉止，進而進入他的內心，掌握住他內心世界，內心的矛盾，內心的痛苦，這樣的心路歷程，心理反應，是最難抓住的，但也是觀眾最喜歡看的部分，也是增加你劇本質量和深度的不二法門。

一個做了三十年的經理，自然跟一個剛考入公司的小職員不一樣，一個臨床三十年的醫師，表現了他自信和老練，那些實習醫生都要聽他的，向他學習。我寫了六十年的劇本，你是剛入門的學子，我們兩個人是不能相提並論的。資深的民代叫老鳥，新選上的議員叫菜鳥。但是工作經驗也好，人生歷練也好，並不完全是老年與青年之分，中年與少年之分，以才幹與智慧來說，也不能說年資久的就一定有才幹，年輕的就是菜鳥，也有年輕的很有智慧和才幹，只要給他機會，他並不輸給別人。

一個人的身世背景，是該人物最好評論的根據，與人物性格有極密切的關係。我們常說「英雄不怕出身低」，哪怕是建築小工，也有做到建築公司總經理的。這種人不但聰明能幹有智慧，而且還能吃苦耐勞、埋頭苦幹。我們也會聽說：「這個人很有錢，他是大地主的兒子。這個人是公子哥兒，靠著爸爸的財產，拿來揮霍不務正業。」還聽說「這個人有來頭的，他是某關係企業的大老闆」這樣的人一定是有氣派有擔當，出手大方，交際廣泛，還有「別看他是董事長。他小時候給人放牛」，由一個放牛的孩子做到大企業公司的董事長，非常不容易，這當中經過的過程一定非常艱苦艱難。

這是真人真事，就是統一公司的董事長高清愿。還有「你知道嗎？那個人是球僮出身。」以上這些人物的身世背景，是我們寫劇本、創造人物的材料。

說到球僮，就是高爾夫球場撿球的小弟，我曾經以這一個球僮小弟為主角，寫成「撿球童子」單元電視劇，在台視禮拜四晚上九點國語電視劇中播出，寫他由撿球童子不畏艱難，膽大心細、努力苦幹往上爬，升為公司營業經理。過了若干年，我又把這一個題材改寫為廣播劇，劇名為「另類男人」，在中廣公司播出。

還有一個題材是一個賣豆腐的青年和三個女人的故事，劇名是「豆腐坊喜事」，首先我把它寫成電視劇在台視播出，過了一陣子我又把它寫成廣播劇，在中廣播出，又過了一陣子，我又把它寫成話劇，並且榮獲「姜龍昭話劇劇本獎」。由台北市可樂果劇團演出，劉華導演，他們都是殘障青年，坐著輪椅演出，他們的熱誠投入，演出時全心全力的表演，都忘了他們是坐著輪椅演出的。也就是到了忘我的演出，名導演申江看了演出說：「我感動了，一點也不覺得他們是坐著輪椅演出的。演的真實、自然、感情投入，太棒了！」誇讚不已。

姜龍昭話劇劇本獎雖然獎金不多，但是十分珍貴，完全是他自立創辦的，沒有任何文化機構出錢贊助，也沒有任何大企業伸出援手。很多關係企業的大老闆像蔡姓、吳姓、郭姓、張姓……等等，不說別的，單是發放年終獎金，動輒上億，如果讓他們拿幾個小錢辦文化事業，就像拔毛一樣，就是會喊痛。

所以台灣經濟起飛，現在又落下來了，成為亞洲四小龍吊車尾，是被自私只顧自己撈錢的人害的。一位著名的攬權貪腐的政客，自私，只顧自己撈錢害人。台灣被他們主政多年，已經搞成文化沙漠，這文化沙漠雖然也有一點花苗和綠樹，但不久就枯死了。因此，「姜龍昭話劇劇本獎」就顯得更是彌足珍貴。

以上寫出各個領域高低、貴賤不同的身份，即使不同的身份他們也會有不同的表現，這是我們從身世背景、經歷經驗，找出他們共同點，與差異點，加以研究分析，啟示了寫人物如何著手，從哪裡著手以及如何塑造。

四、嗜好與特點

每個人都有嗜好，不良的嗜好有抽煙、喝酒、打牌、上酒家，良好的嗜好有運動、聽音樂、看畫展、看書、旅遊等等。一個人的特點，好的有愛乾淨愛美，熱心公益，樂於助人；壞的有自私扣門兒、嫉妒、說謊騙人、幸災樂禍、敲詐坑人、貪污舞弊及驕傲自大等等。

並不是把每一個嗜好，每一項特點都安裝在劇中人物身上，而是揀一兩樣來表現即可。有些人有一個特別的嗜好，如果被你抓到了，這個人物立刻活了起來。有的人喜歡摸鬍子，古裝劇中最常見，抓頭髮，每逢思考或是緊張的時候，他就摸鬍子、抓頭髮。還有的人有口頭禪，也是特點；特殊的。一個鄉公所的老職員，油滑得很，你求他幫忙任何事，不管他能辦不能辦的，他都說「等等再說」，如有人申請醫藥補助費，他不管當事人多麼著急，急著這筆錢用，他都會說「等等再說」。一個婦人死了丈夫，等著錢辦喪事，申請急難救助金，他會說「等等再說」，明明錢已經撥下來放在抽屜裡，他依然說「等等再說」。就是不馬上拿給你，叫你著急。

有一天，他老婆出了車禍，送進醫院急救，有生命危險，同事告訴他趕快去醫院，他也不慌不忙的「等等再說」，等到老婆病危紅單子下來，他還是慢條斯理的「等等再說」。到了醫院，老婆已經去世，這才曉得自己耽誤了。痛苦痛哭，後悔也無濟於事了。

如果你把這位老職員的口頭禪「等等再說」捉住，那麼這個人物一定很生動。我在藝工總隊服務的時候，編導了一齣話劇「性本善」的四幕劇，參加金像獎競賽，這齣戲是寫一個外表醜陋、兇狠，內心軟弱善良的中年男子，愛護和照顧妻子、兒子，被人誤解，不惜犧牲自己曲折的經過。劇中兒子一角由幼年演到青年，失散又團聚，我設計幼年小演員有喜歡摸鼻子的習慣，等到青年換人飾演，那青年演員也要摸鼻子，由這摸鼻子把兩個不同年齡的演員合而為一，把幼年兒子與青年兒子合而為一，這一小動作——摸鼻子不但對人物刻畫有幫助，對於劇情也有助益，結果此劇獲得文藝金像獎最佳導演獎。

我寫了六十年的劇本，最早在一九四八年，我寫了我的處女作，我的第一本劇本「鄭成功」。那時候，政府撤退來台台灣剛剛光復，一種懷憂喪志、消極悲觀的氣氛瀰漫著，都覺得退到台灣這一小島能有什麼作為，如想回去更是不大可能。於是搬出鄭成功打敗荷蘭人的故事，提振士氣。當時鄭成功這一題材，很為各文化團體重視，我就是在這種情形下寫成「鄭成功」四幕六場舞台劇，演出大受歡迎。我們先在台北、高雄、台中等地上演，後來又環島演出三十多場，可謂盛況空前。就是因為這是我的第一部作品，又有這樣好的反應，使我立志從事編劇工作。是苦是樂，是興奮還是辛酸，我已飽嚐。

有一次在左營演出，一位專科學校的老校長周貴清，看了非常感動，老淚縱流。特別慰勉全體演職員餐敘。席間他曾稱讚編劇的成就非比尋常，即席問誰是編劇？來了沒有？演員隨手指向我，「就是他，他就是編劇。」接著劇團團長又說，「周校長，他就是編劇高前。」周老校長愣了一下，多看了我一眼，我也急忙站起來說「是的」，「是的」。

周貴清老先生又多看了我幾眼，使我有些緊張不安起來，校長有校長的威嚴，我不知道我們什麼地方錯了，或者是編的與史實不符，還是怎麼了？於是全體演職員也跟著緊張起來。

這時候，周老校長和顏悅色地說：「你就是編劇高前先生嗎？」

「是的。」我說。

「我沒想到你會這麼年輕哩。」老校長微笑著說：「這麼年輕就寫出這樣激勵人心、生動感人的劇本，真是不容易。」

校長周貴清又補上一句，「你是學歷史的嗎？」

我回答說：「不是，我是南京國立戲劇專科學校畢業，我學的是導演。」

周貴清「啊！」了一聲，又說，「你很有才華，希望你好好努力，多創作出優秀的劇本。」

「是的，謝謝周校長的嘉勉。」

因著周貴清校長的嘉勉與鼓勵，我開始了編劇生涯，放下了我本來的所學的導演。由導演改為編劇，當時非常得意被捧得昏了頭腦，以為編劇是容易的事，至少是不困難的事，要不我怎麼第一本劇本就如此受到讚美呢！得到專科學校老校長的好評呢！我編了六十年的劇本，保守的估計總在三千本以上，這才發現編劇的辛苦，嚐到了他的苦味，這是一條極其費腦筋、消耗精神體力，坎坷不平的道路，仿照某部長的口吻，「真他媽的不想幹了，想改行，不想幹了。」

六十年的編劇生涯，我已年屆八十有五，還能改行轉業嗎？不可能的事，還是提起筆寫一本編劇的經驗，帶點心得和趣事的書供大家參考，福澤後人吧。

五、正面與側面

所謂正面與側面就是多方面的去描寫一個人物，人物有他的多面性，有的人物心地險惡，處處想詐騙別人，逮住機會就坑你一筆，咬你一口，把你戶頭的錢，搬運到他戶頭裡去，像目前一些詐騙集團，不知多少人吃虧上當，損失了大批金錢。這種詐騙集團也有他的兩面，一面雇小姐打電話給你，聲音優美、甜潤，吸引你上當、入彀。另一方面狠心吃你，這些傢伙正面是正人君子，側面卻是陰險小人，吃人不吐骨頭。

還有一種比較溫和的兩面，不是害人坑人的，完全屬於自己的作風，自己的性格。

話說有一位很能幹的總經理，經營有方，使得公司的業務蒸蒸日上，公司大小職員都很尊敬他，他不苟言笑，對人對事都非常嚴肅，每個人進入總經理辦公室，都是規規矩矩站著，不敢亂動，這是他在辦公室的姿態，他的正面。

可是一下班回到家裡，他就變了另外一個人，跟兒女談笑風生、玩遊戲，鬧得不亦樂乎，最小的女兒他特別寵愛，居然叫他趴在地上當馬騎，他不但不以為忤，而且欣然接受。當馬在客廳裡打轉，其他的小孩一齊拍掌叫好，這是他的側面。

這就是總經理的正面與側面，兩面完全不同，他在公司和在家裡判若兩人，如果你只寫他一面，對這個人物的創造是不完整的，是有缺陷的。

抗日戰爭期間，我在四川江安國立劇專讀書，高年級的同學演出名作家老舍的劇本「兩面人」，我還記得是宋德裕同學演主角兩面人，這個人是道道地地的兩面人，他對日本人卑躬屈膝，笑臉迎人，對自己的同胞卻是鐵面無情，一臉肅殺，完全是雙重人格，兩方面的表現。結果他在舞台上演著演著，鬍子掉了半邊，一張臉分成一邊有鬍子，一邊沒有鬍子變成真正的兩面人了。

抗日戰爭期間，物質缺乏，他的裝扮都是自己製造的，非常粗糙，沾鬍子的膠水沒那麼好用，沾上去很容易脫落，沒想到這鬍子一脫落，使這劇本有了具體的表現，也是演員的表演成功，使得劇中人物真的變成兩面人了。

以上描寫人物的多元化，正面與側面的描寫。接下來再進一步談談主觀與客觀的描寫，由劇中人的對白和別人的旁白來表現。

青年：「我回到了故鄉，一個樸實的小鎮，小鎮的街道由窄變寬，兩旁的路樹茁壯茂盛，來往的村民帶著微笑，互相點頭打招呼，這是多麼可愛的地方我要把我在國外所學的，貢獻出來，盡力的把家鄉建設的更好更完美。」

由這一段主觀的自述，我們可以體會到，這是一個學成歸國的青年，他熱愛家鄉有理想有抱負。

小職員：「我包得明自幼失怙，過著有一頓沒一頓的苦日子，經過我一番努力，有幸考取某大學夜間

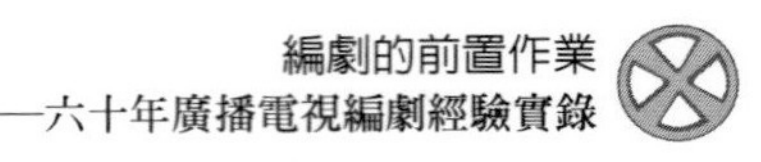

部，我半工半讀，十分艱苦的讀下去，幾次都升起打消苦讀的念頭，但我都咬牙堅持下去，終於我熬過去了，如今我大學夜間部畢業，考取了某大電子公司做練習生，因為沒有父母、親人，也沒有人看得起我，更不會有好朋友幫助我。所以沒有人做我的保證人，交不出保證書，無法向公司人事處報到，眼看就要失業了，沒想到公司的總經理愛護青年，提拔青年，他願意簽名蓋章。做我包得明的保證人。好幸運，真是太棒了，我不但有了保證人，而且保證人還是公司的總經理，我好拉風，我好神氣。」——拙著「另類男人」（廣播劇中廣播出）。

這一段自白，表明了一個刻苦自勵的上進青年，自助而有人助，解決了他的職業問題，證明人間有希望，有溫暖。這種直接敘述的方法，也屬於正面描寫。還有一個已婚青年，太太離家出走了，留下他和一個小五的兒子，生活無人照料，吃飯、工作、兒子上學都有困難，簡直活不下去了。

已婚男子：「太太離家出走了，把我和兒子小雨留下來不管了。冰箱裡空空的，連一點吃的東西都沒有，不像往常太太離家，冰箱裡裝滿了東西，有的在電鍋裡，熱熱就可以吃，有的在微波爐裡微波一下就可以吃，還有的現成的拿出來就可以吃，不像這次離家，只寫了一張字條，數落我的不是，抱怨我的凶悍，一點吃的都沒準備。這是打算要餓死我們父子倆吧。」（拙著「你不要離開我」廣播劇）這也屬於主觀正面的描寫。

以上是正面述說，由自己介紹的正面描寫，從這些述說的話裡，我們不但瞭解人物的身份、職業、背景等等，還瞭解到他們的處境，他們碰到的遭遇，以及他們現在面臨的困難，使觀眾對他們有一個比較鮮明的認識和大致的瞭解。

男：「王武雄你少惹他。這傢伙脾氣暴躁，蠻不講理，搞不好，他會揍你一頓。」這是側面描寫王武雄。由第三者說出，這也是客觀的描寫。

女：「馬小莉你沒見過嗎？她的身材一流，臉蛋圓潤，眼睛大大的，一張小嘴，長得十分俊俏。」側面描寫馬小莉，由第三者說出來。

男：「馬有智，你想見他嗎？他是有智企業公司的董事長，要見他的人先要登記，通過秘書那一關，還要通過董事長助理第二關，通報過了，他還要看看你的份量，社會地位是不是值得接見。以我看，你不必去見他，何必找釘子碰呢？」這也是側面描寫馬有智總經理。

女：「唉呀！妳說吳美娜呀，這個人不但自私而且小氣，人人都知道她有錢，身價近四億，可是你要找她周轉，甭說你啦，就是她哥哥姊姊，甚至她父母，都要擔保品和算好多少利息，不然，你休想借到錢，門兒都沒有。她可是精明得很哩。」側面描寫，由第三者說出。

我們知道王武雄是黑道的流氓，最好少惹他，敬而遠之。那麼馬小莉呢？她是一個嬌小玲瓏，長得十分漂亮，身材又好，臉蛋俊俏，一個很迷人的小女人。所以我們由側面的描寫中，可以看出馬有智是一個很能幹有謀略的企業家，他的作風獨斷獨行，我行我素，並且可能堅持己見，所以想接近他、會見他並不容易。因為他骨子裡看不起他所要接見的人，認為都是平庸之輩，沒有什麼好談的。至於吳美娜則是個富婆，有錢又多疑，沒有人緣，很難相處的人。她沒有學識，也沒有氣質，她有的是錢，所以一身的銅臭氣。

以上都是側面介紹，都是從第三者嘴裡描繪出來的，比較客觀比較正確，與自述是另外一種味道。但是對於塑造人物的功用是一樣的。

第十一章　戲點

所謂「戲點」就是一個劇本中戲劇性最強的地方，以示劇情發展最高最引人注意，及最感動觀眾的地方。

「戲點」與高潮十分接近，有時會同時發生，有時卻只有「戲點」不見高潮，正確的說，高潮是引起震撼、刺激、驚訝的東西，它是強烈的剛硬的，但「戲點」有時卻是微笑的、溫馨的、走溫柔和軟的路線。

「戲點」的產生是由一點開始，發展延伸出來，也就是由點成線，延續出來。在一個故事或是題材中，找出「戲點」加以繁殖處理、擴大，有時深入好幾場戲，有時會影響到全劇，一個半小時的劇本，有一個「戲點」就夠了，一小時的頂多不超過兩個。

所以「戲點」是綿延不斷的，它發揮的作用較長，不像高潮，一下子就過去，接下來是下降處理善後，一直到結尾。「戲點」不然，它來的不是很猛，它就是這麼自然而然的來了，它會使人留意，使人回味，使人咀嚼，不是一下子就過去的。

現在我們綜合一下，把高潮與「戲點」來比較一下。

1、高潮展現的時間較短，「戲點」的展現則時間較長，高潮一下子就過去了，「戲點」有時可以繁榮擴增，甚至延伸到下一場。

2、高潮多半是猛烈的，刺激的也是緊張的，但是「戲點」多半是抒情的慢慢的，令人享受回味兒的，在刺激中有寧靜，悲哀中有甜蜜。應該這麼說，「戲點」比高潮格調高些，厚實迷人。

3、「戲點」比高潮更明顯更深入。會使觀眾留下極為深刻的印象。不能泯滅一齣戲可以沒有高潮，沒有大起大落，呼風喚雨或高潮迭起。有的僅是平鋪直述，娓娓道來，淡淡的哀愁，微微的笑意，一樣的可以成為一齣戲，也仍然有它的意境、風格、格調。大陸有一位名劇作家夏衍，他的作品多屬此類，他不像曹禺錘擊出那麼深，刺激的那麼烈；也不像陳白塵、宋之的，那麼有衝擊性，曲折性及變化多端，他就是他，夏衍寫不平凡的作品，是一位了不起的劇作家。我在重慶曾看過他的名作「離離草」，「離離原上草，一歲一枯榮，野火燒不盡，春風吹又生。」意境深邃，真是好。我寫的「今夜沒有螢火蟲」（載本書中）就有這種味道，請讀者參考。

一般而言，一齣戲可以沒有高潮，但是不能沒有「戲點」，沒有「戲點」，廣泛的說就是沒有戲。一個劇本沒有「戲點」，那麼還演什麼呢？還能叫作劇本嗎？

「戲點」、「演繹」、「墊戲」是根據我六十年寫作經驗創造的。我的專有名詞，這也是我寫劇本，六十年的經驗結晶。這並不是高深的學問，在戲劇理論書裡，你找不到「戲點」「演繹」「墊戲」這些名詞，因為是我杜撰的，是我的心得，編劇經驗的累積。

從演員方面來說，有的演員一上場就是戲，靈活得很，有的卻反應遲緩，無法入戲，木訥得很。這些演員，不但靈活入戲快，而且很能掌握住「戲點」，也可以說全身都漾溢著「戲點」，他們的一舉手一投足都是戲。一皺眉一撇嘴，也是戲。總而言之，渾身都是戲，全身從內到外都是演戲的細胞，天生成就是做演員的命。像顧寶明、孫越、陶大偉、張國棟、張小燕、張艾嘉、鐵夢秋、廖俊……等等，他們都是屬於這一類的優秀而且傑出的演員，本人大膽的名之為「戲點演員」。

現在我們用戲劇材料（剪報）和故事，來進一步說明「戲點」。

女：「媽，別讓我難堪，我作女兒的也要面子的。」女兒向單親媽媽提出抗議。

單親媽媽，不願再婚當媽媽，是時下的新女性，拒絕婚姻枷鎖的另一種選擇，不過家中的孩子到了叛逆的青春期，做媽媽的可得特別小心。

在單親媽媽家庭中長大的郁芬，已經念國二了，她老是覺得被同學貼上「不正常家庭」出身孩子的標籤，因為媽媽身邊的男朋友一換再換，於是郁芬開始逃學、逃家，以表示她的排斥與抗議。她更無法接受媽媽跟她說的：「只要『真愛』就可以去做，但你不行，你現在還太小，根本不懂什麼叫作『真愛』。」

台北市內湖區少輔的督導張淑慧小姐認為，青少年重視同儕的認同與價值判斷，所以他們不希望在同儕中成為異類。媽媽時常換男朋友，女兒難以接受。

同時青少年對性最敏感，未婚媽媽是單身，當然有權享受自己的交友與性生活，不過這樣的作法，對孩子一定不好，而且容易使女兒對母親產生反感。因此張淑慧建議，單親媽媽最好能先取得孩子的接納，孩子如果不能接納，那麼在外過夜與帶男朋友回家過夜，應盡量避免，以免影響孩子的心理。

未婚家庭最常碰到的問題就是性別角色的混淆，最好是能找孩子的舅舅、外公與孩子多接觸，使孩子能夠認識父親的形象。以免媽媽無暇兼顧父親的角色，而使孩子產生異常的情緒。

這份報導我已寫成半小時的電視劇，在台視「週日劇場」播出，有「戲點」兩個，一個是小女兒對媽媽帶男朋友回家過夜感到難堪與難過，甚至厭惡，另一個是母親對女兒的疏忽，居然不知道她的感受，不避諱和男友親熱，帶個男友來家中過夜，這使女兒抗議，母親又不諒解，形成母女的對立與衝突，一個是女兒的厭惡，一個是母親與男友的熱絡。

母親是作風大膽，認為作母親有愛的自由，享受愛的權利，作女兒的不應該干涉，而且還要幫助媽媽談戀愛。這是母親完全自私為自己著想，絲毫沒想到女兒的感受，尤其在叛逆期的女兒。同時女兒也有害怕失去母愛的恐懼感，少女的心理，少女的想法，為人父母的不能不顧慮到。

於是形成了母女嚴重的對立，女兒因為無力說服母親而反抗母親，只有消極抵抗，往下沉淪，走上抽煙、酗酒、亂愛，因此墮入深淵而不能自拔。

靠著這兩個「戲點」，可以發揮出一齣很不錯的電視劇。

下面是幾年前從報紙上剪下來的一篇報導，也是我寫作收集的資料。

老婆生一子，商人暗搞婚外情。女友也生一子，無巧不巧，老婆與女友所生的兒子竟然是同班同學。

高雄市一名劉姓商人已有家室及兒子，但是另有個同居女友，也為他生了一個兒子，今年暑假，兩個兒子都升上國中，無巧不成書，他和妻子所生的兒子與他和女友所生的兒子，不但同校，並且編在一班。劉姓商人無意間獲知，唯恐東窗事發，已先設法使與女友所生的兒子轉班，並且另置豪宅，說服女友或妻子搬家，以使其中一個順利轉學，徹底解決問題。

劉姓商人原住台北市，十幾年前到高雄經營房地產，又投資餐飲業及貿易，在商場上一帆風順，由於在高雄市單獨一人，不久就結交黃姓女友，並在十二年前妻子生下第二個兒子不到一個月，女友也生下一子，從母姓姓黃。

劉姓商人六年前將妻兒搬到高雄市，雖然妻子知道他另有女人，但並不知道已生下一個兒子，在丈夫一直很尊重她，給的家用富裕，又每天都回家來，妻子為了息事寧人，並沒有為難丈夫。而與劉姓商人同居的女友，自知理虧，在大老婆睜一隻眼閉一隻眼之下，也抱著沒事別惹事的態度，不願爭名位，以免破壞了眼前平安舒適的日子。

過去劉姓的兩個兒子，雖然在前鎮區就讀國小，但學校不同，可是國中屬同一學區，待兩個孩子報到後，開始學前輔導，有一天劉姓商人與女友所生的兒子聊天時，無意中聽到國中同學的情形，這才發現兩個兒子被編在同班，已成為好朋友。如果再交往下去，遲早會提到家裡情形，這就嚴重了。為了找理由讓兩個兒子分開，劉姓商人除了託人找校長幫忙，把女友所生的兒子轉到另一班去，並且積極在高雄市三民區物色一棟大坪數的豪宅，打算用來說服妻子或女友搬家，則其中的兒子也必定轉學，問題即可迎刃而解，一點痕跡也露不出來了。

這一篇資料的「戲點」在妻子與女友雙雙生子，孩子又被編在同一班，這是非常富有戲劇性的，也就是有了明顯豐富的「戲點」，只要好好掌握即可寫出好劇本。（拙著「同班同學」半小時電視劇，在台視「週日劇場」播出。）

以上兩個「戲點」的故事，是在報紙上剪下來的新聞報導再寫的，並不是本人杜撰，因為看出它的「戲點」，所以才拿來編成台視「週日劇場」電視劇播出，這也是選擇素材的一類，由報章雜誌得來。

「同班同學」有兩種巧合，第一個巧合是劉姓商人的太太和女友都在相隔不遠的時間內生下兒子，不能隔得太遠，否則不能成為「同班同學」。第二個巧合是都進入了同一所學校，而且是同班級同教室同區居住。這裡有五個「同」字，所以才能構成這一個尷尬又有趣的故事。劇中人劉姓商人緊張，觀眾好笑的「戲點」，在這兩種巧合中，也成為另兩個「戲點」。

一個有經驗有智慧的編劇，透由他敏銳的觀察和思想的細密，一下子就抓住「戲點」，只要有「戲點」出現，就逃不過他的慧眼。所以，在編劇來說，人生就是戲，處處都是戲，就看你如何採擷、觀察及表現展現延伸「演繹」了。

第十二章　簡易分場大綱

大綱有兩種，一種是提要式的，簡單的；一種是詳細的、豐富的。

簡單的是為自己寫作方便，也就是給自己看的，內容包括有：

一、提醒自己故事發展的軌道，也就是情節發展的線，否則走錯了，就會發生混亂，清理起來，非常費事費時。二、人物性格統一，不能有矛盾。

一部連續具情節發展順暢是必要的，不偏差走到岔路上去，如果沒有驚覺繼續往前走，越走越離譜就很難回頭了，如果想再回到情節的正線上去，工程浩大，困難重重，你想刪掉走偏的情節，又捨不得，因為走偏的情節寫得都很精彩，想與正線接軌，又格格不入，其實是傷腦筋的。一部連續劇除了正線以外還有三、四條副線，情節非常複雜，一不小心就會亂，如果不照著軌道前進，一旦搞亂是非常麻煩，千頭萬緒，不知如何是好。

提醒你寫前段要顧到中段，寫中段要回顧前段，也要顧到後段。中段是要承先啟後的，寫後段當然也要回顧中段和前段，要前後呼應，共同前進，使觀眾有一個清楚的軌道，順著劇情走，一切都在你掌握之中，你不可隨意也不可以任性，必須約束自己才行，你不要離開主題，不能離開人物的性格，更不能離開觀眾，這樣才有連貫性、統一性，也才能一氣呵成，使觀眾看得舒服看得過癮。

如果你寫的連續劇從第一集開始，就要把握住人物的個性，這些都要記在你編劇大綱的人物表上，他是怎樣的人，性格如何，你都要掌握住，使人物走在你為他鋪設的劇情軌道上，不能偏離，也不能妨礙到別

人，也就是不能為了表現而傷害到其他的劇中人。最重要的是人物個性一致統一。

編劇要注意人物的作用、作為，人物必須精簡，人多了就浪費人物，人太多「戲份」也會分散，反而寫得不生動，最好是恰如其份，不多不少。這些都要簡易大綱上註明並且提醒自己。

每個人物不管張三李四，不管王五趙六，都要在主題、人物個性、情節軌道的管制之下，不能走到軌道外面，也不許隨心所欲，任意發展。這樣劇情才能凝結在一起，團結在一處。戲劇是綜合的藝術，也是有組織有軌道有範圍的完整藝術。

你要把劇中人物當作你的子弟兵，是有血有肉的活人，你要賦予他們生命，你也要帶領他們如何表達主題，如何促進劇情，如何彰顯主題，如何達成你的要求完成任務。這些都是要預先設計，記錄在你的大綱上。

一個自己用的簡易大綱，大概可以分為幾個重點。

本劇編寫的動機、意義、製作的目的和對觀眾的影響（正面的）以及收視率預估，都要說清楚寫明白。

1、故事概梗

把劇本故事概梗發展的路線（主線、副線）說清楚講明白，並且標出劇本的類型，大致屬於悲劇、喜劇或是悲喜劇、鬧劇及情節劇。

2、人物表

人物表就是把劇中的主要人物、次要人物，姓什麼叫什麼，他的個性、心態、嗜好以及他在劇中的主要作用和其他人物的關係，都要一一寫清楚。

3、集數

是要製作多少集，是三十集、四十集，還是只有二十集，抑或是五十集，這些都要根據劇本的長短而決定。

第十三章　「天涯三鳳」（電視劇）故事暨分集大綱

一、製作構想

我們一定要使這個古裝連續劇具有現代感和現代精神，並且決心突破，突破墨守成規，創造新境界、新風格，內含啟示性與教育性。

我們重要的工作之一，就是要把主要人物豎立起來，用人物來帶動情節，用人物來討喜觀眾，寫人物性格上的優點，寫人物高尚的品德和情操。即使是少數反面人物，也有他可取之處，我們這樣是要提高連續劇的水準，並且使本劇有文學價值。

二、本劇主題

1、寫「忠」、寫「恕」、寫「仁」。「忠」——忠於自己，忠於朋友，忠於國家。「恕」，恕人恕事，寬宏大量。「仁」，仁民愛物，行仁天下。運用新的表現方法，把「忠」、「恕」、「仁」的精神，融入人物的行動和劇情之中，達到潛移默化的效果。

2、人生必須朝著既定的目標邁進，堅忍不拔，努力奮鬥，不畏艱難，絕不動搖。

三、本劇主要人物

季無言——首鳳，年輕貌美的少女，有「神劍」之稱，和一顆慈祥的心，她深深感覺到用劍解決不了問題，用劍的人必然會傷人，而且被劍所傷，於是決心「封劍」棄暴揚仁，當她人格受到侮辱時，她又忍不住去「請劍」。她三次「請劍」，三次做罷，終於堅此百忍，立定行仁走天下的宗旨。她的父親乃是德被四方的「仁劍」王浩天，因為一件恩怨被司馬勝雄、冷寒王、鐵花宮宮主仙人掌三人所害，造成冤案，使得她和二妹（即司馬月寒）三妹秀秀各走天涯，失去聯絡，這是發生在十幾年前的往事。她和一個名叫李振飛外號「空空兒」的少年指腹為婚，但是二人從來未曾謀面，也互不相識。

李振飛——外號「空空兒」，對自己的身世完全是一片空白，他在深山學武習藝，因此不涉世事，物欲不沾，純潔的像一張白紙。他業師空空上人，奉師命下山尋找未婚妻王小藍（即季無言），後來協助季無言與失散的家人團聚。他在未找到季無言之前，先遇見秀秀（季無言的妹妹，姊妹互不相識），和秀秀發生了一段純真的愛情。

秀　秀——小鳳，純情少女，有楚楚可人的儀表，溫柔慈祥的胸懷，被人憐憫的身世，她被忠僕王安所收養，侍奉至孝。她專情貫一，對空空兒（李振飛）的愛至情至深。她失散的二姐就是司馬勝雄府中的司馬月寒。

司馬月寒——次鳳，富家千金，恃寵而嬌，敢愛敢恨，她想得到的，非達到目的不可，她以為收養她的司馬勝雄是她的生父，也不知道季無言和秀秀就是她的親姊妹。她和冷寒玉，結上一段姻緣，婚後，由一個任性的少女轉變成一個賢慧體貼的少婦，以愛心感化冷寒玉改邪歸正。

冷寒玉——玉面白衣，瀟灑飄逸，冷靜機智，雖被稱為「鬼劍」，但本性並不壞，時常閃耀人性的火花，自從和司馬月寒結婚以後，被妻子愛的感化，感今是而昨非，為伸張正義殉身，令人惋惜。

鐵　花——鐵花宮宮主，就像有刺的仙人掌，冷豔、有野心、逞私欲。竟然勾結番邦，妄想制伏天下英豪，她是本劇唯一的反派人物，火焰般的慾望，終於焚燬了自己，惡有惡報。

司馬勝雄——富豪，年輕時為情所困，一時衝動，夥同冷寒玉、仙人掌陷害了「仁劍」王浩天，自此良心難安，懊悔終日。他吃齋唸佛、濟世助人，以贖罪衍，他是大徹大悟。

空空上人——空空兒的師傅，出世的上上人，仁慈胸懷，與世無爭，仁慈仁恕已至化境，但在緊要關頭，毅然而出，消滅奸佞，為民除害。

談笑生——空空上人高徒，詼諧人物，得乃師薰陶，律己以嚴，待人以寬，生平以不傷人不沾血為矢志，他扶弱除強，一生只出過三次劍，一次為斷劍，一次為銹劍，一次為鈍劍。也因此鬧出不少笑話，人們戲稱他為「談三劍」。

唐士豪——雪花莊老莊主，歸隱山林，務農為本，浩瀚胸懷，正氣凜然，義之所在，雖粉身碎骨在所不惜。他與空空上人是至交。

江仲揚——雪花莊大師兄，尊師重道，個性剛烈，正直不阿，疾惡如仇。

孟凡之——雪花莊二師兄，通達事理，擅長分析，他最孝順師父。

王　安——王浩天的忠僕，秀秀的義父，十幾年來養育主人的幼女，吃苦受難，毫無怨言，他所思所求發自忠心，他所作所為本諸義理，他雖然是一個微不足道的小人物，但是他的忠義精神，上昭日月。

貴　婦——王浩天的妻子，風度氣質均屬高雅，當年王浩天被害，她因受刺激，罹患瘋病。她有三個布娃娃，代表她失散的三個女兒——三鳳，整日撫摸，藉慰相思，後遇長女季無言，病漸漸痊癒，重享天倫。

王浩天——有「仁劍」之稱，甚得世人尊敬。

沙娃、沙嬌——姐妹花。鐵花宮主人仙人掌的屬下，因不滿鐵花的倒行逆施，毅然棄暗投明，不幸犧牲了性命。

崔一嘯、王二海——冷寒玉屬下。

四、「天涯三鳳」總綱

年輕貌美，胸懷大志的季無言決心「封劍」，棄暴揚仁。季無言深深的領悟，用劍解決不了問題，用劍不是傷人就是被劍所傷，因此她決心「封劍」，行仁走天下。

空空上人的愛徒李振飛（空空兒）四處遍訪季無言，他自幼與季無言指腹為婚，因此仁慈祥和的空空大師命空空兒找到季無言完成佳禮，以結姻緣。

空空兒遍訪季無言無著，邂逅一純情少女秀秀，二人發生純真的愛情，秀秀就是季無言多年失散的小妹。一邊是真誠之愛，真情難捨，一邊是指腹為婚，婚約所限，涉世不深，純潔如一張白紙的空空兒，不知如何選擇。

師命難違，空空兒只好和季無言成婚，秀秀得悉，柔腸寸斷，鬱結成疾。心疼秀秀的義父王安，不得不告訴秀秀，季無言就是她失散的大姊，她的二姊可能就是被富豪司馬勝雄所收養的司馬月寒。

司馬勝雄乃司馬世家東主，十幾年前被情所困，一時衝動夥同玉面白衣公子冷寒玉、鐵花宮宮主仙人掌陷害了仁劍王浩天，王浩天的三個女兒就是秀秀、司馬月寒和季無言，三鳳分飛，各走天涯。

季無言察覺空空兒愛的是秀秀，為成全妹妹，延緩婚禮，潛入司馬世家，查證謀害先父的是不是司馬勝雄，同時查證司馬月寒是不是她的二妹。

季無言在司馬府中為婢，受盡欺凌折磨，她千忍百忍，忍辱負重，終於查出後院一小花廳內有一痴呆的貴婦，終日撫摸三個布娃娃，她懷疑此一貴婦可能就是她的母親。

司馬勝雄、冷寒玉、仙小掌已知王浩天的後人出現，自恃法網難逃，末日來到，十幾年來司馬勝雄吃齋唸佛，濟世助人，以贖前行，他以徹底悔悟了。而冷司馬勝雄除去三姊妹滅口。

季無言得雪花莊老莊主唐士豪和空空上人之助，制服了私通番邦的仙人掌，為民除害，為國鋤奸。司馬勝雄俯首認罪，甘願接受國法制裁，棄邪歸正的冷寒玉被仙人掌所害，他為自己的罪行賠上了生命。

天涯三鳳與母親（貴婦）團聚，重享天倫，秀秀和空空兒完成佳禮。季無言則一本初衷，拜別母親，天涯四方，行仁走天下。——全劇終

五、「天涯三鳳」分集大綱

第一集

穹蒼下，雪花紛飛，大地一片肅殺。

天際出現一黑點，由遠而近，馬蹄翻起片片雪花，一俊美少年——季無言在馬上，身佩一把碧玉劍，雄姿英發，目光定定注視著前面，神情凝重……季無言翻身躍下馬來，審視跟前已經挖好的墓穴，取出行囊中全部的銀子，打發走挖墓穴的兩名工人，然後雙膝跪地，捧起寶劍，祈求上蒼接納她的劍，矢志立誓，棄暴揚仁，行仁濟世，不再用劍傷人。她含淚把寶劍投入墓穴埋葬，摘下紫色的頭巾，秀髮披肩，迎風飄動，恢復了她女兒身。

劍埋葬了，過去的季無言埋葬了，新生的季無言不再與人比鬥，她端視觀看，那墓碑上面寫著「季無言之墓」。

第二集

地平線上，旭日東升，火紅耀眼。

一個玉面的白衣公子——冷寒玉，苦等一夜，為的是要和有神劍之稱的季無言一決雌雄，然而季無言沒有來，冷寒玉譏諷季無言背信。

此時，恢復女兒之身的季無言來到，冷寒玉乍見傾心，她佯稱乃是季無言的徒弟小藍，師傅不幸突然去世，請求取消生死之約。冷寒玉不信，欲挾持小藍逼出季無言，機智聰明的小藍，一躍騎上冷寒玉的白馬脫身。

冷寒玉冷笑，口哨呼喚白馬，但卻久久不見白馬返回，正疑惑時，白馬姍姍回來，卻不見了小藍。

第三集

聚英樓

一少女秀秀，眼波含淚，淒婉地唱著民搖小調，以娛客商，一旁的老義父胡琴伴奏，秀秀生得秀麗皎潔，楚楚可人，紈褲子弟司馬風對秀秀十分欣賞，兩對眼睛都看直了，極思染指。

這時候，飢腸轆轆的季無言在一桌進食，她眼見賣唱少女會有麻煩，對她十分關注。但是既已反璞歸真，克制自己，不要再管閒事，其實秀秀就是她失散了的三妹。

冷寒玉接踵而來，他飄逸的風采，吸引眾客商注目。

司馬風調戲秀秀，冷寒玉嚴正制止，司馬風悻悻而去。

冷寒玉至季無言桌前，昂然而立，二人對峙。

季無言提防著，暗中注意他的舉動，冷寒玉旋即一笑，輕鬆自如。

他為在雪地的出言不遜，向季無言深致歉意，並彬彬有禮的邀請季無言，移駕紫霞大宅歡宴。

第四集

紈褲子弟司馬風曾經遭遇兩次婚姻失敗，以為這個世界上再也沒有女人喜歡他，因此對女人有不正常心裡，存心戲弄，當他回到司馬府，其父司馬勝雄得知原委，在他受傷的傷口上，猛揮一掌，痛的他亂吼亂叫。

司馬勝雄嚴斥司馬風妄為，警告他不得欺負民女，應以修身晉德為重。

司馬風談及被一白衣玉面書生所傷，司馬勝雄猛吃一驚，暗忖，莫非是十幾年的冤家對頭，冷寒玉又出現了嗎？

此時家丁來報，外面珠寶店有一英俊少年，出手闊綽購買珠寶，同時打聽紫霞大宅的地址。司馬勝雄聞言，更是疑慮叢生。「冷寒玉」，「紫霞大宅」，這些都觸及他的傷疤，令他揣揣不安。

原來購買珠寶的英俊少年就是不涉世事，純潔像一張白紙的空空兒，他奉師傅空空上人之命，購買珠寶迎娶新娘，他找尋的新娘就是「封劍」新生的季無言（王小藍）。

第五集

季無言對冷寒玉之邀幾經考慮，認為不能逃避，決定赴宴，同時探究冷寒玉的企圖。

紫霞大宅，冷寒玉接待季無言，態度激動，眼波流露出傾慕之情，酒過三巡，突有的大漢由內側步出，季無言談笑之間，那大漢竟然不能近身。冷寒玉吃驚又佩服，不敢再對季無言造次。但見大漢溢出大粒汗珠，動彈不得。（本分集大綱共六十集，僅留五集作參考。）

本劇末段提示：

一、運用季無言最後一次「請劍」，再予強化棄暴揚仁的主題，使這一主題表露無遺。

二、三鳳歷經千辛萬苦，終於和母親團聚，要寫的溫暖溫馨，帶給觀眾暖暖的感受，天倫昭彰，親情漾溢。

三、人生需正心慎行，循規蹈矩，即使是誤觸法網，大徹大悟，也難逃法律制裁，司馬勝雄的處境令人警惕。

四、季無言的別離家人，一本初衷，行仁走天下，使本劇結尾留給觀眾回味和深思。
五、除去仙人掌是為百姓除害，為國鋤奸，強調國家民族意識，忠貞愛國的主題。

全劇終

第十四章　參考劇本介紹

這本書分做兩個部分，第一個部分是屬於編劇理論範圍，從第一章到十二章；第二部份第十三章到十八章，是參考劇本。

為什麼說是參考劇本呢？因為這些劇本是為了讓你瞭解如何編寫劇本而設的，理論部分舉了很多編劇的例子，你看了理論，再看這些劇本中的實例，使你很容易瞭解，很容易清楚，編劇是怎麼回事，否則你會墜入五里霧中混亂起來，丈二和尚摸不著頭腦，這就是我選擇這些劇本刊在這裡的意義和目的。

如果你把劇本刪去，它就是殘缺書，不完整、不完美的一本書。這裡收錄了的劇本，包括廣播劇、電視劇和舞台劇三部分，其中以廣播劇最多，這是因為廣播劇的形成、分場大致和電視劇相同，也就是說你瞭解了廣播劇的寫法，自然也就會瞭解電視劇的寫法。廣播劇除了表現方法與電視劇不同之外，其他如主題、情節、故事（情節）、對白都和電視劇差不多，又因為在我寫作歷程的後期，我是致力於廣播劇的寫作，所以一舉例就舉到了廣播劇裡面。事實上，我寫廣播劇與電視劇的數量是不相上下，可能電視劇還要多一些，如果從年資上來說，我寫電視劇比廣播劇長多了，電視劇寫了大約四十年，廣播劇只有二十年不到。

不管怎麼說，這些劇本都是在我書櫃裡挑選出來，都夠水準，雖不敢說是範本，至少是有技巧，有功力，有價值的。

這些劇本分做四個部分，第一個部分喜劇結晶，第二部份是偉大女性，第三部分是特殊題材，第四部份是戲劇的形式。

我寫了很多喜劇，這是我的擅長，我的喜劇特點是劇中沒有壞人，沒有壞人就是沒有反派人物。戲劇是正反兩派衝突，產生火花，而我的戲劇沒有反派。其實這種劇本很難寫，但是我的喜劇中沒有壞人，哪怕他的言行舉止有些壞，可是他心地是善良的。第二點就是對白流暢，人物性格鮮活，有喜感，很多效果都是對白造成的，所以對白輕鬆、幽默，雋永是十分必要的。

現在把每個劇本的特點分述於下。

一、喜劇結晶

1、他使我天天落淚

寫某公司董事長對於公司解散、遣散員工，處理不夠完善，不夠周全，得罪了一個小職員，這個小職員與董事長還有血緣關係，但是董事長堅決否認，逼得小職員想出許多怪招，奇招來對付董事長，害的董事長尷尬萬分，喜劇連連，又哭笑不得。

2、愛情像氣球（又名「只剩下一張嘴」）

這是一齣愛情喜劇，男主角吹牛，女主角愛虛榮也吹起牛來，二人吹得天花亂墜，互不相讓，吹到最後只剩下一張嘴。想想什麼人剩下一張嘴，聖經上說負面的話可以漏掉生命，今天那個說話尖刻、說大話的人，一張嘴害了我們八年。

3、家有嬌妻

看劇名就知道是小夫妻的閨房趣事，妻子嬌滴滴，又任性，甚至連一句難聽的話都不能接受，丈夫是大男人主義，以自己為中心，唯我獨尊，兩人的拌嘴、吵鬧，產生無數的樂趣。

二、偉大的女性

1、新來的女老師

「新來的女老師」是寫一位初入社會，憑著自己理想教書，遇到困難和難事。女老師被派教導頑劣的班級，這些調皮學生不但設計了許多讓老師難堪、頭痛的事情，讓人看了很逗笑，觀眾一面笑，一面同情那位小巧玲瓏，教學認真的女老師。雖然是喜劇，但不是讓你大笑、狂笑的那種喜劇。這個劇本顯示女老師的堅忍與堅強和堅定的精神。

2、少女小彩

「少女小彩」是寫一個江南水鄉女孩，堅持愛情的故事。小彩生在水鄉，和一個跑船的青年戀愛，青年的母親為了要換一條大船，百般阻撓這段可歌可泣的愛情，其目的是要兒子娶一家擁有大船的富紳女兒。最後小彩盡了最大的努力，雖然竭盡所能也沒有挽回她和青年的愛情，但她堅忍不拔，毫不妥協的精神，令人感動，也令人欽佩。

3、茶與咖啡

「茶與咖啡」是寫婦德高尚卻沒有什麼學識的農村婦女，丈夫死了沒給她留下什麼財產，她有一對未成年的子女，一位半身不遂的公公，子女需要她的養育，公公需要她照顧，這個家庭的重擔她一肩挑起，辛苦操勞，日夜繁忙，沒有半點牢騷和怨言。她不但持家有方，而且還管理一大片茶園，採茶、製茶，把一個衰敗的家庭，興旺起來，她真是一位了不起的女性。

三、特殊題材

1、牆頭記

「牆頭記」是我榮獲金鐘獎最佳廣播劇編劇獎的劇本，是寫大陸家鄉的事情。我老家是在河北省任邱縣，北閭家塢一個落後的小村子，農村裡有一位老太太，膝下子女成群，孫子孫女也不少，但是北方鄉下非常窮苦，物質缺乏，人性貪婪，實在是到了驚人的地步。這位老太太雖然兒女眾多，但是沒有一個兒子或一個女兒願意供養老太太，使她平安度過晚年，她只好坐在牆頭上，由一個疼愛的小孫女陪伴著她，坐在牆頭上望著左邊、右邊、前邊、後面一家一家的燈火通明，卻沒有一家願意收容她奉養她，她的眼淚一滴一滴的落在牆頭下……

2、河塘鎮傳奇

這個題材非常特殊，是描寫江南河塘鎮一位秀才吃河豚的故事。河豚肉質鮮嫩，十分可口，但是毒性極大，一不小心便中毒身亡賠上性命。俗諺冒死吃河豚。一個老師傅和他的小孫子以殺河豚為業，一到河豚季節，他就划著那艘小烏蓬船順著河而下，給沿岸那些老饕烹殺河豚，結果他中毒而死。「殺河豚，死於河豚」他的小孫子也不願再繼承此業了。

3、九霄驚魂

「九霄驚魂」也是一本特殊題材的劇本，它是在飛機上發生的故事，寫飛機上的廣播劇並不多見，在三萬尺高空，飛機發生故障，面臨生死關頭，人性的弱點都暴露出來，有的膽小怕死恐懼萬分；有的自私自利，只想著如何逃生；有的思前想後，懺悔做錯事太多。貪婪的人性慾望，恐懼死亡的弱點，形形色色，各顯原形。

這個劇本的重點在於，如何在飛機上的表現方法。

4、今夜沒有螢火蟲

「今夜沒有螢火蟲」是我喜歡的劇本之一，它的情調，它的氣氛，它的控制和拿捏，可說是到了爐火純青的地步，技巧的運用，功力的再現，達到了相當標準。不慍不火，不誇大不低沉，在我認為是一個成功的劇本。它的故事，是寫女兒趁著結婚的機會，使離婚很久的夫妻和好，準女婿並且幫助女兒完成心願。

第十五章　喜劇結晶

一、他使我天天落淚

人物：
馬天良：退休老人
馬家珍：天良長女，職業女性。
馬家玲：天良次女，大學生。
張順成：天良老友。
張太太：順成妻。
蔡阿嬌：經營花圃。
賴大虎：流氓。

音樂開場。
△電話鈴響。

馬家珍：（不耐煩）誰這麼無聊，深更半夜的還打電話來，吵醒人家睡覺。（對話筒）喂，哪位？——是的，我們這裡是馬家，請問你找誰？——（驚一下）啊？什麼？我們家沒有賣房子，你打錯了。

△「卡」的一聲放下話筒

珍：（自語）真是奇怪，我們住的好好的，幹嘛要賣房子呢？

△電話鈴響

珍：（對話筒）喂，是的。——錯了。我們沒有賣房子，這裡是住家，不是房屋仲介公司，你聽清楚了吧！——沒有！沒有！絕對沒有賣房子。——我當然說了算。你不必知道我是誰，我也沒有必要告訴你。

△放下聽筒聲。

珍：（自語）哼，根本沒有賣房子這回事。

馬家玲：姐。

珍：家玲，妳怎麼起來了？

玲：被妳吵醒了，深更半夜的，妳給誰打電話，說個沒完沒了。

珍：不是我打電話，而是有人打進來，要買咱們家的房子。

玲：（驚）什麼？妳要賣房子？

珍：怎麼妳也說我要賣房子？

玲：這房子是妳買的，我和爸爸是寄住在這裡，妳要賣房子當然是由著妳了，我和爸得趕快找房子搬走啦。

珍：（急）唉呀，妳怎麼聽不清楚我說的話呢？不是我要賣房子，而是有人要買這房子。

玲：妳不要賣，怎麼會有人要買呢？
珍：（氣）妳以為我不願意跟妳和爸住一起，賣掉房子搬走嗎？妳要是這樣想就太不應該了。
玲：話都是妳說的，我可沒這麼想。

△腳步聲馬天良行入

馬天良：唉唉，妳們吵什麼？大吼大叫的，現在幾點鐘了，凌晨一點多了，妳們不要睡別人要睡呀。我明天要早起參加長青登山活動哩。
玲：我明天還要去學校圖書館看書，準備期中考。
珍：妳們都有事，就是我輕鬆。告訴妳們，我明天要主持公司裁員會議，搞的不好要天下大亂。
良：既然是大家都有事，為什麼不好好睡呢？吵什麼呢？
珍：爸，你弄錯了，我們不是吵架，是有人打電話來買這房子。
玲：是的，爸，我們正在談這件事情。
良：啊！對了，我想起來，今天早上，不，應該說是昨天早上我也接到類似的電話，說是登了報，也上了網，這樓中樓廉價出售，六十坪賣五百萬。
玲：雖然景氣持續低迷，房屋市場嚴重衰退，也不會有這麼廉價的房子呀。
珍：就是嘛，真是氣人，六十坪樓中樓賣五百萬，乾脆送給他算了。
良：打電話的人說：報紙上廣告登的是，屋主做生意做垮了，需款甚急，所以吐血大賤賣。
玲：姐，是這樣嗎？
珍：妳懷疑嗎？我們的業績雖然大不如前，但是並沒有跳票關廠呀。只不過是裁員減薪而已，這分明是有人造謠破壞我們。

良：我也是這麼想，家珍，妳看是不是同行相嫉呢？妳們公司屹立不搖，別人吃味兒呢？

珍：一定啦，別的公司沒得混了，就來個惡作劇，中傷我們，出出冤氣。

良：是呀，能夠招攬生意，堅持營業的公司並不多，所以妳會引起別人的嫉妒，看了眼紅。

玲：我不同意你們的看法。

珍：喔？妳有什麼高見？

玲：如果是嫉妒，看了眼紅，會使狠招，打的妳抬不起頭來，一蹶不振，垮到底，不僅僅是打打電話，刊登廣告，這種小動作。

珍：（不悅）那妳說是什麼原因呢？總不會是我真的登報賣房子吧！

玲：姐，我想妳不會不知道原因吧！

珍：家玲，妳話中有話喲，妳說這話是什麼意思？

△電話鈴響

珍：又來了，家玲，妳來接聽。

玲：為什麼要我來接聽呢？

珍：因為妳懷疑我呀。

良：妳們兩個鬧什麼彆扭，快接電話，家玲。

玲：啊。（接電話）喂，請問你找誰？——啊，是問賣房子的，姐，對不起，我誤會妳了。

珍：妳拒絕他。

玲：喂！我們這裡不賣房子。——唉呀，告訴你不賣房子，你還囉唆什麼？——是一個姓張的告訴妳我們家要賣房子？簡直是胡說八道，無中生有。

珍：妳問他姓張的叫什麼名字。

玲：喂喂，姓張的叫什麼名字？喂喂，電話掛斷了。
良：妳這種語氣跟人家說話，人家當然要掛斷了。
珍：姓張的，該不是隔壁張伯伯吧！
玲：除了他還有誰呢？我們又沒有第二個姓張的朋友。
珍：不會吧。張伯伯為人忠厚，樂於助人，他不會做這種缺德事。
良：我想也不會，張順成不可能開這種玩笑，他一向對我們很友善，甚至在去年年底，我們家最窮困的時候，他還接濟過我們。
玲：爸，此一時彼一時也，現在張伯伯的處境跟去年不同啦，他的公司發不出薪水，員工抗議丟雞蛋灑冥紙，使得他惶惶不安心理不平衡，他製造事端擾亂我們，也不是不可能的。
珍：咦，妳剛才不同意爸和我的看法，認為別的公司不會用小動作，怎麼現在又改口了。
玲：我並沒指明張伯伯的公司。
珍：選，變得可真快。
玲：有什麼關係，這個社會變來變去的人多哩，越有名氣的人變得越快。
良：好了，你們兩個總是鬥嘴，專打口水戰，咱們家裡可不許打口水戰，家珍！
珍：爸。
良：妳去打聽打聽，究竟是怎麼回事？
珍：好的。

△音樂轉場

張太太：（呼）順成，順成，茶葉買回來了。

張順成：太太，妳買茶葉這麼久，我等著泡茶哩，口乾死了。
太：老伴，別抱怨，我來給你泡。告訴你，有對你不利的傳聞。
成：最近發生了好些不利的傳聞，使得我神經緊張。太太，妳別嚇唬我呀。
太：你沉住氣聽我說，我在茶葉店遇見蔡阿嬌，她說馬家珍對你有微詞，懷疑你在暗中設計騷擾她。
成：（不悅）這是什麼話，我設計騷擾她？我騷擾她什麼啦？我跟他爸爸馬天良是老朋友，我算是她長輩，我怎麼可能騷擾死去丈夫的寡婦呢？
太：你別緊張，這可能是謠言。
成：謠言傷人好似利劍呀。關係我的名譽呀。蔡阿嬌有沒有告訴妳是什麼樣的騷擾？
太：她沒說。
成：蔡阿嬌怎麼會知道的？
太：唉呀，蔡阿嬌和馬家珍的貿易公司有生意上的來往。她栽種的蘭花，就是由馬家珍的公司運銷到南美洲和美國去的。這種關係，她還能不知道嗎？你呀真是老糊塗啦。
成：我不是老糊塗，我是給氣糊塗啦。

△音樂轉場

珍：我真想不通，張順成為什麼搞這種惡作劇。
良：妳想想看，妳是不是有缺失，無形中得罪了張順成。
珍：我曾經檢討過，我沒有對不起他的地方。
良：總歸有原因吧，否則他不可能這樣做。
珍：也許不是他。

玲：（肯定的）就是他。
良：家玲，妳不可以這樣武斷。
玲：你們以為張順成有品有德，忠厚老實，不會做出坑人害人作弄人的事情。其實你們錯了，張順成的工廠關閉了，他善後工作處理的不是很好，很多員工怪他、罵他，使他陷在焦慮和不安中，諸事不順，心理不平衡，很容易做出反常的事情。
珍：嗯，那些失業的員工，很使張伯伯傷腦筋。
良：唉，失業了，沒有收入，生活困難，精神苦悶，電視新聞上說：一個失業的中年男人，居然把自己的兒子打成了植物人。
玲：姐，妳要小心呀！
珍：我小心什麼？妳以為我要自殺嗎？
玲：我不是說妳要自殺，我是說妳公司，你們公司不是也要裁員嗎？
良：對了，家珍，你們裁員會議開的怎麼樣了？
珍：爸，你放心吧，你女兒做事公正公平，絕對不會說一套做一套，使員工活不下去。我們決定不裁員。再怎麼苦怎麼難也要咬緊牙關，苦撐下去。
良：（欣慰）好。這樣好，失業率已經達到五點二六啦，不能再升高了。
玲：姐，我好佩服妳，妳這叫做雙贏對不對？
珍：妳少給我戴高帽子。
良：唔，我有點事要出去一下，關於張順成這事兒，妳們要謹言慎行，因為我們並沒有確切的證據，冤枉了人就不好了。我出去了。
珍：爸，您要早點回來，過馬路要當心車子。
良：嗯。

△音樂轉場
△門鈴聲
玲：有人按門鈴，我去開門——。張伯伯您好。
張：好，喲，妳們姊妹倆都在家，難得難得。我看這麼著吧，我請妳們吃滷肉飯。
玲：吃滷肉飯？
珍：張伯伯，吃滷肉飯是會發胖的。
成：我請你們吃的滷肉飯都是瘦肉做成的，沒有肥肉也沒有肥油。味道鮮美可口。告訴你們說：咱們這條街上開了一家叫做禿頭李滷肉飯店，據說是連鎖店。全省創立五十八家，好了不起。乃是祖傳秘方料理，完全是古早味，走，我請你們去吃。
兩人：（冷冷地）喔，唔，嗯——
成：你們怎麼了？好像不太起勁兒似的，不感興趣是不是？我請客喔。
玲：我們哪裡還有什麼興趣吃禿頭李的滷肉飯，房子都要賣掉了。
珍：是呀，房子賣掉啦，只有到馬路上喝西北風，還吃什麼滷肉飯呢？
玲：居無屋，食無味，人生真是黯淡喲。
成：你們說的話酸溜溜的，我一句也聽不懂。
珍：張伯伯，您不會不懂吧！
玲：您已經達到整人的目的，哪裡會不懂呢？
珍：不是不懂，恐怕是作賊心虛吧！
成：你們越說我越不懂，今天的氣氛不大對，你們對我不大滿意似的。
玲：您是長輩又是家父的好朋友，我等小輩哪敢對您不滿意呢？

成：不滿意就不滿意吧！我做錯了什麼，你們直說好了，用不著陰陽怪氣的。
珍：張伯伯，您是不是放謠言，說我們家要賣房子？
成：我放謠言說你們家要賣房子，怎麼可能？沒這回事。
玲：您有沒有登報？您有沒有上網？
成：登報？上網幹什麼？
珍：賣我們家房子呀！
成：唉呀唉呀，這從何說起呢？房子是你們家的，我憑什麼要賣呢？這豈不是天大的笑話嗎？
玲：張伯伯，您這個玩笑開得大了。
珍：有人打電話來接洽買房子的事情，說是從您張順成那裡得到售房資訊。
玲：還有人打電話來，說您刊登了售屋小廣告。
成：不用說上網售屋也是我幹的了。
珍：張伯伯，看您作何解釋。
玲：選，您管得可真寬，居然管到我們家賣房子來了。
珍：一天到晚二十幾通電話，深更半夜還響個不停，無法安眠，真是煩死了。
玲：簡直是騷擾。
珍：完全是虐待。
成：（制止）妳們不要說了，根本是莫須有的事情。
玲：二十分鐘以前還有類似的電話。
成：妳們把我搞糊塗了，把我張順成看成小人了。開玩笑整人的事情，我哪裡會做呢？我鄭重否認，絕對不是我幹的。

△腳步聲，馬天良行入

良：唉唉，家玲，接一接我手上的書，這麼重，我抱不動了。
玲：爸，您買這麼多書幹什麼？
良：這哪裡是我買的，是張順成買的。
成：（驚一下）什麼？我買的？
良：啊，順成，你在這兒，你什麼時來的？
成：天良兄，我來了有一會兒了，你說這一堆書是我買的？沒有哇，我沒有買呀。
良：是你買的。而且是你告訴書店送到我家來的，我剛剛回家的時候在門口碰到送書的小弟，他交給我這張字條，還向我要了五千塊錢。
珍：爸，怎麼向您要五千塊錢呢？
良：書款呀，我替順成代墊的書款呀。
成：誰叫你替我墊款，我根本沒有買書。
良：（氣）我替你墊款，幫你忙，你還這麼說。告訴你說，有這張字條為證，家玲，妳唸給他聽。
玲：好的。（唸）張順成先生訂購本店「美容叢書一套」，送給好鄰居林家珍女士，做她三十八歲生日禮物。
珍：張伯伯，我不知道謝您呢？還是罵您？我的生日早就過了。我今年三十六歲，您憑白無故的為我長了兩歲。
玲：唉喲，這「健康美容叢書」可齊全啦，這一本叫做「如何減肥保持三圍」。
珍：張伯伯，您年紀一大把了，還注意女人的三圍呀？
玲：唉唉，你們看這一本「如何隆乳，使胸部更發達」。
良：嘖嘖，我說順成老弟呀，你好要意思買這種書送給我女兒，你不臉紅嗎？
珍：難為情死了，張伯伯，您把我看成辣妹了吧！

成：（急）唉呀，這些書不是我買的！不是我買的呀！

玲：唉唉，這裡還有一本「面部青春痘消除法」。姐，妳有青春痘嗎？真鮮唷。

珍：張伯伯，您把我當成十六七歲的小女孩了，您是讚美還是諷刺？

成：我幹嘛諷刺妳？老天有眼，我沒有，的確沒有買這些書給妳呀。

玲：唉唉，這裡還有一本「女人如何除毛」？

良：（驚）什麼？除毛！

玲：就是刮腿上的汗毛，和胳肢窩的汗毛。

良：張順成，你太不像話，你老糊塗了嗎？怎麼這麼低級呢？

珍：張伯伯，我被您侮辱到家了，您這哪像長輩？我真沒法忍受，噁心死啦！

成：唉喲唉喲，冤枉冤枉，我張順成為人厚道，崇尚道德，我哪裡會做出這種下三爛的勾當。家珍，妳要相信張伯伯，我絕對沒有買這些不堪入目的書送給妳，天地良心呀！

玲：張伯伯，這裡還有一張字條，我唸給您聽。

成：不聽不聽。

玲：不聽不行，您非聽不可。（唸）以上健康叢書一套，優待價一萬五千元，可先付頭期款五千元，餘款一萬元限一週內付清。張伯伯，您聽清楚了吧！您要繳一萬元正。

成：繳一萬元？我為什麼繳一萬元，我又沒買書。（氣）我絕對不繳！

玲：您沒買誰買的呢？

成：我沒買沒買，我不繳一萬元。

玲：由不得您，您賴不掉的。

成：我花一萬五千元買書，還給你們謾罵嘲笑，我這是怎麼了？我瘋了嗎？

良：順成，家珍家玲都是你的晚輩，你總要保持一點風度，不可以耍賴嘛——，拿來吧！

成：拿什麼？

良：五千元呀，我替你墊上的。

玲：這什麼？難道我爸替您墊的五千元，您都不認帳嗎？

成：這——

成：（咬牙）認，我認了。我得罪誰了？是那個混蛋在背後設計我？把我整的這麼慘！

△音樂轉場。

成：流年不利，霉運當頭，什麼倒楣的事兒都找上了我，我真是又氣又惱又破財呀。平白無故的損失了一萬五千元。

太：我說順成呀，你就別嘮叨啦，損失一萬五千元算什麼，你公司倒閉工廠關門，幾千萬都賠進去了。你還不是認了。

成：這與公司倒閉不同呀！太太。我窩囊呀！妳沒看見張天良父女的那副嘴臉，難看呀！在他們眼裡我簡直成了垃圾，是被淘汰的對象。

太：說的也是，多年的老朋友，他們也太過份了。

成：不講情意，沒有友誼，翻臉不認人，一個勁兒的謾罵諷刺，毫不留情，他們怎麼變成這種樣子，我真是百思不得一解！

太：經濟衰退，大家的收入都在縮減，一千元只能當過去的百元用，人們活的很苦，於是產生了變態心理，誰也不相信誰，誰也看誰不順眼。我說順成呀，你不是也變了一些嗎？

成：我變？我哪點變了？

太：你比以前暴躁，那種謙讓宜人的風度消失了，而且沒有了耐力。

成：是呀，我也覺得我的脾氣變大了。
太：所以呀，你要消消氣，不要再怪罪張家好不好？
成：我這口氣一半天還消不了。我說太太，這事是誰在背後搗鬼呢？好像是故意找我的麻煩，使我出醜。
太：嗯。你有沒有想到是誰呢？
成：我就是想不出來呀。我張順成做人仁義在先，誠懇厚道。我不可能得罪人呀？
太：你得罪人不是在做人方面，而是在做事方面。你工廠關閉了，使得一百多名員工失業，沒有收入，活不下去了。甚至有些人走上絕路，他們對你不諒解，恨你。
成：我沒有虧待他們，我已經照規定發給他們遣散費，他們有足夠的時間去找工作呀。
太：找什麼工作？失業率已經上升到五點二六啦，都在苦撐度日，哪裡還有工作機會呢？
成：你說得對，我想跟我過不去的人，八成是被裁的員工，成心報復我。

△門鈴聲。

太：有人來了，我去開門。

△開門聲。

太：喲，老哥哥，家玲也來了。
良：嗯。
玲：張伯母，您好。
太：好好。

成：天良兄，請裡邊坐吧，家玲坐。
良：啊，嗯。
玲：謝謝。張伯伯，我們知道您很煩惱，所以我爸爸和我特別來看看您。
成：是呀，我煩惱透了。碰到這樣的事情，任誰也冷靜不下來。
太：老哥哥，你喝茶。家玲，這是果汁。
良：謝謝。
玲：謝謝伯母。
成：家珍為什麼不來呢？
玲：我姐對您不太諒解，她想不通您為什麼買書諷刺她。
成：哪裡是我買書諷刺她呢？天良兄，我們相處這麼久了，你應該瞭解我的為人，我怎會做出那種幼稚、無聊的事情？
良：順成，我瞭解你，但是孩子們的想法跟我不盡相同，尤其是家珍，你傷害了她太重了。
玲：是呀，張伯伯，你藉著送她健康美容書，諷刺她太胖，身材不夠標準，風度太差，皮膚不好。女人最忌諱這些，都給您揭露出來，我老姐怎麼會不難過呢？
良：尤其是家珍她三十六歲，又守寡，她在這方面很自卑，你偏偏火上加油。
成：唉呀，這是天大的誤會，我一再堅決的表示，叫我斬雞頭發誓都可以，你們怎麼不相信呢？
太：是呀，老哥哥，順成不會做這種事，剛才我們還在研究哩，這是有人惡作劇，故意陷害順成，這個人很可能就是工廠遣散的員工。
玲：張伯伯，您最好找到證據，證明這些事與您無關。
良：你拿著證據親自去向家珍說清楚，並且請兩桌酒席，公開向家珍道歉。
成：這怎麼可以，這樣做豈不是不打自招嗎？

太：對嘛，我覺得這樣做不大妥當。

玲：什麼不大妥當，我姐姐的名譽要緊，現在左鄰右舍，和她公司裡的人都知道她受了侮辱，也不知道是誰放出去的謠言。

成：你以為是我放謠言嗎？告訴你，不是我，不是我。

△門鈴響。

太：有人來了，我去開門。

△腳步聲，開門聲。

太：啊，是蔡阿嬌，蔡小姐。

蔡阿嬌：張伯母您好。

成：阿嬌，請坐。

太：阿嬌，你喝茶。

嬌：我不要坐，也不要喝茶，順成伯，我是來找您談事情的。

成：什麼事情？

嬌：小事情，我記得您有一頂鴨舌帽，淡藍色，進口貨，質料好，樣式很新穎。

成：普通啦。

嬌：請您拿給我看看。

成：妳要看我的鴨舌帽？

嬌：不錯。請你拿給我看看。

成：一頂帽子有什麼好看的，再說是男人戴的，妳也不可能戴。

嬌：借我看看嘛，順成伯，別這麼小氣嘛。

玲：對嘛，順成伯，借給阿嬌看看有什麼關係，又不是向您要。

成：我不要給她看。

良：我說順成呀，你這種彆扭勁一上來，簡直是不可理喻，阿嬌特地到你家看看帽子，你怎麼不給她看呢？

成：我就是不給她看。

太：阿嬌，你為什麼要看順成的帽子呢？那帽子也不值錢，樣子也不流行，妳這樣堅持，想必有原因吧！

嬌：張伯母，您說對了，是有原因的，那頂帽子順成伯戴上很神氣，像是海外歸來的華僑，尤其是它能夠遮住順成伯的禿頭，我老爸也是禿頭，我想照著帽子的樣式為他訂做一頂。

玲：訂做一頂，難道市面上買不到嗎？

嬌：買不到，這頂帽子在台灣是獨一無二的。

良：順成呀，既然是這樣，你就借給阿嬌吧，這也是做好事呀。

嬌：好不好呀！順成伯，借我嘛。

成：我，我……（重嘆）唉！

嬌：唉喲，嘆氣？像是很為難似的。

太：我告訴你們吧，不是順成彆扭，也不是他小氣不肯借，而是他拿不出來，他搞掉了。

嬌：搞掉了，怎麼搞掉了呢？

成：我也不知道怎麼搞掉的，糊里糊塗就不見了。我正在納悶，妳就來借帽子，加重我的晦氣，觸我的霉頭，我當然不借給妳，再說，我也拿不出帽子來借給妳呀。

嬌：您拿不出來是不是？我卻拿得出來，奇怪吧？您看，是不是這頂帽子？

成：（驚喜）是，是，就是這頂，怎麼會在妳手上？
嬌：就是在我手上，沒想到吧！
成：謝謝妳，快給我。
嬌：給您？絕不給您，我要拿這頂帽子作證物，檢舉您的不法行為。
成：妳胡扯什麼？蔡阿嬌，這是我的帽子，快拿來。否則我到派出所告妳，告妳是小偷。
嬌：什麼？您告我是小偷？
成：當然了，我這頂帽子不是在外面掉的，是在家裡失竊的。
嬌：哈哈，那麼我蔡阿嬌潛入您家，偷了您的帽子啦？張順成，究竟您是小偷還是我是小偷？我想您很清楚，您就是小偷，您就是賊，而且是採花賊！
成：（氣）豈有此理，妳罵我是採花賊！你侮辱我！
良：採花賊？這話太難聽了。
太：阿嬌，妳不可口無遮攔，侮辱順成。
玲：阿嬌，妳要說清楚呀！什麼採花賊！
嬌：好的，天良伯和家玲今天來這裡是再好不過了，請你們二位為我作見證吧！事情的經過是這樣的，張順成潛入我家後院偷我的蘭花，情急之下，把一盆蘭花撞碎了。
成：誰偷妳的蘭花，胡扯胡扯，沒有的事，你這完全是抹黑，造謠！
嬌：就是您偷了我的蘭花，您不但把我的蘭花打碎了，而且還倉皇逃走，丟下這頂鴨舌帽，張順成，這您還賴得掉嗎？
成：（氣急敗壞的）唉呀唉呀！不是我不是我，怎麼會是我呢？我張順成行為端莊，崇尚禮義，絕對不做偷雞摸狗的事情。
太：是呀，阿嬌，妳這樣冤枉我丈夫，天理不容。毀掉他的名譽就等於毀掉他的生命呀！

嬌：我清楚得很，張順成曾經向我買這盆蘭花，我沒有賣給他，他愛蘭花如痴，就下手偷竊。張順成，我原以為你是正人君子，對你欽佩尊敬，誰知道你是偽君子，假冒聖賢之人，你不但無聊而且無恥。

成：你罵我無恥，氣死我了，氣死我了。你居然罵我無恥！

太（擔心）順成，你不要生氣，你的血壓高呀。

成：我的血壓已經升高了，我會血管爆裂而死，血管爆裂而死呀！

太：蔡阿嬌，如果我先生有個好歹，我跟妳沒完沒了。

嬌：哼！偷了還不承認，卑鄙，下流，無恥，惡霸！

成：妳，妳用這種既骯髒又狠毒的字眼罵我。壞女人！母夜叉！

太：蔡阿嬌，妳給我滾出去，滾出去。

嬌：滾出去，事情還沒解決哩。

玲：阿嬌，妳對順成伯說話，多少要節制一點，再怎麼說他總是長輩。

良：阿嬌，侮辱人的話不要說了，口水戰解決不了問題，妳有什麼條件直接提出來吧！

嬌：提就提。張順成，你給我聽好，這盆蘭花我要你賠償。

成：你要我賠償？

嬌：是的。

良：順成老弟，花錢消災，你就賠給她吧！一盆蘭花，沒什麼大不了。

成：好吧，妳開個價吧！

嬌：這是極其名貴的蘭花，價值三十萬五千元，五千元我優待你，你賠償我三十萬好了。

成：什麼？

太：天啊，要賠三十萬塊。

成：蔡阿嬌，妳罵人、騙人、整人。我不賠，不賠！

嬌：你不賠行嗎？有你的鴨舌帽和這盆打碎的蘭花為證，你賴不掉的。我限你三天之內把三十萬元匯入我蔡阿嬌的戶頭裡去，這是我銀行的帳號。超過一天算一天的利息，否則法院見。你自己看著辦吧！唉！

△腳步聲嬌行出

成：唉呀唉呀！挨罵，被侮辱還要賠錢，這究竟是怎麼回事？誰能告訴我（大聲）整我的是誰？

△音樂轉場

良：順成，看你面容憔悴，心神不定，我真為你難過，所以邀請你來我家聊聊，並且吃頓晚飯。

成：老哥哥，這麼說你不懷疑我了。

良：什麼話？我們相交多年，我還不瞭解你的為人嗎？我早就不懷疑你了。

成：啊啊，聽你這麼說我真是高興，到底是老朋友了。你我的友誼非比尋常。

良：順成，你要站住腳，不可動搖，我知道你受了打擊。

成：是的，老哥哥，這對我的打擊太大了，我真是人格破產，名譽掃地呀。家珍對我不滿，家玲諷刺我，連我老伴也開始不相信我了。老哥哥，你說我慘不慘？

良：老弟，慘，真慘！

成：我真想爬到本鎮最高的大樓上往下跳，一了百了。

良：你別這樣想，你的老伴她一向支持你的，不會有問題，再說家珍她是很理性的，經過研判、分析，就不會再怪你了。至於家玲她喜歡說些幽默略帶諷刺的話，其實是有口無心——這會兒最重要的就是把背後的黑手給揪出來。

成：這個人是誰呢？他真是把我害慘了。

△腳步聲家玲行入

玲：我回來了。喲，張伯伯來了。

良：我請張伯伯吃晚飯。

玲：喲，那我有口福啦。張伯伯，請問您的第四招準備好了嗎？

成：什麼第四招？

玲：咦，您的第一招是賣我們家的房子，第二招是送書，第三招是盜蘭花，接下來當然是第四招了。

成：（氣）妳在說些什麼？

玲：我跟您建議，第四招就是寫黑函，造謠我的老姐要嫁人了，跟某企業界大亨在別墅約會，被偷拍了熱情照片，這招很流行呦。一定轟動本鎮。

成：（氣）妳，妳這丫頭，妳把我張順成看成什麼人了？妳真以為我是這種無恥之徒嗎？

玲：唉喲，張伯伯，動了肝火啦，其實我是跟您開玩笑的，嘻嘻。

良：家玲，妳玩笑開過頭了，要不得。妳張伯伯為這事已經傷了腦筋，妳還要諷刺他，沒大沒小沒規矩，向張伯伯道歉。

玲：張伯伯，對不起。

成：我張順成，懂得孔孟學說，熟悉忠恕之道，一生謹言慎行，哪裡會設計整人害人呢？更不會用花招搞惡作劇。這明明是有人假借我的名譽，破壞我。

△腳步聲家珍行入

玲：姐姐回來了。

良：家珍，妳回來正好，我請順成吃飯，我們去吃白肉火鍋。
珍：好哇！張伯伯，您情緒好些了嗎？
成：好些了，聽妳爸爸說，妳原諒我啦。
珍：張伯伯，不是我原諒您，應該說是您原諒我才對。那天我一時衝動，對您很不禮貌，事後想想，您絕對不會送書取笑我，不管在人力物力上，您都幫助過我，這一定是有人在背後搞鬼，有意整您，使您痛苦。
玲：就是說，這個人是一個又狠又毒，又狡猾的東西。
良：不錯，我和家珍、家玲昨天分析過，我們都有同感，您是被人設計了。
珍：張伯伯，您想想看這個人是誰呢？他為什麼要陷害您？
成：我不知道他是誰？我想不出來，我得罪過什麼人。
良：我想這個人一定是您認識的，他對您的環境很熟悉，對您的人際關係非常清楚，或許您得罪了他而不自知。
成：有嗎？我什麼事得罪了他呢？
珍：比方說他對您有要求，您沒答應他，可能這個人對您是無足輕重的，事後您就把這事兒給忘記了。張伯伯，您想想，在您認識的人中有沒有使您傷腦筋的人。我想他一定是脾氣很大，行動很粗魯的這號人物。
成：嗯，嗯，讓我想想看……我想起來了，這個人可能是賴大虎，因為他曾經去過我家，向我有所要求。
良：那您說說看什麼情形？
成：好的。

△音樂

△門鈴聲

成：來了來了。

△開門聲

成：（驚）你——你——

賴大虎：怎麼？你不認識我賴大虎了嗎？

成：當然認識，你什麼時候出來的？

虎：你是問我從監獄裡出來嗎？告訴你我出來了二十天了，是刑期屆滿，規規矩矩的出來的。你相信嗎？

成：恭喜你呀，很難得，你居然規規矩矩的服完刑期。

虎：你看不起我，輕視我。（憤）張順成，你聽著，就是你這種看不起我的態度害了我，毀了我的前途。

成：不是我毀了你的前途，而是你走私販毒。

虎：我要報復你，報復你始亂終棄我母親，報復你不承認我是你的親骨肉，我要使盡各種手段，叫你傷腦筋，叫你痛苦。

成：這些舊帳不必再翻，你是不是我兒子，並沒有確切的證據。

虎：（怒）你還要耍賴，我宰了你！給我那被你氣死的，可憐的母親報仇。

成：好了好了，你不要亂來，你來的目的為何？你挑明了說吧！

虎：我當然是有目的的，這就要看你有沒有誠意。

成：你想做什麼？

虎：我想做的，人家不要我，我不想做的，偏偏有人硬拉我去做。

成：誰拉你？拉你去做什麼？

虎：當然是那些夠義氣的哥兒們，拉我去重操舊業。

成：賴大虎，你還要去走私販毒嗎？歹路不可行呀，你不能再誤入歧途了啦！

虎：我去不去全看你閣下了，如果你肯拿錢出來，讓我做個小生意我就不去，否則，我只有去了。

成：去不去在於你，與我無關。

虎：就是你這種推得一乾二淨，保持你的名譽害死了母親，毀了我的前途，今天你還是這個調調。（狠）可惡！你別逼我動手。

成：你少發飆，你殺了我解決不了你的問題。

虎：那你給我一百萬，你我之間的恩怨就算了結了。

成：我沒一百萬給你，公司垮了，工廠關門了，我破產了呀！哪來的一百萬？

虎：好，張順成，你這個老不死東西，區區一百萬你都不肯給，我要你好看。

成：你殺了我好了。

虎：我殺了你便宜了你，我還得再去坐牢，我要整你，整得你天天哭泣，流乾你的眼淚！

△音樂——

良：聽你這麼說，整你的人就是這個賴大虎啦。

成：是呀是呀，我怎麼沒想到這個人呢？

珍：張伯伯，我想您是被他攪亂的一時糊塗了。

成：是呀是呀！不滿你們說，我被整得真是苦不堪言，經歷了人生最大的痛苦。

珍：張伯伯，這下好了，總算水落石出，找到了隱形人，你也可以不再那麼痛苦了

玲：我們去警察局報案，叫賴大虎接受法律制裁。

良：報案之後，我們到海鮮大餐廳好好的吃一頓，慶祝順成脫離苦海。

珍：對，好好的慶祝慶祝，使張伯伯憂慮完全消失。

△音樂轉場

良：大家喝茶，稍待一會兒，今天我點的菜保證你們吃得滿意，有石斑魚還有大閘蟹喲。
玲：大閘蟹，我最喜歡吃大閘蟹了。
珍：張伯伯，您看那邊兒。
成：什麼？
珍：蔡阿嬌在那邊兒。
成：唉呀，蔡阿嬌還要告我偷她的蘭花，這也是我傷腦筋的事呀！
玲：唉呀，她看見我們了，她走過來了。
良：沉住氣，看她怎麼說。
嬌：喲，馬伯伯，張伯伯，家珍，家玲，你們也來這裡吃飯，真是幸會呀。
成：蔡阿嬌，妳有什麼事情直說好了，不必假惺惺。
嬌：喲，怎麼啦，順成伯，您還在生我的氣呀！那天我對您不禮貌，我實在是太過份了。
良：阿嬌，妳是不是要談蘭花賠償的事情呀？
珍：阿嬌，妳要順成伯賠妳三十萬，恐怕妳會失望啊！
嬌：談不到失望，因為我不會要順成伯賠償了。
玲：妳不要順成伯賠了，妳這麼好呀！
嬌：我不但不要順成伯賠償，而且我還要為那天不禮貌的態度，向順成伯道歉。
成：阿嬌，妳這是幹嘛呀！
嬌：我真的要向您道歉，因為偷蘭花的人不是您，而是一個叫賴大虎的流氓。
成：啊！妳怎麼知道是賴大虎幹的？

嬌：賴大虎有前科，警察局有他的檔案和指紋，和花盆上採到的指紋相符，警察已經把他逮捕歸案了。
成：啊，太好了！我的冤屈終於被洗清了。好哇！阿嬌，謝謝妳給我帶來的好消息。
嬌：謝什麼，公道自在人心，您順成伯是一位被尊重的長者。我要到那邊去了，那邊我請的客人在等著我哩。再見。
眾：再見。
良：這下好了，一切的問題都解決了。
珍：是呀，全部的憂慮都消除了。
玲：順成伯，快樂起來，菜來了，咱們痛快的吃吧！
成：對對，一無掛慮，痛痛快快的大吃一頓。

△音樂收場

二、愛情像氣球

劇中人

古子丹：某牙籤工廠的小職員，言詞誇大吹噓。
葛世傑：古子丹的同事，忠厚、實在。
王老闆：文具店老闆。
苗金玲：女，文具店店員，愛虛榮。
李瑞新：女，苗金玲的同事，務實守分。

△音樂開場

李瑞新：唉，金玲，妳看見沒有？

苗金玲：瑞新姐，妳要我看什麼？

新：（壓低聲）小聲點，妳看坐在櫃臺裡老闆那張臉！

玲：老闆笑咪咪的，是不是？

新：對嘛，我敢保證，咱們文具店這個月賺了不少錢。

玲：那還用說，賺錢笑咪咪，賠錢苦兮兮，咱們老闆的臉就是活的營業報表，嘻嘻。

新：金玲，看樣子，妳又可以領一筆獎金了。

玲：喔，唔，會嗎？

新：當然會。妳賣出去的文具最多，業績第一。

玲：瑞新姐，別這麼說，妳也不錯哩。

新：我怎麼能同妳比呢？妳臉上有笑容，身材有曲線，口齒伶俐、智慧一流，我真佩服老闆有眼光。

玲：怎麼呢？

新：請漂亮的小姐作店員，不愁顧客不上門。

玲：好了好了，不要再說了，怪難為情的。

新：只要妳眼睛一瞄，馬路上的行人，就會停步看妳。

玲：妳還要說，成心糗我是不是？當心我抓妳癢。妳是最會笑的。

新：如果妳再笑一笑，馬路上的行人都會走進店裡買東西。

玲：非要叫妳的笑神經發作不可，看妳還敢不敢饒舌。（發出抓癢的聲音）

新：咯咯，饒了我吧，金玲，下次不敢再說妳了。咯咯……

王老闆：誰在笑？

△腳步走近聲

闆：我問妳們是誰在笑？苗金玲、李瑞新。

玲、新：老闆。

闆：妳們兩個是誰在笑？快說！是誰？

玲：老闆，是，是我。

新：不，不，是我。

闆：我就知道是妳。當心我把妳的笑神經抽掉，讓妳笑不出來。要專心做生意。嘻嘻哈哈顧客看到成何體統？說也奇怪，妳憑白無故的笑個什麼勁兒的？

新：金玲抓我，我才笑的。

闆：是嗎？苗金玲？

玲：是的，老闆。

闆：李瑞新，總是妳不對，妳就不會忍著點嗎？

新：怎麼忍？

闆：張著大嘴，露著大牙，好看嗎？

新：我一個人也笑不起來，不能完全怪我呀！

闆：完全怪妳。

新：老闆，你要公道呀！你不可以偏心。

闆：我哪點不公道，我偏向誰啦？好就是好，壞就是壞，對就是對，錯就是錯。苗金玲賣出一部碎紙機，一部印表機，兩部傳真機，妳呢？一機都沒有。苗金玲的笑是甜甜的，妳的笑是鹹鹹的，她說話的聲音像黃鶯啼，妳說話的聲音像烏鴉叫。

新：你怎麼這樣說我？你太使我難堪了。我幹不下去了，我走好了。

闆：不幹不行。告訴妳，妳填的有志願書，訂的有契約，找的有保證人，想不幹可沒那麼容易。妳想走，走到哪兒去呀？從櫃臺走到大門口，妳得再給我走回來。哼！

△音樂分場

古子丹：小姐。

新：先生，你是叫我嗎？你想買什麼？

丹：不，我是叫那位小姐，我想買一本照相簿。

玲：好哇，請過來。你是說貼照片的簿子。

丹：對對，我看看那一本，深藍色的。

玲：好的，我拿給你。

新：（自語）明明我這裡也有照相簿，他偏要往那邊跑，不知這位仁兄是來買東西，還是來看美人？

丹：這本多少錢？

玲：六百五十塊。

丹：喔，那本小一點的呢？

玲：三百五十塊。

丹：那本紅色的，絲絨封面的。

玲：九百。這是最好的照相簿。

丹：太貴了。

玲：先生，質料不同呀！還有一千兩千的哩。

丹：價錢我不在手，一千兩千算什麼，只是太沒有藝術氣息，太俗氣了。買枝原子筆吧！

玲：好的，水性的，細字，很好寫，這是最好的原子筆。

丹：是的，妳們的東西都是最好的。

玲：當然了，不好的東西我們不賣，絕對是物超所值。

丹：多少錢？

玲：五十五塊。

丹：我買了。給妳錢。

玲：謝謝。先生。你還要買什麼？

丹：（幽默一下）妳們的東西都是最好的，我都想買。

玲：嘻嘻，你真會說笑話。

丹：妳很會做生意，不像別的小姐，板著臉，一副晚娘面孔。

新：先生，你這麼說可吃大虧了，比做晚娘，你豈不成了兒子嗎？

丹：也不一定是兒子，說不定是後父哩。

新：（不甘示弱）喲，打狗反被狗咬。

丹：（氣）你罵人！我告訴妳們老闆。

玲：先生，別生氣，是你先罵人家的。對不對？先生，你既然不買東西，站在這兒不耽誤你寶貴時間嗎？

丹：哼！是非之地不久留，你找我錢吧！

玲：原子筆一枝五十五塊。

丹：不錯，是五十五塊，可是我給妳六十塊，妳該找我五塊。

玲：你明明給我五十塊，哪裡是六十塊呢？

丹：妳這麼漂亮的小姐，倒像老太婆記憶力減退。我明明給妳六十塊，怎麼一轉很妳就忘記了呢？（傲氣的）本人是有身份的人，我會賴妳五塊錢嗎？

玲：人格擔保，我不會佔你五塊錢便宜。
丹：（更傲）五塊錢算什麼？買糖甜不到哪兒去，買鹽鹹不到哪兒去。
玲：有什麼了不起，我花出去的五塊錢不知道有多少？
丹：（誇大）那我就更沒法計算了。我花出去的五塊錢，恐怕有一大卡車哩。
玲：恐怕要用一列火車裝運才行喲。
丹：妳說對了，我的職業就是管錢，算一算，我經手的五塊錢是要用一列火車裝喲。
闆：（腳步）唉唉，妳們吵什麼？
新：老闆，這位先生說多給了五塊，實際上是少給了五塊。
玲：一枝原子筆五十五塊，他只給了五十塊，還有五塊沒給。
闆：（制止）好了，不要說了，我肯定是你們錯了。先生，對不起，她們年輕，不懂事，我找你五塊錢。
丹：不用了，既然妳老闆認錯也就算了，我爭的是理不是錢。再見。（腳步聲離去）
玲：早就應該走了，神經病。
新：就是嘛，小氣鬼。
闆：客人剛剛出門，妳們就罵人家，要不得！好好做生意。

△闆腳步聲離去。

玲：瑞新姐，妳看！
新：看什麼？
玲：十塊錢。
新：呀！這就是那位顧客給的十塊錢。

玲：對嘛，準是我收照相簿時候掉在地上的。真該死，冤枉了人家。
新：就是嘛，還跟人家爭得面紅耳赤，多不好意思。

△音樂轉場

玲：（獨白）我等了這麼久，瑞新姐還不來，約好在這ＰＵＢ見面的，難道她忘了不成嗎？
丹：（獨白）世傑這傢伙黃牛了，他說在這ＰＵＢ等我，哼，連影子都沒有。不管，我再等十分鐘，他不來我就走人。
玲：（獨白）都十一點了，瑞新姐怎麼搞的？還不來。難得的週休二日就這麼白白的浪費了。咦，那邊那位男士好面熟。（驚一下）呀！他就是丟掉十塊錢的人，我冤枉了人家，該向人家道歉才是。
丹：那邊那位小姐——他不就是文具店店員嗎？
玲：（腳步聲）先生！
丹：小姐，妳——
玲：你不認識我啦？
丹：唔，我們在文具店見過，妳不就是那位美麗的女店員嗎？
玲：沒錯，不但見過，而且還爭得面紅耳赤哩。後來那十塊錢在地上找到了。先生，使你的名譽受損，實在過意不去。先生，我，我向你道歉！
丹：沒有關係，小事情，道歉不敢當。
玲：再見了。
丹：小姐，別走，坐會兒嘛，我有話同妳說。
玲：什麼話？

丹：我覺得——我覺得妳非常漂亮！
玲：（笑出）廢話。
丹：廢話？請問什麼話是正經話呢？
玲：正經話可以印在書上，廢話就只有丟在垃報筒裡，再見。
丹：別走，我的話還沒說完。小姐，說真心話，妳風度大方、氣質高雅，既聰明又伶俐，而且巧言善辯。
玲：（冷笑）先生，你用不著來這套，你捧得太過份了。
丹：不，不過份。像妳這樣美麗而高貴的小姐，作店員太委屈了。
玲：那你說我該做什麼呢？公主，公關小姐？
丹：特助。
玲：特助？
丹：是的，總經理特別助理，而且是正派經營，財力雄厚，待遇優厚的大公司特助。
玲：（有興趣）待遇優厚？
丹：是的，如果妳有興趣，我可以為妳介紹。
玲：你為我介紹？你能嗎？
丹：這還有什麼問題。妳乾脆到我公司來好了。說也湊巧，我公司特助出缺，由妳擔任，必然是勝任愉快。不過，我們公司是要經過嚴格考試，假如由我推薦，就不必考試了。
玲：為什麼？
丹：因為我，我就是總經理。
玲：你是總經理？這麼年輕的總經理？
丹：就是呀，有人建議我留鬍子，又有人勸我戴一副眼鏡，何必多此一舉呢？還是本來的面目好。公司上上下下都喊我「老總」，聽著彆扭，都把我喊老了。年輕當總經理才帥嘛。總經理不一定個個都是肥頭大耳，挺著大肚子呀。

玲：喔，你運氣這麼好呀！

丹：妳別誤會，我不是靠私人關係，我是憑才幹！告訴你說，我是美國加州大學畢業，又去哥倫比亞大學研究工商管理。

玲：這麼說你是博士了。

丹：唉唉，博士博士！（大聲用英文）BOY, Please gave me two glasses of red wine。

玲：我這學識比起你這位博士，還差那麼一截兒，我只是學士。

丹：不差不差，女孩子做了學士也不錯了。妳什麼大學畢業？

玲：普通大學。

丹：「浦東」大學？妳是說上海那個浦東嗎？

玲：不，不，我是說普普通通的大學，不怎麼有名。

丹：喔喔。我高中讀建國，大學讀台大。

玲：喔，你太優秀了。做你的特助，我恐怕不行。

丹：妳會不會電腦？

玲：會。會。寫英文信也湊合。國文我有古文的底子，諸葛亮的「出師表」、陶淵明的「歸去來兮」，我全讀過。（吟起來）「歸去來兮，田園將蕪胡不歸」。我最喜歡唐詩，（吟出）「月落烏啼霜滿天，江楓漁火對愁眠，姑蘇城外寒山寺，夜半鐘聲到客船」。

丹：妳真是學識淵博！會背唐詩。

玲：（得意）記性好麼，嘻嘻。

丹：妳有多元化的能力，再加上美麗的外表，能說會道的口才，做特助綽綽有餘。社會是不會埋沒人才的，妳作店員太委屈了。

玲：老實告訴你，我僅僅是客串而已，我另有目的。
丹：另有目的？
玲：是的。我是研究心裡學的，我藉著當店員，研究顧客心理反應，挺有意思的。有的小氣，有的大方，有的乾脆，有的磨菇，有的虛榮，有的樸實，各式各樣的人生寫照，社會縮影，我準備出一本書「顧客的心路歷程」。
丹：好，不過我給妳建議，書名叫做「女顧客的心路歷程」，妳又是女作家，銷路一定好。
玲：並且加一個副標題「男顧客不要看」。
丹：對對，妳反應快，有智慧。
玲：哪裡哪裡。告訴你，家父開巴（肉）丸連鎖店，我小弟是有名的演藝人員，開了五家正式葡式蛋塔店，他們叫我去幫忙，我一律婉拒，因為我要自立自強，獨闖天下。
丹：就像楚留香那樣，（唱）「千山我獨行，不必相送」。
玲：就是嘛。
丹：佩服佩服。我就說妳怎麼看都不像店員。
玲：像不像特助？
丹：女特助才是妳真正適合的工作。
玲：那麼我明天去上班，可以嗎？
丹：沒問題！
玲：再見！
丹：再見！
玲：慢點，忘記請教尊姓大名了。
丹：我叫古子丹，我沒帶名片。古是中古的古，子是孫子兵法的子，丹是留取丹心照漢青的丹。

玲：我叫苗金玲，這是我的名片。請問貴公司在哪條街？
丹：我派車去接妳好了。
玲：好的，謝謝你。對了，你的電話！
丹：二五九五五一三四。
玲：你們是什麼公司？
丹：牙籤公司。
玲：喔，牙籤公司？

△音樂轉場

葛世傑：子丹，你上班了？
丹：世傑，老總有沒有問我？
傑：都十點多了，你才來，你想老總能不問嗎？
丹：（緊張）糟了。
傑：你緊張什麼？我給你瞞過去啦。子丹，你有什麼大不了的事情耽誤上班？
丹：問你呀？
傑：問我？
丹：哼！你這條黃牛該宰了。昨晚約好在ＰＵＢ見面，你為什麼不去？
傑：唉呀！抱歉，昨晚實在有重要的事情，遇見我十幾年不見面的舅舅啦，拉我上大酒樓敘舊，一高興就閒聊開啦，酒喝多了點兒，把你閣下的約會給忘了。
丹：世傑，你不去不要緊，倒給我惹上麻煩了。

傑：哪方面的？

丹：（得意一笑）你猜猜。

傑：豔遇？

丹：你猜對了。告訴你，我遇見大美人，捧棒棒捧，她那勾魂的眼神，玲瓏的曲線，不由的你不豎起白旗投降！

傑：喔？這麼漂亮。唉，能不能給我介紹，一飽眼福呀！

丹：怎麼？你要橫刀奪愛？

傑：（一笑）瞎擔心。

丹：這種事情大意不得，要留神，小心提防著點兒，我不能給你介紹。

傑：放心，我比不過你，你是城市獵人，我是裙下敗將！

丹：說真的，世傑，這一次我要盯牢、抓牢、套牢，絕不能讓她跑了。世傑，我發現我們過去最大的錯誤，就是實情實報。

傑：你是說太老實？

丹：對嘛。一開頭就告訴對方，我是商職畢業，公司的小職員，薪水兩萬多，刻苦耐勞，上進向前，無不良嗜好，目前雖艱苦，將來前途不可限量，妳等著，幸福的日子在後頭哩。

傑：這有什麼不對，本來就是這樣嘛。

丹：你要知道，現代女性，對於小職員是多麼乏味，她哪裡有耐性等著你前途光明呢？她們注重的是眼前的享受，根本不在乎你虛構的空中樓閣、海市蜃樓。

傑：你這傢伙，未免太現實了。

丹：不得不現實呀，時代的風氣如此呀。要戀愛成功，就得滿足她物質的慾望，要奪得美人心，就得給她吃披薩，絕不是畫餅充飢。

傑：子丹，你是怎麼啦？說話怪怪的，你變啦？

丹：我沒變，這是我三次戀愛失敗痛苦經驗的總結。

傑：痛苦經驗的總結？

丹：要抓住潮流，進攻女人心，一個老老實實，規規矩矩的小職員，月薪兩萬二，誰理你？

傑：子丹，我突然覺得你，你——

丹：我怎麼樣？

傑：你，你好可怕。

丹：去你的。

△音樂分場

新：妳說什麼？他是牙籤公司的總經理？

玲：沒錯。

新：牙籤公司有什麼意思呢？

玲：妳別看小小的一根牙籤，會賺大錢哩。而且他大哥是大企業家，在澳洲、美國、加拿大都有工廠。

新：這麼富有？

玲：不但富有，而且還很有學問。他是加州大學碩士，哥倫比亞大學博士，棒吧！

新：那妳決定去做他的女特助了？

玲：瑞新姐，妳想這麼好的機會，這麼大的幸運，上帝憐憫我給我這麼年輕有為、有學問又有財富的伴侶，我怎麼不感謝，怎麼不興奮，又怎麼能放棄呢？

新：「伴侶」？妳打算嫁給他了？

玲：不會這麼快，我先去做他的特助，然後再作他的老婆。

新：金玲，妳還是不要去做的好。
玲：瑞新姐，妳是怎麼啦？這麼大的誘因，我能不去嗎？除非我是白癡。
新：金玲，我覺得靠不住，聽妳所說，心裡不踏實。這年頭騙人的事特別多，老太婆、老榮民被金光黨騙得苦不堪言，有得多少女都被騙失身落入風塵。金玲，妳不得不小心呀！
玲：瑞新姐，謝謝妳的提醒，即使是冒險，我也要去。
新：為什麼？
玲：我不能當一輩子店員，我要往前衝往上爬。我父親擺路邊攤賣巴（肉）圓，七十多歲了還不得休息，被警察趕得滿街跑。我真是窮怕了，我要改善生活，我要享受，我要使我父親頤養天年，我要賭一賭，緊緊的抓住古子丹。
新：我看妳是瘋了。
玲：也許吧！

△音樂分場

△電話鈴響

傑：（接電話）大昌牙籤工廠。
玲：什麼？
傑：請問妳找誰？
玲：我找你們總經理。
傑：總經理，什麼總經理？
玲：總經理就是總經理嘛，你這個人怎麼這樣不會說話？他叫古子丹。

傑：喔喔。
丹：（腳步聲）世傑，誰的電話？
傑：你的，請接聽。
丹：誰打來的？
傑：母老虎。
玲：什麼？你罵我母老虎？你媽才是母老虎！你混蛋！
丹：咦！這位小姐，怎麼這麼野蠻？
玲：我就罵你，你把我惹火了！非告訴你們古總經理炒你魷魚不可。混蛋！
丹：（明白了）啊！你是苗金玲小姐！
玲：（愣）你，你是誰？
丹：我就是古子丹。
玲：（軟下來）子丹，對不起，在電話裡聽不出你的聲音，把你給罵了。子丹，我不明白，你身為博士，不可能說話那麼沒水準。
丹：金玲，你弄錯了，剛才接電話的不是我。
玲：他那麼沒學問，一定是工友了。
丹：唉唉，是工友。
傑：什麼？我是工友？
玲：子丹，在你博士總經理的領導下，都應該是有學問，有智慧對不對？我建議你開除他。
丹：這不大好吧，他跟了我十幾年了。
玲：是老工友嗎？
丹：老的都沒牙了。

傑：我沒牙？

玲：難怪，留給他一口飯吃吧！子丹，你忘了嗎？我這個女特助要上班啦，我現在在文具店，你派司機來接我好嗎？

丹：我要親自去接妳。

玲：喔！太令人感動了。總經理親自接女特助上班。嘻嘻。

丹：妳等我，再見！

玲：ＯＫ。（掛斷電話）

傑：丹，你閣下什麼時候升總經理了，我怎麼一點都不知道？還沒向你恭喜哩。

丹：世傑，為了得到苗金玲，我只好硬著頭皮這麼做了。

傑：你居然冒充總經理？

丹：三次戀愛失敗，就像割肉挖心一般痛苦。世傑，我這是不得已呀！

傑：什麼不得已，簡直不可原諒。真以為你是都市獵人，獵豔高手嗎？當心弄巧成拙，吃不了兜著走。

△音樂轉場

新：金玲，我總覺得這件事情不大對勁兒，希望妳在沒有徹底瞭解他之前，不要付出感情。

玲：感情是很難控制的。

新：看妳為了十塊錢，跟他吵的那麼兇，不像是會愛上他。

玲：瑞新姐，跟妳說老實話吧！就因為我喜歡他，才故意跟他吵的。好叫他對我留下深刻的印象。

新：這樣呀，我沒看出來。

玲：喔，他來了。

丹：（腳步聲）對不起，我來晚了，忙得一塌糊塗。公司裡上至業務大計，下至環境衛生，都要我這個總經理親自督導。
玲：能者多勞，我上班以後可以為你分勞。
丹：我知道妳是一個好特助，不但為我分勞，還能為我分憂。
玲：那我們去你公司吧！
丹：（怕拆穿，緊張）去我公司？
玲：上班呀！
丹：上班？
玲：對。我巴不得趕快去你公司上班，為你分憂解勞。
丹：嗯——唔——今兒太晚了，明天吧！這樣好了，就算妳今天起薪，妳哪天上班都無所謂。乾脆我們今天去玩個痛快。李小姐，一塊去玩吧！
新：不了，謝謝，我還要看店。
玲：瑞新姐，拜拜，回來給你帶好吃的。
新：拜拜。

△腳步聲，玲、丹下場，闆上場。

闆：瑞新！
新：老闆，妳來啦。
闆：瑞新，我請妳到我家去一趟。
新：（不解）到你家去？

闆：是的。咦，苗金玲怎麼不在？到哪兒去了？
新：她她——
闆：說呀！哪兒去了？
新：她有要緊的事出去了。
闆：什麼要緊的事情？死了爹還是死了娘？
新：老闆，你不要咒人家。
闆：準是跟男朋友約會去了。哼，漂亮的女孩子不老實，老實的女孩子不漂亮，我這老闆真難做。都怪妳！
新：怎麼又怪起我來了？
闆：誰叫妳放她走？
新：我沒有資格，也沒有能力管她的行動呀！
闆：那妳為什麼不先告訴我一聲？
新：這就奇怪了，她不告訴你，倒要叫我告訴你，什麼道理嘛？
闆：妳比她大！
新：我比她大又怎麼樣？我是她姐姐還是她阿姨？我憑什麼要管她呢？
闆：我對妳們兩個態度不一樣，妳知道不知道？
新：早就領教了。她漂亮你喜歡她，我不漂亮你討厭我，大錯小錯都往我身上推。
闆：不對不對，妳還是不知道。妳忠厚老實，做事負責，而且賢德兼備，樸實無華，我才罵妳。
新：（喜）你說我忠厚老實？
闆：對呀！
新：你還說我樸實無華。
闆：沒錯。

新：（喜）難得你這樣誇獎我，你是頭一次誇獎我。
闆：告訴妳，我是擺書攤起家的，一步一步往上爬，一步一腳印，一個蘿蔔一個坑，辛苦興家，勤儉致富，
所以我需要妳這樣實實在在的人，妳知道不知道？
新：老闆，我怎麼會知道呢？
闆：什麼漂亮什麼美？漂亮不在外表，美要美在內心，妳懂不懂？
新：我——老闆。

△音樂轉場

丹：金玲，妳快樂嗎？
玲：（嬌嗔）子丹，我快樂的不得了。
丹：妳高興嗎？
玲：跟你在一起，我太高興了。
丹：唉，可惜良宵苦短，這家ＰＵＢ快要打烊了，我倆不得不分開了。
玲：要是時間停住多好，要是地球不轉了多好。
丹：金玲，幾點了？
玲：妳看，手腕空空。
丹：喔，妳跟我一樣，忘記戴錶了。
玲：我跟你不一樣，我不是忘記戴錶，而是沒有錶戴。差一點的錶不想要，好一點的錶又買不起。
丹：喔。
玲：（心聲或獨白）這是我的試金第一招，看看他有什麼反應？

丹：那我給妳買一只好了。（心聲或獨白）不管有沒錢買，誇下海口再說。
玲：不要不要，女孩子是不可以隨便要人家買東西的。
丹：一定一定。金玲，沒有錶多不方便，時間不會停止，地球也不會不轉的。
玲：嘻嘻，你說得對。不過不要買太貴的，十幾二十萬就湊合了。
丹：十幾二十萬怎麼可以，要買就買最好的名牌。
玲：子丹，你不愧為總經理，既大方又有氣派。
丹：總經理當然要有氣派啦。哈哈。
玲：（聲音顫抖）子——丹。
丹：怎麼啦，金玲，妳冷是不是？
玲：（噴嚏）啊咻，啊咻！忘記帶外套了。（獨白或心聲）第二招拋過去了，看他如何接招。
丹：唉呀，妳感冒了。
玲：沒有關係。（打噴嚏）啊咻！
丹：妳沒關係，我有關係呀！妳感冒比我自己感冒還難過。
玲：都怪我一時大意，沒帶外套出來，剛才我在街上本來想買一件的。
丹：對了，妳站在櫥窗前面看了那件外套，名牌進口貨，五萬八對不對？
玲：五萬八，我才不稀罕哩，我看的是旁邊那一件，有皮草領的，標價三十六萬。
丹：（心聲或獨白）她又再試探我了，我可不甘示弱，買不買是另外一回事。（大聲）買，買了！
玲：買了，你說你買給我。那件三十萬皮草外套。
丹：沒錯。
玲：子丹，還是不要買吧！太貴了。
丹：不要說太貴，只要妳喜歡。

丹：金玲，妳有沒有聽說，台灣有一位大企業家，他每天只上班兩個小時，他一走近總公司辦公室，立刻忙碌起來，打電話、接電話、接待貴賓、批改公文、蓋圖章，做出各種重大決定，為公司每分鐘賺進兩百萬，兩個小時共賺進兩千四百萬。

玲：喔，他好能幹，好有辦法。

丹：他能幹？他有辦法？告訴妳，我每天只上班三個小時，就能為公司賺進兩千五百萬，雖說我比他多了一小時，可是我多賺一百萬呀！

玲：真是驚人，真是不得了呀！兩千五百萬，要我做到頭髮白了，老掉牙了，也賺不到呀！

△音樂轉場

新：（警戒地）老闆，帶我到你家來幹嘛？

闆：瑞新，告訴妳說，普通人我是不帶他到我家來的，除非是我特別喜歡的人，妳明白嗎？

新：老闆，我不大明白。

闆：哈哈。待會兒妳就明白了。（呼）世傑，世傑！

傑：（腳步聲）舅舅。

闆：這是我外甥葛世傑。這位是李瑞新小姐。

傑：李小姐，妳好。

新：葛先生，你也好。

闆：哈哈，挺有禮貌的。告訴你們說：你們兩個有很多相同的地方，都是誠實、踏實、忠厚老實的人，而且都沒結婚。你二人專心工作，開創事業，因而耽誤了婚姻，所以我不能不管，為你們說說媒。

傑：（緊張）舅舅。

新：（也緊張）老闆。
闆：一個是我的親外甥，一個是我的好店員，我把你們湊在一起，達到我的心願。常言道：有花堪折直需折，莫待無花空折枝。（暗示地）
世傑：（小聲）舅舅，我該怎麼辦？
闆：（也小聲）傻小子，舅舅幫忙只能幫到這一步，這齣戲要你接著演下去。
傑：我不行，我不知道怎麼說。
闆：放大膽子，照實說，馬上說，去說！
傑：喔喔。（腳步聲走近新）馬，馬小姐。
新：我姓李。
傑：喔，李小姐，不好意思。舅舅要我照實說，我就照實說。我出身貧寒，沒唸過大學。
新：喔？是繳不起學費嗎？
傑：不，我沒考上。我做過電器產品推銷員、修汽車的黑手、餐廳小弟，還有便利商店的店員。
新：葛先生，這有什麼關係呢？英雄不怕出身低，聽說高雄有一位大企業家，小時候給人家放牛。
傑：我現在也不過是一個牙籤工廠的小職員。
新：我還不是一個店員嗎？我在ＫＴＶ當過小妹，在百貨公司當過專櫃小姐，我還擺過地攤賣成衣呢，警察來了趕緊跑。
傑：我，我很敬佩李小姐。
闆：世傑，不是這樣說，什麼敬佩不敬佩。
傑：那我就不會說了。
闆：瑞新，妳呢？
新：我，我恐怕不配。

闆：你們都是孤兒，在艱苦環境中，奮鬥向上，你們應該手牽手共同創造你們的將來。明白說吧，就是你們倆結婚。

傑：舅舅。

新：老闆。

△音樂轉場

丹：（急切地）世傑，緊急支援，緊急支援。

傑：什麼緊急支援，說清楚。

丹：找個地方，讓我跟金玲見面。

傑：你在說什麼呀？你談戀愛，還要我找地方。

丹：你聽我說，早先我跟金玲說過，我有一位大哥是大企業家，他有十幾個關係企業，是他派我擔任總經理的。金玲非常仰慕我大哥，一直要我帶她會見我大哥。

傑：你的花招真多，憑空冒出一位大企業家的大哥來。

丹：這是為了拉抬聲勢，一舉贏得美人心。世傑！幫幫忙，把你舅舅的住宅借我一用，我是火燒眉毛十萬火急。

傑：好啦，答應你了。

丹：（喜）你答應了？

傑：誰叫我交友不慎，交上你這個吹牛博士呢？

△音樂分場

玲：子丹這就是你大哥的家嗎？
丹：是的，我大哥的家就等於是我的家，他長年在澳洲，難得回來，他把公司交給了我，同時也把這座住宅交給我使用。
玲：真羨慕你。你有這麼一位疼你的大哥。
丹：是呀是呀，金玲，妳對這房子還滿意嗎？
玲：太豪華，太寬闊了。美中不足，沒有游泳池和籃球架，我最喜歡打籃球和游泳。
丹：我們也可以挖個游泳池，豎個籃球架，妳打球打累了，跳下游泳，游餓了，咱們就在游泳池旁邊吃午飯。
玲：嘻嘻，太完美了。我好嚮往這樣的生活。咦，你大哥呢？他怎麼不出來接見我，是不是看不起我這個出身貧寒的女孩。
丹：真抱歉，我大哥一大早做七點三十分的飛機回澳洲去了，那邊有緊急事情要他處理。
玲：喔，我好遺憾，未能見到你大哥。
闆：（腳步聲）（咳嗽）咳咳。
玲：老闆，你怎麼到這兒來了？
闆：這是我的家，我不能來嗎？
新：（腳步聲）金玲，我也來了，還有這位葛世傑先生。
傑：是的。
玲：（驚）瑞新姐，妳也來了，這是怎麼回事？
新：我告訴妳是怎麼回事，這是老闆的家，葛世傑是老闆的外甥，也是古子丹的同事，都在牙籤工廠上班。牙籤工廠是一個小工廠，古子丹是一個小職員，這妳明白了吧？也是一無所有的窮光蛋。

玲：（驚）天呀，小職員，窮光蛋。我怎麼這麼迷糊，把一個牙籤工廠的小職員看成大富翁，金龜婿？
新：因為妳被愛情的雲霧覆蓋住了。
玲：古子丹，你這個騙子，吹牛吹炸了吧！
丹：小姐，不是我一個人吹炸的，妳吹的也夠兇的。
闆：苗金玲，妳和古子丹在玩一隻愛情氣球，兩個人拼命的吹，一定會吹炸的。
玲：（想哭）老闆，我被騙得好苦。（哭出）——
闆：別哭別哭，聽我說，記得有一個作家寫了一個笑話：甲說：我遇見一個人站著就有天高。乙說：我遇見一個人坐著就有天高。丙說：我遇見一個人上嘴唇頂著天，下嘴唇蓋著地。
新：吹得好厲害，那麼他的身體上哪兒去了？
闆：他除了一張嘴之外，什麼都沒有了。
丹：我真慚愧，這好像是在說我嘛。
玲：好糗喔，我也是這樣。
闆：要談戀愛就像世傑和瑞新這樣，一開頭就說明自己的底細，坦誠相見，彼此瞭解，就不會吹牛了。搞口水戀愛，一定會失敗的。
丹：看來我又失敗了。這對我是一個警惕。
玲：這對我也是一個教訓，嚴格的教訓。

△音樂收場。

三、家有嬌妻

劇中人

陳力生：某公司小職員。
王淑雲：其妻，嬌滴滴。
陳　父：陳力生的父親。某小鎮傳統菜市場內的蛋行老闆。
陳太太：陳力生的母親。
王　母：陳力生的岳母。王淑雲的母親，能說善道。
醫師。

△音樂開場。

陳力生：（哈欠，累了）太太這麼一堆碗盤可真夠我洗的。
王淑雲：是嗎？力生，過來過來，讓我瞧瞧。
生：瞧什麼？
雲：瞧你這圍裙多新奇喔！紛紅底，紅色的小碎花，多鮮豔啊。
生：太太，是我在路邊攤買的，不貴，才三百塊。我常常炒菜、洗碗、抹桌子，當然要穿圍裙了，這才能適當的扮演好我的角色。
雲：妳的角色，就是幫助我做家事。使我的手不至於粗糙。
生：使妳的玉手，像嫩蔥一樣。

雲：對嘛。嘻嘻，你真是我最能幹的好丈夫。

生：也是最愛妳，體貼妳的好老公。

雲：對對。力生，我渴了，給我到杯茶來。

生：好好。

雲：我想吃蘋果，蘋果呢？

生：這，在這兒。

雲：你叫我連皮吃嗎？

生：淑雲，我實在忙不過來，我只有兩隻洗碗筷的手，沒有兩隻削蘋果的手呀。

雲：（不悅）哼！你就見不得我吃點東西。

生：打我一進門，你就海苔、蛋捲、巧克力、口香糖吃個沒完。太太，妳吃得很多了。

雲：（更不悅）你不許我吃是不是？你想把我餓死是不是？你不但把我餓死，還要把我肚子裡的孩子餓死！陳力生，你好狠的心！

生：妳吃妳吃。妳吃！吃！吃！

雲：你這話沒有誠意，你在敷衍我。我知道我在你心目中的地位，日漸降低，你根本不重視我，結了婚，我就成了你的附屬品。

生：沒有！沒有哇！太太。

雲：結婚以前，你把我當成一隻金絲雀，把我捧在手上，抱在懷裡，就怕我被別人搶了去。結婚以後，你把我當成烏鴉，飛得越遠越好，你不愛我了！再也聽不到你對我說「我愛妳」了。

生：淑雲，愛情不必掛在嘴上呀。

雲：就應該掛在臉上。你照照鏡子，你的臉像凶神惡煞！

生：我這麼溫順的人，怎麼可能像凶神惡煞呢？
雲：像，我說像就像。——哼！你結婚以前像天使，結婚以後就變成魔鬼；你結婚以前曾經說要為我赴湯蹈火，再所不惜。結婚以後，為我削蘋果你都不耐煩。
生：我洗碗筷的手有油漬呀。
雲：瞧你又是不耐煩的樣子。
生：淑雲，妳聽我說，我不是不耐煩，而是太累了。白天我上班，忙得我頭昏腦脹，被業績壓得透不過氣來，回到家裡又要洗衣服洗碗筷、掃地、抹桌子、倒垃圾、做家事服侍妳。妳知道什麼叫「馬不停蹄」嗎？我陳力生這個樣子就叫「馬不停蹄」。
雲：（諷）喲！你好有學問。把「馬不停蹄」詮釋的這麼好。（斥）陳力生，你要弄清楚，你不只是為我做事，你是為我肚子裡的孩子，你未出世的兒子做的。
生：常聽說為兒子做馬牛，還沒聽說為沒出生的兒子做馬牛。妳是有計畫的消耗我的體力，我將來一定會疲倦而死。訃文上寫著：積勞成疾，壽終正寢。
雲：閉嘴！我不許你說死呀死的，你想丟下我去死，沒那麼方便。
生：那妳要我怎麼樣？
雲：我要你給我削蘋果。
生：（怒）我偏不削，要吃妳自己削，不伺候！
雲：你敢！
生：（氣得叫出）嗚哇嗚哇嗚哇哇。
雲：（被嚇大驚）你好兇啊！你完全是凶神惡煞。道道地地的魔鬼，你嚇唬我，我去告訴我媽！
生：（大聲）隨便妳。

△音樂轉場

雲：（呼）媽媽。

王母：喔，淑雲，妳回來啦。

雲：（委屈地）媽，媽。（哭出）

母：（疼愛）怎麼啦！淑雲，告訴媽，是不是陳力生欺負妳啦？

雲：（抽咽）嗚嗚——

母：他打妳還是罵妳啦？（著急）說話呀！

雲：他沒打我也沒罵我。

母：那是怎麼了？

雲：他，他嚇唬我。

母：怎麼嚇唬妳？

雲：他張著大嘴，瞪著大眼，哇哇大叫，像魔鬼大叫，別提多怕人了。

母：哼！好一個陳力生，花樣越來越多了。想著法子欺負我女兒。唉！當初妳不聽媽的話，叫妳不要嫁給他，我看出來他是個自私自利，不疼惜老婆把自己擺第一的男人。

雲：我現在好後悔。

母：後悔也沒用啦，妳現在有了他的孩子。妳先在媽這兒住幾天，看看情形再說。

雲：喔！

母：家用錢夠不夠？

雲：勉強。

母：吃的好不好？
雲：有時候吃得好，有時候吃得壞。
母：怎麼呢？
雲：發薪水那幾天上館子吃，薪水用完了，就吃速食麵。
母：速食麵怎麼能吃呢？
雲：打個蛋，多放點胡椒粉，亂好吃得。
母：（心疼的）我的女兒幾時吃過速食麵？難怪妳瘦成這種樣子，媽就擔心妳吃不好、睡不好，我的一顆心總是吊著，這叫媽怎麼能放心呢？
雲：有什麼法子呢？他就那麼幾個死薪水。
母：不是說他要升股長了嗎？
雲：是呀，可是經濟不景氣，他們公司停止擴大，還要縮編，能保住位子就算不錯了，哪還升股長呢！
母：你們太年輕，結婚太早了，事業沒有眉目，經濟又沒基礎，偏巧又碰上不景氣，往後的日子可怎麼過？媽本來就擔心，這樣一來更加擔心了。
雲：日子苦一點沒關係，反正速食麵的味道我也習慣了，我就怕受氣，我沒想到他這麼兇。結了婚，不再像馴良的小羊，卻像一隻大野狼。
母：女兒，妳的命不該和大野狼在一起，又天天吃速食麵呀！

△音樂轉場

陳父：（高興地）來來，咱們父子好好談談。力生，你好久沒回家來了。
生：是呀。爸，最近生意好嘛？

父：貪污腐敗經濟蕭條使我們這小店快做不下去了，快完蛋啦！
父：你想什麼？想要錢是不是？
生：爸，不好意思。
父：力生，爸爸做生意賺幾個錢不容易，尤其是做量販蛋行。我計算過，賣一斤雞蛋賺兩塊七，一斤鴨蛋賺兩塊八，一斤鵪鶉蛋才賺一塊。
生：爸，你最會做生意，會有辦法賺錢的。
父：（得意）是呀！除了蛋量販以外，我又採取多元化經營，賣沙拉油、香油、胡麻油，還有橄欖油、甜辣醬、豆瓣醬、芝麻醬以及脆瓜、瓜子肉、鰻魚各種罐頭，要不然早被對面新開張的那個超級市場打垮了。
生：爸，你真是老當益壯，腦筋動得快。
父：這還用說，現在流行腦力急轉彎，我的腦筋也要跟著轉一轉，要是像過去只賣蛋的話，恐怕早就完蛋了。
生：是呀是呀！爸，我最敬佩您了。您給我五萬塊吧！
父：什麼？五萬塊？這麼多。
生：幾萬塊在您不算什麼。
父：不不！你聽我說。去年你結婚，聘金給五十萬，（心疼地）五十萬呀！用小皮箱裝著沉甸甸的，那裡面有賣雞蛋賺的錢，有賣鴨蛋賺的錢，有賣鵝蛋賺的錢，還有賣鵪鶉蛋賺的錢，真乃是聚蚊成雷，聚沙成塔，不容易呀！
生：都是過去的事兒了，還提它幹嘛。
父：爸爸希望你養成自立更生的能力，不能老向爸爸要錢。
生：可是淑雲的花費很大，要吃高級水果，要穿世界名牌。
父：老爸早就跟你說過，你要是請客就得忙一天，你要加蓋房子就得忙一年，你要娶個會花錢的太太，就得忙一輩子。

生：（思索）忙一輩子？

父：一輩子做牛做馬，賺錢給她花，你有得罪受了！

△腳步聲，陳太太行入。

生：媽！

陳太太：力生，你臉上貼著膠布，你受傷啦？

生：（不好說）媽——

太：告訴媽，是跌傷的、撞傷的？還是什麼人打傷的？

父：太太，這還用問嗎？當然是給淑雲打傷的啦。

生：不是！不是！

父：不是？你說不是？

生：是抓傷的啦，沒有打啦。

太：你一個大男人，被老婆打，你說你有多窩囊？你就這麼沒出息，人家都是丈夫打老婆，你卻是老婆打丈夫，哪像個男人？你要反抗，打呀！

父：太太，妳這話就不對。

太：怎麼不對？

父：丈夫打老婆是婚姻暴力，婦女會要譴責的！還要招待記者，妳不要害我們兒子吃官司好不好？

太：力生，告訴媽，淑雲為什麼抓傷你？

生：半夜裡，他把我叫起來，要我陪她上洗手間。不去，她就抓我。

太：上洗手間還要你陪呀！
生：她膽子小。
太：洗手間就在臥房裡，怕什麼呢？
生：臥房裡的洗手間馬桶壞了，要到客廳裡的洗手間才能方便。
太：所以她就要你陪？你不陪她去，她就抓你？這實在是太沒道理了，簡直是荒唐。我活了大半輩子，沒聽說有這種事情。老頭子，我問你，有沒有「男人會」？
父：什麼？「男人會」？
太：有「婦女會」，當然也有「男人會」啦。我要到「男人會」裡去告狀，為我們兒子討回公道。
父：妳得了吧！老太婆！根本就沒有什麼「男人會」，只有人權協會。
太：人權協會！好哇！我要去告王淑雲虐待力生，剝奪力生的人權。
父：好啦！老太婆，妳別衝動，妳兒子被抓傷了，妳當然心疼，可是妳不要亂來。
太：力生，讓媽媽看看，傷口有多大？有沒有發炎？很痛吧！
生：當然痛！她的指甲好長喔！不過，媽，兒子為妳出氣啦！
太：好哇！妳罵他了？
父：他哪敢罵她。
太：你打她了？
父：他更不敢了。
太：那是什麼嘛？
生：我嚇唬她了。
父：你敢嚇唬她，兒子，有進步！
太：你別把我們兒子看扁了。力生，告訴媽，你是怎麼嚇唬她的。
生：嗚哇嗚哇！嗚哇哇！

太：（忍不住笑起來）咯咯！嗚哇嗚哇！嗚哇哇！這是幹什麼？
生：這叫做獅王怒吼。我想出來的絕招。我不能罵不能打，我就用獅王怒吼治她。
父：（讚）兒子，你真聰明有智慧，在種種困難限制之下，你居然想出這一招兒，真是廟後面有個洞——妙透了。
生：可是，可是把淑雲嚇哭了，跑回娘家去啦！爸、媽，我想把她接回來。
母：（忖）唔，這個嘛——你把她嚇得跑回娘家去了，你應該去把她接回來。
父：力生，你不能去接她回來，叫她自己回來，你要擺擺威風？別去接她回來。
母：你要去接她回來，免得理虧。
生：媽，我不能空手去呀！我想買一件大衣，是淑雲喜歡的，要五萬塊錢。
父：所以你就向我要五萬塊錢要給淑雲買大衣。這太奢侈了。而且沒有意義。
生：爸，我不是向你「要」，而是向你「借」。
父：「要」和「借」都是那麼回事，你買房子向我借了一百八十萬，你房子買家具，又向我借了二十萬，後來你把陽台打掉加大廚房，又向我借了二十五萬，零零碎碎的總共有兩百多萬了，你也沒還給我。所以我說「要」和「借」都是那麼回事。就是錢從我的口袋裡出去，進入你的口袋，就再也收不回來了。
生：爸，兩百多萬，沒那麼多啦。
父：怎麼沒有，我記的有帳，一筆筆都記的很詳細，你要不要看看帳？
太：好啦，老頭子，你對兒子那麼摳門幹嘛？你的錢不給他花，還帶進棺材不成嗎？
父：我看送點東西好了，我出錢買。
生：那送什麼東西呢？
父：唔，這個嘛——我覺得應該送你岳母喜歡的東西，最好是吃的東西。
生：對了，那就送火腿吧。我岳母喜歡吃火腿。

父：火腿有什麼好吃？新鮮豬腳多好吃，發霉的火腿倒胃口，說不定吃出癌症來。
生：那就送榴槤吧！我岳母喜歡吃的不得了。
父：這個季節哪還有榴槤，沒有一家水果行有得賣。難道還要坐飛機到泰國買？太麻煩了。我看這樣吧，把咱們家餵的那隻老母雞送去。
太：（大加反對）什麼什麼？老母雞要孵小雞啦，我可捨不得，乾脆帶十個鵝蛋，二十個鴨蛋，三十個雞蛋，現成的，省得花錢買。
父：十個鵝蛋、二十個鴨蛋、三十個雞蛋，我生意還做不做？你想要我關門呀！
太：你別想打我老母雞的主意。
父：告訴妳說，店裡的蛋不能送人。
生：（氣了）你們捨不得花錢又捨不得東西，乾脆別送了，我也不去接淑雲，鬧翻算了。沒見過像你們這樣斤斤計較的父母，只為自己打算，不管兒子死活。
太：兒子，別生氣，別生氣。
父：是呀，別生氣，好商量，好商量。

△音樂分場。

雲：媽，我想跟妳商量商量。
母：好哇！
雲：要是力生來接我，妳說我回去好呢？還是不回去好呢？
母：（一笑）聽妳這口氣，就是想回去，妳想老公了是不是？
雲：沒有啦，人家是跟妳商量呀。

母：回去當然是要回去了。不過，要跟陳力生說清楚，免得他往後再欺負妳。
雲：妳是說不能輕易饒了力生？
母：對！什麼事情都可以商量，唯有妳被欺負，沒有商量的餘地。
雲：媽，力生來了。
母：（叮嚀）記住媽的話，對他厲害點。

△二人腳步，生與父行入。

生：岳母，妳好。
母：（冷冷地）嗯。
生：淑雲。
雲：哼！
父：大嫂，這，這些蛋，嘻嘻，大嫂。
母：幹嘛？
父：這些雞蛋、鴨蛋、鵝蛋都是最新鮮的。
母：（冷冷地）放在那兒吧！親家，大概你忘了，蛋吃多了，膽固醇會增高。請坐吧！
父：謝謝，大嫂，好久沒來拜望妳了。嘻。
母：快一年了吧！難得你還記得我這寒舍窄門。
父：大嫂，妳這話冤枉小弟了，貴府紅漆大門，和門牌號碼——一二二號，我可記得特別清楚。
生：（小聲提示）不是一二二號，是一三二號。
父：什麼？一二三號？

生：（再提示）錯，錯了。
父：（不悅）哪點兒錯了？明明是一二三號，你偏說是一二三號。
生：（著急）我跟淑雲住的房子才是一二三號。
父：（惱羞成怒）什麼一二三、三二一的，給你搞糊塗了。
母：（諷）親家，真對不起，我們家門牌號碼，使你傷腦筋。
父：大嫂，只怪妳們家門牌號碼，囉哩囉唆。
母：（不悅）什麼？你說我們家門牌號碼囉哩囉唆？
父：（理直氣壯）當然了，像我家的門牌號碼多好——一號，簡單明瞭，容易記，比方說人家問你上哪兒去？我說上一號。
母：（驚一下）上一號。
父：是呀，上一號就是上我家，多清楚，多明瞭，多好記呀。
生：（更焦急）爸，你又錯了。
父：（不以為然）傻兒子，我們家是一號嗎，哪裡有錯？
生：（焦急不堪）爸，你是怎麼搞的嗎？一號是，是廁——廁所呀！
父：（接說）一號是我們家呀，上一號就是上我們家呀。怎麼不對呢？
生：（急得快要吐血）唉呀！唉呀！
母：我說親家，你們家雖然門牌號碼簡單，可是很不雅，我不會上一號的，我又沒拉肚子。
父：大嫂，妳憑良心說，是妳們家的門牌好，還是我們家的門牌好？
生：爸，不要再談門牌好不好？我跟淑雲的事，還沒解決哩。
父：喔！我說淑雲呀，力生有不對的地方，妳別放在心上，看在我這個公公的份上，回家吧！
生：淑雲，跟我回去吧！我是特別來接妳的。

雲：（氣呼呼）你把我趕出來，又把我接回去，我沒那麼好說話，任憑你擺佈。我不回去，在媽這兒住一輩子。
生：我沒趕妳走呀。
雲：你嚇唬我就等於趕我走。
父：淑雲，跟力生回去吧，小倆口吵完就算了，別太計較。往後的日子長著哩。總要求得和諧，是不是呢？再說，夫妻吵架總是不大好，力生雖說有不對的地方，可是他每天上班怪辛苦的，賺錢不容易，妳要量入為出，節省點花，還有就是——
母：（截斷）你不要說了。聽你的口氣，好像是我們家淑雲不對似的。
父：妳別打岔，我還沒說完。
母：你不必再說，接淑雲回去，（堅定）辦不到。力生，我問你，你那嗚哇嗚哇嗚哇哇，從哪兒學來的？
生：我，我⋯⋯
母：你挖空心思，想些花樣來嚇唬淑雲，你真是居心叵測。陰險奸詐。
生：沒有啦，我是被逼的不得已，才出此下策。
母：（諷）我看是上策，挺管用嘛！
生：岳母大人，妳那裡知道，淑雲打我！
父：淑雲，妳怎麼打力生呢？
雲：我沒打他，我只是抓，抓抓他而已。
父：力生，你說，她打過你多少次？
生：記不清楚了。自從結婚以後，大概有一百次了。
父：（驚）乖乖，一百多次，如果湊在一塊打，（心疼）力生，你的小命就玩兒完了。
雲：（氣）陳力生，你爭取同情，以弱者的姿態出現，裝出一副可憐相，故意在長輩面前使我難堪。你說，我打你什麼地方？你說，我根本沒打你！你亂講！

生：是的，妳根本沒打我，是我亂講，故意爭取同情，是我的腦袋往妳手上撞，以致於折斷了你的指甲。這完全是我的錯，我以弱者的姿態出現，我可憐，我窩囊！

父：（氣）力生，你的確是太可憐、太無能、太窩囊了。

母：（冷冷地）我說親家公，話不能這麼說。

父：要怎麼說？（諷）請指教！

母：要怎麼樣才不窩囊？是不是叫你兒子把我女兒打一頓，顯顯大男人的威風？

父：男人打老婆自古有之，女人打男人沒聽說過。

母：男人打老婆自古有之，女人打男人現在就有，如今是男女平權時代，你懂不懂？

父：妳女兒打了我兒子妳還有理？告訴妳，我就這麼一個兒子，沒有第二個。

母：我女兒也沒有第二個。你給我聽好，誰欺負我女兒都不行。

父：（大聲）我兒子不能被打一百多次。

母：你這麼大聲做什麼？簡直是無理取鬧！

父：鬧就鬧，不怕妳。

生：爸，不要發脾氣嘛！

雲：媽，妳別生氣！

母：氣死我了。

生：爸，我們是來接淑雲回去的，不是來吵架的。

雲：是呀！媽，鬧僵了，對雙方都不好。

母：鬧僵就鬧僵，我絕不輸給他。

父：我更不會輸給妳。妳去打聽打聽，我是出了名的抬槓專家，俗稱「槓子頭」。

母：（強硬）我今天就要碰碰你，你是槓子頭，我就是大鐵鎚。叫你槓子頭變成狗血淋頭。

生：唉呀！這可怎麼是好？槓子頭碰上了大鐵鎚，兩不相讓，必有一傷。爸，你說句好聽的，陪個不是，就沒事啦！
雲：就是嘛！吵來吵去，有什麼意思呢？媽，乾脆叫我跟力生回去吧！
母：（驚）妳要回去，妳改變主意了？
雲：力生既然來接我，就表示他已經認錯，而且公公也來了。
父：（插嘴）而且還帶來雞蛋、鴨蛋、鵝蛋，還有——鵝蛋、鵪鶉蛋！
母：（接說）還有你這大混蛋。
父：（氣）妳！
雲：媽，如果我再堅持不回去，就說不過去了，同時公公也沒有面子。
母：淑雲，媽不是不要妳回去，而是要把話說清楚，免得妳回去再受委屈。讓媽放心不下。
生：岳母，妳儘管放心，我絕不會使淑雲受委屈。
雲：媽！讓我跟他回去吧！
母：反正是妳自己的事情，妳要回去就回去吧！以後妳再受氣、挨罵、吃虧、被陳力生嗚哇嗚哇嗚哇哇嚇唬妳，不要再來找我！

△音樂分場。

雲：瞧這個亂勁兒，這個家一會兒功夫沒有我是不行的。
生：妳一走了，使得我六神無主，哪還管他亂不亂呢！
雲：說得也是，我不在家，你做飯沒有？
生：沒有。

雲：那你吃什麼？
生：速食麵。
雲：真可憐，看你瘦多了。都是我不好，我不該罵你，更不該抓破你的臉，痛不痛？
生：妳沒回來的時候很痛，妳這一回來就不痛了。
雲：我真後悔，我再也不跟你吵架了。吵架傷害我們夫妻的感情，還使兩位老人家擔心。
生：淑雲，妳要早點這麼想就好了。
雲：力生，我已經認錯，你就不要再怪我啦！
生：本來就是妳的錯嘛！
雲：（生氣）我可以認錯，但是不許你說我。
生：妳老毛病又犯了，妳錯了，我說說都不行嗎？
雲：當然不行，你敢再說一句，叫你臉上落個疤！
生：（忍）好，我不說，不說。
雲：（樂）這樣才對呀。

△音樂分場

母：（笑著）親家公，親家公。
父：喔！大嫂，妳來啦，稀客稀客。
母：親家公，生意好嘛？
父：還不錯，託妳的福。坐，請坐。
母：親家母呢？
父：她喜歡打小牌，到隔壁桌上划嘩啦嘩去了。

母：親家公，一點薄禮不成敬意。
父：唉呀，大嫂，妳這是幹嘛？又不是外人。
母：親家，跟你商量件事兒，就是請你制止力生，別做那獅子大開口，嗚哇嗚哇嗚哇哇！
父：大嫂，當初他們結婚的時候，妳提出所謂約法三章，寫明在任何情形下，都不許力生罵淑雲、打淑雲，力生是不得已才嗚哇嗚哇哇呀！
母：親家，告訴你說，淑雲在八歲的時候，去動物園玩，她用花生餵猴子，不小心給猴子抓傷了手，嚇得像掉了魂似的。
父：這我就不明白了，猴子跟獅子有什麼關係？
母：唉呀！獅子不是比猴子更厲害嗎？猴子叫起來「吱吱」，獅子叫起來「哇哇」多嚇人呀！這都不懂嗎？
父：大嫂，很抱歉，這個我不能答應妳，這是力生僅有的一點權利，不能剝奪呀。
母：那我女兒以後的安全怎麼辦？
父：完全沒有問題，力生只是嚇嚇她，也不會吃掉她。
母：空口無憑，那你要給我保障，立個字據吧！
父：（不悅）保障？立字據？免！我真後悔當初答應妳的約法三章，害的我們力生抬不起頭來，受盡了窩囊氣，現在又提出保障，（斥）我真是不勝其煩！
母：你呀，說句不好聽的話，根本沒風度。
父：大嫂，依小弟看嘛，妳修養差一點兒。
母：你哪像受過教育的人？
父：妳是不是唸過高中，我非常懷疑。
母：（生氣）你以為我製造假學歷嗎？
父：妳為了競選鎮民代表很有可能。

母：你，含血噴人，造謠生事，我保留法律追訴權。

△腳步聲，雲與生來到。

母：淑雲，妳來得正好，妳回去，在那樟木箱子裡拿我的高中畢業文憑來給他看看。

生：爸爸。

雲：媽。

雲：媽，幹嘛拿文憑呢？

生：兩位老人家又吵架了，是不是？

父：力生，你老爸是喜歡吵架的人嗎？我一向是謙恭禮讓之士啊。

母：什麼「謙恭禮讓之士」？跩起文來了？其實，你連小學都沒讀過。因為你老家在大山裡，根本沒有小學。

父：妳這話對我的侮辱太大了。告訴妳，我是正式農村初級小學畢業，記得我讀的教科書上有一課，是，是，（思索）是什麼來著？

母：人、手、足、刀、尺，是不是？

雲：媽。

父：——（思索）是——是——

母：是什麼？你能背給我聽嗎？

父：別打岔。（突然）我想起來了，是這樣的：（興奮）鴿生鴿蛋，雞生雞蛋，鴨生鴨蛋，鵝生鵝蛋。

母：（接說）鵪鶉生鵪鶉蛋，烏鴉生烏鴉蛋，鴕鳥生鴕鳥蛋，給你生一大堆蛋，怪不得你會開蛋行呢。

父：妳別打岔，我還沒背完呢！

生：爸，你別背啦。

父：不！不！足以證明我是農村初級小學畢業。（又認真的背起來）鴿生鴿蛋，雞生雞蛋，鴨生鴨蛋。鴿蛋小，雞蛋大，鴨蛋更大，鵝蛋頂大。

母：（諷）你這大混蛋，更大。

△大家不約而同的笑起來。

父：你們笑什麼？有什麼好笑的？

母：（仍笑著）太好笑了。你的一生離不開蛋，最終也是完蛋！

父：（不悅）給妳攪得頭昏腦脹的，妳真是天攪星下凡。

母：你是小氣鬼投胎。

雲：這樣不好，不好，你怎麼可以罵我媽媽是「天攪星」？

生：拜託，請不要侮辱家父人格，小氣鬼加在他頭上，非常不恰當。

雲：家母早年守寡，含辛茹苦把我扶養成人，遠親近鄰，沒有一個不稱讚的。「天攪星」對家母是莫大的侮辱。

母：（氣）陳華堂，你要賠償我的名譽損失。

父：（氣）林美女，妳踐踏了我的自尊，妳要向我道歉！

△四人吵做一團，七嘴八舌，把以上每人所說的話重複，並添加類似對白。

母：氣死我了，我要給點厲害的，你們瞧瞧。（大聲）開戰！淑雲，用蛋打！

雲：用蛋打？對，用蛋打。

母：雞蛋、鴨蛋、鵝蛋，全給你們父子嚐嚐。

生：唉呀！蛋洗我家小店！
父：完蛋了，真正完蛋了！我的蛋我的蛋呀！
生：（大反抗）嗚哇嗚哇嗚哇哇！（重複）——
雲：（驚）獅子來了，媽！媽！
母：孩子，不要怕！不要怕！用蛋攻擊，用蛋攻擊！
雲：怕人，真怕人！
母：親家公，休戰吧！請你勸勸力生別再獅子怒吼！
父：那妳以後還敢不敢再罵人？
母：不，不了。
父：從此以後兩家和平相處，互相扶持，彼此照顧，妳答應不答應？
母：這，這——
雲：媽，和則兩利，分則兩害呀！妳答應了吧！
母：我是怕妳以後吃虧被欺負呀！
雲：媽，有妳這強悍的母親撐腰，誰敢欺負妳女兒？
母：答應了就是投降呀！
父：（暗示）力生！
生：（大聲）嗚哇嗚哇嗚哇哇！
雲：我怕！我怕！
母：我答應！我答應！
雲：（呼痛）唉喲！唉喲！我肚子好痛。
生：肚子痛，是不是要上一號？

父：什麼上一號，咱們家就是一號，還到那兒上一號呢？她要生啦！
母：力生，快，快送淑雲去醫院。
生：是。

△音樂轉場

生：平安無事，醫生說胎兒發育正常。
父：謝天謝地，我孫子保住了。
母：還好，我女兒身體沒有問題。
雲：力生，你以後還敢不敢嚇唬我？
生：太太，不敢了。
生：（高興地）淑雲，菜炒好了，都是妳喜歡吃的，尤其是這是豆乾炒肉絲。
雲：放辣椒了沒有？
生：沒有。
雲：不放辣椒怎麼吃呀！
生：辣家吃多了會上火，對胎兒不好。
雲：誰說的？
生：我媽說：太辣、太鹹、太油、太刺激的東西都不能吃！
雲：你媽說的不算數，我媽沒說，你給我放辣椒。
生：淑雲，妳委屈點兒吧，為了我倆的孩子。
雲：不嘛！少吃點有什麼關係？

生：好，為了妳的胃口，我去切半個辣椒，再炒一遍。
雲：別急！別急！忙什麼呀！人家一點也不餓，陪我聊聊。
生：爐子上燉著雞湯。
雲：讓它燉，越燉越營養。力生，我媽說多運動，生產順利。從明天起，你要陪我去公園散步。
生：明天不行，明天公司裡輪到我值夜班。
雲：別去！別去！在家陪我。
生：不行喔！
雲：我說行就行。
生：值班是代表總經理處理一般事務，說大可大，說小可小，萬一出了事情，會摔掉飯碗的。
雲：飯碗重要還是我重要？你眼睛裡只有公司和總經理，根本沒有我。
生：（急忙安慰）有妳！我眼睛裡完全是妳！
雲：你值夜班不回家，我一個人怎麼辦？我膽子小，受不得驚嚇。你不為我著想，也要為未來的兒子著想呀！
生：兒子？妳檢查出來啦？
雲：是呀！超音波檢查，是男的。
生：是不是照出一粒小花生米呀？
雲：小花生米？什麼小花生米？
生：這妳都不懂？小花生米就是男孩的小雞雞呀！
雲：（笑出）不正經

△腳步聲王母來到。

母：力生，快來接一接，我拿不動了。

生：岳母大人，妳何必花錢買這麼多東西呢？

母：你懂什麼？有身孕的人營養最重要，花再多的錢我都不心疼。

雲：媽。

母：淑雲，媽知道妳營養不夠，這奶粉早晚沖一杯，這是維他命丸、魚肝油丸、早中晚各三粒，這是孕婦必吃的。據說是一人吃兩人補。這是鈣片，也要吃。還有巧克力、餅乾、蛋糕，你餓了就吃，吃完了媽再給你買。

雲：媽，別麻煩吧。妳上次帶來的我還沒吃完，我實在吃不下。

母：要吃呀！第一胎虧了身體，以後再怎麼補都補不過來。吃！吃！現在就吃。

雲：媽，何必這麼急呢？

母：媽要看著妳吃。

△腳步聲陳太太上

生：（招呼）媽。

太：（高興應聲）唉！親家母！什麼時候來的？

母：比你早到一會兒。

太：淑雲，我給妳帶吃的來了。喏！有花生酥、核桃酥、芝麻糖、杏仁糕、綠豆糕、山渣糕，還有一隻做好的麻油雞。妳吃，妳快吃！

雲：媽，我剛剛吃過維他命丸。

太：唉呀！藥補不如食補，那種藥丸不管用。

母：不管用，沒聽說過。

太：吃，吃，這麻油雞最補了。這是我特地為妳養的母雞，妳看牠多肥呀！

雲：（無奈）肥！肥——

太：記得我懷力生的時候，一天到晚嘴沒停過，不到一個月的功夫，我吃了二十隻蹄膀、二十對腰子、十六隻麻油雞、六十多個雞蛋。

母：親家母，妳不覺得妳太胖了嗎？妳應該減肥了。

太：（不悅）妳說什麼？減肥？告訴你說，我吃了五十多年，才吃成這種富富泰泰的身材，我為什麼要減肥？

母：（諷）恭喜妳胸寬腿粗、肚子大。

太：怎麼？總比妳瘦要好得多。

母：我就是再瘦，也不吃哪那些土玩意。

太：妳那些洋玩意兒有什麼吃頭？

母：淑雲喜歡吃，我是為淑雲著想。

太：我可不能不為肚子裡的孫子著想。

母：（不悅）照妳這話說，為了孩子不顧大人？

太：只顧大人不顧孩子，我不答應！我的小孫子還沒出世，我絕不能叫他在肚子裡挨餓，受委屈。

母：哼！沒有我女兒，哪來的妳孫子？

太：妳這話不通不通！我討妳女兒作媳婦，就是為了給我生孫子。

母：我女兒的事不要妳管。

太：沒結婚以前是你女兒，結婚以後就是我陳家的媳婦，嫁出去的女兒潑出去的水，妳不該管，不能管，也管不著。

母：我要是不管，不曉得我女兒被你們欺負成什麼樣子？

太：笑話笑話，妳要是耳朵不聾，眼睛不瞎，妳就知道我兒子已經成了受氣包、窩囊廢、直不起腰來的男人。
雲：婆婆，媽，妳們不要吵了，我吃就是了。
母：這才是我的乖女兒。吃我帶來的。
太：不，我賢慧的兒媳婦，妳當然要吃我的麻油雞啦！
雲：（大聲）我通通吃，（更大聲）吃！撐死算了。

△雲呻吟聲。

△音樂轉場。

生：（著急）醫師，我太太生了沒有？
醫師：生了自然會告訴你的。
生：什麼時候生？
醫：快了，快了。
生：你就會說「快了快了」。
醫：老弟，你要我怎麼說？
生：請你告訴我一個時間，不著邊際的話我不要聽。昨天凌晨兩點鐘住院，已經是二十八小時了，我們全家在外面焦急的等候，我太太在裡頭疼痛哭喊，為什麼還生不出來呢？
醫：老弟，生孩子急不得，慢慢會生下來的。只怪你夫人吃得太多，營養太好，嬰兒發育過重，以致於造成了生產困難。
父：太太，妳聽見沒有？吃什麼蹄膀、麻油雞，吃吃補補，都是妳搞壞了。害的淑雲生不下來。
太：咦！這怎麼全怪我一個人呢？這是親家母給她吃巧克力、漢堡、蛋糕造成的。

母：現在還說這些有屁用，我女兒在裡面受苦哩。醫師，請多幫忙，早生早減輕我女兒的痛苦。
太：醫師，你多費神，使我孫子快出世吧！他在肚子裡悶壞了！
父：醫師，拜託拜託！我孫子全靠你了。

△雲的喊叫聲

生：醫師，請你趕快到裡面去，我太太痛得快受不了啦。
醫：你們安靜，別吵吵鬧鬧。真沒見過像你們這樣的家屬，我這就進去接生。
母：主啊！求你保佑我的女兒淑雲。你的恩典臨到她，使她生產順利安全。阿門！
太：送子觀音在上，民婦陳李氏給你拜拜，求你讓我孫子快快出世，我捐一年的燈油錢。阿彌陀佛。
父：妳亂講，捐那麼多燈油錢幹嘛？
太：觀世音菩薩在上，我老公說太多了，那就捐半年燈油錢吧。

△嬰兒哭聲

醫：恭喜恭喜！生了一個超級大男嬰，五千六百公克。

△嬰兒出世聲傳來

母：（高興）我作外婆啦！
生：我作爸爸啦。

父：我作爺爺啦！

△音樂收場

第十六章　偉大的女性

一、新來的女老師

劇中人

郭瑞華：女青年教師。
郭元華：瑞華的大姊，家庭主婦。
李珊珊：元華的女兒，高中學生，樂觀。
江玉美：高中學生，元華的外甥女，寄住元華家，孤僻。
張春蓉：高中女學生，調皮。
楊文禮：男，教務主任，斯文有禮。
林貴英：女，高中學生。

△音樂開場

郭元華：珊珊，妳今天又起來晚了，懶丫頭。。
李珊珊：（不在乎的語氣）晚就晚吧！乾脆慢慢吃早點。吃飽了再去上學。嘻嘻。
元：功課那麼壞，還有睡懶覺的毛病，我看妳怎麼得了哦。去叫玉美來吃早飯。

珊：玉美不吃。
元：妳叫過她沒有？
珊：當然叫過啦。
元：不吃早飯怎麼行？空肚子去上學呀？玉美這孩子又犯彆扭了，真拿她沒辦法。
珊：（聲略低）媽，昨晚玉美又哭了。
元：咦？為了什麼事？準是你說話不留神刺激了她。
珊：才沒有哩。真的沒有。
元：唉！玉美這孩子實在太可憐，小小年紀，就失去了母親，來我們家寄居。珊珊，媽跟妳說過多少次，妳要處處讓著她，千萬不要欺負她。
珊：沒有，沒有。我對她非常客氣，非常小心，非常照顧，嘻嘻。
汪玉美：（腳步聲）舅媽。
元：（和藹地）玉美，來來，吃早點，吃飽了好上學。
美：舅媽，我不想吃，沒胃口。表姊，快走吧，不然要遲到啦。
珊：玉美，妳那麼緊張幹嘛？還早哩，我還要吃一片土司。
元：對了，珊珊、玉美，我忘了告訴妳們了，小阿姨要來我們鎮上教書。
珊：好哇！小阿姨不是在台北教書嗎？怎麼會到我們這小鎮來呢？
元：是她自己請求調來的，我決定要她住在家裡，妳們把臥室讓出來給小阿姨住。
珊：什麼？那我們住哪裡？
元：妳們搬到頂樓小木屋去住。
珊：哼！那麼髒，才不要哩。
元：媽會給妳們打掃乾淨的。裝上紗窗紗門，行不行？

珊：不行。我和玉美，還有大妹二妹住那麼小的房子，又不是沙丁魚。

元：妳這孩子，最難伺候了。擠是擠一點，有什麼關係。也不至於像沙丁魚呀！玉美，妳覺得怎麼樣？

美：舅媽，我沒意見。

珊：妳沒有意見，妳就會假裝好人。

美：妳——

珊：我怎麼？說錯了嗎？哼！假惺惺。

元：珊珊，不許妳對玉美無理。

珊：哼！口是心非。

美：我絕不是口是心非。我覺得應該讓給小阿姨住。她是長輩又是老師，批改作業什麼的，需要安靜。

元：就是這話，珊珊，玉美比妳懂事多了。

珊：是的，她懂事我不懂事，她識大體，我只顧自己，她——

元：（截斷）好了，不許說了，我就這麼決定了。

珊：妳決定了，又何必跟我們說呢？反正小孩子爭不過大人。

元：妳這是什麼話？跟妳商量商量就錯啦？

珊：哼！小阿姨有什麼了不起，為什麼叫我們把房間讓給她住。

元：珊珊，瞧妳氣鼓鼓的，一副不高興的樣子，告訴妳，小阿姨要做妳們的班導師，正好管著妳。

珊：才不會呢？我們的班導師是楊文禮老師。

元：妳知道什麼？換人啦！楊文禮昨天打電話來說，校長派他代理教務主任，小阿姨接他的班導師。

珊：（驚）唉呀！真的？

元：媽還會騙妳嗎？

美：舅媽，小阿姨兇不兇？

元：兇倒是不兇，小阿姨很和氣的，但是妳要是犯規冒犯了她，那她是不客氣的。
美：喔。
珊：好吧！命該如此，那就讓房間，搬上頂樓去吧！媽，妳叫小阿姨別管我太嚴，多給我加兩分。
元：去你的，沒出息，快上學去吧！
美：走吧！珊珊！舅媽，再見。
珊：媽，再見。
元：再見。

△音樂分場

郭瑞華：大姊。
元：（高興地）小妹，喔！楊老師也來了。
楊文禮：是呀。
華：是文禮到車站接我的。
元：楊老師，那太謝謝你了，麻煩你去車站接瑞華。
禮：應該的，我們是師大同學。
華：你是學長。
元：瑞華，今後要請楊老師，不，應該稱你為楊主住了，多多照顧小妹。
禮：（謙虛地）那裡，瑞華比我能幹。今後恐怕要請瑞華多多幫助我哩。
華：你客氣。
禮：瑞華，我回學校去了。

元：慢走。
禮：嗯！妳好好休息，我走了。（腳步聲）不送不送。請留步。
華：別催好不好？你總得讓我喘口氣呀。
禮：學校還有很多事等著我處理，不打擾了。瑞華，妳什麼時候來學校？
元：楊老師，吃過飯再走。
禮：把妳送到家，交給妳大姊，我的任務完成，應該走了。
華：要走嗎？

△腳步聲，楊文禮行出。

元：小妹，媽的身體好嘛？
華：還不錯。大姊，媽怪妳了。
元：怪我不回家是不是？
華：嗯。
元：拖著幾個孩子，走不開呀！妳姊夫整天為他的生意忙，家務事一大推，現在又多了一個江玉美。
華：江玉美是誰？
元：妳姊夫的外甥女，暫時住在我們家裡。
華：喔！

△音樂分場
△校園下課鐘聲

美：珊珊，下課了，吃便當吧！
珊：我早就餓了，快拿來。
美：我們去校園亭子裡，慢慢吃好不好？
珊：走吧。唉！林貴英、張春蓉，妳們去不去？
張春蓉：不去。
林貴英：我們就在這裡吃。
蓉：林貴英，妳知道不知道？
英：什麼知道不知道？
蓉：我們班級任導師換人了。
英：換人？換誰呀？
蓉：聽說是個新來的女老師，年紀很輕。林貴英，我們給她來個下馬威怎麼樣？
英：妳是說整整她，這不大好吧！
蓉：殺殺她的銳氣，叫她以後不要管得太嚴，否則我們的日子很難過。
英：張春蓉，我——我不敢跟老師作對。
蓉：膽小鬼，妳怕什麼？翻翻書，找幾個困難的題目問問她，叫她答不出來，糗她，使她難堪。
英：不要，不要！老師會怪我們故意整她。
蓉：什麼故意整她？學生不懂得當然要問老師呀！這樣好了，妳出題目我來發問，妳在幕後我在幕前，這總可以吧。
英：那妳不要告訴老師，題目是我出的。
蓉：當然啦！我不會出賣妳的。妳快去圖書館翻書吧。
英：（無奈）好吧！（腳步聲）

△音樂划過。

蓉：唉！江玉美。

美：幹嘛？

蓉：我們決定給新來的老師出難題，使她掛不住，妳也參加好不好？

美：抱歉，我不參加。

蓉：為什麼？

美：凡是有妳張春蓉的事情，我都不參加。

蓉：不參加拉倒，不少妳一個，神氣什麼？

美：我一點也不神氣，我只知道好好唸書，不知道跟老師找麻煩。

蓉：妳功課好，考第一名，妳是好學生，妳了不起。

美：我沒有妳了不起，記兩次大過，一次小過，留校察看。

蓉：（兇）妳敢諷刺我，妳給我閉嘴。

美：（不示弱）妳敢把我怎麼樣？

蓉：妳再說一句，我撕爛妳的嘴！

珊：（腳步）唉！唉！幹嘛？張春蓉打人呀！

蓉：李珊珊，妳閃一邊去，不要妳管！

珊：張春蓉，妳給我聽好，妳對別人使用暴力我可以不管，但是妳欺負我小表妹就不行，我管定了。妳敢動玉美一根汗毛，我就把妳給翻過來，不信妳試試！

蓉：妳厲害，我怕妳！李珊珊，妳給我記著。哼！（腳步聲）。

美：要多討厭就有多討厭。

珊：這種害群之馬，妳以後少理她。

美：我才懶得理她哩。是她要跟小阿姨作對，硬要我參加，我才跟她吵起來的。

珊：（驚）什麼？她要跟小阿姨作對？她有沒有說怎麼作對？

美：她要糗小阿姨，提出一些困難的問題，叫小阿姨答不出來，使小阿姨難堪。

珊：這下小阿姨可慘了。張春榮，妳這個死東西。

△音樂滑過。

禮：瑞華，快上課啦。

華：（緊張）唉！唉！

禮：瑞華，妳怎麼啦？

華：學長，不瞞你說，我有點緊張。

禮：唉——妳又不是頭一次上課，緊張什麼呢？

華：可能是換了新環境的關係，文禮，我教的這班學生是不是很調皮呀？

禮：調皮是有一點，不過我相信妳可以應付的。

華：她們會不會為難我？

禮：這個嘛——很可能。因為妳年輕，她們會覺得妳不像老師，看外表嘛，妳像十七八歲的小妹妹。

華：要死了，你還消遣我！

禮：妳看妳看，一位成熟的老師，哪會說「要死了」這種話？完全是小妹妹的語氣嘛。

華：人家急死了，你還開玩笑，你是教務主任，我是你的屬下，你要穩定軍心，大力支持我才是。

禮：沒關係，待會兒我陪妳去，強化對妳的介紹，先把她們鎮住。

華：算了算了，還是平實一點好，你不要為我吹噓。

△音樂分場

蓉：唉唉，林貴英、馬秀珍、吳子敏、邱麗香，咱們就這麼說定啦，到時候給她好看。糗死她！事成之後，我請妳們吃炸雞。大家幫忙製造氣氛。

眾：好。

珊：哼！沒安好心。

蓉：李珊珊，妳說誰沒安好心？

珊：說妳嗎？提妳名字啦？

蓉：（諷刺）知道老師是妳阿姨，去撒嬌呀！

美：拜託，不要吵好不好？我們是高中生，又不是幼稚園。

蓉：唉呀！原來妳是高中生，我還不知道哩。嘻，嘻。……

英：好了不起的高中生。嘻嘻。

美：妳們笑什麼？幼稚，幼稚！

英：不要吵了，老師來了。

△眾生搶著回位，桌椅碰撞聲

禮：各位同學，保持肅靜，保持肅靜。

珊：起立，敬禮，坐下。

禮：各位同學我來給大家介紹，這位是郭瑞華老師，也就是妳們新來的級任導師。

△眾生鼓掌表示歡迎。

禮：郭瑞華老師跟我是師大同學，品學兼優不在話下，大學四年，郭老師考五個第一，兩個第二，一個第三，還有書法比賽第一，民族舞蹈比賽金牌獎，還有——

華：（小聲制止）

禮：郭老師有「先之勞之」的美德，經常參加各種服務工作。她有是非之心，能仗義執言；她有同情心，能濟人之急。妳們能得到郭老師的教誨，實在是你們最大的幸福。

華：好了，好了。你別說了。

禮：還有一點，郭老師是籃球健將，主打得分後衛，不但控球一流，三分球尤其神準，有百步穿楊的功夫，將來班級比賽，妳們的球隊，在郭老師的指導之下，一定可以登上全校冠軍寶座。

眾人：好好，太棒了。

△眾人興奮歡呼鼓掌。

禮：郭老師，請上課吧！這些可愛的女孩就交給妳了。

華：好的。——各位親愛的小妹妹。

蓉：（開始搗蛋）老師幹嘛這麼客氣呢？

華：怎麼客氣？

珊：（急切地）小阿姨，不要跟她講，她是故意搗蛋的。

華：（鎮定）沒關係，沒關係，妳說。

蓉：從來沒有老師稱呼我們「小妹妹」。妳還稱我們「親愛的小妹妹」，真鮮！

華：嗯！是這樣的，因為我脫掉學生制服沒多久，我希望妳們把我當成大姊姊一樣看待。我除了教妳們功課之外，妳們課業上或者是生活上有什麼問題，我也願意為妳們解決。

英：這麼好呀！

蓉：我有問題要問。

美、珊：噓，噓。

華：不要噓她，這是不好的行為。這位同學，妳有什麼問題？妳儘管問。

美：（急切地）不要叫她發問，她是故意搗蛋的。小阿姨。

華：江玉美在學校裡妳不能叫我小阿姨，妳應該叫我郭老師，對不對呢？妳犯了校規，我照樣處罰妳。絕不會因為我是妳的小阿姨就偏袒妳。這位同學請發問。

蓉：什麼問題都可以問嗎？

華：都可以問。

蓉：請老師告訴我們，中國出產不出產葡萄？

華：中國早先不出產葡萄，葡萄是漢朝張騫從西域帶回來的。

蓉：鍾子期會不會唱歌？

珊：好奇怪的問題。

美：故意找麻煩嘛。

蓉：（大聲）江玉美，妳說誰故意找麻煩？

珊、美：妳啦，妳啦。

華：不要吵。聽我說，鍾子期是戰國時代的楚國人，他是一位大音樂家，精通琴藝，楚歌在歷史上很有名的，鍾子期當然會唱歌。

蓉：請問孔子吃過生薑沒有？

華：什麼？

蓉：孔子吃過生薑沒有？請回答。

華：妳這問題問的很奇怪。我來反問妳們，孔子吃過生薑沒有？認為吃過的請舉手？——唔、唔，只有三位同學舉手。認為沒有吃過的人請舉手。喔，大多數都舉起手來了。

華：我在黑板上寫四個字給妳們看：「不撤薑食」。看見沒有？這四個字出自「倫語」。「不撤薑食」的意思就是每頓飯必佐以生薑。由此可見，孔子是吃生薑的。下面還有一句「不多食」，是指生薑散肺氣，不宜多吃。孔子不但吃生薑，而且懂得養生之道。

△眾生對老師佩服，同聲呼出——

眾生：對，對。老師懂得好多喲。講得好詳細喲。太棒了啊！

華：這位同學，妳叫什麼名字？

蓉：張春蓉。

華：張春蓉，妳能夠找出問題來，這很不簡單，這都是妳自己找出來的嗎？

蓉：不是啦，是林貴英。

華：林貴英是哪位？

英：是我啦，老師。真不好意思。找些難死人的問題為難妳。幸好妳學識淵博，沒有被難倒。老師，對不起啦！

蓉：我還有問題，請問「錫婚」（演員演出時要講的讓人聽不懂這兩字）是什麼意思？

珊：又來了。

蓉：不要妳管。

華：張春蓉，「西灰」是哪兩個字？

蓉：就是金銀銅鐵錫的錫嘛。婚是結婚的婚。

華：（明白了）喔！原來妳說的是「錫婚」呀！妳為什麼要問這個呢？
珊：她想結婚了。

△眾笑。

蓉：（氣）才不是哩。妳胸部那麼大，妳才想結婚哩。
華：不要扯遠了。張春蓉，告訴老師，妳問這個問題的動機是什麼？
蓉：是，是我爸爸媽媽，要舉行錫婚紀念活動。
華：喔！妳今年多大了？
蓉：十七。
華：錫婚，就是結婚十週年，結婚十年的夫婦，怎麼會有十七歲的女兒呢？

△眾生哄堂大笑。

珊：唉呦！我的媽呀！結婚十年，居然生出十七歲的女兒，怎麼生的嗎？嘻嘻。
英：拜託，別問這種笑死人的問題吧！
美：嘻嘻……我的眼淚都要笑出來了。
華：妳們不要笑她，誰都有錯誤的時候，她能夠提出問題來已經很不錯了。張春蓉，妳這種發問的態度很好。
蓉：（漸趨感動）老師，我，我……
華：是不是還有問題？
蓉：沒有了。
華：坐下吧！請大家打開書本，開始上課。

△音樂分場

華：文禮。

禮：瑞華，妳上課的情形怎麼樣？沒問題吧？

華：唉，問題可多了。

禮：（緊張）發生了什麼事情？

華：真沒想到，學生們這麼頑皮，提出一些難死人的問題。

禮：難住妳沒有？我想以妳的才華，一定是對答如流。

華：我明明知道她們在考我，可是不得不耐著性子，給她們一個圓滿的答覆。（喟嘆）唉！還算好，安然過關。

禮：瑞華，真是難為妳了。

華：這都是你派給我的好差事。

禮：提問題的是不是張春蓉？

華：不錯，就是她。

禮：她很聰明，就是不好好唸書。對年紀輕的男老師，她會開玩笑。對年輕的女老師，她會惡作劇。我費了很多功夫，多種方法都試過了，開導她，罵她、罰她，都沒有結果，簡直是無可救藥了。

華：我不相信。

禮：妳有辦法叫她好好唸書？

華：當然有哇。我用不著罵她，罰她，就能使她變好。

禮：（一笑）妳這是天方夜譚嘛。

華：（堅定地）天方夜譚就天方夜譚，試試看嘛。

△音樂分場

元：珊珊，妳什麼時候買了一座鬧鐘？
珊：早就買了。我放在枕頭旁邊，妳沒看見。
元：我剛才給妳換枕頭套的時候，才看見的。妳哪來的錢？
珊：節省下來的零用錢，媽，買了鬧鐘，我就不睡懶覺了。就可以用功唸書了。媽，妳瞧我月考的成績單。
元：不知道又有幾門是紅字。
珊：全是藍字。妳看嘛！
元：（驚喜）——哇！總平均七十五分，奇蹟奇蹟！進步太快了。我沒有想到，真的沒想到。
珊：請蓋章吧！
元：沒有問題。玉美呢？
美：舅媽，這是我的成績單，也請舅媽蓋章。
元：好的。（更驚喜）哇！總平均九十六分，又是一個奇蹟。玉美，妳進步了很多。
美：沒有啦。
元：珊珊，妳要向玉美看齊，努力追上去。
珊：沒有問題，我稍微再注意一點，就追上玉美了。玉美妳要等等我，不要跑太快。
元：嘻，嘻——

△腳步聲瑞華行入

華：大姊。
珊、美：小阿姨。

元：瑞華，多虧了妳，我要好好地謝謝妳。
華：什麼事情嗎？大姊。
元：妳來了，珊珊的成績就變好了。玉美也有進步，妳對我的幫助實在是太大太大了。
華：不要這麼說，好像我很了不起似的。這是她們自己努力用功的結果。對不對，玉美。
美：是小阿姨教導有方。
元：珊珊，妳怎麼報答小阿姨？
珊：我一輩子忘不了小阿姨。
元：只是忘不了不夠，還有沒有別的呢？
珊：（忖）唔，小阿姨需要什麼東西，我就送給她什麼東西。
華：我不需要任何東西，只要妳改掉毛病，我就滿意了。
珊：懶、貪玩，對不對？
華：對嘛！不早了，快去睡吧！明天我們還要練球，我們已經報名參加籃球班級競賽。
美：太好了。小阿姨，妳看我們能不能拿第一。
華：這個嘛！要靠大家努力，同時還要密切合作。妳們知道怎麼密切合作嗎？
珊：我知道。比方說我打中鋒，玉美打前鋒，張春蓉打後衛，進攻的時候，採取從底線衝到禁區，內線接球上籃，防守的時候採取區域盯人。
華：妳這是戰術，沒有說出密切合作的真意。玉美？
美：我想是五人一體，同心合力，爭取勝利。
華：對了，籃球是團體運動，不可以突出自己，作個人秀。好了，妳們去睡吧。否則，明天起不來又要遲到了。
美：舅媽，小阿姨晚安。
珊、元：晚安。

華：晚安。
元：瑞華，我問妳，妳怎麼樣把珊珊的懶病治好的？
華：嘻嘻，我當然有辦法。
元：妳責備她？
華：沒有。
元：罰站？
華：也沒有。
元：打掃教室？
華：也沒有。大姊，告訴妳吧。我要她向全班同學報告遲到的原因，她不得不把自己睡懶覺的毛病抖露出來，引得同學們哈哈大笑，於是同學們一致決議通過，用班費買了一座鬧鐘送給她。
元：我就說嗎，她哪裡有錢買鬧鐘呢？原來是大家同學給她買的。
華：這樣一來，她不願辜負大家同學的好意，再也不好意思遲到了。
元：太好了。瑞華，妳這方法太奇妙了。
華：沒有啦。

△音樂分場

△遠處有籃球比賽加油聲傳來，聲音漸趨安靜，表示比賽結束。

美：（腳步聲）楊老師。
禮：江玉美，球賽完了嗎？妳們打得怎麼樣？
美：（懊惱地）洩氣，洩氣透了。我們得了亞軍。

禮：亞軍，那也不錯呀。妳們這一班從來沒有得過前三名的紀錄。
美：楊老師，你不知道，我們本來穩拿冠軍的，只差一球，兩分。多可惜呀。
禮：這次沒得到冠軍，下次再來，相信有郭瑞華老師指導，不算難事。
美：是的。
禮：妳們跟冠軍隊只差兩分，她們是險勝，妳們是雖敗猶榮。由此可見郭瑞華老師是費了一番功夫的。
美：就是嘛，我們這場球沒有打好，不曉得小阿姨有多麼難過。
禮：喔，瑞華和李珊珊、張春蓉、林貴英都來了。

△眾人腳步聲

禮：瑞華，恭喜恭喜。
華：文禮，你在諷刺我嗎？
禮：不！不！怎麼諷刺呢？得了亞軍不容易喲！這是妳們這一班，歷屆最好的成績。值得恭喜。
華：好啦！你別安慰我啦。
禮：我去跟校長商量頒獎的事情，回頭我們再談。

△腳步聲，文禮行出

華：代表榮譽的獎盃，拱手讓人了。
蓉：獎金也是人家的了。
珊：哼！自己不爭氣怪誰呢？

英：完了完了！白練了五個多月。
美：老師那麼認真的訓練我們，費盡心血的指導我們，偏偏有人不聽話，搞砸了。
蓉：唉！哎！誰不聽話？誰搞砸了？妳們少在哪兒抱怨。
美：張春蓉，妳還有資格講話呀！就是妳搞砸的！
蓉：我？
珊：就是妳，犯了嚴重的錯誤。
蓉：妳胡說，我沒有。
英：有啦！有啦！別賴啦！春蓉！
華：好了好了！玉美、珊珊、春蓉、貴英、碧雲，妳們四人是球場主將，我希望妳們心平氣和的檢討得失，不許妳們鬧意氣，互相指責，這是要不得的。
美：打了三十九分五十秒的好球，最後十秒鐘出了毛病，我不甘心！我不甘心！我不甘心是這種情形輸球。
珊：這是誰的責任，要弄清楚。
蓉：弄清楚就弄清楚，想賴在我身上嗎？
美：這不是賴在妳身上，根本就是妳的錯。當時妳運球過中線對方只有一名球員回防，我在籃下，珊珊在我左側，三打一，這麼好的贏球機會，被妳破壞了。
蓉：怎麼是我破壞呢？
美：（直斥）妳為什麼不把球傳給我？
蓉：為什麼要傳給妳？
美：我站在籃下有利的位子，可以十拿九穩的投進去，贏得勝利。
蓉：當時對方五號站在妳右後方，妳要投籃，她會請妳吃麻辣火鍋，她比妳高兩公分。
美：笑話！笑話！不會過人嗎？我不會閃開她嗎？我真沒想到妳一過中線就投三分球，自我表現！

英：對嗎，像是很有把握似的。
珊：是呀，妳投什麼呢？還在時間的範圍之內，而且又還是三打一的局面。
美：天啊！妳那彆腳的三分球，大麵包，籃外空心，葬送了我們的冠軍。
珊：妳亂投，妳貪功，淨想出風頭，作個人秀。
英：張春蓉，全毀在妳一個人手上。
華：好了好了，妳們不要吵了。在我看來，我們不配得冠軍，能得亞軍算是不錯了。
珊：為什麼？
華：為什麼？妳們在球場上鬧意氣，心浮氣躁，不團結，沒有同心協力去爭取榮譽，這是最大的錯誤。也是輸球最主要的原因。
珊、美、蓉、英：喔！
華：我一再告訴妳們勝敗在其次，最要緊的是培養良好的運動精神，和體育道德。妳們一上場就把我的話忘了。求勝心切，抱怨裁判，這是使我最痛心的事情。
珊、美、蓉：（領悟）嗯！
華：球是五個人打的，五個人要密切合作，成為一體，要追究責任，大家都有責任，不能推在一個人身上。
蓉：（出了一口氣）老師這話對極了。
華：張春蓉。
蓉：有。
華：妳的速度快，切入上籃有獨到之處，不過妳的三分球命中率太差，那一球妳是不應該投的。
蓉：我是想一球定江山，可是——老師，我錯了。
華：希望以後像這種英雄式的表現不要再有。妳去吧。
蓉：喔！（腳步聲退出）

華：貴英，妳表現平平，以後打球要積極一點。妳也去休息吧！
英：是。我走了。
華：玉美，妳獨得二十分，不要以此自傲。妳最大的毛病是攻擊力強，防守力弱，有兩次回防，妳面對對方籃下往回跑，等到跑到防守位置，再轉過身來，已經來不及了。造成對方偷襲成功。妳知道錯了嗎？
美：知道了。小阿姨放心，我一定改正過來。
華：珊珊，還有妳。
珊：喔。
華：妳基本動作純熟，反應快，控球、傳球都夠水準，可是我沒想到妳會跟裁判頂嘴，背判技術犯規。
珊：輸極了嗎！只有拿裁判出氣。
華：風度！風度！
珊：下次絕對不會再犯，一定保持良好風度。
美：小阿姨，我們不聽妳的話，打輸了，妳不要難過。
華：我不難過。輸贏乃兵家常事，只要妳們以後的比賽養成良好的風度，我就高興了。
美、珊：一定！一定！
華：對了！明天考英文，好好準備。珊珊，妳去告訴大家，要是全班考得成績好，我帶妳們去郊遊烤肉。
美、珊：（高興）好。

△音樂分場

蓉：唉！江玉美，妳英文筆記借我抄。
美：不借！不借！

蓉：跟我走。
美：去哪兒？
蓉：去校門外，我請妳吃冰淇淋，該可以了吧！
美：一客冰淇淋，就想我把筆記借妳呀！我沒那麼下賤。
蓉：下賤？妳說誰下賤？妳有多高貴？妳是女王嗎？我看不出來。妳憑哪點驕傲？看不起這個看不起那個的？筆記簿拿來！
美：用搶的！野蠻！不借不借！
蓉：向妳借，是看得起妳。
美：要妳看的起，妳是什麼東西？
蓉：我什麼東西，妳又是什麼東西！不要臉，住在人家家裡，吃人家喝人家，寄生蟲。
美：妳罵人！
蓉：就罵妳！妳聽著，寄生蟲！寄生蟲！
美：妳是留級生，妳是害群之馬。
蓉：（氣）好哇！妳罵我是留級生，害群之馬。看我修理妳！

△二人扭打聲

△有同學拍手：「好喔！打得好！」

珊：不要打！不要打了！老師來了！
華：「見人傾跌，不可譏笑，須予扶持；見人鬥毆不可助虐須予排解。」這一段話我不是跟妳們說過了嗎？為什麼記不住呢？江玉美和張春蓉打架，妳們不但不勸解，反而拍手叫好！這種幸災樂禍的心理，非常要不得。除了江玉美和張春蓉之外，其餘的都給我出去，到操場上去清醒清醒頭腦。

△一陣腳步聲

華：江玉美、張春蓉，妳們為什麼要打架？

美：是她先罵我的。也是她先動手打我。（哭出）

華：不要哭，妳好像很委屈似的。一個人打不起架來。

菅：江玉美罵我是留級生，還罵我是害群之馬。

華：張春蓉，妳和江玉美打架的事，暫時不談，我告訴妳另外一件事情。明天的郊遊烤肉決定不去了。妳這位遊藝股長也用不著麻煩了。

蓉：老師，為什麼不去了呢？有的同學都已經準備好餘興節目了。

華：我說過的，只要有一個人英文考不到七十五分，我就不帶妳們去。我剛才看完考卷，不幸得很，偏偏有一個人考了七十三分，差兩分沒過關。

蓉：（難過）是我。是我沒考到七十五分，是我害了大家。我的確是害群之馬，我好慚愧！

華：等下次月考妳考到七十五分，甚至八十分，我仍然會帶妳們去郊遊。

△音樂分場

美：小阿姨，妳回來啦！

華：玉美，妳怎麼還沒睡？

美：我等妳。小阿姨，妳打算怎麼處罰張春蓉？

華：我決定不處罰她。

美：這是不公平的。

華：我也不處罰妳。公平吧？
美：她罵我還打我！
華：妳不是也罵了她打了她嗎？如果我報告訓導處，妳們兩個都得記過。我不是姑息妳們，而是我覺得記過沒什麼意義，我是要給妳們反省的機會，徹底改正自己的行為。
美：小阿姨，妳要是不處罰張春蓉，我決定退學回我自己的家。
華：玉美，妳不要走極端，妳知道我的苦心嗎？我不處罰張春蓉，可說是為了妳。
美：怎麼是為我呢？我不明白妳的意思。
華：（真誠的）玉美，妳聽我說。妳已經很孤獨了，妳把自己劃在一個圈子裡面，不跟大家同學接近，這種情形已經很久了。
美：我沒有。
華：妳有。妳沒有，她怎麼會說妳傲慢自大？妳沒有，她們為什麼說妳看不起人呢？
美：這是因為我功課好，她們嫉妒我。
華：不盡然。妳孤僻，驕傲、不合群是事實。妳想想看，如果我處罰張春蓉，大家同學以為我偏袒妳，妳有了靠山，這樣就更不敢接近妳了。妳不是更孤獨更孤僻了嘛！
美：小阿姨，妳不知道張春蓉罵我有多毒？她罵我是寄生蟲。
華：寄生蟲？什麼意思？
美：吃人家的喝人家的，靠人家生活靠人家讀書的寄生蟲。這我怎麼受得了！
華：玉美，妳靠的不是外人，是妳的親舅媽，妳是他們的親外甥女呀。
美：可是舅媽總是把我當成客人，珊珊犯了錯，舅媽會把她罵一頓，可是我犯了錯，舅媽總是客客氣氣的，連一句責備的話都不說。珊珊為此還不服氣。殊不知我是多麼羨慕珊珊，我具希望舅媽也把我罵一頓，就像母親罵女兒一樣，不要對我客氣，把我當成客人。小阿姨，妳知道嘛！連我爸爸都把我當成客人。
華：怎麼說？

美：爸爸總是客客氣氣的，怕得罪了我，深怕一不小心傷了我，每次來看我都問我要不要錢？我總是說不要，錢能補償我失去的一切嗎？

華：玉美，妳知不知道，大家都很喜歡妳？

美：妳所說的大家是誰呢？

華：妳舅媽、珊珊，還有我。

美：小阿姨，妳，妳也喜歡我嗎？

華：是啊！我第一次看到妳，就感覺到妳是一個可愛又帶點神秘感的女孩，所以我注意妳，盡量去瞭解妳，我知道妳母親並沒有去世，而是有了外遇改嫁了，是不是？

美：——是，是的。

華：妳爸爸也愛上了別的女人，沒有時間照顧妳。妳好像被拋棄了一樣。妳驕傲那是因為妳自卑，妳孤獨那是因為妳空虛。妳和同年齡的女生有著差別的境遇，這不是妳的錯。（略頓）玉美，妳是最值得同情。最值得愛護的。

美：（感動）小阿姨——

華：聽小阿姨的話，別再把自己封閉起來。合群、合作、互助，跟大家生活在一起，妳會感到處處是溫馨，處處是關懷，處處是愛。

美：（哽咽）——好，我聽小阿姨的話。

華：往後有什麼事情，都可以和小阿姨說。小阿姨是妳的親人。

美：（再一次的感動）——小阿姨。（哭出）嗚——

△音樂滑過

蓉：老師。

華：張春蓉，這麼晚了，妳怎麼來了？
蓉：我有一些話非跟老師說不可。
華：坐下來說吧！
蓉：老師，請妳答應明天帶同學們去郊遊烤肉，好不好？
華：不好。
蓉：老師，我求求妳，求求妳。
華：怎麼行呢？我已經向大家宣布不去了。
蓉：我剛才以老師的名義打電話通知同學，全班每一個同學都通知到了，明天照原訂計畫去郊遊烤肉。
華：妳為什麼要這麼做？妳沒有徵得我同意呀！
蓉：妳罵我也好，處罰我也好，我沒有話說。老師，妳知道嗎？我放學回家，我吃不下飯，躺在床上也睡不著覺，我的良心一直受到譴責！看同學們興高采烈，那麼熱情的要跟老師去郊遊，努力用功把英文考好，我卻掃大家的興，我算什麼？我真是害群之馬！我不但是害群之馬，而且是一顆老鼠屎，壞了一鍋粥。我真是慚愧得無地自容了。
華：（慟）張春蓉，我一直盼望妳對我說這些話，妳終於認清妳自己，說出來了。
蓉：老師，妳，妳哭了！
華：沒有。沒有。
蓉：妳眼睛裡有淚。
華：那是高興的眼淚。是快樂的眼淚。張春蓉，老師一直盼望著，期待妳改過。剛才聽了妳那些話，我真是無比的高興，無比的快樂。
蓉：老師，妳答應我的請求嗎？
華：我答應明天咱們去郊遊，痛痛快快的玩玩。

蓉：老師，我不去。
華：妳為什麼不去呢？
蓉：我留下來打掃教室清潔，這是我給自己的處罰。
華：老師不處罰妳就算了。妳一定得去。
珊：（腳步聲）還有我，我也要去。
蓉：珊珊。
美：（腳步）我也要去。
蓉：玉美，我向妳道歉，過去都是我不對，是我欺負妳，我不該罵妳，更不該動手打妳。玉美，妳能原諒我嗎？
美：春蓉，我也有不對的地方，我對妳有成見，我一定改正。從今以後，我們不再吵架。
蓉：對，絕對不再吵架。
華：太好了。大家真誠相待，相親相愛，妳們都是我的好學生。
珊、美、蓉、：妳是我們的好老師，最好最好的老師！

二、少女小彩

劇中人
小彩：鄉村少女，倔強、野性。
泥鰍：青年船伕，小彩的戀人。

娘：泥鰍的母親。霸道。
黑傻子：老年船伕。忠厚。
老癲子：鄉村小飯館老闆
狗蛋：鄉村青年
結巴：鄉村青年

△需要國語純正、說得溜的演員，才適合播出本劇特色。
△音樂開始。

泥鰍：（呼喚）傻爺，傻爺，你在哪兒？
黑傻子：（睡夢中）我，我……我在，在這兒。
泥：傻爺，你怎麼在船頭上睡覺呢？是不是太累了？
傻：唉！上了年紀，沒前些年頂事兒了。我黑傻子打從跟著老掌舵跑船起，撐篙搖槳三十多年了，吃這口船飯可是不容易。要不是看在那死去的老掌舵份兒上，早就找個窩蹲著了，免得礙眼。
泥：傻爺，你這話可說歪了，我泥鰍可沒嫌棄你。我娘常囑咐我，我爹死得早，多虧了您傻爺照應，叫我報答您傻爺的大恩哩。
傻：別介別介，報答！俺擔待不起，待會兒請我喝兩盅，咱跑這趟船的勞累就全消了。
泥：那感情好。請你到香味居喝個痛快！
傻：幹嘛？幹嘛？那樣窮折騰，打一壺酒在船上喝多自在，花那冤枉錢。
泥：傻爺，隨您的意，您愛在哪兒喝就在哪兒喝。
傻：你聽著，打一斤二鍋頭。

泥：可以。
傻：四兩驢肉，兩條燻腸、一包五香豆。
泥：行，待會兒我就去買。
傻：少掌舵，那，這會兒你是在等小彩那丫頭來吧！
泥：不，我不等她。傻爺，咱們這趟船跑了兩個多月吧？
傻：是呀，四月初十上的船，兩個月零五天了。可憐小彩姑娘，準是想你想得好苦。
泥：你說這幹嘛？沒的事。
傻：（傻笑）嘿！嘿！你傻爺可不傻呀！還瞞我呀。咱們鎮上誰不知道你和小彩相好。嘿！嘿！……你瞧那邊誰來了。
小彩：（遠處）泥鰍，泥鰍！
泥：（應聲）小彩，我在這兒。
彩：什麼時候回來的？
泥：剛剛靠岸。
彩：這趟船順當吧？河裡浪大嗎？
泥：河面平的像褥子。
彩：風呢？
泥：一路順風。
彩：這就好。前些時候，等得好著急，心裡直惦記著，我總以為會出事兒。
泥：沒事兒，別擔心。小彩，我不會掉在河裡餵王八的。
彩：你壞。
泥：小彩，說真格的，攬得生意多，跑了好幾個地方，十里舖、官塘、尖石咀、沙河鎮都去了。

彩：託你帶的東西沒忘了吧？
泥：忘了腦袋也忘不了妳的東西。（喊）傻爺，艙裡有包東西，勞您駕拿上來。
傻：（遠處）喔！嗯！（腳步聲）少掌舵，不就是這包東西嗎！
泥：沒錯，小彩，給妳。
彩：喔，這麼一大包。是些什麼呀？
泥：平常用的啦，還不是撲粉、雪花糕、洋胰子、手巾、印花布什麼的。
彩：謝謝你，泥鰍。陪我走走好不好？
泥：上哪兒？
彩：順著河沿走嗎，走到哪兒算哪兒。
傻：少掌舵，不大好喔。人多口雜給人瞧見，閒話又一大堆。要小心喔。
彩：哼！那些嚼舌根兒的，礙著他們啦！
泥：小彩，我還沒回家見俺娘哩。這樣吧，趕明兒一大早我在這兒等妳。
彩：（氣）不去拉倒，誰希罕！
泥：別發脾氣，小彩。
彩：就要。不理你了。（腳步聲，離去。）

△音樂滑過。

娘：泥鰍，你起來啦？
泥：是呀，娘，我起得太晚了。看太陽都照上窗楞啦。
娘：多睡會兒，不要緊，跑了兩個多月的船夠累的。

泥：娘，我覺得並不怎麼累。
娘：你是不是給李大嬸那大嗓門吵醒啦？
泥：李大嬸一大清早上咱們家幹嘛呀？
娘：還不是給你作媒。
泥：作媒？
娘：嗯！對了，泥鰍，我給你煮了兩個雞子兒（雞蛋）補一補。喏。拿去吃。
泥：我不吃。娘，李大嬸說的是誰呀？
娘：王嫂子的閨女富妹子。
泥：她呀，那個矮冬瓜。
娘：瞧你說得。李大嬸說富妹子胖胖敦敦的是福相，心眼兒實在，配你倒是天造地設的一對。
泥：才不哩。我沒那麼倒楣。
娘：（不悅）一說到娶媳婦兒，你就死彆扭。哼！怕我不知道，你喜歡小彩那丫頭，對不對？
泥：你聽誰說的。
娘：李大嬸說的。
泥：哼！聽她瞎說，一張嘴裝不下她那一丈長的舌頭，亂翻騰。
娘：李大嬸親眼看見的，還錯的了？
泥：她那隻眼睛看見，她那隻眼睛瞎。
娘：娘可不許你罵人家，人家說說也是好意。小彩哪點好？浪蕩的不像個閨女，看她那雙烏溜溜的眼睛，就是一副剋星相，她爹娘就是給她剋死的，要是被她纏上，準沒有安穩日子過。
泥：唔……（腳步聲）
娘：妳上哪兒去？

泥：心裡煩，出去溜溜。
娘：你不願聽娘數落小彩是不是？
泥：我出去喝豆汁。（是漿）
娘：披件衣裳，剛剛開春，天涼。
泥：不用了。（腳步聲）
娘：唉！這孩子，脾氣扭得很。就這麼一條獨根兒，真拿他沒輒。

△音樂滑過。
△豆汁店人聲。

七癲子：（吆喝）唉！甜是汁，一大枚一碗，熱的熱的，燒餅、油條、熱火燒（燒餅的一種）熱的熱的，又香又脆，熱火燒！
結巴：我說七……七癲子，你，你吆喝——什麼勁兒？
七：結巴，你七爺高興，你管得著嗎？（吆喝）甜豆汁一大枚一碗，剛開鍋的，熱火著哪！燒餅油條熱火燒，又香又酥又脆特好吃哩。
巴：七癲子，給我來來來碗甜甜豆，豆汁。
七：火燒要不要？又香又酥又脆，特好吃！
巴：吹他媽，媽大大牛。來套燒餅油條。
七：來了。（吆喝）甜豆汁一碗，燒餅油條一套呀。
泥：（腳步聲）七爺，你早。
七：吆喝，泥鰍，稀客，稀客！

泥：七爺，給我來碗甜豆汁，兩個火燒。
七：好的。（喊）甜豆汁一碗、兩個熱火燒呀。泥鰍，你這兒坐，這兒坐。
泥：好的。謝謝七爺。
七：（高興）別謝別謝。我說泥鰍，這陣子沒見你人，你什麼時候回來的？
泥：昨兒晚靠的船。
巴：泥泥鰍，你這這兒——坐。
泥：結巴你坐，甭客氣。
七：哪來的那麼多禮數？
巴：大大爺高高興，你你管管得著嗎？
七：我說泥鰍，真難得看到你，活像一條滑溜溜的泥鰍，一會兒鑽那邊去了，一會兒又從另一邊兒冒出來，
　真是捉摸不定。
巴：嘻，嘻……一一條抓抓不住的小泥鰍……嘻。
七：怎麼？泥鰍，生意發財吧。
泥：七爺，沾你口福，還能對付。
狗蛋：唉，唉，七癲子，聽我狗蛋說話。
七：我又沒堵住你的狗嘴，說你的嘛。
蛋：我要說的就是泥鰍這一份算我的，今天我做個小東道。
泥：狗蛋哥，這怎麼成！今兒全由小弟請客，七爺，就這麼說定了。
七：（喊）諸位老少爺兒們聽見了，泥鰍全會啦！不怕撐死的盡量吃，話先說在頭裡，撐死人不償命。
蛋：不行不行！泥鰍難得回來一趟，怎麼好意思叫他會帳呢。
泥：狗蛋哥，我長年在外，聽我娘說，好多事情多承諸位照應，我請次小客，你們還不賞臉嗎？

七：好啦，別推推拉拉的啦，泥鰍不是外人，自己哥兒們嘛，起小（從小）俺同他撒尿和泥人玩兒，那股親熱勁兒，比咱這豆汁鍋裡冒出來的熱氣兒，還熱乎哩。

蛋：泥鰍，你這次回來要多留幾天。

泥：打算得個把月。

七：我說泥鰍，你一出去像沒事兒似的，可害慘了一個女嬌娃，為你牽腸掛肚。

泥：沒的事兒，七爺，你開啥玩笑？

七：別裝蒜啦，泥鰍，老實說，快娶過來倒是真的。咱們哥兒們哪個不替你擔份心思？就等這杯喜酒喝啦。

巴：對，對，對——

蛋：說實在的，小彩在咱們碼頭上是數一數二的俊娃兒，可要跟緊抓牢喲。

巴：也也只有有你泥鰍才才才——

蛋：看你急得臉紅脖子粗的，是不是只有泥鰍才配的上小彩姑娘？

巴：對，對——。

七：聽說有人動小彩的糊塗心思。真是他媽的竹竿當大樑，自不量力。

巴：就是于于三瘸子。

蛋：對，大發客棧掌櫃，叫于三瘸子。

七：泥鰍，你快辦喜事吧，叫于三瘸子死了這條心。

蛋：你娶媳婦兒，裡裡外外咱們哥兒們，都會幫忙。

巴：一一定定，定——

蛋：一定什麼？

巴：幫忙。

泥：咱們哥兒們，是起小一塊長大的，我知道各位是真心關懷我，可是我，我……不說了，小弟先走一步。

△腳步聲示泥鰍離去。

七：唉，唉，各位，別看泥鰍是跑碼頭的，提到娘兒們的事兒，還真害臊哩！夾著尾巴溜啦。

蛋：七癲子，再給我來碗豆汁。

巴：我，我一一碗。

七：不花錢的豆汁，你挺著肚子往下灌吧！

△音樂。

泥：（呼）傻爺，傻爺，你怎麼又睡著了呢？

傻：喔，唔！（醒）少掌舵，你來啦！唉！上了年紀，精神不濟，說是抽袋煙歇一會兒，抽著抽著就過去了。

泥：傻爺，你把帆篷拉起來涼涼。艙裡打掃打掃，漏水的地方，也該抹點油泥啦。

傻：好辦好辦。

泥：辦完事上我家吃飯，順便跟我娘說一聲，我上沙河嘴去攬生意去了。

傻：少掌舵，你真是上沙河嘴攬生意嗎？怕是去會小彩吧！

泥：你哪兒那麼多功夫管閒事？

傻：好，我不管。我去幹活可以吧！（嘟囔）和著攬生意還帶著蕭（笛亦可）哼！以為我真傻，猜不透你！

△音樂。（簫笛、嗩吶均可）調子優美，帶點哀怨——

彩：（讚）好，吹的好。

泥：（高興）小彩，從哪兒冒出來的？
彩：石頭縫裡蹦出來的，龍牙縫裡鑽出來的。
泥：妳好本事，妳躲在哪兒嗎？我來了沒見到妳，這才吹簫喚妳。
彩：菜地裡啦，我早就看見你了。
泥：瞧妳頭髮上有菜花，好好看喲！好黑的頭髮，好漂亮喔。
彩：我擦了你給我買的生髮油。
泥：好香啊！
彩：泥鰍，鎮上有廟會，來了戲班子，你帶我去聽戲，好不好？
泥：這，我……
彩：我知道你不敢，膽小鬼。
泥：我是為妳著想，那些嬸子大娘們，舌頭一個比一個長，回頭又惹她們嚼舌根兒。
彩：我們的事兒，她們管得著嗎？愛怎麼就怎麼，我樂意。
泥：小彩，犯不上，何必落話柄呢。
彩：我才不在乎呢！哼！怕她們？
泥：小彩，妳這硬脾氣什麼時候才能改？
彩：改了就不是我張小彩了。我知道她們在笑我，笑我風騷，笑我浪蕩，不像姑娘家。她們越笑，我就越做給她們看。呸！她們是什麼東西！鍋底臉，水桶腰，朝天鼻子黃板牙，個個都是醜八怪，丟人現眼。
泥：（笑著說）瞧妳把人家數落的一個錢不值。
彩：沒冤枉她們。——泥鰍。
泥：嗯！
彩：給你這個。

泥：（欣喜）鞋底兒，替我納的鞋底兒。
彩：嗯。可不是嗎，一針一線可費功夫別。
泥：是呀！是呀！細緻活兒，一雙巧手！小彩，虧妳有這份耐性。
彩：為了你嘛。一直等著拿給你，等的好苦。泥鰍，這次船出去怎麼這麼久？
泥：久嗎？妳想我嗎？
彩：多問，能不想嗎？
泥：妳是不是站在河邊望我回來？
彩：天天望，望穿了眼。
泥：唉！這麼久不回來，還不是為了妳。
彩：為我該早點回來。你就那麼忍心？叫人家苦等。
泥：我是想多做點生意，多賺錢娶妳呀。（興奮）小彩，我已經積存了二十石糧食可是你爹要五十石，還差的遠哩。
彩：我爹是我爹，我是我。
泥：話不能這麼說呀，小彩。妳總是妳爹拉把大的，妳爹就是妳這麼一個閨女，養老送終都得靠妳，要五十石糧食也算合理，我得一石不少的給他。
彩：（急）唉呀！泥鰍，要多久才能積五十石糧食啊。要依我，一石也甭給。
泥：怎麼呢？
彩：我跳上你的船，跟你一道，走的遠遠的。
泥：走得再遠，也得回家。這兒是咱們土生土長的地方，有老房子，還有妳爹有我娘。
彩：可是我爹不許。你娘不答應。我是沒辦法，才跳上你的船，乘著風兒飄去呀。
泥：小彩，我們不能使妳爹傷心，叫我娘難過。我們要在這兒紮根過日子、成家立業、生兒子。

彩：你說得好聽。你是在白天說夢話。泥鰍！你拿不出我爹要的五十石糧食，我也抹不掉你娘對我的成見，你只會為你娘著想，就不會為我想想。還是我可憐！（哭泣）嗚、嗚……

泥：別哭，別哭！小彩！我吹簫給妳聽。

△簫（笛）聲——音樂滑過

娘：黑傻子，吃菜吃菜，吃菜。

傻：老嫂子，妳別催我，我慢慢吃。

娘：黑傻子，我剛才問你的那件事兒，你還沒回我話哩。

傻：老嫂子，只要少掌舵樂意，我黑傻子沒什麼好說得。

娘：那妳去張羅張羅把船賣掉，再換一條新的。

傻：當初造這條船的時候，老掌舵親自動手。我黑傻子作助手幫忙，一塊木頭一個鉚釘，都是老掌舵親自做的，要說是賣掉，怕老掌櫃地下有靈也不會樂意。

娘：船頭壞了，船艙漏水，說不定哪天沉在河裡，我是擔心泥鰍，我們家這獨根。

傻：船頭壞了我會修，船艙漏水上油泥，我黑傻子會照顧的好好的。有我黑傻子在，能叫船沉到河裡去嗎？這不是天大的笑話嗎？

娘：黑傻子，你真是傻，換條大船裝得貨多，錢也賺得多，這你都不明白嗎？

傻：可是老嫂子，這條船我使慣了，知道它的性子，換別的船，那就差多了。

娘：好了，別囉唆了。吃飯吧，菜都涼了。

傻：我酒還沒喝夠哩。

娘：成天喝酒，醉醺醺的，你什麼時候才能醒過來啊。

△音樂划過

泥：小彩，妳帶我到哪兒去？

彩：跟我來嘛。待會兒你就知道了。

泥：在這油菜地裡轉什麼？

彩：好哇！油菜花香、油菜花漂亮。喔！到了到了！泥鰍，你看！

泥：喔！這——這是妳整出來的一小塊地？妳把油菜拔掉了，還鋪上涼蓆。

彩：是呀！這是我們的小天地，沒人看見我們，也沒人來打攪我們。泥鰍！你喜歡不喜歡？

泥：小彩，這不大好吧！要是給人瞧見……

彩：泥鰍，別怕！抱我吧，抱得緊緊的，不要讓我被別人搶走。

泥：小彩……

彩：泥鰍，我是你的，你也是我的，我這一輩子跟定你了。

△音樂划過

娘：泥鰍怎麼還不回來呢？真急死人了。

傻：老嫂子，妳瞧！少掌舵不是回來了嗎？

泥：娘，我回來了。

娘：泥鰍，我問你，今兒一大早就溜出去了，啥事兒這麼忙呀？

泥：娘，傻爺沒告訴你呀！我上沙河嘴攬生意去啦。

傻：老嫂子，我一進門就向你說過別。

娘：哼！串通好了騙我。小的不老實，老的更滑頭。裝成個傻樣子。

傻：哪裡會？

娘：泥鰍，別跟我弄神弄鬼，娘沒聾沒瞎，以為我不知道。（傷心起來）我曉得你回來不是為看娘。你心裡已經沒有娘了。

泥：有，我心裡有娘。

娘：娘指望你爭氣，好好娶房媳婦兒，成個家。沒想到，你這麼不正經，和那種不三不四的女人鬼混。

傻：老嫂子，妳指的是小彩？

娘：除了她還有誰？沒見過那種不要臉的閨女。

傻：說真格的，這都是街坊那些臭娘們下的爛藥。其實人家小彩挺好的。長的漂亮又標緻，不像她們那麼土。

娘：喲，黑傻子，你多文明呀！你去過多大地方，左不是河沿上那幾個芝麻綠豆小鎮。哼！你見過世面！你不土！

泥：李大嬸和王二嫂她們是嫉妒小彩，故意捏造事情，破壞小彩名譽。娘，妳別聽她們的。

娘：（不悅）聽你的？哼！

泥：小彩心眼兒實在，性子直，她雖然年輕，但是很講義氣，是非常明理的女孩，不是什麼不三不四的女人。

娘：我說是就是。

泥：絕對不是。

娘：你向著她！

泥：我不許那些長舌婦侮辱她。

娘：我也在內嗎？好哇！你竟敢頂撞老娘！你還得了！

△啪的一聲耳光

泥：妳打我？我要娶小彩，我喜歡她，打死我也要娶她！

娘：娶她？（打聲）叫你娶她？（又是打聲）打死你，當我沒生。

傻：老嫂子，別打！別打了！

娘：把你養大了，反起娘來了。還沒娶媳兒，就不要娘了。（潑）唉呀！我的命怎麼這麼苦喲！泥鰍他爹，你不該早死，丟下我一個人不管，被小王八羔子欺負！唉呀！我不想活了！（大哭）乾脆死了去地下找你！（哭）嗚，嗚……我是苦命人呀！我不要活了。

傻：老嫂子，別哭了，哭壞了身子可不得了。

娘：（哭）小王八羔子這樣對我，我活著還有什麼意思？我真的不想活了，讓我一頭撞死！（大聲）死！

傻：（緊張）老嫂子，別介別介！少掌舵！快攔住呀！

泥：娘，妳別這樣，我，我錯了！

娘：只怪掌舵的死得早，連兒子都欺負我！我的命怎麼這麼苦！比黃蓮還苦。還是讓我死了算了！一了百了。

泥：娘，您不能死，原諒我的不是，我給您跪下。

傻：老嫂子，您就饒了少掌舵吧！

娘：饒了他可以，那婚姻大事由我作主。

傻：是的，少掌舵的婚事全由老嫂子作主。

娘：泥鰍，你聽見沒有？你肯不肯？

傻：少掌舵肯的，少掌舵快說肯呀！

泥：（萬般痛苦）娘，您為什麼這樣逼我呢？這叫我怎麼對得起小彩喲！為什麼逼得兒子走投無路呢？我看不是您死，而是我活不成了。

△音樂悠悠。

△泥鰍吹簫。

傻：少掌舵，你別吹了，我求求你。
泥：怎麼？
傻：聽了心煩？
泥：傻爺，我真想大哭一場。
傻：少掌舵，別說這些沒出息的話，打點打點開船吧！
泥：唉！
傻：打昨晚貨就裝好了，一批是張三爺的高粱，運到白河灣槽坊；一批是王鐵鎖的小米，運到五里鎮茂記糧行，還有一批——
泥：（截斷）傻爺，瞧你這囉唆勁兒，知道你裝滿了艙。
傻：知道了，你可起錨呀！少掌櫃，趕早上順風。
泥：唉！唉！
傻：別等啦！小彩姑娘不會來，你等也是白等。
泥：這次開船，不曉得多久才能回來，我總得和小彩見個面。說一聲呀。
傻：打清明節你就不見人家，七癩子捎信你也不理人家，合著人家全聽你的，你要見就見，要不見就不見。人家可是黃花大閨女。搶著要的人多的是。
泥：（煩）好吧，開船吧！
彩：（遠）慢著，慢著開船！等等我。
傻：小彩跑來了，還背著包袱，她幹啥？
彩：（叫）泥鰍，傻爺！
傻：小彩，少掌舵眼巴巴的望著妳，可把妳望來了。
彩：快扶我上船，我跟你們一塊走。

傻：好哇！上來！上來！

泥：傻爺，你開什麼玩笑？

彩：泥鰍，這不是開玩笑，我是當真的，可不是鬧著玩的，我要跟你們走。

泥：小彩，妳說的是真心話？

彩：我幾時跟你假情假意啦

傻：得！小彩一片真情。少掌舵，就看你的了。

泥：傻爺，你這麼大年紀白活了？也跟著起鬨，這事兒哪有這麼方便。

傻：人家跟你去，死心塌地跟定你了，你能拒絕嗎？

彩：泥鰍，你好像不願意？

泥：小彩，我知道妳是真心對我，可是這名聲不聽呀！哪怕我倆一輩子不再回碼頭，妳爹和我娘的面子也會丟光了！

彩：你就是膽小、怕事、多顧慮，是為了我們倆個。你還管我爹和你娘的面子幹嘛？

泥：我們要正正當當成婚。

彩：正當不起來呀，你娘不肯，我爹不許，我們一輩子都成不了親呀！

泥：可是——

彩：我是吃了秤鉈鐵了心啦！留下我吧！泥鰍！我可以煮飯給你吃，也可以幫你搖槳划船。你上哪兒我就上哪兒，我不怕吃苦受罪，我一上船就是你的人了。你吃乾的我也吃乾的，你吃稀的我也吃稀的，跟你一輩子。

傻：瞧瞧！小彩說得多好！少掌舵！你就帶她走吧！

泥：不。小彩，妳聽我說，這次我一定賺錢回來，買五十路糧食給你爹，明媒正娶，風風光光，花花大轎把妳娶回家。

彩：泥鰍，我要的不是花花大轎，我要的是跟你在一起，老到白頭。泥鰍，別三心二意了，帶我走吧！

泥：小彩，不能亂來，別人已經說我們很多壞話了。

彩：別人，別人，你只顧別人不顧我。

傻：哼！我知道你少掌舵是條漢子，原來這麼沒肩膀！真叫人生氣！

泥：你嚼什麼舌頭？

傻：我傻子看不慣。好多次了，我看見小彩姑娘在碼頭打轉等你，我看她一片痴心，沒想到你這麼沒主意！你對不起小彩姑娘！

彩：（慟）（哭）傻爺……

泥：小彩，別哭了，妳走吧！要開船了。

彩：你不帶我去？

泥：我不能帶妳去呀！妳走吧！

彩：好哇！泥鰍，你趕我走。好！我走我走！你會後悔！

△腳步聲示彩走去

傻：（呼叫）小彩姑娘。

泥：（呼叫）小彩，妳等我，等我回來。

△音樂划過。

彩：（嘔吐）哇……哇……喔喔……我怕是有了。這怎麼辦呢？給我爹知道了非打死我不可。（嘔）

彩：泥鰍出去快兩個月了還不回來，我去找誰呢？喔，嗯，我只有去找泥鰍他娘。

△音樂。

娘：喲！我當是誰來我們家呢？原來是小彩姑娘。稀客稀客。

彩：來看看大娘。

娘：喲，這可不敢當。好久不見妳了，越長越標緻了。

彩：大娘誇獎。

娘：坐吧！妳是不是來打聽泥鰍啥時回來呀？

彩：不，我是來道喜的。聽說泥鰍和富妹子就要成親了。

娘：妳說得不錯，大前天泥鰍打沙河嘴捎信來，答應了。

彩：（驚）答應了！妳是說泥鰍答應了娶富妹子！

娘：對，沒錯。

彩：（強忍）好！好得很！本來嘛，富妹子富富泰泰的，娶了她有福享。

娘：富妹子長的不漂亮。可是娶媳婦不是種花，漂亮沒有用，總要安分點兒才好。

彩：是的，大娘，像我這樣不懂規矩的野丫頭，誰敢要呢？

娘：也不能這麼說，妳聰明伶俐，漂亮又能幹，我們家不敢高攀。

彩：不值得高攀，因為我們家沒有一條大船做嫁妝。

娘：（不悅）妳這話什麼意思？

彩：富妹子家有條大船，可以送給妳，妳家娶的不是人，而是那條大船。

娘：（怒）好厲害的丫頭，妳跑到我們家來罵我，膽子不小，妳野過頭了。

彩：妳給我聽好，別以為我們家好欺負，任由妳擺佈，妳愛怎麼做就怎麼做。

娘：說妳厲害，妳可真不含糊。聽妳口氣，非嫁給泥鰍不可？妳賴上啦！

彩：當初我娘在世的時候，妳跟我娘當面許下的婚事，還訂了親，妳這會兒不認帳了？
娘：有憑有據就是真的，無憑無據就是假的。
彩：我娘過世了，沒人跟妳對質了。妳認也可以不認也可以，全憑妳的良心。妳還要咬我一口，說我賴上泥鰍，勾引泥鰍，到處破壞我的名聲，罵我是下賤的女人。（氣）妳，妳——
娘：妳敢撒野？
彩：當我是鞋子嗎？穿過了就扔嗎？
娘：（驚）妳，妳是說妳和泥鰍……
彩：我，我早已是泥鰍的人了……
娘：是不是在油菜地裡，我早就聽說了，妳還有臉說呢？妳是狗是豬，居然在油菜地裡（那個）。
彩：我是人，我是張小彩，我喜歡泥鰍，我心甘情願把身子給他。不像你們不敢說真話做真事兒，假笑、假面孔、裝假，一肚子鬼！
娘：（氣）妳給我住嘴！
彩：（續說）坑人騙人，玩陰的。
娘：妳——（拍拍兩耳光聲）
彩：妳，妳打我……
娘：妳討打！下賤！不要臉！
彩：妳打，給妳打，妳最好把我肚子裡的孩子打掉！
娘：（驚）什麼？妳說什麼？
彩：我，我已經有了身孕了……有了泥鰍的孩子了。

△音樂——
△河水急流聲。

傻：（呼叫）唉呀！要撞上礁石了，少掌舵你怎麼掌的舵？
泥：（驚醒）喔！喔！
傻：（呼）左舵，左舵。
泥：知道了。（用力搬舵）唉！嘿！
傻：好了，繞過礁石了。差點把船頭撞碎！好險！
泥：唉！（自責）我是怎麼搞的？
傻：怎麼搞的？你在想心事，無心掌舵！
泥：我在想小彩，不知道她怎麼樣了？我剛才模模糊糊的好像看見了她，她在哭！哭得好傷心，兩隻眼睛都哭腫了。……她抱怨我無情無義！
傻：還能不哭嗎？遇到你這樣負心人，人家要跟你上船，你把人家趕跑了。
泥：我能有什麼辦法呢？由不得我啊！
傻：（呼）小心喲！
泥：又怎麼啦？
泥：喔！喔！
傻：淺灘淺灘！
傻：少掌舵，多留點神，（雙關語）你不能一錯再錯。
泥：唉！嗯！

△音樂。

娘：怎麼有了身孕呢？唉呀唉呀！（安撫）小彩，妳坐，坐這兒，大娘不該打妳！泥鰍這死東西，做這種事！

彩：別怪泥鰍，是我要給他。
娘：妳爹知道吧？
彩：我哪敢跟我爹說！
娘：千萬別說，妳爹的火爆脾氣，不揍扁妳才怪。小彩，說真格的，我是挺喜歡妳的，早知道這樣，富妹子那頭的事兒，說什麼我也不答應。小彩，妳若是早告訴我就好了。
彩：我一個閨女難開口，非萬不得已，我是不會說得。
娘：現在說可就遲了。真是難辦呀！富妹子那邊已經下聘，怎能變卦呢？聽說于三瘸子對妳也下了聘。就是我答應，妳爹也不肯。富妹子那邊也有話說，弄個一團糟喲。
彩：大娘，我求求妳，事到如今，只有泥鰍和我私奔這法子了。
娘：我說小彩，妳聽我說，常言道，天生一人必有一路，妳就認命吧！
彩：認命？妳是說——
娘：正經八百的嫁給于三瘸子，過個安穩日子就算了。（小聲）唉！妳肚子裡那塊肉就算于三瘸子的，他娶了大的還帶上一個小的，可樂啦！
彩：呸！齷齪！妳好毒！妳毀了我一輩子。
娘：妳，妳！

△音樂划過

傻：少掌櫃，咱們就坐這兒吧！
泥：（悶悶地）嗯！
傻：（呼）七癲子！拿酒來！

七：喲！我當是誰呢？原來是泥鰍和黑傻子，想必二位是剛剛跑船回來。

傻：七癲子，你囉唆什麼勁兒？一斤二鍋頭、一碟滷肉、一碟花生、一碟五香豆干。快點。

七：馬上就好。你二位先坐著。

傻：少掌舵，你聽說了吧，小彩出嫁了。

泥：（痛苦）傻爺，我沒想到……我沒想到……

傻：剛才我打大發客棧門口路過，門上貼著斗大的喜字。小彩嫁給于三瘸子了。

七：酒來了。滷菜跟著到。

傻：酒斟上。

七：好。

△斟酒聲。

泥：傻爺，乾了這一杯。

傻：少掌舵，慢慢喝呀！

泥：唉！三個多月跑了二十幾個碼頭，白辛苦一場，完全落了空。傻爺，我可真傻啊！賺了五十石糧食有什麼用？小彩是人家的了。

傻：少掌舵，咱們只顧在外頭賺錢，把個如花似玉的黃花大姑娘送給癲蝦蟆了！冤不冤嗎？

泥：原先我只擔心娘要阻攔我們成親，可沒料到事情發生在小彩身上，難道她真是水性楊花？難道她和我好的時候，已經和于三瘸子有了來往？真叫人納悶！

蛋：（腳步聲）吆喝！泥鰍和傻爺喝上了，嘻，嘻……

傻：狗蛋，你打哪兒冒出來的？

蛋：嘻，嘻……我聞到酒香就過來了。

傻：狗蛋狗嘴，還有狗鼻子，坐下吧！一塊喝！

蛋：嘻，嘻……謝了。我說泥鰍，看你這次回來變樣兒了，你莫非在外面碼頭有了相好的？

泥：當然有哇！狗蛋，你猜有幾個？沿著十里舖往下數，一個碼頭一個。

蛋：唉呀！泥鰍，你小子真風流。唉！你相好的，有沒有小彩漂亮？

泥：哼！小彩算什麼？臭丫頭，她只配嫁給于三瘸子那個醜八怪。哼！水性楊花的女人！不希罕！

傻：少掌舵，你喝多了吧！隔壁就是大發客棧。

泥：我還怕她嗎？給她聽見最好，出一出我心中的悶氣。（大聲）各位老少爺們兒聽著：張小彩這個女人真不要臉，上回她死七八列的要上我的船跟著我，我沒要她。

巴：難怪她，她要嫁給于三瘸子哩！原來你……你……不要她！

蛋：泥鰍，你吃剩下的給于三瘸子。

泥：當然。我泥鰍的老婆總要討個規規矩矩的好女人，水性楊花的二手貨，我才不要哩。

傻：（急）少掌舵，別說了。這不像你嘴裡說出來的話。

七：我說泥鰍，你胡扯一通，我看你是真的喝醉了。

泥：男子漢大丈夫，還怕討不到老婆嗎？小彩那爛貨，送給我我都不要。

傻：（提示）少掌舵，別說了，小彩來了。

泥：（酒醒）什麼？傻爺，你說什麼？小彩來了？她在哪兒？

彩：我在這兒，我一直站在門外邊，聽，你泥鰍罵的精彩，好過癮！你罵夠了沒有？再罵下去呀！

泥：小彩！

彩（拍拍兩記耳光）這是賞給你的回報。

泥：妳，妳打我！

彩：打你！我要打醒你，少在大夥面前損人，你是什麼男子漢？呸！軟骨頭！不敢愛不敢擔待的軟骨頭！你給我聽好，從今以後放規矩點兒，少惹我于三少奶奶。哼！（腳步聲）

泥：（呼）小彩，妳別走。妳聽我說！

彩：不理你！膽小怕事的窩囊廢。（急腳步聲離去）

泥：（呼）小彩，小彩——

傻：少掌舵，別叫了，小彩不會再理你的。

七：是的。泥鰍，你拿小彩出氣是不對的，你更不該罵她損她，來保住你的面子。知道嗎？小彩沒有對不起你的地方，你怨不得人家，她肚子裡有了你的種才逼得她嫁給于三瘸子的。

泥：喔？是嗎？原來是這樣……這樣呀！

七：于三也知道，人家不計較，對小彩好得不得了。泥鰍，一切的一切，都是你的懦弱和你娘的霸道造成的。你害慘了小彩，使她和一個不喜歡的男人過一輩子……

泥：（痛責自己）啊！我錯了！我對不起小彩！是的！我懦弱，我無能，我實在對不起小彩啊！

△音樂起，劇終。

三、茶與咖啡

劇中人

爺爺：六十五歲，堅強、安穩，劉家茶園的主人。

桂香：守寡的媳婦，勤勞持家。

守萍：桂香的女兒，高中學生，輟學協助茶園工作。

劉普光：劉家長子，由海外歸來。
杜美蘭：普光妻，賢慧，明理。
劉玉蓮：劉家三女兒，很少回家。

△音樂開場。

守萍：媽：我回來了。
桂香：守萍，妳怎麼回來了？採茶的工作耽誤不得呀！再過三天茶場就要來收茶菁了呀。
萍：我知道，我好渴。太陽好大，我回來喝口水再去。
香：瞧妳這孩子，早上出門的時候，為什麼不帶茶水去呢？
萍：我忘了，我要喝冰水，冰箱有嗎？
香：妳喝香草冰好了，我自己做的，清清火，連日忙碌，妳的火氣好大。
萍：妳說對了，妳可別惹我。
香：喏，喝吧！
萍：啊，好涼喲，透心涼，舒服極了。唉，媽，爺爺沒折騰吧？
香：妳這孩子，說的什麼話？怎麼說爺爺「折騰」呢？
萍：昨晚，爺爺咳得好厲害。
香：他感冒了。
萍：一會兒要起來，一會兒要喝水，一會兒又要上廁所，害得妳沒睡好覺。
香：妳都聽見了。
萍：就是嘛，我也沒睡好呀。

香：老年人，患感冒要特別注意，小心侍候。尤其是爺爺這樣久臥病床，半身不遂的老人，要嚴防併發症，懂嗎？

萍：可是，媽，妳不睡覺怎麼行呢？妳每天都要做很多事情呀！妳應該照顧爺爺沒錯，可是不能忘我，也要顧到自己，別累壞了身體。

香：媽不會的，媽的身體結實得很呢。妳快去茶園吧。採茶的工作妳是不能耽誤的。

萍：是呀，我走了。

香：慢點，媽還有事告訴妳。

萍：啊。

香：妳大伯和大伯母要從美國回來了。

萍：這我知道呀，妳不是把大伯和大伯母住的房間都清理乾淨了嗎？

香：他們今天就要回來。

萍：今天就要回來，這麼快？

香：是呀，妳三姑媽也會回來。

萍：三姑媽也回來，這倒新鮮，這下家裡可熱鬧了。

香：熱鬧點好，自從妳爸爸去世，妳爺爺半身不遂躺在床上，妳大伯在美國留學，妳二叔又去了大陸做生意，家裡太冷清了。

萍：是呀是呀，冷清的難受，這下可好了，茶園我不去了，我在家等大伯父大伯母和三姑媽回來。嘻嘻。

香：不用妳等，有我就夠了。

萍：我不等他們怎麼行，這多沒禮貌。

香：這不是禮貌的問題，妳是找藉口偷懶，不去採茶。

萍：媽，妳這樣說，我多不好意思。

爺爺：（呼，遠處）桂香，桂香。
香：妳快去吧，妳爺爺叫我了。
萍：啊！我帶著手機，大伯父大伯母三姑媽來了，打電話給我。
香：知道，知道。
萍：拜拜。（腳步聲）
香：（腳步聲）爸。
爺：桂香，普光和他媳婦還有玉蓮來了沒有？
香：爸，還沒有。
爺：我等的好著急。
香：大概快到了。十一點半有一班自強號火車在咱們鎮上停靠，八成他們是坐這班車。
爺：是呀，我看了火車時刻表，除了這班車今天就沒有快車停站了。

△火車行進聲。

△音樂轉場。

△狗吠聲。

香：唉喲，小花狗在叫，八成大哥大嫂他們來了。
劉普光：桂香，桂香。
香：（高興）大哥，大嫂，你們回來了，快進屋來。小花，不要叫，是一家人呀。
光：桂香，這就是妳大嫂杜美蘭。
香：大嫂妳好。雖然妳比我年輕，我還得喊妳大嫂。

光：當然，這就是蘿蔔雖小，長在背（輩）上了。
香：是呀，論輩份嘛。大嫂，一路辛苦了。
杜美蘭：不辛苦，妳撐這個家才辛苦哩。
萍：（腳步聲）我回來了，不晚吧。
香：正是時候，快來見見大伯和大伯母。
萍：大伯，大伯母。
蘭：這就是守萍吧。
光：（有點驚）妳是守萍？
萍：是呀，我是不是長高了？
光：豈只是長高，妳長的好結實，好強壯。
萍：就是不漂亮，皮膚太黑，不像都市的小姐那麼白嫩，也不像都市小姐那麼纖細，對不對？
香：妳亂說什麼？
蘭：我喜歡妳這樣健康、強壯、有活力。
萍：謝謝伯母。咦，三姑媽怎麼沒來？
香：是呀，三姐說好要來的呀。
爺：（呼）桂香，桂香。
香：爸醒了，我去推輪椅出來。
光：我們進房去看爸。

△眾人腳步聲。

香：爸，大哥和大嫂回來了。
光：爸，兒子不孝，沒有守在你身邊服侍您老人家。
爺：回來就好了。這位是——
蘭：我是美蘭，您的兒媳婦，我給您磕頭。
爺：不用了，不用了。守萍，妳在我衣櫥櫃子裡，把我準備給美蘭的見面禮拿來。
萍：是，爺爺。
光：爸，我們也給您買了禮物，放在行李箱裡，我去拿來。
爺：不用急，你們回家來，就是給我最好的禮物。
萍：爺爺，是這個吧？
爺：是幾樣首飾。美蘭，妳收下吧。
蘭：謝謝爸爸。
爺：咦？怎麼沒有看見玉蓮呢？她沒來呀？
光：沒，有。
爺：說好要來怎麼沒來呢？
光：我在台北跟她通過電話，她成衣工廠忙著趕工，她很久沒接到打單了，好不容易接到了打單，能不趕工嗎？
爺：唉！我好像失去了這個女兒，一年到頭難得回家來看看我。
光：爸，您別難過，我跟她聯絡叫她回來。
爺：不用了，這看她的心意，不必勉強。普光，爸問你，你這次回來，是不是在家鄉做事情？準備興家立業？
萍：盼望大伯留在家鄉幹一番事業，使我們這個家興旺起來。
爺：對了，普光你認為怎麼樣？

光：這是對的。
爺：不是對不對的問題，而是你有責任振興門楣，你是長子。
香：是的，大哥，我們需要你，茶園的擴充，茶廠的建造，都需要你。
萍：大伯，你要是留下來，真是太好了。
爺：普光，你曾經答應過我的，你說句話呀！
光：是的是的，我答應過的。
爺：美蘭，你不會反對吧？
蘭：我會跟隨他幫助他。
爺：嗯，真是賢慧的好媳婦。

△音樂分場。

萍：大伯，伯母請上座，請。
蘭：守萍，妳要幹嘛？
光：就是嗎，什麼上座下座的？
香：他這是請你們二位喝茶。
萍：對了，我泡好了一壺上好的茶，請大伯和大伯母品嚐。
光：（高興）啊，這樣呀，好哇！
蘭：看來守萍對泡茶很有研究。
萍：不敢當，倒是有些心得，我給你們斟上。（倒茶聲）請品嚐。
蘭：（飲聲）嗯，唔。（讚）這茶清香，既甘且柔，泡得好，好茶。

光：你知道？
蘭：略知一二，因為我家也有茶園，我從小就喝茶。
光：啊。
蘭：守萍，告訴伯母，妳怎麼泡出這麼精緻的茶來？
萍：老師傅在這裡，媽教我的。媽，妳就說給他們聽。
香：還是妳說吧，妳比我泡得好。
蘭：哈哈，青出於藍嗎？了不起。
香：其實這很簡單，不是什麼難事，首先要記得不要直接用自來水泡茶，因為自來水有各種礦物質和氯氣，也就是說它不是軟水，泡出來的茶不可能柔軟順口，必須把自來水盛起來，使它沉澱，變成軟水以後再來泡茶。
光：這點很重要。
蘭：是呀，我說怎麼喝起來這麼順口呢。
萍：還有就是選用手採的茶葉，現在大部分都用機器採茶，只有咱們劉家依然用手採茶。這是不是落伍了呢？各行各業都在用電腦，向高科技之路邁進，我們用手採茶，怎麼跟得上時代？難保不會被淘汰。
香：大哥，是這樣的，機器採的茶葉大小不一，會把老葉子也混進去，同時加夾著草梗和草葉，不夠純，手採的茶純多了，喝起來感覺不一樣。
蘭：嗯，這就說明了，為什麼手工水餃比機器水餃好吃。
香：還有有些人泡茶的茶壺不清潔，沾滿了茶垢，以為喝起來有味道，其實，這是錯誤的，應該把茶壺洗得乾乾淨淨的，把茶壺用熱水沖沖，避免殘留茶垢發霉，喝下去有礙健康。
光：這到是合乎健康原則。
萍：大伯父，現在你們喝的茶，就是我親手採來的茶。

蘭：好茶，我再來一杯。
光：我也要。
萍：慢慢喝，盡量喝。

△音樂分場。

蘭：（讚）藍天白雲，翠綠茶園，遠山近水，真是一片好風光，難得，難得。
香：最難得的是在美國留學的劉家大媳婦，背著竹簍，來到茶山採茶了。
萍：的確難得。伯母，你這身打扮，別有風味哩。
蘭：守萍，什麼風味兒？像不像採茶姑娘？
萍：最漂亮的採茶姑娘。
蘭：真的嗎？我覺得脂粉氣太重了。
萍：伯母，很吸引人哩。大夥都停下工作看妳哩。
蘭：唉呀！這可不好，我成為不速之客，擾亂了大家。
香：不會不會，他們是歡迎妳哩。妳激起了他們工作的熱情。
萍：媽，妳陪大伯母，我去那邊督促他們，哼！不好好採茶，閒話說個沒完。
香：好，妳去吧！

△腳步聲，守萍走去。

蘭：守萍真能幹。

香：怎麼說？

蘭：她好剛強，好認真。

香：剛強？妳看出來啦。

蘭：她不但剛強，而且有毅力，一個女孩子能像她這樣，真是不容易。

香：茶園裡的一切事情，我都交給她來做，她做得很完善，她能獨當一面了。

蘭：她是一位年輕的小女強人。

香：也不盡然，她也有溫柔的一面，和軟弱的一面。

蘭：哦？有嗎？

香：她對我很體貼，她對爸爸照顧也很周到，她是用心在服侍爺爺。所以爸爸特別喜歡她。

蘭：那妳也喜歡她了。

香：我喜歡她，依賴她，而且指望她。

蘭：你依賴她，指望她？

香：是的。她不但接手管理茶園，而且還替我分擔家事，照顧爺爺，最重要的是成立製茶廠的籌備工作。

蘭：我們要成立茶廠嗎？有這個必要嗎？

香：實在是太有必要了，我們常常受茶廠老闆的干擾，他要什麼樣的茶，我們就得栽種什麼樣的茶；他要什麼樣的規格，我們就得照辦；他要什麼時候來收茶菁，我們必須按時給他，真是不勝其煩。如果我們設立了自己的茶廠，一貫作業，那就方便多了。

蘭：我瞭解。

香：所以設立一座完善的茶廠，一直是我們的願望。

萍：（由遠而近）媽，媽，媽。

香：怎麼了？守萍，妳好緊張喲。

萍：當然緊張呀！阿福嬸被毒蛇咬了，我要送她去醫院。

香：是呀，快送醫院，可是採茶工作呢？

萍：我已經拜託玉芳代為照顧了。

香：玉芳不行，等會兒我就要回去服侍妳爺爺，我也不行！另外找人吧！

萍：管不了那麼許多了，救人要緊。要不妳們多待一會兒，我辦好入院手續，馬上回來。（腳步聲）

香：（呼）哎哎，她走了。

蘭：桂香，守萍怎麼這麼忙呢？

香：事多人少，人手不夠呀！當初大哥去美國留學，在美國認識了妳結了婚，接著二叔去了大陸做生意，留下咱們爸爸和我，守萍還小剛上國中，守信更小，讀小學四年級。二叔把積蓄都帶走了，投資在大陸的生意上面，家裡沒有一個頂事兒的男人，田裡的活兒沒人做，收入沒有了，沒吃的沒喝的，三餐不繼，日子過不下去了。

蘭：太苦了。

香：日子再苦也得撐下去，於是我想出了三個辦法來挽救我們這個家。第一，叫守萍休學幫忙家裡的事，第二，我到鎮上去打工，在一家小吃店裡洗碗。第三，把我們家的山坡地開墾出來種茶樹。所需經費把住的老房子抵押給銀行貸款，當時爸爸很擔心從此房子是人家的了，收不回來了。堅決反對。

蘭：老年人比較保守，尤其對於祖產格外保護，疼惜。那後來怎麼同意了呢？

香：我再三懇求。再三保證。說明這是咱們家唯一的路，除此之外沒有第二條路好走。不如此，家是興旺不起來的，再苦再難也要咬緊牙關做下去，爸這才勉強答應了。

蘭：是的，這的確是一條使咱們家振興起來的路，桂香，妳有智慧有理想，而且有勇氣。

香：大嫂，妳別誇我啦。當時我們付出優厚的工資僱工人開墾，同時到農業試驗所請來輔導員，指導我們種茶樹的方法和技術。皇天不負苦心人，終於大功告成有了收穫，因此改善了我們的生活，前景充滿了希望，正在歡樂慶幸的時候，卻發生了不幸的事情。

△音樂划過

△急促腳步聲

萍：媽媽。

香：守萍呀，妳回來的正好，媽做好了便當，妳帶去給爺爺和工人吃，免得我跑一趟。

萍：媽，爺爺不吃了。

香：怎麼不吃呢？爺爺上了年紀，在茶園工作很辛苦的，媽特別做了他愛吃的鯧魚。喏，這個是妳愛吃的雞腿，快拿去吧。

萍：媽，我說爺爺不能吃了，妳沒聽見嗎？

香：怎麼了嗎？說話怪怪的。

萍：爺爺在茶園裡昏倒了。

香：昏倒了，唉呀！是不是中——

萍：是中風，已經送到鎮上的醫院急救了，我特地回來跟媽媽說一聲。

香：那我快去醫院，天啊！這可怎麼得了，萬一有個好歹，我們可怎麼辦？

△音樂划過。

香：爸。

萍：爺爺，爺爺。

爺……守萍，是妳叫我嗎？

萍：是的。爺爺，媽來看你。

爺：桂香。

香：爸，您好些了嗎？

爺：鬼門關前繞了一圈，差點回不來了。

香：爸，您有高血壓、心臟病，我叫您注意身體，不要去茶園幹活兒，您總是不答應，萬一您有個好歹，我對在美國的大哥大嫂，和在大陸做生意的二哥，怎麼交代？再者，守萍和守信，我們娘三個怎麼活下去？（哭了）

爺：別哭別哭，桂香，妳不是一向很堅強的嗎？以往的日子那麼艱難，沒見妳哭過，開墾茶園那麼費事，沒見妳皺過眉……

香：爸……

爺：我沒事，沒事。

萍：爺爺，可是您的腿……

爺：不能動了是不是？我正在為這事發愁，這樣一來，我沒法去茶園幹活了。

萍：爺爺，您去茶園幹活，完全是為了媽，要為媽分擔工作，怕媽累著了。

爺：自作聰明。

萍：難道我說的不對嘛？

爺：妳媽聽了妳的話，她會自責的，認為是她害了我。

香：是的，爸，我害了您。

爺：妳瞧瞧，守萍呀，妳真不會說話，爺爺固然是為了分擔妳媽的勞苦，搶著做家事，搶著去茶園，可是有一點妳沒發現。

萍：爺爺，什麼我沒發現？
爺：桂香，妳也沒發現。
香：爸……
爺：告訴妳們吧，我愛茶園，我喜歡那一棵棵茁壯的茶樹，一片片碧綠的茶園，那是我們的依靠，我們的希望，對不對呢？
萍：爺爺，可是您昏倒在茶園裡啦，您的身體……
爺：我只是昏倒而已，我並沒有死——，可是我，我……（哭出來）
萍：爺爺。
香：守萍，都是妳啦，亂講話，惹得爺爺傷心。
爺：我傷心不是為了我的身體，而是我們的茶園，春茶要採收了，人手不夠呀！
香：爸，這您放心，您安心養病，我會擔起責任，把春茶採收完畢。
萍：爺爺，我會幫助媽的。
爺：嗯，好，這我就放心了。

△音樂划過。

蘭：由此可見，爸多麼愛茶園。
香：是呀，爸還說，茶園是我們的依靠，茶園是我們的希望，茶園是我們的生命。
蘭：沒想到起初反對開墾茶園的，現在成為最愛茶園的，真乃是時事多變化。
香：其實，當時我也沒有把握，壓力好大，心情沉重，常常夜裡睡不著覺。
蘭：桂香，妳知道這是什麼情形嗎？妳有體會嗎？

香：大嫂，什麼情形？
蘭：啊！這就叫做不眠不休，戰戰兢兢，使得茶園成功，生長出品質優良的烏龍茶來。
香：大嫂，妳雖然比我年輕，可是妳的見聞廣，體會深刻，要是妳能留下來幫助我管理茶園，茶園一定會更有發展。
蘭：桂香，說真的，我很願意幫助妳，我家住在雲林古坑鄉，栽種的有茶園。我對於種田採茶都很有興趣，可是，可是我不能留下來。
香：為什麼？
蘭：因為妳大哥有意見，我必須尊重他。
香：啊！

△音樂划過。

光：美蘭，我看妳挺高興的，鄉下的日子妳過得很愉快的嘛！
蘭：普光，你看出來了嗎？
光：因為妳出身鄉下，妳本來就是一個奔跑於田野間的鄉村姑娘。雖然妳在台北讀大學，在美國留學，妳的本性未泯，仍然是一個野丫頭。
蘭：是的，我是鄉村姑娘。我愛鄉土，但是我更愛這裡，因為這裡有我們的茶園。
光：妳愛茶園？要知道妳是喝咖啡的，妳不是喝茶的。
蘭：普光，你也要知道，我喝茶勝過喝咖啡，有了咖啡我還想喝茶，但是有了茶，我便不再想喝咖啡了。
光：妳在說什麼呀？
蘭：你聽不懂嗎，我再說的明白一點兒，我思念喝茶的滋味兒，我忘不了喝茶的享受，我喜歡喝茶。

光：那又怎麼樣呢？
蘭：我要留下來。
光：（驚）妳說什麼？
蘭：我也要你留下來。
光：就是為了妳愛喝茶，就留下來嗎？哼！妳居然還要我留下來，這豈不是荒唐嗎？簡直是兒戲嘛。
蘭：這不是兒戲，這是認真嚴肅的事情。爸半身不遂，躺在床上，桂香服侍爸，做家事，同時還要經營茶園，她忙裡忙外不得休息，這是你看見的。普光，難道你無動於衷，袖手旁觀嗎？
光：我要怎麼管？我管不了。
蘭：難道你要桂香和守萍母女累死嗎？我警告你，如果失去了桂香和守萍的照顧，爸也活不了，這個家就毀了。
光：那我問妳，我們在洛杉磯的咖啡館怎麼辦？
蘭：那是什麼咖啡館？營業額不如一個路邊攤，盡可以放棄。
光：什麼？放棄！那是我辛辛苦苦創辦的呀！
蘭：你辛辛苦苦創辦的？你有多辛苦？桂香是一滴滴血汗開拓了茶園，一滴滴眼淚撐持這個家。
光：茶園怎麼可以和咖啡館相提並論呢？是兩碼事嘛。
蘭：因為你愛咖啡館，你不愛茶園。
光：妳說對了。我喜歡喝咖啡，不喜歡喝茶，我懂得如何經營咖啡館，不懂得如何管理茶園。
蘭：不要你管理，我是要你幫助桂香管理茶園。
光：妳要我作副手嗎？我不幹！
蘭：我們辦一個製茶工廠，茶園茶廠一貫作業，茶廠由你當廠長，這可以吧。
光：當茶廠廠長？我沒興趣。

蘭：普光，你要放明白一點，這是大事業。台灣兩千三百萬人口，喝茶的至少有一千萬人，世界喝茶的人口逐年成長，據說已經超過了三分之一。

光：哇哇，妳哪裡來的資料？妳好像有備而來。

蘭：你說對了。我曾經研究過，我們這裡出產的茶是道道地地的凍頂烏龍茶，前景看好，大有可為。它的茶樹幼苗來自福建武夷山，據說是被一位前往應考的秀才帶回來的，栽種在鹿谷鄉，十二棵只活了三棵，由這三棵繁衍而成，種植面積到了民國四十五年已經達到一千五百公頃，包括「彰雅」、「永隆」、「鳳凰」三個村子。我們白善村，是民國七十七年舉辦優良茶葉比賽後，風氣大開，興起了種茶風，桂香就是在這時候抓住機會開拓了茶園，現在已經打開了銷路，前途不可限量喲。

光：喲，妳搞得這麼清楚，那茶廠的廠長由妳來當好了。

蘭：我是跟你談正經事。

光：我也跟妳談正經事。回美國去。好好經營我們的咖啡館，那是我們的事業，絕不能放棄，懂嗎？

蘭：那茶園怎麼辦？爸爸誰侍候？這個家還要不要？

光：當然要，但是不需要我們插手，交給桂香好了。

蘭：你撿現成的嗎？

光：太太，妳想想，我們沒回來，茶園辦的有聲有色，爸被侍候的周周到到的，這個家整裡的好好的，我們何必多管閒事呢？說不定我們一插手，反而搞得天下大亂。

蘭：你呀，是一個唯我獨尊自私自利的男人。

光：妳是什麼呢？憑著一點同情心，就要擾亂大局，婦人之仁而已。

△音樂划過。

香：大嫂，我聽了妳的話好感動。（哽咽）從來沒有一人像妳這樣關心我，只有妳……（泣）……

蘭：桂香，不要難過，這算不了什麼！

香：你們長居美國，我先生死得早，留下我們孤兒寡母，撤手不管，三姐在台北也不回來看看爸爸。老二去了大陸做生意，一去不回，有道是樂不思蜀，他卻是樂不回台。有時候遭遇到困難，真是呼天不應，入地無門，不知如何是好啊！

蘭：妳不必指望老二了，他不可能回來了。他在大陸成了家，娶了小他二十五歲的大陸妹，這是我一個在美國的朋友，從大陸帶回來的消息。

香：啊！原來是這樣的。

蘭：桂香，我們該回去了吧。

香：是呀！

△音樂分場。

劉玉蓮：大哥。

光：唉呀，三妹回來了。

蓮：是呀，我聽說大哥大嫂回來，特地來看你們。

光：好哇！這是妳大嫂美蘭。

蓮：大嫂，妳好。

蘭：妳也好。真高興和妳見面。

香：是呀，看見三姐回來，我好高興啊。這是給妳泡的茶，咱們家茶園生產的。

蘭：三妹，這茶不錯，香濃，柔軟，非常順口。

蓮：嗯，好，真好。這都是桂香花費了心血栽種的。桂香真是能幹，一個人支撐這個家，還要照顧爸爸，實在不容易。桂香，我好佩服妳，妳好了不起。

香：三姐，妳是不是去看看爸爸呢？

蓮：當然要看，我回來就是要看爸的。

萍：（腳步）慢點，爺爺正在睡覺。三姑媽，妳剛才是在讚美我媽，對不對呢？

蓮：妳媽任勞任怨，默默工作，無怨無悔，值得讚美。

光：是呀，桂香的確令人讚美。

蘭：桂香的所作所為，無人可比。

萍：各位長輩，我說一句冒犯的話，你們都錯了。我媽不需要讚美，而是需要幫助。

蓮：妳說的什麼話？怎麼不需要讚美？怪了。

萍：三姑媽，我媽會在妳的讚美中累死，妳知道嗎？妳能給我媽一點實際的幫助，比妳那空洞的讚美要好多了。哪怕是一點點兒的幫助，就能使我媽喘口氣，歇歇腳，甚至減輕她的負擔，可是妳吝於付出，一年到頭妳難得回家來看看我們，回來之後就說一些表面的話。

蓮：（氣）妳是晚輩，我是長輩，妳怎麼可以這樣對我說話？

香：守萍，向三姑媽道歉。

蓮：豈有此理，氣死我了，好心好意的來看你們，卻被妳這小輩罵，我是幹嘛呀！

香：守萍，快向三姑媽道歉，快點。

萍：三姑媽，對不起，請妳原諒。

蘭：三妹，守萍已經向妳道過歉了，我想說幾句話，不知道妳愛聽不愛聽？

蓮：妳是大嫂，妳說的話我能不聽嗎？

蘭：我回來這一陣子，已經感覺到我們這個家正在興旺中，這是桂香和守萍竭力拼出來的，而我和普光在美國，老二在大陸，妳在台北，我們可說是沒有出過一點力量，盡過一點心，能不慚愧嗎？三妹，妳瞧瞧我，瞧瞧妳自己，我們的臉蛋雪白粉嫩，妳再瞧瞧桂香，蒼白、憔悴，一副疲憊不堪的樣子，這是因為她獨立撐起這個家，日夜照顧臥床的爸爸。她的背駝了，走路也緩慢下來，這就表示她的力量即將消耗殆盡了……

香：（悲）大嫂，妳不要說了。

蘭：就像守萍所說，空洞的讚美無濟於事，她需要幫助，她快要支持不下去了，她需要幫助。

香：我還可以支持下去，我希望三姐能夠常常回來看看爸爸，更希望大哥大嫂能夠留下來，我們一起打拼，好不好呢？

蘭：普光，桂香問妳話哩。

光：我聽見了，我真是百感交集，不知如何是好啊。

△音樂分場。

光：爸，你醒啦？

爺：是呀！上了年紀的人睡覺零零碎碎的，該睡的時候睡不著，不該睡的時候到打起盹來了。

光：爸，三妹來看你了。

爺：玉蓮來啦。

蓮：爸，我來看你，給你帶來你喜歡吃的蜂蜜蛋糕和核桃酥。

爺：妳很久沒來了。甜的東西我不能吃了，血糖三百五呀。

蓮：台北的事情太多太忙了，尤其是成衣廠周轉不靈，非常傷腦筋。經濟不景氣，銀行催利息逼得緊，幾乎維持不下了，所以總是抽不出時間來看爸，我好虧欠。

爺：妳忘了爸，忘了家，還好妳沒有忘記妳自己，為妳的成衣廠忙個不停。
蓮：爸，我今後要常常回來看望您老人家。
爺：妳過去也曾經說過這樣的話，但是沒見妳實現過。說空話有什麼用呢？爸問妳，妳可知道爸的願望嗎？
蓮：爸。
爺：爸的願望就是一個「園」字。一個是茶「園」，一個是「團圓」的「圓」。團圓就是希望，爸多麼希望你們都能回家團圓，吃年夜飯，我在世的日子已經不多了。你們總要做點叫我順心的事吧！
蓮：是的，我一定記住爸的話。
爺：「茶園」當然是咱們家的茶園了，喝茶的人多了，茶葉的銷路好，咱們家的生活就富裕，可是茶園裡的事情就忙起來了，互相競爭也激烈起來，這不是桂香一個人能做得了的。妳那成衣廠搞不下去了，妳有沒有考慮到關廠回家？跟桂香一起做呢？
蓮：爸，我考慮考慮，實在做不下去，我會關廠回家幫助桂香的。
爺：好吧！老大呢？
光：我也要考慮考慮。
爺：你還考慮什麼？
光：我要跟美蘭溝通溝通。
爺：我希望你們能為我完成心願，果真如此，我死也瞑目了。
光：爸。
蓮：爸，我會盡力的，絕不會使你失望。

△音樂划過

蘭：爸。
爺：是美蘭嗎？
蘭：（應聲）唉，爸，我給您煮了八寶粥，我聽桂香說您喜歡喝粥，又聽說您不能吃甜食，所以沒放糖。
爺：啊，那妳放了些什麼呀？
蘭：有薏仁、紅棗、蓮子、百合、紅棗、綠豆、白木耳，說是說八寶粥，其實只有七樣，應該說七寶粥才對。
爺：不不，是八寶粥，還有一樣妳沒說，就是米呀。
蘭：對了，我忘了米啦。
爺：哈哈，米可不可能忘啊。民以食為天，主要的是米呀！對了，本來是桂香招呼我吃午飯的，怎麼換了妳呢？
蘭：爸，難道我不能服侍你嗎？
爺：爸總以為妳是留學生，有知識有學問的人，這些雜事妳不合適做。
蘭：爸，不管我是什麼人，在您面前我就是您的女兒，您的兒媳婦兒，我應該服侍您，怕只怕我沒有桂香做的那麼好。
爺：不會啦，桂香呢？她不在家嗎？
蘭：她去了茶園，今天是採茶季節最後一天，明天茶廠就要來收茶菁了，所以一大早桂香就去了茶園帶領工人們工作。
爺：是呀是呀。這是最忙碌也是最勞累的一天。
蘭：我來代替桂香，為工人們做飯，做好送到茶園去。
爺：妳這是為桂香分勞喲。桂香長年勞苦，我擔心她的體力透支太多，萬一倒下去怎麼辦？唉！（嘆）
蘭：我多替她做一些，盡量讓她多休息。
爺：可是妳和普光，住不久，就要回美國去了。唉！我總覺得你們是過客，不是這個家庭的一份子。

蘭：爸。

△音樂划過

光：美蘭，妳去了哪裡？瞧妳一身的汗。
蘭：我去茶園送飯了。
光：去茶園送飯？這種事情也要妳做？
蘭：沒有人要我做，而是我自動要做的。
光：我看妳回家來以後，全變了。
蘭：變了？我哪兒變了？
光：變得越來越像農婦。
蘭：普光，你是有意諷刺我，可是我並不介意，當我們在美國認識的時候，我不隱瞞的告訴你，我是農村兒女，我家鄉是種田的，也有果園和茶園。並且還跟你說，如果有機會我願意回到家鄉投入農村工作，尤其對於採茶我特別有興趣。
光：算了吧！妳還想恢復青春，做一個採茶姑娘？妳的年齡已經不適合了，不要對過去抱著憧憬，想重溫舊夢。
蘭：這不是重溫舊夢，這是實際，我覺得我的機會來了。
光：什麼機會？妳想留下來？
蘭：是的。
光：就是為了照顧爸爸，為了替桂香分勞？
蘭：不僅僅如此，我要發展茶葉事業，改良品種，設立茶葉工廠。
光：喲，妳的野心倒不小，那妳把我擱在哪兒？

蘭：你回美國去開你的咖啡館呀，你是喜歡喝咖啡的人，所以回美國開啡館。我是喜歡喝茶的人，所以我要留下來經營茶園。

光：夫妻分隔兩地嗎？不可以，絕對不可以。要留一起留，要走一起走。

蘭：好哇！那就一起留下來呀！

光：不，一起走。

蘭：沒有商量餘地嗎？

光：沒有。夫唱婦隨，妳跟我走。

蘭：——好。我跟你走。什麼時候走？

光：明天，我機票都訂好了。

蘭：難怪爸爸說我們是過客，不是家裡的一份子。

△音樂分場

萍：媽，大伯和伯母走了以後，咱們家顯得空蕩蕩的，我好想念他們。

香：誰說不是呢。冷清清的。那股熱鬧的氣氛消失了，他們走了快一個月了吧？

萍：二十八天。我希望他們還能回來。

香：不大可能呀。這只是妳的希望而已。

爺：桂香！桂香！

香：妳爺爺出來了，去推輪椅。

萍：啊！好，爺爺。

爺：嗯。

萍：我想問你一件事？你為什麼放大伯和伯母走呢？

爺：傻丫頭，妳以為我能留住他們嗎？他們會聽我的嗎？他們回來的頭一天，我就知道他們會走。留人要留心，他心不在這裡，怎能留得住呢？

萍：爺爺，你知道嗎？伯母想留下來。

爺：不錯，美蘭是想留下來，她是被普光硬拉走的。美蘭很賢慧，她跟從丈夫，所謂嫁雞隨雞嘛。

香：是呀，是呀。美蘭溫柔、明理、又有才幹，她要是留下來該有多麼好。

萍：（興奮）你們看！

香：（也興奮）美蘭回來了。

爺：美蘭，妳怎麼回來了呢？

蘭：爸，我們的咖啡館被火燒掉了，大火燒毀半條街，普光正在處理善後，我就先回來。

爺：回來好。回來好。

香：太好了。

萍：伯母，妳回來就不再走了吧？

蘭：不但我不走，普光也要回來，普光回來的第一步就是籌備茶廠的興建，我們已經協調好了。

萍：好哇，好哇！

香：真是太好了。

爺：天從人願，興家立業呀！

△喜稅的音樂上升。

第十七章　特殊題材

一、牆頭記（榮獲民國七十八年金鐘獎最佳編劇獎）

劇中人

于長泰：六十多歲老人（泰）

于方萍：泰之女，二十多歲（萍）

母親：泰之母親，八十二歲，雙目失明（母）

馬大海：泰之同母異父弟弟，五十多歲（海）

四喜：大海之妻，四十多歲（喜）

金宅：大海之大妹，四十多歲（金）

銀宅：大海之二妹，三十多歲（銀）

玉宅：大海之三妹，二十八歲（玉）

冬梅：五十多歲之寡婦（梅）

小翠：十歲，冬梅女兒（翠）

舅舅：七十八歲老頭（舅）

△音樂開場。

于方萍：（急促的腳步聲、高興地）爸，爸，來信了！來信了！

于長泰：方萍，快把信給我看看。

萍：好。

△拆信封聲，信紙展示聲——

泰：（敘述）「烽火連三月，家書抵萬金」，此時此刻，我才真正體會到杜工部這首詩的含意。我太興奮了，也太激動了。淚水一滴一滴的掉下來，原來我母親仍然健在。算算母親今年八十二歲了。經歷無數的災難，居然還活在人世，這是多麼不容易的事情。母親，母親——我三歲時父親病故，母親失去依靠，吃穿無著，只好改嫁到馬姓人家去做填房。我十歲離家，經過抗戰戡亂，又來到台灣，我今年六十五歲。一個六十五歲的老人和八十二歲的母親重逢，這可說是上天特賜的恩寵。人間的一大奇蹟。

萍：爸，給您毛巾擦擦淚，別難過了。

泰：女兒，我不只是難過，我也是高興。總而言之，情緒很複雜。

萍：我也很高興，我找到奶奶了。爸，看來您是要回大陸探親了。

泰：當然。越快越好。方萍。妳替老爸找一家旅行社，委託他們代辦，要快點辦好啊！

△音樂划過

四喜：（忿忿地）你這個死人，窩囊廢！

馬大海：唉！愛人，妳別罵我嘛。

喜：你還不該罵嗎？你把事情搞砸鍋了。咱們和台灣大哥聯絡上的這檔子事兒，大嫂和金宅、銀宅、玉宅全都知道了。我問你，你是怎麼樣走漏消息的？我不是告訴你小心，小心嗎？

海：愛人，這瞞不了人的。台灣大哥的信封上寫了九個字「探親事件，請協助找尋」，郵差拿著信東問西問的，三個妹妹就知道了嘛。再說，縣裡的政協委員會和統戰部分部也都派人來調查過了。

喜：政協和統戰部也知道啦？

海：他們檢查了台灣大哥的來信。

△外面人聲喧鬧。

海：什麼人，這麼吵吵鬧鬧的？

喜：還能有什麼人？都是你們姓馬的一家人。金宅、銀宅、玉宅都來了，還有大房的女兒小翠。真是有縫就鑽。（對外喊著）請進請進。請屋裡坐。我給你們沏壺茶。

金宅：二嫂，您別客氣，一家人又都住在一塊堆。（住在一起之意）只隔一道土牆。

銀宅：是呀！一管筆寫不出兩個馬字。

玉宅：二嫂，我們不渴，您別沏茶，省點茶葉吧！

喜：不渴就不沏茶了。今兒個大海還沒去井裡挑水，水缸空著。你們到我屋裡來，準是有事吧？

金：妳猜對了，是有點事兒。二哥，聽說台灣的大哥，于長泰要回來探親？

銀：我也聽說了。

玉：這事不假吧？

海：不假不假。

金：那妳為什麼不告訴我們，一直瞞著我們呢？

銀：二哥，你這是什麼意思？
玉：二哥，你該不是想把好處獨吞吧？
海：哪兒話，我作二哥哪會做這種沒屁眼兒的事！我沒告訴妳們，是因為這事兒還早哩。
喜：瞧妳們眼睛睜那麼大，齜牙咧嘴的，幹嘛呀！大哥要是回來了，有什麼好處還能少得了妳們嗎？

△音樂划過

冬梅：媽，粥熬好了，妳趁熱喝了吧！這兒還有菜包子。
母親：好，小翠呢？
翠：奶奶，我在這兒。在您對面。
母：唉，奶奶看不見我可愛的小孫女就在我「跟前兒」（北方話）。小翠，來，跟奶奶一塊吃！
翠：奶奶吃，小翠等會兒吃。
母：（喝一口粥）呼，呼——
梅：媽，燙，燙！
母：「熱得呼的」（北方土語）正好喝，我說冬梅呀！二房是在搞什麼？兩口子躲躲藏藏的也不來見我。
梅：媽，我也弄不清楚。今早我看見大姑二姑三姑她們都到了大海屋裡，我叫小翠去看看，也沒看出什麼來。
母：不大對勁兒，雖說我看不見兒，可是我覺得他們有什麼事在瞞著咱們。
梅：有嗎？不會吧！
母：冬梅，不是我說妳，妳心眼兒太實在了，像大海他媳婦四喜，唉！我不要在背後數落她。
梅：媽，我不怕四喜算計我，我也沒什麼值得她算計的。

母：可是妳要知道，他們究竟在搞些什麼呀！

△音樂划過

銀：玉宅，妳看見沒有？

玉：二姐，妳說看見什麼？

銀：（制止）別這麼大聲，你看，那邊月光下，有什麼？

玉：月光下有矮牆頭。

銀：矮牆頭再過去一點。

玉：啊，我看清楚了，兩個黑影。

銀：一個是二嫂四喜，一個是咱們大姊金宅。

玉：她們倆個怎麼會湊在一起了呢？真奇怪。

銀：一點也不奇怪，互相利用。咱們悄悄地過去聽，聽她們在說些什麼。

△二人腳步聲。

玉：想必是說台灣大哥的事情。

銀：聽！

金：我說二嫂，這事兒要用點手腕，咱們必須掌握先機，先下手為強。

喜：金宅妹妹，妳的意思是——

金：我的意思是，趁著大房冬梅那個窮寡婦，還不知道台灣大哥聯絡上的時候，咱們把娘接出來住。

喜：妳是說不讓娘住冬梅家了？

金：有一天台灣大哥回來了，一看娘住冬梅家，那利益都全歸了冬梅，妳我旁邊站了。

喜：把娘接出來住誰家呢？
金：當然是住我家。
喜：我看住我家比較好。
金：住妳家我家都是一樣，妳協助我讓娘住我家，將來得到的利益，咱們兩家平分，我說話算話，絕不食言。
喜：這個，讓我想想看，走吧！去屋裡談，當心隔牆有耳。
金：好。

△二人腳步聲。

玉：二姐，她們進屋去了。
銀：人家都說二嫂四喜心眼兒多，最奸詐。我看呀，大姊金宅更厲害。
玉：管她們誰奸詐、誰厲害，我是不會跟她們爭的。
銀：玉宅，為什麼不爭？
玉：爭不過她們呀。再說我也弄不清楚從台灣大哥那裡會得到什麼好處？
銀：好處太多了。聽說台灣街上的小汽車擠的水瀉不通，哪像我們這裡全是腳踏車。台灣都是大洋樓，有抽水馬桶拉屎，一沖嘩嘩，連一點味兒都不帶。台灣一個餐館小妹，一個月拿一萬多新台幣，折合人民幣一千一百六十元，鄧小平一個月薪水才拿三百八十塊，折合新台幣只三千多塊。台灣大哥隨便一出手，咱們就會有三四個鄧小平了。
玉：哦！台灣人那麼有錢呀！
銀：台灣有美金七百六十億，個個都有錢。大部分人都有小包車坐。哪像我們連買輛腳踏車都買不起。

玉：那「彩電」呢？

銀：「彩電」台灣叫彩色電視機，有的家庭都換過第三部第四部了，大哥回來一定會帶彩電，妳不爭，彩電輪不到妳！

玉：我作夢也夢到彩電。（大聲，堅決地）我要爭，為彩電爭到底。爭到底。

銀：妳小聲一點嘛。姑奶奶。

△音樂划過。

萍：爸，您怎麼了？不高興的樣子？

泰：老家又來信了。

萍：好哇！這是您天天等天天盼的呀！

泰：女兒，妳哪裡知道，信上寫了使爸爸傷心的事。妳奶奶在三十六歲的時候，不幸雙目失明了。

萍：（驚）哦！奶奶眼睛看不見了。

泰：妳奶奶想我——我十歲的時候離開她，流浪在外，不知我是生是死，妳奶奶想我想的天天哭，把眼睛哭腫了。鄉下沒眼科醫生，就這樣瞎了。——（忍不住抽泣）嗚，嗚咿——我，我對不起老母——嗚，嗚——對不起你奶奶。

萍：爸，您別哭了。爸，這信是誰寫來的？

泰：是妳二叔馬大海。

萍：二叔馬大海？他怎麼姓馬呢？

泰：這是妳奶奶改嫁到馬家以後生的兒子，先前馬家還有一個大兒子，大海排行第二，所以就叫二叔，此外妳奶奶還生了三個女兒，叫金宅、銀宅、玉宅。也都嫁人生兒育女了。

萍：那她們和你是同母異父的兄弟姊妹了。
泰：是的。喏，這是妳二叔馬大海來的信，妳看看。
萍：好。（信紙展示聲）
海：「親愛的大哥，您好。弟是五一年和村裡幾個小伙子來外蒙古自治區玉海縣的一個牧場找到事情。那時候中共和蘇聯鬧翻，要還貸款，勒緊老百姓的褲帶，餓死好多人。弟活不下去了，才到外蒙古討生活，後來又把咱們媽媽接來同住盡孝心。來外蒙古之前，咱們媽媽惦記著你，哭的得了眼病就看不見了，多麼不幸啊！咱們母親在外蒙古住了十八年，因為年紀大了想家，又回到河北老家住在大媳婦冬梅家裡。冬梅是馬家長子馬海樹的愛人，畢竟不是咱們母親生的，對媽不大好。咱們舅舅給我來信說媽沒人管，吃了七個多月的苦，我一看信就哭了。急忙打發我的愛人，也就是你弟媳婦回老家照顧媽，我這才放了心。現在媽住在大妹妹金宅屋裡，一切都很好，由我們兩家出錢養活。大哥，你在台灣那麼遠，這邊就我一個兒子，我會盡一切力量來照顧咱們的媽媽的。所以在今年春節，我堅決辭掉工作從外蒙古回到河北老家，與媽媽生活在一起，把我大女兒和二女兒都留在外蒙古不管了。親愛的大哥，你最好安排一下早點回來，咱們媽媽像盼天一樣，天天抱著收音機聽台灣廣播。祝您全家幸福，快樂。　弟　大海。」
萍：爸，看來二叔挺孝順的嘛，他先派嬸嬸回老家照顧奶奶，後來自己不惜辭去工作，丟下女兒，也回老家和奶奶生活在一起。
泰：嗯，正如他自己說的。他是在妳奶奶身邊唯一親生的兒子。
萍：那信上說的馬海樹和冬莓呢？
泰：馬海樹是妳奶奶嫁過去馬家原配生的，冬梅是他愛人，也就是太太，中共稱太太為愛人，馬海樹已經死了，冬梅守寡。
萍：這關係好複雜，我弄不清楚。

泰：大海和四喜我要好好地報答他們。方萍，妳看我買的東西。
萍：都是買的什麼呀？
泰：喏！
萍：爸，您買這麼多東西？您要破費了。
泰：就是嘛！
萍：爸，希望您這次回去重溫四十年離情，奶奶身體健康，叔叔嬸嬸姑姑們都好。

△音樂划過。

梅：媽，她們來看妳了。
母：都是誰呀？
翠：奶奶，有大姑、二姑、三姑，還有二嬸。
母：哦，金宅、銀宅、玉宅和四喜呀！
喜：是呀，媽，我們今天來是有件事情和您商量。
銀：媽，我們今天來也是有件事情和您商量商量。
母：銀宅，妳說的「我們」是誰呀？
銀：是我和玉宅。
母：四喜，妳剛才說「我們」，又是誰呢？
喜：媽，是我和金宅。
母：妳們四個人分成兩邊啦，妳們和我商量什麼事情？
金：媽，我和二嫂的意思是請您到我家去住。

玉：媽，我和二姐的意思是希望您搬去我家去住。
喜：我說玉宅呀，搬到妳家去住，妳讓媽住哪兒呀？
玉：當然是住我屋裡，我和我愛人住另外小間。
喜：老天爺，妳那屋能住嗎？破窗戶破門，夏天蒼蠅蚊子隨便出入，到了冬天北風呼呼吹，妳想把媽凍死！
銀：二嫂，妳怎麼咒媽死呢？
喜：銀宅二妹子，我是在跟玉宅研究媽搬家的事情，妳插什麼嘴？
銀：媽搬家的事兒，我有權發言，我主張媽搬到三妹玉宅家去住。
金：我說銀宅呀，剛才二嫂說的話妳沒聽見嗎？玉宅家不能住，讓媽住的舒舒服服，當然是搬我家去最合適。
喜：對嘛。大妹子金宅家，房子寬敞，空氣好。
銀：空氣好什麼？有臭味兒。
金：妳說什麼？我房子有臭味兒？
銀：窗子外面就是茅坑，拉的屎臭死人了，我真不知道妳們安的是什麼心？讓媽搬去嗅臭味兒。
金：（火）銀宅，妳少放屁。
銀：金宅大姊，何必發脾氣呢？
玉：對嘛，講道理嘛，誰的房子好就搬去誰家。
金：玉宅，妳少嚼舌根，妳什麼時候跟銀宅一鼻孔出氣了。真奇怪？
玉：妳又什麼時候跟二嫂連在一起了呢？真稀奇。
金：妳說我房子離茅坑近，有屎臭味；妳那房子也香不到哪兒，妳後面養豬，豬屎豬尿更臭。
玉：妳那房子，地基不穩，牆裂條縫，說不定哪天倒塌，把媽砸死。
金：妳那房子漏雨，外面下小雨，裡面下大雨，外面雨停了，裡面還滴雨。請問媽搬去作落湯雞嗎？
梅：四喜弟媳婦和三位妹妹！我冬梅能不能說幾句話？

喜：大嫂，妳請說。
銀：歡迎大嫂主持公道。
梅：首先我弄不明白，媽在我屋裡住的好好的，妳們為什麼要媽搬走呢？
喜：這很簡單嘛？為了盡孝道嘛。
銀：對，對！媽不能讓妳大嫂一個人扶養，我們都有責任照顧媽的飲食起居。
金：就是這話。媽在妳這裡住了很久，應該輪到去我家住了。
玉：不，去我家住。
梅：搬是不搬，或是搬去誰家，總得問問媽的意思吧！媽，媽！
母：我聽見了！我一直在聽著。
梅：搬是不搬，或是搬去誰家，您說句話。
母：我說什麼呢？一個說是北風呼呼地把我凍死，一個說茅坑裡的屎把我臭死，房子塌了把我砸死。（尷尬笑）我還能說什麼呢？反正活不了啦！
喜：媽，您究竟搬不搬呢？
銀：媽，您表示一下意見嗎？
母：當初我搬來大媳婦這裡，不是我的意見，這會兒妳們要我搬走，我也沒有意見，妳們商量好了，我全依妳們。總之，妳們給我一個睡覺的地方就行了。別把做娘的擠上牆頭去。
喜：我主張媽搬到金宅家。
銀：我主張媽搬到玉宅家。
喜：我堅決擁護金宅同志。
銀：我誓死保衛玉宅同志。鬥爭到底。
金：搬去我家，我家，我家！

玉：搬去我家，我家，我家！
翠：（大聲制止）妳們不要吵了。奶奶不要搬去妳們家，奶奶就住在我們家。（更大聲）妳們不要動手，不要拉奶奶走嘛！不要！不要！
梅：我求求妳們，不要拉扯媽媽，跌一跤不得了。
翠：妳們把奶奶嚇跑了，嚇跑了——
梅：（呼）媽，媽——

△眾娘子：「不要走，妳往哪兒跑，去我家。」等語重複——
△喊聲叫聲，配以怪異音樂。

梅：媽呢？媽去哪裡？
眾：媽呢？媽跑不見了，快，快找媽呀！
翠：（較遠處）奶奶在這裡，在矮牆頭上坐著。
眾：（呼）媽，媽——（腳步）
喜：媽，您幹嘛要坐在牆頭上呢？
母：妳們逼得我沒地方去了。我只有坐在這裡。
喜：金宅。
金：二嫂。
喜：咱們衝上牆頭，把媽拉下來，押到妳家。
金：好的。就這麼辦！媽，冒犯您老人家了。
銀：咱們也衝上牆頭把媽拉下來。

玉：好。衝呀！
母：別——別拉，別拉我！
翠：慢點，慢點，別讓奶奶跌跤！妳們好可怕！好可怕！

△音樂划過。

舅：（腳步聲，呼喚）大海，金宅銀宅玉宅，有人在家嗎？
喜：（門內）大海，妳聽見沒有？有人喊你，好像是舅舅。
海：舅舅怎麼會來呢？
喜：我明白了，準是舅舅陪著台灣的大哥來了。
海：這麼快，不是說月底才到嗎？這怎麼辦？
喜：怎麼辦？出去迎接啊！叫他們把準備的鞭炮點上，快！

△門外

舅：長泰，好像沒動靜，也許他們沒想到你這麼快就回家來了。
泰：舅舅，我想不會吧？我經過廣州的時候給大海發了電報。
舅：這裡的電報很慢，要兩三天才能收到。
泰：啊，我還以為朝發夕至哩。
舅：來了，大海和他愛人四喜來了。
喜、海：（呼）舅舅！

舅：快過來！見見台灣來的大哥于長泰。
海、喜：大哥！我是大海哦！
泰：大海，小時候我見過你，你兩歲，我八歲，你一雙大眼睛我特別記得。
喜：大哥，咱們屋裡坐吧！
泰：好。

△鞭炮聲大作。

喜：這是歡迎大哥回家。
泰：謝謝。
眾女人：歡迎大哥回家。
眾小孩：歡迎大伯父回來。歡迎大舅回來。
泰：謝謝。謝謝大家。媽呢？
舅：對呀，你們母親呢？
梅：母親在金宅家裡，已經去請了，馬上就來。
梅：媽來了。
母：（顫抖地）長泰長泰在哪兒？
泰：（大慟）媽，我在這兒，您的兒子在這兒。媽！離開您四十多年的兒子回來看您老人家了。
母：（也大慟）長泰——我的兒子，媽再也看不見你了。讓媽摸摸你！——長泰！
泰：（哭出）兒子沒有扶養您老人家，兒子給您磕頭謝罪——報答您老人家養育之恩！
母：這怪不得你，起來，起來吧！

泰：媽，這個給您戴上。
母：這是什麼？
泰：這是一塊玉觀音，是台灣出產的玉，相傳玉是避邪的，讓它保佑您平安。
母：是弟弟來啦？
舅：是呀！長泰先到我家裡，我再帶他來，要不他怎麼找得到妳呢？大海，你給你大哥介紹介紹。
海：妳們自己說說吧！
喜：我叫四喜，是大海的愛人。
舅：妳別說愛人，長泰聽不懂。
泰：我懂，愛人就是太太。四喜在外蒙古的時候服侍媽十八年，媽回到關內，四喜又從外蒙古回來照顧媽的生活，這些我都知道。
金：我叫金宅，是你的大妹子，這是我愛人，不，我丈夫周立，他是木匠。
聲：大哥你好。
泰：嗯，唔，請坐。
銀：我叫銀宅，是你的二妹子，這是我愛人賀仁，是水泥工。
聲：大哥，你好。
泰：啊，唔，坐。
玉：我叫玉宅。
泰：那妳是三妹啦。
玉：對，這是我愛人張寶，剃頭師傅。
聲：大哥，你好。
泰：啊，唔，妳好。這位想必是大弟媳婦了。

梅：是的，我叫冬梅，你大弟死了六年多了，我和小女兒小翠一起過。

翠：大伯父您好。

泰：小翠這孩子挺聰明的。這些小朋友呢？

喜：你們自己說說名字，不要怕，說嘛！

金：鄉下孩子沒見過世面。我來替他們說。這個叫周四新，這個叫賀前進，這個叫張文革，都是在文化大革時候出生的。這四個小丫頭片子是小春、小香、秀英和虎妞。這三個男孩叫雞蛋、鴨蛋、狗蛋。

眾童：大伯父好。大舅舅好。

泰：你們也好。

母：長泰！

泰：媽。

母：這屋裡就咱娘倆，你挨著媽坐。媽跟你說說話。

泰：好——

母：記得你走的時候才十歲，我在你穿的棉襖裡縫了兩個袁大頭，是給你有急事用的。

泰：這事我記得的。那兩塊袁大頭逃難的時候花了，離開家到青島又到南京，抗戰爆發，到武漢，到宜昌到四川萬縣，一邊逃難一邊讀書，到了重慶以後，就跟帶我出去的叔叔嬸嬸失去聯絡，完全靠自己活下去。

母：記得你在南京的時候，給我來了封信，要媽給你做一雙棉布鞋，媽給你做好了，可是沒法寄給你，日本鬼子打來了。

泰：媽，您吃了不少苦。

母：最苦是八路軍來的頭幾年，搞什麼大煉鋼，百年古樹都砍掉了。人們像瘋了一樣，不種莊稼，天天敲鑼打鼓，又唱又扭秧歌，咱也不懂，吃的那種野菜搾出來的水流到河裡，小魚小蝦都會被毒死，要把那種野菜搾乾煮熟了才能吃。餓死好多人，村裡的老磁紅，咱們家屋後鐵牛他爹，賣煎餅的孫二嬸，都是那時候死的。

泰：媽，這些年來誰對您最好？最孝順？

母：你問這幹嘛？

泰：我準備送東西給他們，照顧您生活的，服侍您的要送貴重點的東西。

母：哦，這個嘛——

泰：告訴我，誰對您最好？

母：這，這個，——每個人對我都不錯，要不然我也不會活到今天。

泰：您要有個分別呀！

母：兒子、媳婦、女兒、女婿，對我都很好。

泰：，您是不肯說？

母：長泰，你帶了些什麼東西？

泰：我帶來了紅包，每個小孩發一個。還有男用的T恤，手錶和打火機。女用的比較多些，有絲襪、髮夾、胸花、耳環什麼的。此外，還帶了六個金戒指和一隻金手鐲。金手鐲是給媽戴的。

母：（笑）哈，哈，我戴金鐲子。我這一輩子還沒戴過金鐲子哩。我有這個福氣嗎？

泰：當然有。兒子現在就給您戴上。

△音樂划過

翠：（興奮地跑著叫著）媽，媽，妳看，妳看。

梅：看什麼？紅包！

翠：對嘛！是大伯父給我們的。每個小孩都給一個，裡面有錢呦！

梅：（吃驚）唉呀！一百塊人民幣，這麼多，妳大伯父真是大方闊氣！

翠：對嘛，大伯父好有錢啊！給奶奶金鐲子，給二嬸大姑一人一個金戒指，光光亮亮的好好看。還給二姑三姑絲襪子、耳墜子，頭上戴的花，胸口別上的花，都好漂亮。

梅：喔，是嗎？

翠：媽，妳怎麼沒有？

梅：我？也許媽老了，戴花不大好。

翠：媽，妳去向大伯父要。

梅：媽怎麼好意思開口要呢？給就給，不給就算了。

銀：（腳步）大嫂，不能算。

玉：（腳步）大嫂，絕對不能算。不能吃暗虧，便宜了她們。

梅：（招呼）二妹、三妹！

玉：大嫂，我們是來替妳出出氣！看不慣大嫂妳被欺負。

銀：對嘛。我和玉宅是打抱不平，支持妳和她們鬥爭到底。二嫂和大姐每人得到金戒指一只，另外還有女用金手錶、其他的絲襪子、髮夾、耳墜子都有，她們可肥了。

玉：我和二姐只有女用金錶、絲襪子、髮夾，沒有金戒指。

銀：這樣太不公平了！

玉：太不合理了。台灣來的大哥這麼偏心，簡直是看不起我們。

銀：這算哪門嘛？氣人！

梅：二妹、三妹，你們不能說大哥不公平，這是大哥不瞭解我們的狀況。

銀：那他可以問媽啊，媽會說的呀！

梅：媽不好說，媽能說什麼呢？
銀：我明白了，媽沒有在大哥面前為我們兩家討個好，這是問題的關鍵。
玉：怎麼呢？
銀：媽要是說我們怎麼怎麼孝順，怎麼怎麼照顧她、服侍她，大哥就會把貴重的東西送給咱們。
玉：媽太不應該了，我玉宅哪點對她壞了？去年她病了，是我親自到大留鎮趕集，買鯉魚做湯給她喝！
銀：我還不是一樣，上個月媽去看病，打針吃藥用去二十塊人民幣，還是我拿出來的。媽怎麼可以不在大哥面前為我討個好呢？
梅：妳們不要怪媽，不要怪媽——
銀：其實對媽最好，出力最多的就是妳大嫂，大嫂應該得到最多最貴重的禮物。
梅：唉！誰叫我愛人不是媽親生的兒子呢？總是著隔一層啊。
銀：大嫂，她們明擺著欺負妳。欺負妳是寡婦。
梅：（痛苦地）好了，好了，妳們別說了。

△音樂划過

喜：我和金宅特地把舅舅請來，當著舅舅的面，咱們把話說清楚。
舅：四喜，看妳氣呼呼的樣子，妳要說清楚什麼？
喜：舅舅，有人說我和金宅多拿了大哥的禮物，另外還多拿了一千塊人民幣！你說，氣不氣人？
金：氣人，氣得我差點昏過去。
銀：哼，惡人先告狀！
玉：佔了便宜還賣乖。
喜：玉宅，誰佔了便宜賣乖，妳指出來
玉：就是妳二嫂和大姐。

銀：妳們每人多一只金戒指，錯不了，也瞞不了。
喜：我幹嘛要瞞？這是我應該得的，我服侍媽應該得到的代價。
銀：服侍媽的不只妳一個，應該得的絕不是妳二嫂。
金：我知道妳們會嫉妒，故意找碴。我告訴妳們，這是大哥主動給我們的，並不是我們要來的。
銀：大哥被妳們欺騙了。
舅：長泰，你有必要說明一下吧！
泰：好的。我離開家鄉四十多年，回來一趟不能不帶點東西。我不知道家鄉的情形，不知道一共有多少親人，同時也不知道你們需要什麼？更不知道怎麼樣分配我帶回來的東西才適當。媽去了外蒙古，由弟媳四喜照顧十八年。媽回到關內四喜又跟到關內服侍媽，她當然應該多得到一些。
喜：在外蒙古我服侍媽十八年，十八年的生活都是由我負責。妳們能同我比嗎？
泰：所以，我給四喜一個金戒指，感謝她替我服侍媽。至於給金宅一個金戒指，這是因為現在媽住在她屋裡，算是補償她的生活開支，並且獎勵她對媽的一片孝心。
喜：大哥說得很清楚了，妳們不囉唆了吧！
銀：大哥，你只看見現在看不見過去，過去媽也在我家住過的。
玉：誰沒照顧過媽呢？我給媽做過衣服也做過鞋子，這不假嘛！
梅：大哥，我冬梅說句放肆話，這是你不對！
泰：冬梅，你說我不對，是我分給妳的東西太少了？還是不夠好？
梅：大哥，你被蒙在鼓裡，被欺騙了。
喜：大嫂，妳怎麼這樣說大哥？
梅：我就這樣說。我憋了一肚子窩囊氣，不能不說了。四喜，妳說妳把媽接去外蒙古養了十八年，其實是媽為你們作老媽子，做苦工作了十八年。媽替妳帶孩子，媽眼睛看不見，還要餵雞餵豬，天天切馬連菜煮熟了當豬食——

喜：住嘴，不要說了！

梅：妳住嘴，聽我說下去。在大哥臨來的前一個月，妳和金宅商量好，死拉活拉，硬搶硬扯的把媽從我屋裡搬到金宅屋裡，讓大哥以為妳是最孝順的媳婦，金宅是最體貼的女兒——其實這都是假的，妳們在做戲！大哥！所以我說你是被欺騙了。

泰：媽，是這樣嗎？

母：長泰，冬梅說得沒錯。

喜：錯了，冬梅一心想大哥回來，改善她的生活，她的胃口可大了，她看不上絲襪子、手錶、彩電，她要的是人民幣兩萬三萬保障她寡婦下半輩子生活。眼看要不到了，才惱羞成怒，揭穿別人的底，媽住在她那裡的時候，她一生氣就咒媽，「妳死老太婆，妳怎麼還不死？」劉冬梅，妳有沒有這樣罵過？

泰：媽，是這樣嗎？

母：長泰，四喜說得也沒錯。

泰：媽，那究竟誰對妳好呢？冬梅、四喜、金宅，妳們欺騙了我，扮成假象欺騙我，妳們為什麼要這樣做？（激憤）孝道沒有了嗎？倫理綱常飛掉了嗎？媽四十多年來日子是怎麼過的，妳們說，說呀！

喜：你最好不要問。

泰：我為什麼不能問？

喜：因為四十多年來，你並沒有養媽，你在台灣享福，我們卻在這裡受罪。

金：媽餵豬也好，睡牛棚也好，吃野菜也好，你都沒看見。你要問我們為什麼這樣做，很簡單，這是因為你要什麼有什麼，我們要什麼沒什麼，你明白了吧！

泰：妳們要什麼？儘管說吧！快說！

玉：大哥，我想要一個彩電，我沒有別的慾望。

喜：我天天盼望你回來，我想跟人合夥買一頭牛耕田，大哥，我只要你給我五百塊人民幣就好了，你能給我嗎？
梅：我要一千塊人民幣，修一修漏雨房子，可以嗎？
金：我要一個洗衣機，我手受過傷，洗不動衣服了。
喜：（懇求）大哥，給我買一頭牛吧！
梅：（哀求）大哥，答應我，修一修我家漏雨的房子！
玉：大哥，答應我，給我買彩電！
金：大哥，我的洗衣機——
泰：我，我答應妳們，統統答應妳們，妳們這批可憐蟲！

△眾人歡呼，「好大哥，親愛的大哥」。

泰：我唯一的希望，是妳們對媽好一點。媽是八十二歲的老人了。我求求妳們，不要我回來是一個樣子，我走了又是一個樣子。
翠：大伯父，她們欺負奶奶，把奶奶推到矮牆頭上去，奶奶好可憐——
泰：推到矮牆頭上去？什麼意思？為什麼把媽推上矮牆頭嗎？

△音樂划過。

舅：長泰，來，喝一杯。舅舅給你餞行。大陸的生活比不上台灣，可是這家鄉的酒還是不錯的，喝！
泰：謝謝舅舅。（喟嘆）唉！回來之後演變成這種樣子，弟弟、弟媳婦、妹妹、妹夫對我都不滿意，舅舅，我這是算哪門兒呢？乾杯！

舅：哼！貪多無厭，一句話，窮瘋了！

泰：對了，舅舅，記得那天爭吵的時候，小翠說把奶奶推到矮牆頭上，這話是什麼意思？

舅：你母親從外蒙古回來並不是想念老家，而是被大海和四喜趕回來的。當時你母親趴在一輛運煤的大車上，一路顛簸著回來，弄的臉手一身黑，如果掉下來，準摔成殘廢。回來之後，誰家都不肯收養你母親，你推他推，把你母親推上矮牆頭，後來還是小翠哭著要奶奶，冬梅這才收留了你母親。

泰：（欲哭）母親是這麼慘嗎？好可憐啊！

舅：我是村裡的老人，今年七十八了，回想我這一輩子做了些什麼？除了整人還是整人，被人家牽著鼻子搞了一輩子鬥爭，長泰，沒法子呀——

泰：小翠扶著媽來了。媽！

母：長泰，你明天就走了嗎？

泰：是的！

母：走吧！媽也不留你了。

泰：媽！我走了還是不能放心。

母：放心吧，我會照顧自己。兒子，你這一走還不知道什麼時候再回來——

△音樂划過。

舅：老姐姐！

母：是弟弟嗎？長泰走了嗎？

舅：坐的是兩點半的飛機，由北就直飛香港轉台灣。老姐姐，妳怎麼又坐在矮牆頭上了呢？

母：長泰已經走了，我能不坐牆頭嗎？我坐在這裡好像看清楚她們每一家，每個人的心！

舅：唉！老姐姐，你多保重啊！
翠：舅老爺，別擔心，小翠會陪奶奶，保護奶奶的。

△悠悠音樂收場。

二、河塘鎮傳奇

劇中人
張祥發：七十四歲，宰殺烹飪河豚的老師傅。
小扣子：張祥發的孫子，十一、二歲。
沈秋鳳：十四、五歲，少女。
沈嘉文：沈秋鳳的父親，書香門第。
香　蘭：沈嘉文的妻子。

△本劇故事發生在大陸江南水鄉，一個名叫河塘的小鎮上。大約民國十年左右。
△音樂開始。

沈秋鳳：（呼）爹，爹。
香　蘭：秋鳳，你幹嘛？

鳳：我要叫爹陪我到鎮上去買繡花線。
蘭：妳這丫頭，人小鬼大，還想繡花呀！
鳳：學嗎，不該呀！我今年十四歲了，隔壁的春花才十三歲，人家繡花、裁衣服都會了，今年年底就要坐花轎了。
蘭：難不成妳也想坐花轎嗎？我去找媒人給妳說媒。
鳳：（嬌）媽——
蘭：不要去打攪你爹，回頭媽陪妳去買繡花線好了。
鳳：喔，那可好。媽，爹在書房不出來，他幹嘛？
蘭：他正在研讀詩詞。
鳳：研讀詩詞？
蘭：是呀。妳爹喜歡詩詞歌，他研讀詩詞的時候，十分的專注和用心，不許人打攪他。
鳳：喔。
蘭：妳聽，妳聽，妳爹大聲的讀起來了。
沈嘉文：（大聲）「竹外桃花三兩枝，春江水暖鴨先知，蔞（音樓）蒿滿地蘆芽短，正是河豚欲上時。」
（蔞蒿——草名）
鳳：（拍手）好好。
文：誰？
鳳：是我，秋鳳。爹，您讀詩好有意思喲！教教我好不好？
文：還有誰？
蘭：還有我，嘉文。你要不要出來走走。我們一塊陪女兒到鎮上買東西好不好？別老是把自己關在書房裡。
文：我說香蘭呀，妳是怎麼啦？我說過讀詩詞的時候，最怕有人打攪，妳又不是不知道。

鳳：爹，您別怪媽，是我來找您的。
文：去，妳們去吧！
鳳：爹。
文：去，聽見沒有？我是不會陪妳們去鎮上買東西的，那多沒意思。
鳳：哼！
蘭：走吧，秋鳳。告訴妳妳不聽，自討沒趣兒。
鳳：（念詩）「竹外桃花三兩枝，春江水暖鴨先知，樓蒿滿地蘆芽短，正是河豚欲上時。」媽，這是什麼意思？
蘭：這是蘇東坡的詩，描寫咱們江南水鄉的春色美景。春天到了，桃花紅李花白，多麼的美好，河裡的水解凍了，鴨子悠然自得的游來游去，到了這季節，也正是人們吃河豚，大快朵頤的時候。
鳳：喔，河豚好吃嗎？河豚是什麼樣兒呀？我怎麼沒見過呢？
蘭：妳小時候不懂事，等到妳懂事，妳爹又送妳去城裡讀書，每逢吃河豚的季節妳都錯過了。所以沒什麼印象。
鳳：喔，那妳說給我聽聽吧。
蘭：好呀。河豚是咱們江南水鄉的特產，牠有點像鯰魚，懂吧？
鳳：鯰魚我看過，那模樣兒很醜哩。
蘭：也有點像放大十幾倍的蝌蚪，大腦袋，扁扁的嘴巴，渾身圓圓的。尾巴細細的，黑色的背脊上，有一塊塊的斑點，白色的大肚皮滑膩膩的，連一片魚鱗都沒有，看上去叫人毛骨悚然。
鳳：好可怕！
蘭：可不是可怕嗎？咱們這裡的人，都管牠叫「鬼魚」。
鳳：「鬼魚」？牠是鬼變的嗎？
蘭：這是說這種魚是勾魂小鬼，毒性特別大，不小心就會中毒死亡的。

鳳：我不懂，河豚是有毒的魚，人們為什麼還要吃牠呢？

蘭：這個——

△腳步聲示沈嘉文行入。

鳳：爹。

文：我的詩集不見了，是誰拿了我的詩集？

鳳：爹，是我，聽您念詩覺得很好，我也想學學。

文：妳覺得很好？好在哪裡？

鳳：這，這我說不上來。

文：妳真的想學嗎？恐怕是好奇吧！

鳳：（不打自招）嘻嘻。

文：妳這丫頭，比男孩子還頑皮，以後沒徵得我允許，不許擅自拿我的東西。

鳳：喔。

文：我回書房去了。

鳳：爹，您不要走嘛。

文：什麼事？

鳳：想跟您說說話。

文：妳有什麼好說的呢？

蘭：嘉文，哏秋鳳聊聊，父女親情嘛，不要把書房圍成你的小天地，與我們母女隔絕！

文：唔。

蘭：剛才秋鳳問，河豚既然有毒，人們為什麼還要吃牠呢？

文：這個嘛。

鳳：請爹解答。

文：越毒越有人吃，妙就妙在這裡，有人專門吃毒蛇，而且挑最毒的吃，譬如響尾蛇、百步蛇、龜殼花啦，河豚也是如此。咱們河塘鎮流行一句話，叫做「拼死吃河豚」。懂吧？

鳳：「拼死吃河豚」？我不大懂耶！

文：這就是說，有些美食者，不顧性命，冒死一吃。據說宋朝大詩人蘇東坡是箇中翹楚，嗜喜吃河豚。的確，河豚的肉鮮美至極，世界上任何美味，都無法與牠相比哩。

鳳：爹，那您也吃過了。

蘭：這還用說，咱們河塘鎮吃的人很多哩。

文：（接說）尤其是在長江下游，江陰、常熟、大倉等地各大酒樓都把河豚當作應時名菜，以「拼命佳餚」、「死亡大餐」的廣告掛在門口，招徠上海、南京的遊客，生意好的不得了。

蘭：喔，人類真是貪吃的動物，這麼經不起誘惑。

文：每逢春末夏初，長江水暖的時候，柳絮隨風搖曳，河邊的蘆葦，也發出了新芽，在長江入海處的河豚便逆水使勁兒往上游，游到咱們鎮上的河裡產卵。也就是河豚上市的季節到了。

△音樂轉場

文：（念詩）「春洲生荻芽，岸邊飛楊花，河豚當世時，貴不屬魚蝦。」（重複後兩句）「河豚當世時，貴不數魚蝦」，哈，哈，好，好詩。

鳳：爹！

文：秋鳳，妳怎麼又來打攪呢？有什麼事嘛？
鳳：人家想買一隻自來水鋼筆，可不可以？
文：妳毛筆字寫的東倒西歪的，還買自來水鋼筆做什麼？等妳毛筆字練好了再說。
鳳：人家慢慢練嘛。
文：寫毛筆字要坐得正，筆要拿得直，而且一心不得二用。書桌上有筆墨紙硯，妳照著我說的試試。
鳳：多麻煩。
文：坐好。
鳳：喔，唔。爹，這樣行不行？
文：嗯，記住這姿勢，以後練字就這樣。妳要有耐性多下功夫，寫得一手漂亮的字，比繡的一手花草強太多了。
鳳：（嘟噥）鋼筆沒答應給買，卻練起字來了，整人嘛。
文：妳說什麼？
鳳：祥發爺爺都給小扣子買一支自來水鋼筆，掛在上衣口袋上，好神氣。小扣子的毛筆字比我更東倒西歪。
文：不要說了。快去把祥發爺爺請來，爹找他有事。
鳳：毛筆字練完了，還要跑一趟祥發爺爺家，鋼筆還不知道在哪兒呢？真背！
蘭：（呼）秋鳳，秋鳳。秋鳳不在，上哪兒去了？
文：香蘭，我叫秋鳳去請祥發師傅了。
蘭：想必是叫祥發師傅殺河豚給你吃啦。
文：知夫莫若妻，吃河豚的季節到了，怎麼不吃呢？我盼望很久啦。哈，哈。香蘭，我已經蒐購到三條，喏，放在這魚簍裡，妳瞧瞧，真乃人間美味曠世鮮魚呀。
蘭：我才不要看哩。醜魚，鬼魚！嘉文，你這樣貪吃，叫我為你擔一份心思。

文：太太，妳根本體會不到吃河豚的奧妙，我一想到河豚的味道，不由地滿口生津，垂涎三尺，太享受了，哪怕吃死了也值得。
蘭：嘉文，別說這種喪氣話。
文：香蘭，我勸妳也試試，只要妳鼓起勇氣來吃第一次，我保證妳會吃第二次，第三次。
蘭：算了算了，我不要。
文：怕死嗎？
蘭：我並不怕死，但是死在吃上頭，實在太窩囊了。
文：一點都不窩囊。妳聽我說，牠有魚的美味，也有羊肉的香味。也就是說兩者融合產生出來的鮮味。「鮮」這個字不就是魚字與羊字組合而成的嗎？唯有融合產生出來的鮮味。唯有吃河豚，才能真正領會、體驗得到什麼叫「鮮」。雞鴨魚肉、山珍海味都比不上，所謂「吃過河豚百無味也」。
蘭：好了，不管你說的天花亂墜，我是不會吃的，萬一把命賠上，那多冤枉。
文：啊呀！尤其是河豚肚裡藏著那塊白色的肥膏，真乃是鮮中之鮮、美中之美，俗稱「西施乳」，入口即化。滋潤六腑，全身都感到舒暢，輕飄飄的。既寶貴又珍貴，不可多得呀。
蘭：唉喲，多麼動聽的名字，「西施乳」，你們男人——
文：太太，這可不是我胡謅。有書為證，宋朝彥衛寫的「雲麓漫鈔」有這麼一段：「河豚腹脹而斑，狀其醜，腹中有白，名訥肝白脂，訥最甘肥，故稱之為『西施乳』」。
蘭：常言道，越是最好吃的東西，對身體越沒有益處。你這樣毫無顧慮的吃，總有一天會吃出毛病來的。
文：什麼毛病？絕對不會。只要祥發師父親自操刀處理河豚，那是萬無一失的。在咱們河塘鎮沿著河岸往下數，百里之內，誰不知道張祥發手藝高強，烹調有方，技術首屈一指，無人能比，他累積了四十多年的經驗啦！
蘭：四十多年的經驗，保不住一次失手。

△音樂轉場。

鳳：（呼）小扣子，小扣子。
小扣子：秋鳳，妳來我家幹嘛？跟我扮家家酒嗎？
鳳：你美喔，誰要跟你扮家家酒，我是來找你爺爺的。
子：我爺爺不在家，他在河邊捕魚哩。
鳳：那怎麼辦？我爹找他哩。
子：好辦好辦，我帶妳去找我爺爺。
鳳：走吧！
子：用跑的，妳敢不敢？看誰贏？
鳳：誰要跟你賭輸贏。走啦。
子：嘻嘻，妳不敢，算我贏了。
子：秋鳳，妳看，我爺爺正在清理漁網裡的魚哩。好多喔！
鳳：（呼）祥發爺爺，您補到好多魚喔。
發：是呀。大的歸大的，小的歸小的，通通清理好，明早拿到集上去賣。
子：秋鳳，妳看，這裡有一隻小螃蟹。
鳳：給我給我。好好玩喲。
子：小心夾手。
鳳：唉喲！
子：夾住手了吧！用力甩，甩掉牠。
鳳：好痛喲！

發：夾破沒有？流血了嗎？

鳳：沒有，還好啦。

發：小扣子，都是你，怎麼給大小姐玩螃蟹呢？

子：爺爺，下次不敢了。

鳳：祥發爺爺，我爹請您去我家，我爹說——

發：哈哈，準是沈少爺嘴饞了，叫我去殺河豚給他下酒，對不對？

鳳：對。祥發爺爺，你怎麼知道？

發：哈哈，吃河豚的季節到了嘛。每年這個時候都要去妳家的。從妳祖父沈老爺一直到現在，河豚一上市，第一個去的就是妳家宰殺河豚烹調河豚。然後我和小扣子划著小水鴨子，沿著小河往上游，離家出遠門了。奚河鎮、三叉口、黃土坡、白水村二十多處都要去，這一趟要好幾個月哩，等秋涼了才能回家，吃喝拉撒都在小水鴨子上解決。

鳳：好有意思喔！

子：爺爺，我好想快點走喔。

鳳：祥發爺爺，什麼是小水鴨子？

發：嘻嘻，這妳都不知道，就是我們家的小烏篷船嘛。

鳳：小扣子，你也要去呀？

子：（神氣）當然了。要不誰照顧爺爺？

鳳：你會照顧祥發爺爺？

子：怎麼著，瞧不起我小扣子嗎？

鳳：你們一老一小都走了，那這個家誰管呢？

發：交給鐵將軍和黑大帥。

鳳：鐵將軍和黑大帥是誰呀？
子：黑大帥就是我們家大黑狗嘛。鐵將軍就是鎖，這都不懂！
鳳：你懂，你們家的事你當然懂啦。
發：小扣子，不許跟大小姐辯嘴。
子：是。爺爺。
發：把門一上鎖，大黑狗坐在門口看家，我們把吃的用的都搬上小水鴨子。妳別看牠小，很管用哩。順著河水往下溜，河岸上的大戶人家，都喜歡吃河豚，所以每家都得去，知道嗎？這一家還沒做完，下一家就派人來接了。
鳳：喔，這麼好的生意。
子：我爺爺有名氣呀。好大好大的名氣。
鳳：誰都知道，還用你多嘴嗎？對了，祥發爺爺，快去我家吧，我爹在等你哩。
發：好，我收拾收拾就去！
鳳：小扣子，陪我去玩好不好？
子：好哇！玩什麼？
鳳：我們去抓河豚好不好？
發：大小姐，抓不得，那不容易。
子：我會抓。
發：不許去。
子：讓我試試嗎？爺爺。
鳳：對嘛，祥發爺爺，讓小扣子試試嘛！小扣子，我們走。

△腳步聲，二人離去。

發：（喟嘆）唉！這孩子，對抓河豚殺河豚，都有很濃厚的興趣，難道也要走上我這條路嗎？小扣子，你可知道有多危險？稍一不慎，就命喪黃泉喔。爺爺不希望你走我這條老路。

△音樂轉場

發：沈少爺，你好。

文：喔，祥發師傅，你可來了，我等你很久了。

發：跟秋鳳小姐聊了一會兒，她好聰明伶俐喲！沈少爺，我捕到的河豚都給你帶來了，全在這魚簍哩。

文：好喔，幾條？

發：五條，少了點兒。

文：喔，很肥嘿。我向別家買到三條，五條加三條共八條，要大快朵頤啦！哈哈。

發：嗯，讓我瞧瞧你買的三條。唔，這條肚子受傷不能吃了，這條也不行，嘴角有傷痕。河豚外貌粗糙，但是牠的體質卻十分柔細，經不起衝撞。

文：是的，是的。

發：牠很容易受傷，由傷口溢出毒液，吃下去就容易中毒。我看這麼著吧，我的五條加你這完好的一條共六條，六六大順嘛，吉利嘛，這受傷的兩條就不要了。沈少爺，你看怎麼樣？

文：您老師傅說了算。

蘭：老師傅，您來啦。這是給您泡的茶。

發：謝謝少奶奶。

蘭：嘉文，你跟老師傅說得怎麼樣了？是不是開始宰殺烹調？解你的饞呀！
文：我買來的河豚有兩條受傷的，不能烹調了，看看怎麼處理？
蘭：怎麼處理？交給佣人丟了吧。
文：丟了？丟哪去？香蘭，妳怎麼亂講話呢？
蘭：怎麼我亂講話？不丟了怎麼辦呢？
發：少奶奶，這可不能亂丟喔，要是給貓狗吃了，會中毒死掉；要是丟在菜園裡，那些青菜蘿蔔，會枯死；要是埋在樹林裡，那些樹的葉子會一片一片的落下來。
蘭：天啊，毒性這麼強烈？
發：是呀！要拿到野地裡燒掉，挖很深的坑埋下去，才不會出事。
蘭：那我打發佣人去做。
發：最好是戴上手套，不要觸摸牠。
蘭：知道了。
發：沈少爺，時辰還早，太陽還沒落山。
文：是呀！不急！不急！您喝喝茶，抽袋煙，歇會兒。
發：好吧！
文：老師傅坐，請坐。
發：好，好。

△音樂分場

子：秋鳳：妳瞧！

鳳：小扣子，這是什麼？細竹竿上拴著一個袋子。

子：網袋啦，捕魚用的啦。這是我自己做的啦。

鳳：小扣子，你好能幹喲。

子：這還用妳說。

鳳：可以捕河豚嗎？

子：當然可以，這妳都不懂。

鳳：你又來了，神氣什麼，不跟你玩了。（腳步聲）

子：秋鳳，秋鳳，別走嘛。

鳳：你老是罵人家，好討厭。

子：好嘛，我求饒，發誓不罵妳！做鬼臉給妳看。烏魯烏魯。別生氣了嘛。烏魯。嘻嘻。

鳳：（笑了）嘻嘻，誰生氣啦。

子：秋鳳，跟妳說：我爺爺告訴我，河豚喜歡生氣，不管碰到什麼東西，聽到大的聲音，牠都會發脾氣，大肚皮氣得鼓鼓的像個大氣球，動彈不得。這時候一撈就撈進網袋了。

鳳：不來了，你罵我。

子：哪裡罵妳？

鳳：你罵我是會生氣的醜河豚。

子：妳們女孩子，就會要小心眼兒。我哪是罵妳呢？難不成妳是醜河豚嗎？妳這麼漂亮，別往自身上攬嘛。？

鳳：小扣子，你看！那邊有河豚游過來了。

子：喲，可不是嘛。

鳳：你快撈呀。

子：好！撈，撈！
鳳：跑掉了啦。
子：我沿著河沿兒追牠。
鳳：牠游上來了。又游過去啦。快追！
子：喔！（急腳步聲）
鳳：快呀！快追，小扣子加油喔！

△音樂轉場

發：太陽下山了，時辰到了，沈少爺，該開始了。
文：您再喝杯茶。
發：不喝了。讓我進廚房吧！
文：這邊請。
發：唔，這六條河豚肥瘦適中，身子光滑發亮。是不可多得的上品喲。
文：老師傅好眼力。不愧是箇中高手。一看便知。
發：哈哈，沈少爺也不含糊，在咱們河塘鎮，吃河豚就屬您在行。
文：哪裡，老師傅過獎了，嘉文只不過比別人嘴饞罷了。
發：不不。別人吃肉，您吃味道！看您細細的嚼，慢慢的嚥，不慌不忙，不急不徐，慢條斯理，就是一大享受，打心眼裡佩服。
文：哈哈，哪裡哪裡，老師傅才是高手哩，在老師傅面前，我靠邊站。
發：不敢不敢。蘆根預備了沒有？

文：有，有。

發：蘆根解毒以防萬一。

文：是的，備而不用。老師傅的手藝，我信得過。

發：對，對。我也帶來了蔞蒿、橄欖、荻芽。唔，照規矩，婦道人家是不准進廚房的。

文：是的，我已經吩咐婦女小孩去後院歇著，一律不准到前院來。

發：嗯。好。

文：老師傅，您慢慢做，我不打攪您。免得使您分心，我回書房等候。

發：沈先生請便。

鳳：河豚跑掉了。小扣子，你好笨喔。你根本不會捕河豚。

子：誰說我不會？

鳳：要不，你怎麼捕不到呢？眼看牠潛到水裡去了呢？

子：都是妳啦，亂叫亂嚷的，把他嚇跑了，妳知道嗎？河豚膽子好小喔。

鳳：這樣呀，那牠還會不會游上來？

子：會的。這樣吧，妳在這邊等，我去那邊等，要是妳看到牠游上來就招招手，千萬別出聲。

鳳：等多久？

子：等嘛，妳急什麼？我一定要撈一條河豚給妳瞧瞧。

鳳：不好玩，我回家了。

子：別走嘛，秋鳳。唔，這樣吧，我殺河豚給妳看。

鳳：你殺河豚，你會嗎？

子：會，會。

鳳：妳爺爺教你的？

子：我爺爺才不肯教我哩。我是偷偷看爺爺怎麼殺，記在心裡，看多了就會了。我聰明嘛。

鳳：吹牛啦，誰相信。

子：不相信。我殺給妳看。走吧，去我家。走呀。

△音樂划過

子：你看！這是一條小河豚，爺爺看不上的。

鳳：唉喲，滑膩膩的，那麼醜！

子：我要開始了。

鳳：（緊張，害怕）唉呀，不要，不要殺牠。

子：嘻嘻，妳好緊張，告訴妳說，我還沒有準備好哩。第一步，我要用皂角洗洗手。

鳳：什麼皂角？

子：就是大樹上長出來的嘛。一定要用皂角洗手才行。

鳳：喔，像肥皂一樣，有泡沫哩。

子：手洗過了，現在要點上三炷香，拜河神。

鳳：還要拜河神？

子：求河神保佑平安，不要出錯。

△音樂轉場

發：河神在上，我張祥發在下，求您保佑我平安，不要出錯。我今天是應河塘鎮沈嘉文少爺之邀，為他料理河豚。沈少爺乃是書香門第，積善之家，也請您多多眷顧，多保佑他。我給您磕頭。

發：河神拜過了，現在開始殺了。

△音樂划過

鳳：你還要給河神磕頭呀？

子：是呀，我爺爺都是這麼做的。秋鳳，妳看著，我要殺了。（神氣）看！先從尾巴上殺一刀，一刀到底！嘿！尾巴沒肉不要牠。再從河豚肚子上割一刀，我爺爺說要割，不能砍也不能剁。輕輕地割，不能深也不能淺。

鳳：這麼多規矩，好麻煩喲。

子：我爺爺說這叫做「開膛破肚」，淺淺破不開，深了肚子裡的苦膽割破了，會流出毒汁。秋鳳，妳看，就這一刀下去，正好。秋鳳，怎麼樣？小扣子的手藝不錯吧？

鳳：（驚慌）小扣子，不要殺了，有血有血！

子：不要怕！諾！這就是河豚鰾，這就是腸子，這是肝，這是膽。我爺爺說毒汁全在膽裡面，一不小心弄破，就會毒死人，要輕輕的把膽割下來。

鳳：（更緊張）不要割了。哇！好多好多血，我害怕！

子：（費力說出）要，要割——我，（喘氣）要——要割！

鳳：小扣子妳怎麼了？

子：（喘氣）我，我——

鳳：你的臉發白，出了好多汗，你的手在發抖哩。快停下來。快停下來呀！

子：不，不。我一定要割，我一定要學會殺河豚。爺爺年紀大了，殺不動了，我要學會替他殺！（太緊張）

唉呀！不得了啦！

鳳：怎麼了？

子：膽破了，毒汁流出來了。

鳳：停止，我要你停止！嚇死我了！

△音樂划過。

文：老師傅，怎麼樣？好了吧？

發：唉唉，差不多了。

文：剛才我在書房裡練字，一股香味飄過。我多少年寫字練出來的鎮定功夫，再也維持不住了，不由得跑到廚房來。嗯！香味撲鼻，好香好香喔。

發：沈少爺，我揭開鍋蓋瞧瞧。——嗯，熟了熟了。

文：（呼）香蘭，香蘭。

蘭：來了。（腳步）是不是烹調成功啦？

文：對，可以享受美味了。快叫沈福擺桌燙酒。

蘭：不用你吩咐，早就為你準備好了。

文：好哇！吃啦！

發：慢點慢點，別急，照老規矩，由我吃頭一口，一柱香的功夫，要是我沒中毒，沈少爺，您就可以放心的吃了。

文：好說好說。我看不必了吧！

發：要，要。

蘭：嘉文，你要聽從老師傅的，這是規矩。
發：對，對。灶王爺在上，我張祥發在下，求您保佑這次烹調無毒無災，平安無事。沈少爺，我吃頭一口了。（吃聲）嗚嚕。
文：怎麼樣？
發：又嫩又鮮又香。
文：哈哈。老師傅又成功的完成成了一次宰殺烹調。
蘭：你也又吃到一次又鮮又嫩的美味了。

△文與發的笑聲。音樂划過。

發：小扣子，東名都搬上烏蓬船了嗎？
子：是的，爺爺，連碗筷、飯鍋都搬上來了。
發：喔，那就開船吧！

△大黑狗的叫聲

子：黑大帥，對不起留你下來看門了。你要好好看門喲，再見。
發：黑大帥、鐵將軍，再見了。偏勞你們二位了，再見。
發：小扣子今年啟程晚了，到了沙河沿，咱們就得調轉船頭往回走了。
子：爺爺，為什麼不到黃土坡和十里舖去呢？那裡喜歡吃河豚的大戶人家很多，都會請您宰殺烹調哩。
發：你說得不錯，可是我們到不了十里舖，天氣就會轉涼了。

子：喔。

發：秋涼以後，河豚產完卵，小河豚也出生了。牠們便率領兒女，順著河水游到長江，再游向大海。這一段時期河豚的毒性最重，全身黑黑的，誰都不敢碰牠們，甭說吃了。只好任由牠們回歸大海去了。

子：喔。

△音樂划過。

文：（念詩）「竹外桃花三兩枝，春江水暖鴨先知，簍蒿滿地盧芽短，正是河豚欲上時。」

鳳：媽，爹爹怎麼又念蘇東坡的詩呢？

蘭：秋鳳，這妳都不明白嗎？現在是什麼季節了？

鳳：春天了。

蘭：對嘛。又是吃河豚的時候啦。

鳳：今年爹爹還要吃河豚呀？

蘭：怎麼能不吃呢？一年一度，妳爹爹早就盼望了。

文：（腳步）妳們在說什麼？

鳳：爹。

蘭：我們在談「蔞蒿滿地盧芽短，（與文同時念）正是河豚欲上時。」

文：（與蘭同時唸出）正是河豚欲上時。哈哈。妳們知道我想吃河豚了。

鳳：爹，你能不能——

文：秋鳳，妳想說什麼？

鳳：我想說您能不能不吃河豚？

文：女兒，妳怎麼說出這種話呢？
鳳：河豚那麼毒，多危險呀！
文：爹吃了十幾年了，妳看，我不是好好的嗎？告訴妳說：我從來沒想到危險，我只想到那鮮美的味道，真是回味無窮，思念日深呀！
鳳：河豚那麼醜。好噁心。
文：好了，不要說了，快去請祥發師傅來。
鳳：（不願意去）爹——
蘭：去吧，秋鳳，妳拗不過妳爹的。常言道：「拼死吃河豚」，誘惑多大啊。妳勸阻不了的。
鳳：喔。
鳳：（呼）小扣子，小扣子。
子：秋鳳。爺爺，秋鳳來了。
發：喔，大小姐，妳請坐。（咳）咳，咳。
鳳：祥發爺爺，您不舒服？
發：不礙事兒，老毛病了。
子：秋鳳，我爺爺不殺河豚了。
鳳：是嗎？祥發爺爺？
發：是的。
鳳：這怎麼行？我爹叫我來請您去的。您要是不去，我爹會罵我的。祥發爺爺，您忍心害我挨罵嗎？
發：大小姐，妳別急，聽我說：自從沿著河岸跑了一趟，回家以後，就覺得不舒服，想必是太勞累了。我是上了年紀的人，七十四歲了，我跟小扣子商量決定不做了，實在也做不下去了。
鳳：不行不行，您要做，不做不行。

子：秋鳳，妳不能逼我爺爺嘛。
鳳：就要，不去我就賴在你們家不走了。
子：妳這是幹嘛呢？
發：好了好了。既然沈少爺叫我去，大小姐又親自來請，我就再做一次吧！小扣子。
子：爺爺。
發：你先去中藥站買配料，我要洗淨身子，換上乾淨的衣服。大小姐，妳回家跟沈少爺說一聲。
鳳：不，我要跟小扣子去買配料。
子：好哇，走。

△音樂划過

文：太太，老師傅怎麼還不來呢？
蘭：就是嗎，秋鳳也沒回來，怎麼搞的？
文：張祥發呀張祥發，你要是再不來，我可要急得跳腳了。
鳳：（腳步聲）爹，我回來的。小扣子也來了。
子：沈少爺，我買了配料。
文：老師傅呢？
子：我爺爺馬上就到，他走得慢。
文：害我窮緊張一陣子，我以為他不來了呢！
蘭：老師傅來了。
文：（招呼）老師傅。

發：喔，沈少爺，少奶奶，好久不見了。
蘭：是呀。老師傅這是為您泡好的茶。
發：謝謝。（咳）咳咳。
蘭：老師傅，您咳得好厲害。
發：沒，沒關係，沒關係。都準備好了嗎？
文：一切準備就緒，就等您來。咱們進廚房吧！
發：好。
子：爺爺，讓我來殺吧！
發：你怎麼行？
子：您病了，手沒有力氣，殺不動，眼睛也看不準。
發：沒的事，你不要瞎擔心。
蘭：嘉文，你過來。
文：幹嘛？
蘭：（壓低）老師傅實在是病得不輕哩。萬一出了差錯，可是人命關天，別為了一張嘴，賠上一條命。
文：亂講，不會出錯的。老師傅總歸是老師傅嘛。你擔心什麼？

△音樂划過。

文：哈哈，天下最難抵擋的香味來了。老師傅，我在書房裡坐不住了，怎麼樣？好了吧！
發：嗯。沈少爺，我掀開鍋給您瞧瞧。
文：哇，八條。去年是六條，六六大順，今年是八條，八仙過海。快盛出來上桌吧！
發：慢著，照規矩來。我吃頭一口。

子：爺爺，我第一次殺河豚，應該由我來吃頭一口。

文：（驚）怎麼？合著是小扣子操刀？

發：小扣子殺最後一條，我在一旁指導。沈少爺，請您包涵，我身子虛，實在殺不動了。他吵著試試，我就依了他。

文：這個——

發：沈少爺，請放心，是我親自指導的，不會有事的。

子：爺爺，我替您吃頭一口。

發：你少廢話，我吃就是我吃。站一邊去。

子：爺爺。

發：（品味）嘖嘖。味道好的不得了，比去年還要鮮還要嫩，還要香。

文：哈哈，這是您老師傅功夫到家，幹這一行的，在咱們河塘鎮，您是第一把手，沒人可比。

發：沈少爺，不瞞您說，我不想幹這一行了。

文：您不幹怎麼行？

發：上了年紀不中用了，兩隻手不聽使喚，老眼昏花，也不管用了。所以不得不讓小扣子殺最後一條。

文：小扣子，看來你可以承受你爺爺的衣缽，做一名年輕的河豚師傅。

發：（喟嘆）小扣子喜歡這一行，我攔不住他。記得我作學徒的時候，有一天，我師傅一連去了五家，喘口氣的功夫都沒有，最後到了李大戶家，我師傅殺到第七條，手突然抖起來。

子：爺爺，您也是殺到第七條時候，手抖起來，殺不下去了。

發：我師傅說：「祥發，試試你的手藝，這條給你殺。」當時，我那高興勁兒就別提了。我一邊殺，一邊裂著嘴直樂。（語氣轉慢）照我們這一行的規矩，出師頭一次，一定得替師傅吃頭一口，一柱香的功夫，我沒出事，師傅點點頭，拍拍我肩膀：「祥發，你出師啦。」（聲音漸弱）就這樣，我幹上……上子：這……一行，吃……吃這口飯，吃了……一輩子……

文：（驚）爺爺，您怎麼了？

子：老師傅，您不太對耶，難道是……

文：爺爺，是我失手，是我失手害了您。

發：（弱）不是您失手……是我殺第六條的時候不大準確，想必是出了問題。唉！幹這一行的遲早總會有這一天。沈少爺，拜託您一件事情，為我照顧小扣子，叫他上學堂唸書，千萬別走上我的老路，雙手染上血氣，我，我不行了……不……行了……

文：（悲）老師您放心，我會照顧小扣子的。

發：喔，謝謝您，我，我……（死去）

子：（大慟）爺爺，爺爺，你不能死！不能死呀！

文：老師傅，老師傅……

蘭：（腳步聲）老師傅怎麼了？

鳳：（腳步聲）祥發爺爺怎麼了？

文：老師傅去世了。

△感傷的音樂上。

子：（哭）爺爺，您走了，我怎麼辦？可叫我怎麼辦？

鳳：（敘述）往後的日子裡，河塘鎮經過三次戰亂，面目全非，樹林被摧毀，河水淤積，不再寬闊流暢，自然生態嚴重破壞，使得河豚絕跡，當然也沒人吃河豚了。小扣子去了上海謀生，聽說已經結婚生子，而我也嫁作商人婦，父母也都相繼去世了。埋在河邊的祥發爺爺，想必是盼著河豚的再現吧。日日夜夜的盼著：如今，只有聽著河水嗚咽，靜靜的流過。

△音樂收場。

三、九霄驚魂

劇中人。
馮美琪：資深的空中小姐。
鄭珍妮：也是空中小姐，外向。
沈秋華：比較幼嫩的空中小姐。
趙機長：飛機駕駛，穩健。
男乘客：約五十多歲。
女乘客：其妻。

△音樂開場。

馮美琪：（自述）每當看見空中小姐輕快的腳步穿過候機大廳，她們喜樂洋溢，神氣十足，我不由得羨慕起來，於是在大學畢業後，立即投考某大航空公司，如願以償地作了空中小姐。（喜）真棒！空中生涯，可說是多采多姿，美妙甘甜。最使我難忘的是一次空中驚險事件，真使我魂飛天外，肝膽俱裂。那是由曼谷飛往法蘭克福的途中發生的。

△音樂划過，飛機高空飛行聲。

鄭珍妮：唉，美琪，你看見沒有？

琪：看見什麼？是不是乘客有什麼狀況？

妮：哦！沒有啦，妳緊張什麼？我說的不是乘客，而是新來的沈秋華。

琪：哦？沈秋華怎麼啦？

妮：她呆呆的坐在那兒，愁眉苦臉的，一副心事重重的樣子，不知道是為了什麼？

琪：大概是不太適應吧，她剛從國內線調來國際線，不適應是難免的，我想調適一段時間就會習慣的。

妮：美琪，妳想得太簡單了，妳並不瞭解秋華。

琪：她是我們家的鄰居，我早就認識她，怎麼不瞭解呢？

妮：我也是早就認識她，我想她是戀愛問題，與愛人分別，思念太深，所以悶悶不樂。

琪：嗯，也有可能。我們問問她。

妮：沒有用，她不會說的。

琪：不說也沒關係，跟她聊聊，抒解抒解她的情緒嘛。

妮：（呼）唉，沈秋華。

沈秋華：什麼事？

琪：我們想跟妳聊聊。

華：聊什麼？

妮：沈秋華，我問妳，妳是不是有心事？想男朋友了？

華：珍妮，妳這話從何說起？妳怎麼知道我想男朋友？

琪：秋華，是這樣的，珍妮看妳沉思不語，雙眉緊鎖，她很關心妳。所以我們想跟妳聊聊。

華：我不是想男朋友，我是因為剛剛服侍乘客午餐，客人要酒要茶，都衝著我來，我好累。還有一個乘客摸……摸我……

妮：是誰摸妳？妳指給我看。

華：喏，就是那十三排D座的那個大鬍子。

妮：（氣）我去找他理論。可惡。

琪：別去！

妮：怕他不成！

琪：事情還沒弄清楚，妳先找人家理論，妳不要衝動好不好。

妮：對這種人，絕不姑息！吃我們空中小姐的豆腐，怎麼？好欺負！

琪：好了，好了，我不許妳去找人家。要處理，也要找座艙長去，輪不到妳！

妮：我去教訓教訓他！

琪：好了好了，妳給我坐下，妳這火爆脾氣，真受不了妳！秋華，那客人摸妳什麼地方？

華：臀部啦。

琪：他是故意的？還是無意的？

華：誰曉得他！

妮：怎麼不曉得？他摸的重不重嗎？

華：什麼重不重？噁心死了。我好不舒服，怎麼有這樣的客人。

琪：飛機就是社會的縮影，什麼樣的人都有，有君子也有小人，我們作空服員的，要莊重，不要讓那些輕薄的人有機可乘。

華：我沒怎麼樣呀！我絕對沒有招誰惹誰！

妮：妳沒怎麼樣？或許妳認為自己沒越軌行動，也沒有企圖去引誘人，但是妳卻不知不覺，惹上麻煩！

華：（不悅）妳說的什麼話？妳說我招蜂引蝶嗎？

琪：珍妮，妳不可以這樣說秋華。她被乘客性騷擾，已經夠委屈了，妳還要刺激她。

妮：我沒說她招蜂引蝶，是她自己說的。

華：妳那意思就是我錯。我們作空服員夠忙夠累了，吃飯不定時，工作不定時，應付客人夠麻煩了。一上飛機就受壓力，下了飛機也不見得會卸掉壓力，生活陷在緊張狀態中，夠煩夠怨的了，偏偏還碰上妳這張利嘴！

妮：什麼？妳說我是利嘴？我說妳幾句就成了利嘴嗎？要知道我跟妳一樣是空服員，妳受的氣受的罪我全受過，人家摸一下妳的臀部，妳就這麼傷心難過，牢騷滿腹，告訴妳，我被人家打過一巴掌哩！

華：打過一巴掌？唉喲！那是怎麼回事？

琪：是她不小心，把咖啡倒在客人身上了。弄髒客人的衣服，燙了客人的腳。

華：滿滿的一杯咖啡倒下去嗎？

妮：滿滿的一杯就不只一巴掌了，客人要痛揍我一頓了。

華：（笑）嘻嘻，想不到妳鄭珍妮小姐也有這種不平凡的經歷。

妮：妳以為只有妳沈秋華被欺負，受委屈？告訴妳，每個人都有不愉快的經驗。

琪：所以說，我們一定要穩重、端莊，而且還要謹慎小心，才不會出錯惹上麻煩，同時還要記住以客人為尊，客人至上，作一個快樂的空服員。長空萬里，任我飛翔。

妮：美琪，妳在說教耶。

琪：好，談輕鬆的，到了法蘭克福，我們到哪兒去玩？

華：我提議，到夜總會去吃大餐、跳舞，好不好。由鄭珍妮小姐請客。

妮：什麼？我請客？

琪：是呀，該輪到妳做東啦。

妮：簡單一點，光跳舞，不吃大餐，我們晚點去嘛，找一家法式小館吃飯。

琪：妳就是小兒科。
華：出了名的吝嗇鬼。

△音樂轉場。
△高空飛機飛行聲。

琪：（自述）飛機在三萬尺高空中飛行，白雲從機身下掠過，沒有亂流，自然也沒有顛簸，真是平穩極了。這時候機長從駕駛艙裡出來。臉色凝重的對我說。
機長：馮美琪，妳來一下。
琪：喔。（腳步聲數響）
長：飛機好像出了問題。
琪：（驚一下）出了問題？飛機飛得很平穩嘛。
長：飛機的鼻輪正在漏氣！
琪：（驚）鼻輪正在漏氣？
妮：鼻輪漏氣？這可怎麼得了！
華：怎麼回事？可能嗎？
長：妳們不要吵，小聲一點兒。妳們看這是飛機鼻輪的顯示器，顯示鼻輪一直在漏氣，現在已經快沒氣了。
琪：鼻輪沒氣，怎麼降落呀！
妮：這是很危險的，恐怕要發生空難了。
華：這怎麼辦呢？有沒有辦法修好呢？
妮：三萬尺高空怎麼修？除非請鹹蛋超人幫我們修補和打氣。

琪：妳這是幻想。

長：從曼谷飛法蘭克福共需十三小時，我們已經飛了一個小時二十分，還有十一小時四十分，在漫長的飛行途中，運用我們的智慧，看看能不能想出補救的辦法。

琪：我看是很難，除非奇蹟出現。

長：就是嘛，那只有聽天由命了。這件事情暫時不要告訴乘客，免得他們心生恐懼，發生意外。

琪：是的。珍妮、秋華，我們分別去告訴其他空服員，大家保密。

妮：一律封口。絕對不能透露。

長：同時妳們要會同機艙長，準備周詳的逃生計畫。

琪：好的。

長：大家要鎮定，不要慌張，我們一慌張，客人會看得出來，受到影響。

琪：是的。

長：妳們快去準備吧！

琪、妮、華：是。

琪：（敘述）話說輪胎是飛機起飛、落地及滑行中，非常重要的部分，鼻輪沒氣了，就無法承受飛機巨大的重量以及落地後的高速阻力。這會造成鼻輪的輪軸或支架的斷裂，機腹落地與地面快速摩擦，起火燃燒、爆炸，想想多麼可怕！可怕極了。我們每個人按耐住焦躁不安的情緒，開始規劃各自負責區逃生的路線，不但要保住自己，還要幫助乘客逃生，這責任非常的艱鉅。

時間一秒秒的過去，空氣間彌漫著一種詭異的氣氛。有的老神在在，若無其事；有的則顯得緊張，有的人則低著頭在寫些什麼？可能是寫遺書吧！

琪：秋華，妳在寫什麼？

妮：該不是寫遺書吧？

華：不，我寫的是情書，給我男朋友寫的。我告訴他，我要跟他舉行陰婚。
妮：什麼陰婚？
華：就是把我的牌位娶過去，歸於他們張氏門宗。
妮：妳別丟人現眼了，怎麼有這沒出息的想法。虧妳還是空中小姐，現代女性！
華：我怕寂寞，我不要做孤魂野鬼。
琪：妳大概看神鬼的電視節目看多了，才會有這種奇怪的想法。我們現在仍然在三萬尺高空平穩的飛行，沒有任何狀況。生死仍在未定之數，妳不必如此悲觀。
妮：見妳的大頭鬼，讓妳說的我心裡慌慌的，直發毛。
琪：珍妮、秋華，我們要冷靜下來，搞清楚如何協助客人逃生，才是最重要的。我們沒有空閒再想自己的事了。知道吧！
妮：知道了。
華：是。
琪：（自述）沈秋華是一個軟弱纖細、多愁善感的女孩兒，她怕寂寞，膽子又小，父親亡故，和母親相依為命。後來母親也不幸去世了，這使她陷在極端悲傷痛苦之中。因為我們是鄰居，她常常跑來和我談一些事情，我也趁機安慰她鼓勵她。那時候她讀大四，而我已經作了兩年空服員了。

△音樂划過。

華：美琪姐。
琪：坐吧！我剛起來，妳看還穿著睡衣哩。怎麼？今天沒課？
華：就要畢業了，很多課都已經結束了，就等著唱驪歌了。

琪：時間過的真快，妳就要大學畢業了，而我作空服員也做了兩年多了，真是應了那句話：青春易逝，人易老啊！

華：美琪姐，妳們公司有沒有招考空服員的計畫？

琪：有是有，日期還沒有決定。

華：我想去投考。

琪：哦？妳想作空中小姐嗎？

華：是的。

琪：為什麼？說來聽聽。

華：這——

琪：妳是不是看空中小姐很神氣，妳很羨慕？妳是不是很想得到空中小姐的高待遇？

華：妳說的全對。

琪：秋華，我勸妳考慮。

華：為什麼？

琪：因為妳只看到空中小姐令人羨慕的一面，妳沒有看到煩惱的一面，也就是說，妳只看到「甘」的一面，並沒有看到苦的一面。

華：哦？「苦」嗎？

琪：妳並不瞭解空中小姐工作的內容和態度，所以我勸妳大學畢業以後，出國深造，趁著年輕，多讀點書。

華：我讀不下去了。尤其是出國留學需要花一大筆錢，我沒有能力負擔。我哥已經放話，叫我讀到大學畢業為止，畢業後馬上找工作。

琪：妳哥不肯支持妳？

華：是的。自從父母雙亡以後，我就依靠我哥生活，我們全家七口的開支，全靠我哥一份死薪水，真也難為他了，他沒有多餘的錢供我出國唸書，也是事實。這不能怪他。

琪：這麼說，妳必須立刻獲得工作，拿薪水貼補家用。

華：沒錯，我哥哥一個人挺不下去了。

琪：那你可以找另外的工作。

華：空中小姐不是很理想嗎？

琪：對妳來說並不是很理想。

華：為什麼？

琪：我覺得不適合妳。坦白說，妳柔弱，膽子小，空中小姐需要很大的勇氣和耐力的，否則很難支持下去。如果為了待遇好，不一定作空中小姐。妳是學電機的，屬於熱門，不難找到待遇高的工作，一些規模大的電子公司，他們的待遇並不比航空公司差。

華：美琪姐，其實我想作空中小姐，不單純是為了待遇。

琪：哦？

華：我想改變環境，改變自己，改變環境最好的方法，就是由地面升到天上去。

琪：升到天上去？

華：美琪姐，不要笑我，聽我說：父母雙亡，家境不好，環境一直綑綁著我，壓迫著我，我一直在掙扎著，受著煎熬，極欲脫離目前的環境，一沖上天，海闊天空，任我飛翔。煩惱都拋到九霄雲外了。

琪：嗯，妳這種想法不無道理。每次飛上天空，望著蔚藍的天，白白的雲，我就感到舒暢、愉快。

華：自從父母亡故以後，我心中籠罩著一層陰影，怎麼樣都抹不掉，我想開朗也開朗不起來，我想樂觀，也樂觀不起來，才能——

琪：（接說）才能創造燦爛的前途。

華：我就是這個意思。

琪：嗯，望然如此，我鼓勵妳投考本公司。祝福妳順利成功，榜上有名。

華：該考些什麼科目，該怎麼準備，妳要教教我。

琪：這是當然，我不但會告訴妳，應考的科目，而且還告訴妳，應該注意的地方。

華：太好了，謝謝妳，美琪姐。

△音樂轉場

妮：美琪。

琪：妳怎麼會來我家，我正煮了咖啡，來一杯。

妮：謝謝。

琪：妳找我有事嗎？

妮：我想妳！

琪：想我？

妮：想修理妳。昨天遇見沈秋華，她好興奮啊。說妳鼓勵她投考本公司，而且幫助她應考的科目和一些應對的技巧，妳是不是想害她？

琪：我幹嘛要害她呢？

妮：妳是不是要她經常熬夜？晨昏顛倒？臉上長期上妝，皮膚變壞，長黑班、雀斑、青春痘統統來報到？妳是不是要她受時差影響，睡不安枕？食不知味？罹患胃病和失眠症？妳是不是要她長期在密閉的客艙工作，健康情形欠佳，甚至染上職業病，肌肉拉傷、腰被扭傷、脊椎彎曲、腳踝碰傷等等。

琪：妳乾脆去死。

妮：妳咒我死。

琪：因為只有妳會害這些病，別人不見得會有，妳講的全是抱怨、牢騷的話。把妳幹了兩年的苦水都吐出來了。
妮：難道我說的不是事實？
琪：妳說的都是事實，但是好的一面妳沒說，我真替妳悲哀。兩年多了，妳看見的全是黑暗，一點亮光都沒有。
妮：對沈秋華而言，說好聽的沒有用，阻止不了她。
琪：妳為什麼要阻止她？人各有志，各人有各人的想法和作法，妳說對沈秋華說好聽的話沒有用，要知道，妳當初被那些好聽的話所吸引，抱著極大的希望，光明的前途投考本公司，只因為妳幹久了，膩了，不幸患了職業倦怠症，妳才發牢騷，吐苦水。
妮：可是妳要知道，沈秋華跟我清況不一樣。
琪：妳的情況跟那些幹的挺起勁兒空服員也不一樣。
妮：沈秋華的思想、意志、情感都不適合作空中小姐。
琪：這點我承認，起初我也曾勸她去找別的工作，可是她嚮往空中工作，立志要作空中小姐，我們只好樂觀其成，對不對呢？
妮：妳這種態度有隨波逐流傾向，鄉愿得很，我不敢苟同。
琪：好了，不談這些了。自己的煩惱都理不清，幹嘛還為別人的事煩惱呢？
妮：說得也是，那就不談吧！
琪：喝咖啡吧！
妮：好。

△音樂划過

琪：（敘述）飛機依然在三萬尺高空平穩的飛行，沒有遇到亂流，非常平穩。相信乘客們都會有舒適的感覺吧。他們有的悄悄細語，兩相偎依；有的讀書報雜誌，有的則進入夢鄉，編織自己的美夢，沒有任何人會知道，大難就要臨頭，飛機在極度危險中飛行，可怕的空難就在眼前了。

長：唉！

琪：機長，情況怎麼樣？是不是好轉了？

長：沒有。更加惡化。鼻輪的氣完全漏光，顯示器已經停止操作。

妮：那是沒有希望了。

華：看來我們的生命危在旦夕了。

長：我已經通知總公司，把我們的遭遇說了一遍。

琪：總公司也救不了我們。

長：總公司叫我們自行處理，好自為之。除了這些話，總公司還能說些什麼呢？另一方面我已經通知法蘭克福機場，請他們做完全準備。各位不必悲觀，更無須慌亂，每次空難都有生還者，我們都在生還者名單之中。

華：生還者，一定沒有我。

琪：秋華，別為自己下結論嗎。

妮：為什麼不一定沒有妳呢？妳應該反過來說，「生還者之中一定有我」。

琪：對嘛。

長：對對，有我們大家。各人各守崗位，去工作吧！距離法蘭克福，只有兩個小時飛行時間了。

琪：（自述）機長的話，明明是在安慰我們，心情輕鬆了許多，由此可見，一個人在危難之中，無助的情況之下，多麼需要安慰和鼓勵。過了沒多久，機艙又籠罩在那種低沉弔詭的氣氛中，我看著平常活潑的珍妮，如今也沉默起來。

琪：珍妮，妳在想什麼？

妮：胡思亂想。總之，竟往壞的方面想，我想到跟我男朋友分手，他反對我幹這種危險的工作，叫我辭職，我不聽，以致鬧的很僵。我個性太倔強，我對不起他。

琪：（敘述）記得珍妮曾為了和男朋又分手來我家訴苦，後來秋華也來了。

華：美琪姐，我來了。

△音樂划過。

琪：好哇，中午我請妳和珍妮吃白肉酸菜火鍋。

華：妳通知珍妮啦？

琪：珍妮就在我臥房裡。

華：（呼）珍妮——

琪：妳不要叫她，讓她睡一會兒，她情緒不太好。

華：喔。

琪：秋華，妳怎麼樣？我們公司招考空服員的廣告已經刊登出來了。妳看到沒有？

華：看到了，我已剪下來了，同時也去函要簡章。

琪：妳準備報考了。

華：百分之百的決心，一定報考。美琪姐，不瞞妳說，我是被逼出來的。

琪：怎麼說？

華：我受不了冷嘲熱諷，忍不下窩囊氣。我嫂嫂逼我哥哥另外再找一個工作，她說錢不夠用，養不起閒人。她指的是我。她天天唸，罵我哥哥，事實上是指桑罵槐，這我怎麼受得了？我現在正在積極找工作，哪怕做清潔工，做餐廳服務小妹我都幹。

琪：何必委屈自己呢？妳是大學畢業生耶。妳還是安心的準備考試，不要三心二意。

華：我受不了嫂嫂的嘮叨。美琪姐，我能不能搬到妳這裡住些日子。

琪：我歡迎妳搬來我家，我家還有空房間。但是妳要想一想，妳這樣做，會弄的很僵，妳哥哥會難過的，是不是？妳哥哥那麼疼妳！

妮：妳們嘰嘰喳喳的說些什麼？吵的人家睡不著覺。

琪：算了，別怪在我們頭上，即使我們不吵妳，妳也睡不著。分手的滋味兒嚥不下去呀！

妮：（喟嘆）唉！說的也是。腦子裡想的全是他。

琪：心裡裝的也全是他。這就叫做思念總在分手後。

華：珍妮，真的分手了嗎？上次不是分手又和好了嗎？

妮：這次和不起來了。他堅決要我辭職，否則一切免談。分手就分手，他有什麼了不起。

琪：是的，他有什麼了不起。可是他離開妳，妳會難過，妳會痛苦，妳會茶不思飯不想，還睡不著。

妮：妳別糗我好不好？人家難過死了，妳還諷刺人家。

琪：我不僅僅是糗妳，也不僅僅是諷刺妳，連我自己也在內，甚至很多空中小姐，都有同樣的遭遇。

華：怎麼會呢？難道空中小姐都要和男朋友分手嗎？

妮：秋華，妳不瞭解。（頓一下）算了，不跟你說這些了。

琪：為什麼不說呢？

妮：我怕說出來秋華會受到不良的影響

華：受什麼影響？不會啦，我沒那麼脆弱，妳儘管說。

琪：說吧，讓秋華瞭解空姐的愛情生活。不但不像外人想的那麼多采多姿，而且艱苦困難。

妮：空姐的感情生活，大家都以為是濃情蜜意，無往不利，愜意爽快！其實不然。原因是大部分女孩都是一畢業就考上了空中小姐，原來在學校的男朋友，有的去服兵役，有的投入社會作新鮮人，也就是說，一個在空中服務，一個在地上生活，這樣一來，形成了天上人間的區隔，兩個人的工作性質不同，生活形態有異，各有各的接觸對象，聽到的看到的全都不一樣，連薪水女的也比男的多。這種種的差異，使得彼此距離愈拉愈遠，校園時期單純甜蜜的愛情，往往無法維持下去，至終是男的受不了壓力，提出分手。

華：原來是這樣，珍妮，妳的男朋友主動的提出分手嗎？

妮：相當主動，而且提出好幾次了。

華：不能挽回嗎？

妮：當然可以挽回，那就是我從空中跌到地下，辭職另找工作，跟他扯平。

華：妳放棄年資、優厚的待遇，妳不覺得可惜嗎？非要走上分手之路嗎？沒有折衷的辦法嗎？

妮：我正在審慎的評估之中。

琪：什麼評估？說的好聽，依我看，妳不是正在評估之中，而是正在哭泣之中。妳跟妳的男朋友感情很深，妳早就陷下去了。說不定哪一天，妳真的會提出辭職。

妮：我不會。我愛這份工作，我愛藍天白雲，我愛飛翔萬里，我愛空中小姐。

琪：好了好了，妳別肉麻了。我希望妳振作一點，少流幾滴眼淚，多添一些笑容。

華：妳們別說了，我肚子好餓！

妮：我也餓了。

琪：那走吧，我們去吃白肉酸菜火鍋，很棒哩。

妮：走！忘記一切煩惱，吃個痛快。

琪：慢點走。

妮：幹嘛？

琪：拜託，黑眼鏡戴上，妳眼睛都哭腫了。不知情的人還以為我欺負妳。

妮：啊！啊！真糗！

△音樂轉場。

琪：（敘述）法蘭克福快到了，飛機下降高度，從三萬尺高空下降到一萬公尺。組員們的心情卻不斷的高漲，心跳加快，情緒綳的很緊！鼻輪漏氣的狀況，並沒有絲毫改善，飛機落地時會遭遇到什麼慘狀！真是不敢想像。常聽人說：「聽天由命」這句話，現在才體會到這句話的含意，生命是這麼的無助，這麼的不可預測。飛機的高度繼續下降，已經看清楚地上的高樓大廈和馬路上行駛汽車。法蘭克福終於到了，大難就要臨頭了。機長決定告知乘客飛機的狀況，由我來向乘客廣播。

（廣播）各位旅客請注意，請注意！現在有緊急情況向各位報告，我們的飛機出了問題，就是飛機前端的鼻輪漏氣，這會造成飛機降落的困難，甚至發生危險。我們呼籲大家保持鎮定，不要慌張，務必聽從空服員的指揮，密切合作。現在把逃生錄影帶放給各位觀看。謝謝。謝謝各位。

琪：來，來，都過來聽我說，我們現在分別去照顧乘客，盡量的安慰他們，如果他們有什麼疑問，我們可以回答他們，讓他們瞭解狀況，但是不要嚇壞他們，知道吧？

妮：知道。

華：知道。

男乘客：（恐怖地）看來飛機要摔機啦。說不定一個都活不了，太可怕了。

女乘客：凶多吉少呀。八成活不了啦！我們怎麼這麼倒楣，搭上這班死亡班機？原來飛得好好的，眼看就要降落法蘭克福啦，偏偏飛機出毛病會漏氣。

男：唉呀，老婆，不是飛機漏氣，而是飛機鼻輪漏氣。

女：那還不是一樣，搭上一架漏氣的飛機。

男：小姐，請問飛機鼻輪漏氣，是不是很危險？
妮：也不能說很危險，這要看降落的情況而定。
女：什麼？看降落的情況？妳是說沒有危險嗎？
妮：我不是說沒有危險，總而言之，我們要做好逃生的準備，相信我們會平安無事。
男：平安無事？恐怕平安不了吧！小姐，妳說的太輕鬆了。妳是在安慰我們吧！
妮：希望我們共同勉勵。
琪：（廣播）各位旅客請注意，請妳們把身上可能刺傷自己的尖銳物品取下來，包括領帶夾、胸針、項鍊、手鐲、手錶以及可能因破碎而刺傷眼球的眼鏡等等。女士們請脫去絲襪，收起高跟鞋。
女：唉呀，小姐，請問你，為什麼要脫去絲襪、高跟鞋？
華：這個——
女：妳要告訴我呀！
華：美琪姐，要不要說？
琪：她既然要問，妳就告訴她吧！
華：好的。這位女士，脫掉絲襪和高跟鞋，是因為飛機爆炸燃燒，絲襪會黏在皮膚上，造成嚴重傷害。至於高跟鞋是怕刺破充氣的逃生梯。
女：（驚懼地）唉呀，妳倒是說出了真相。飛機要爆炸燃燒了，那我們還活的成嗎？必死無疑，我必死無疑呀！
男：太太，妳冷靜一點好不好？被妳吵的煩死了。
女：我們快要死了，你還罵我。你罵了我一輩子，死到臨頭了，你還要罵我！
男：妳死不了！
女：我死不了。飛機起火爆炸，你說我死不了。我這麼命大，真的嗎？

男：當然真的。好人不長壽，禍害一千年，妳怎麼死得了呢？妳有得活呢。
女：你罵我是禍害。你這個沒良心的東西，挨千刀萬剮的，你害了我一輩子，你才是禍害，大禍害！
妮：拜託二位，你們不要吵了。你們這樣吵，吵的大家心都亂了，對不對呢？
男：是呀，是呀，不是我要吵，是她喋喋不休，一個勁兒跟我吵。
女：我跟你吵？你就是這樣耍賴，當初你追求我的時候，也是被你賴皮賴上的。
男：說這些話不嫌丟人。（斥）妳給我閉嘴。
女：你也閉嘴。
妮：美琪，怎麼回事？飛機一直在法蘭克福上空盤旋，為什麼不降落呢？
琪：是呀！我也覺得納悶，是不是飛機又出了什麼問題？
妮：拜託，妳說點好聽的好不好？
華：美琪姐，妳問問機長好不好？
琪：好的。我去問。
琪：機長，為什麼不降落呢？有什麼問題嗎？
長：我是在放油料，把存放在油箱中的油料減到最低限度，希望能夠減少爆炸的可能性。
琪：嗯，知道了。
長：妳告訴組員們，我和法蘭克福機場協調好了，他們已經做好萬全準備。
琪：嗯。
長：妳們要盡量保持鎮定，態度要輕鬆，也希望乖客看見妳們輕鬆而輕鬆。
琪：是的。

△音樂划過。

△飛機飛行聲。

琪：（敘述）由於我們輕鬆的態度和一再的安慰，乘客也都安靜下來，大家雖然保持沈默，然而臉部的表情是凝重的。也許以為這是不可抗拒的災難，避免不了的大禍，只能夠任由它來臨了。時間一分一秒的過去，壓力隨之加重，機艙裡彌漫一種令人窒息的氣氛，在考驗人們的耐力。從機窗看下去，法蘭克福機場歷歷在目，飛機起降十分的忙碌，好像不在意我們的災難。

華：法蘭克福機場好忙喲。

妮：當然，法蘭克福機場是國際機場。

琪：珍妮，妳只說對了一半，其實是另有原因。

妮：什麼原因？

琪：我想是很多飛機在知道我們飛機有了問題，紛紛急著在我們之前降落，怕我們萬一出事了，阻塞了跑道，塔台就會宣布關閉機場，他們就下不來了。

華：說的也是。

妮：但是我講的也沒錯呀。法蘭克福是國際機場，飛機多嘛，不然為什麼搶著降落呢？

琪：那我說的也沒錯呀。

華：幹嘛！妳們不要辯論了，在這生死關頭，妳們居然還有心司辯論這種無關緊要的事情。

長：（廣播）各位旅客，我們在十分鐘以後降落。（重複）我們在十分鐘以後降落。

△一片驚叫恐怖之聲。

女：唉呀，飛機要降落了，大禍臨頭了。怎麼辦？怎麼辦？老公，你要想想辦法呀？

男：廢話，我能想什麼辦法！
女：救救我，救救我，我快沒命了。
男：安靜，空中小姐叫我們安靜。
女：安靜什麼，命都沒有了，能安靜嗎？老公，我們女兒正在機場，等候迎接我們呢！這下可好，我見不著她了。見不著可愛的女兒了。（哭出）——
男：唉，唉，見不著可愛的女兒了。天人永別，太太，我們就要離開這可愛的世界了。
女：可愛的世界永別了。可愛的女兒永別了。老公，擁抱我！
男：太太——
女：抱緊我，讓我們一塊死！
男：太太，我們生不能同時，死不能同穴，我們真可憐。
琪：（敘述）飛機的高度已經可以清楚的看見法蘭克福機場救難的措施，跑道兩邊停滿了救護車、消防車和警車。救難人員一批一批的趕來。這時候，我要大家記住緊急打開安全門的程序，門開得太慢來不及逃生，開得太早，救生梯會被引擎吸走，人命關天，這是絕對不能錯的，必須做得恰到好處。當飛機進入跑道頭，落地的那一剎那，我和珍妮、秋華還有其他的空服員，掉下眼淚，恐懼、悲傷、絕望的情緒達到了極點。
妮：（哭出）等待命運的宣判吧！
華：（哭）我不想死，我還沒活夠。
琪：（敘述）一剎那間，我腦海裡顯現出「鐵達尼號」逃生的一幕，那時，鐵達尼遇難，逐漸下沉，乘客尖叫呼喊、掙扎，紛紛逃生，有的搶到救生圈，有的跳上小艇，這算是幸運的，大部分的乘客都留在那傾斜的甲板上，無助、焦慮、絕望，等待死亡。這時候，樂隊鎮定，不慌不忙的拉起小提琴來，小提琴悠揚的聲音擴散著，擴散著——，於是人們的慘叫聲沒有了，大海平靜了！鐵達尼下沉，下沉，逐漸消失

——突然，有一批人把自己在小艇上的位子讓出來，讓給海中的婦女兒童，也有的把救生圈丟給她們，而他們自己卻沒入大海中，他們是安詳的心甘情願的捨己救人，他們為什麼要這麼做？因為他們是基督徒，他們心裡有主，有盼望，知道自己會到哪裡去。據說，凡是被救起、生還的人，都信了基督。

琪：飛機已經落地了，上帝保佑我們！上帝保佑我們！

妮：我無所思無所想，也無所求，只有一樣等死。妳們看，跑道頭看見了，飛機要落地了，死神來臨了。

華：就是嘛。我想到哥哥、嫂嫂、姪女，還有我的男朋友。趁著還有口氣，多想想他們。珍妮，妳呢？

琪：我想了很多事情，不是嗎？一個人在臨死之前，總會想很多事情的。

妮：美琪，妳在想什麼？

△沉默片刻。

華：妳們感覺到沒有？飛機落地十分平穩。

妮：是呀。平穩的在跑道上降洛，比平常還要平穩，好像一點事也沒有發生。

琪：我們還是要提高警覺，大意不得。飛機正在滑行，要完全停住，才算安全。

華：奇怪了，怎麼會這樣順利呢？看來我們度過難關了。

妮：（呼出）度過臨關，平安無事。飛機停住了。

眾人：平安無事，度過難關了！

男：太棒了，駕駛員技術高超，卓越的駕駛，救了我們的命。

女：駕駛員真是我們的救命恩人，太偉大了。

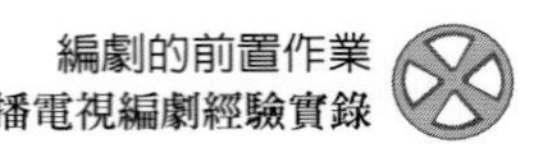

男：（呼）我們佩服駕駛員，感謝駕駛員。
女：還有為我們服務的空中小姐，我們鼓掌好不好。
眾：謝謝駕駛員，謝謝空中小姐。（眾鼓掌）
長：不敢當，我不過是盡了我應盡的責任而已，實在擔當不起各位如此的稱讚。其實我們應該謝謝各位旅客與我們空服員的合作與配合，各位保持鎮定，不慌不亂，才是真的令人敬佩哩！
琪：各位旅客，請依順序下機。再見！祝福各位。
眾：再見！再見了。

△短暫音樂划過。

琪：機長，我們組員也要感謝你，正如旅客所說：你是我們的救命恩人。
長：不，不要這麼說。
妮：旅客對你的讚美，真是一點不假，你是一位技術超群，駕駛卓越的偉大駕駛員。
華：更是處世穩健，領導有方的機長。
長：妳們這些都是溢美之詞，我不是技術超群，駕駛卓越，更不是處世穩健，領導有方的機長！你們看！
琪：看什麼？
長：看飛機的鼻輪，仔細看。
琪：鼻輪飽滿，好像沒有漏氣。
長：妳說對了，鼻輪不但沒有漏氣，而且一點也沒有損壞。而是電腦顯示器出了毛病，擺了我們的大烏龍。
琪：唉，原來是電腦顯示器擺的大烏龍。
妮：可惡！這個鬼電腦，害的我們細胞不知道死了多少。

華：就是嘛，驚嚇的心臟差點都停止跳動了。
妮：可惡！我要把它砸爛。
長：小姐妳砸爛了要賠的，妳一年的薪水都不夠。還要吃上損壞航空器的罪名。
妮：啊啊，那就算了。
琪：各位聽眾，這就是我作空中小姐最驚心動魄的經歷，也是我最難忘的刻骨銘心的遭遇。由於這一次事件，膽小的沈秋華辭職轉業到某大電子公司工作，鄭珍妮終於答應了她男朋友的要求，調到地勤工作，兩人結了婚。如今，只剩下我一個人了，但是我並氣餒，因為，我們公司又招考了空服員，名額是兩百人，卻來了五千人報名，由此可見，熱愛這份工作的人，大有人在。

△音樂收場

四、今夜沒有螢火蟲

劇中人
陳福安：某山中小學教員。六十一歲（安）
陳秀琴：陳福安的女兒，某製藥廠職員。（琴）
李玉珍：陳福安的妻子。（珍）
田長雄：西藥房小老闆。陳秀琴的男友。（雄）
王惠娟：西藥房店員。（娟）

王惠娟：小老闆，今天有西藥廠的人要送貨來，你可不要走開。
田長雄：我不會走開，我會親自點收的。王惠娟，妳把這藥架收拾收拾，怎麼這樣亂。
娟：昨天晚上生意特別好，我一次又一次拿藥給顧客，所以就搞亂了，後來打烊的時候太晚了，我就沒有收拾。
雄：今日事今日畢。
娟：是，是。
娟：小老闆，製藥廠的陳小姐來了。
雄：（高興）好哇！（呼）秀琴，秀琴。
陳秀琴：長雄，給你送藥來了。
雄：妳怎麼親自送來了呢？那些送貨員呢？
琴：送貨員也很忙，我客串一下也滿好的。
雄：我幫妳搬下來。（呼）惠娟，來幫忙。
娟：（較遠處）好的，來了。
琴：謝謝，謝謝，不好意思。
娟：陳小姐，貴廠出品的藥，銷路很好，上次送來的藥差不多都賣完了。要不要結一結帳？
琴：不急不急。老主顧了。
雄：秀琴，妳有空嗎？
琴：幹嘛？
雄：如果妳有空的話，我想找妳談談。
琴：哦？談什麼呢？
雄：我有很重要的事情找妳談，不知道妳願意不願意和我談談。
琴：（忖）唔——好吧！

雄：妳答應了，我好高興啊。那麼什麼時間什麼地點，妳今天有沒有空？
琴：今天我沒空。明天吧！
雄：是不是我到製藥廠去找妳，還是在外面找個地方。
琴：都不要。明天我休假，我想在家休息。不想往外跑，你到我家來好了。喏，這名片上有地址和電話。
雄：好，就這麼說定了，我明天去找妳。

△音樂划過。
△鈴聲。

琴：來了。
雄：秀琴。
琴：長雄，你倒是挺守信的，請裡面坐。
雄：喔，妳正在吃午飯呀。
琴：是呀！一塊吃吧。
雄：不，不，我吃過了。
琴：你不要客氣，讓你看著我吃多不好意思。
雄：妳吃妳吃。我真的吃過了。喔，秀琴，妳午飯這麼簡單，為什麼這麼刻苦自己呢？不吃好一點呢？
琴：有飯有菜有湯，不錯了。
雄：湯呢，在哪兒？
琴：喏，白開水一杯，就是湯。
雄：秀琴，以妳的職位妳的收入不致於如此：營養重要，健康第一。

琴：長雄，你錯了，我並不是節省，在吃的方面摳門兒。而是我喜歡吃清淡的食物，大魚大肉，反而不對我的胃口。

雄：我母親很會配菜，她做的菜都很清淡，而且營養豐富，她說過多少次，請妳到我家搭伙。

琴：大概你母親覺得我可憐吧。

雄：不是啦。我母親很喜歡妳，她說妳漂亮大方，秀秀氣氣的，很有教養。

琴：謝謝誇獎。捧的我雞皮疙瘩直往下掉。

雄：秀琴（吞吐），我今天來，來——

琴：是呀，你來了呀，你已經來了呀。

雄：我是說，說——

琴：長雄，你怎麼吞吞吐吐的，突然緊張起來呢？

雄：我，我是有點緊張，秀琴，我想要妳答應我，做我家庭的一份子。

琴：（緊張）這，這，我怎麼也緊張起來了呢？

雄：是呀，不管男的，女的，碰到這樣的事情都會緊張的。

琴：喔，嗯，是的。長雄，你說你來我這裡，跟我說——

雄：秀琴，妳還沒有答覆呢？

琴：你說是去你家搭伙？

雄：不是搭伙，是答覆。

琴：長雄，你這是向我求婚嗎？

雄：是的。

琴：（顯然緊張）啊，哇，唔——

雄：秀琴，妳是贊成還是反對？妳是同意還是拒絕？

琴：都不是。

雄：那妳有什麼意見？

琴：什麼都不是，什麼意見都沒有。長雄，我，我答應你！

雄：啊，太棒了。我告訴我媽，她會高興的掉下眼淚——我告訴我爸爸，他會哈哈大笑，因為他早就希望妳作他的兒媳婦了。

琴：我也要告訴我爸爸，徵得他同意才行。

雄：這是應該的。

琴：可是我爸爸在花蓮山地教書，那麼遠，我從來沒去過。

雄：沒關係，我們坐飛機去。

琴：長雄，這樣好不好？你代我去徵求我父親的同意。

雄：秀琴，要嘛我陪妳一起去，要嘛妳自己去，要我一個人去，算什麼呢？這樣不妥當

琴：我也知道不妥當，可是自從我爸爸和媽媽分居以後，我就和爸爸斷絕了來往，我們父女有隔閡。可是不管怎麼樣，他總是我爸爸，所以你代我去告訴他，並且徵求他同意，務必請他來一趟，我很久很久沒看到爸爸了。

雄：這——

琴：再者，我們廠裡展開了促銷活動，我是策劃人，實在也是沒法子請假去東部。

雄：好吧！那我去一趟吧！

△音樂划過。

陳福安：（獨白）細雨紛紛，小雨點打在芭蕉葉上，到是另有一番情趣。這安靜的山地小村，幾乎是與世隔

絕了。

雄：請問你就是陳福安陳老師吧！

安：是的。你是——

雄：我叫田長雄，是從台北來的。

安：看你這樣穿著，就像是台北來的。我們學校沒你這樣的人。你老遠的從台北來，有什麼事情嗎？

雄：陳老伯，我是來找您的，我是令嬡陳秀琴的朋友。

安：喔，合著你是我女兒的朋友，請裡面坐。

△二人腳步聲。

安：你剛才說，你叫什麼來著？

雄：我叫田長雄，是秀琴叫我來拜訪老伯的。

安：啊，嗯，秀琴她，她好吧！

雄：秀琴很好。

安：秀琴這孩子，好久沒跟我聯絡了。我怪想念她的，她現在——

雄：還在那家製藥廠做事。

安：田先生，你跟秀琴是——

雄：我家是開西藥房的，秀琴負責製藥廠的銷售業務，我們工作上有來往，常常見面。

安：聽你的口氣，你跟秀琴，倒是挺熟悉的。

雄：對，對，非常熟悉。我們志趣相投，想法接近，我們，我們——

安：你們怎麼樣？怎麼不說下去呢？

雄：我們，我們已經談，談到嫁娶。
安：瞧你說這幾句話臉都脹紅了。你是說你和秀琴要結婚了嗎？
雄：是，是的。我向她求婚，她答應了。不知道老伯會不會——
安：年輕人，不必如此緊張，像吃錯藥一樣，男婚女嫁本來就是很自然，很平常的事情。
雄：老伯，我是特地來徵求您的同意，我來得太唐突，希望您不要見怪。如果您答應了，我準備再到秀琴的母親那裡去一趟。
安：用不著，她母親那邊你不必去。（輕輕嘆息）唉！大概你也聽說了，我跟秀琴她母親已經分居多年了。
雄：是的，秀琴提過，但沒有說清楚。
安：這種事情總是說不清楚。抽煙吧！
雄：謝謝，我不抽。
安：不抽還是不會？
雄：不會。
安：唉！陰雨綿綿，下個不停，已經有半個多月了。
雄：老伯，我倒覺得別有一番滋味，情調很美——
安：你是說那條流行歌曲嗎？「小雨打在你的身上」，這是山村的雨季，這裡沒有都市那麼煩躁，大自然是安安靜靜的，當夜深人靜的時候，可以聽到山澗裡的水流聲，和樹林裡的松樹低語。我在這裡居住很久了，算是隱居生活。
雄：這裡的確好。老伯住在學校宿舍嗎？
安：沒有，我在街上租了房子，是間古玩字畫店的閣樓。（苦笑）——我好比一件古董，被保藏在閣樓上。哦，馬上上課了，我不能和你多談，如果你有興趣，可先到我住的閣樓等我，我們再談。
雄：好極了、多領教老伯教誨。不知從這裡怎麼去老伯住的地方？

安：這簡單，我畫一張圖給你，你照著圖走，很容易找到的。
雄：好。
安；喏，你出了校門口向右拐彎兒，沿著河邊走，下雨天地上潮濕，腳步踩穩。
雄：是的。
安：穿過這座小橋，河面漸漸寬廣，水呈青色，有山影倒映在水裡，你一直走下去，到這兒有一座茶亭，斜對面一條小路，鋪的是一塊一塊的石版，第一家是花店，第二家是出租小說店，第三家就是古董店，門口旁邊有一個郵筒。
雄：是的，有一個郵同。
安：你進了古董店，老闆會告訴你閣樓的位置。

△上課鐘聲。

安：上課了，你走吧。
雄：好的，我先去閣樓等候老伯。
安：嗯，我有兩節課，下了課我就回去。
雄：喔。

△音樂划過。

琴：惠娟！進來，進來坐。
娟：陳小姐，妳這小套房好雅緻，收拾的乾乾淨淨的。真是好。

琴：好什麼好？才八坪大，太擠了。

娟：一個人住嗎，夠了夠了。

琴：惠娟，妳來找我一定有什麼事情吧？

娟：是呀，我們老闆娘要我來問問妳，知道不知道我們小老闆去了哪裡？

琴：長雄沒有告訴你們老闆娘去了哪裡嗎？他真是糊塗。

娟：告訴是告訴了，可是很簡單，小老闆只說出去辦事，沒說辦什麼事，也沒說去哪裡。小老闆一天沒回來，也沒個電話，我們老闆娘很著急了。擔心會出什麼事情。

琴：惠娟，妳告訴老闆娘放心，不會出事情的，你們小老闆今天可能是回不來了，我想，明天他一定會回來的。

娟：我們小老闆去了哪裡呢？

琴：他去了花蓮。

娟：去花蓮做什麼？

琴：這個——

娟：陳小姐，不是我要問妳，而是要告訴我們老闆娘知道，老闆娘會問我的。

琴：惠娟，對不起，我不能說也不好意思說。因為長雄去辦的事情可能成功也可能失敗。如果你們老闆娘問妳，你就說我也不知道。

娟：好吧。陳小姐，打擾妳了。我回去了。

琴：妳慢走。

娟：喔。

△音樂划過。

雄：老伯，今夜好安靜啊。
安：是啊，山裡的夜就是這麼安靜。尤其是今夜，沒有風，連風吹草動的聲音都沒有。
雄：好像這小村睡著了，樹林，遠山也都睡著了。
安：可是你還沒睡著。
雄：是呀！也許是換了新環境，不大習慣的緣故吧。
安：我這間閣樓也太簡陋了。
雄：不是閣樓的問題，是我自己睡不著。
安：既然睡不著，那咱們再聊聊吧。先前我說到哪兒了？
雄：您說您在台北作電器技師。老伯，我想您要是繼續在那家公司服務，可能已經高昇了。
安：那時候工廠換裝新機器，我趁著空檔來鄉下給朋友代課，臨時執起了教鞭，沒想到一直做到今天。人生的際遇那能預料呢？我和秀琴兩地相隔，慢慢就停止了聯絡。
雄：請老伯和秀琴見面吧，哪怕短短的一兩天也好。臨來的時候，秀琴叮嚀我，叫我陪您到台北。
安：山居的日子難免有些寂寞，真可說是「山中無甲子，寒盡不知年」喔，我常常想念秀琴，（哽喉）——女兒總有些難以決定的事情找老爸商量，而我卻離得她這麼遠（酸鼻）——
雄：請老伯明天坐飛機走吧，我定了兩張飛機票。
安：唔，明天再談吧！（哈欠）——喔——
雄：老伯睏了——
安：我還不睏——今夜看不見螢火蟲，朝河水的窗子可以看到很多很多螢火蟲，像一盞一盞的小燈籠晃來晃去，很有趣兒。可是今夜沒有螢火蟲，突然消失了。說也奇怪，怎麼會突然消失了呢？
雄：大概是下雨的緣故吧！
安：鄉下滿山遍野都是茂盛的鮮花野草，城市裡的人在狹窄的院子裡種玫瑰，種薔薇，他們根本不知道山花野草的名稱。我在這裡定居以後，才感到山野的情趣和山村生活的幽靜，好比陶淵明「採菊東籬下，悠然見南山」那種意境。

雄：老伯，那種意境真美。可惜我們住在都市裡的人領略不到。

安：和秀琴在一起的時候，我認為她一旦結婚，我會很寂寞。可是怪得很，你來到這裡以後，我覺得逐漸疏遠的秀琴，又接近了。這是什麼心理？也許是對你的信賴吧！

雄：老伯這麼說，我好感動。

安：人生真是奇妙得很，就說我們兩個人吧！本來素不相識，毫無關係的陌生人，今夜居然會在這小閣樓上，越談越起勁而趕走了睡眠。

雄：是的。

安：如果我去台北和秀琴見面，可說是你促成的。哪有老爸不想女兒的呢？我們雖然沒有聯絡，可是彼此都會惦記著的。

雄：是呀！父女總是父女連心嘛。

安：秀琴和她母親，恐怕也沒有聯絡吧！

雄：秀琴曾經提起過，是為好母親。

安：小時候分開的，當然留下完美的印象，況且是女孩子，總是偏向媽媽方面的。秀琴不至於懷疑我是一個壞父親吧！

雄：不會不會。她從沒說過你一句壞話，她很思念你哩。

△音樂划過。

琴：爸，我就住在這裡，我來拿鑰匙開門。

△鑰匙聲，開鎖聲。

安：嗯，不錯，挺雅致的小房。

雄：秀琴，我把老伯請來了，任務達成，我要回家去了。老伯，你們父女好好聊聊。

安：好，好。

琴：長雄，謝謝你。

雄：謝什麼，應該的。（腳步）

琴：爸，我給您泡茶。給您預備了最好的凍頂烏龍，這康乃馨也是因為您才買的。

安：嗯，好漂亮的康乃馨，妳母親最喜歡康乃馨，她常常說這種花素而雅，可惜，這康乃馨是白色的——

琴：（驚）唉呀，我真糊塗，我忘記了，這是不吉利的。

安：我們不說這些。喏，這是老爸能力所及，為妳準備的嫁妝，是老爸全部的儲蓄，很少很少，才五十萬塊。

琴：（感動）爸，這——爸——

安：是今天和長雄到銀行裡提出來的。我們走了兩哩山路才到花蓮，氣候惡劣，飛機遲了一個小時才起飛。碰到一塊一塊的黑雲，像小山，感到飛機要碰撞似的，心直跳。

琴：（仍在感動中）爸——

安：原先想買些東西送給妳，但是轉念一想，還是讓長雄陪妳去買比較合適。我又不知道該買些什麼。

琴：爸您全部都給了我，您自己用什麼呢？

安：沒有關係。每個月有每個月的薪水，鄉下儉樸足足夠用了。暑假也有薪水。（頓）喔，這棉被好漂亮，是新買的嗎？

琴：不是，向長雄家借來的，因為爸爸要來。

安：長雄家的人對妳的印象好吧！

琴：很好。對我十分親切，非常照顧我。

安：這是最好不過的，雙親都健康吧！

琴：兩人都健康，而且很慈祥。爸，您要不要知道我和長雄認識的經過。

安：當然要哇。

琴：我說給您聽。最早我在藥廠當推銷員，長雄家開西藥房，我常常送藥去，日子久了，跟店員王惠娟很熟，有時候不送藥也去坐，但是從來沒見過長雄。

安：喔。

琴：有一天我去送藥，因為要搶時問，突然把一個男人撞了！差點跌倒。

△音樂划過。

琴：對不起，對不起，我撞倒你了。

雄：不，不，是我不小心撞到妳的。

琴：那裡那裡。你這位先生太客氣了，明明是我撞到你的嘛。

雄：不是這麼說，我太魯莽，走路不看人，不過我不是故意的，請多原諒。

琴：彼此，彼此。

雄：（奇怪）咦！小姐，妳怎麼走到櫃臺裡坐下了呢？

琴：（也奇怪的）咦，你怎麼還站在藥房裡不走呢？

雄：妳是這藥房的什麼人？

琴：我想你是買藥的顧客吧！

雄：（笑）我是顧客？妳大概是新來的店員吧！

琴：（也一笑）我是店員？

雄：要不，妳憑什麼坐在櫃臺裡面呢？

琴：先生，我想你也沒有理由站在櫃臺外面不走吧。

雄：（忍不住笑出）好笑，簡直好笑——哈，哈——

琴：（也笑出）哈哈，太好笑了。

雄：老實告訴妳吧，這西藥房是我家開的，我是小老闆，明白了吧！

琴：不但不明白，反而更糊塗了。沒聽說是你家開的，我來這裡不知道有多少次了，從來沒見過你閣下。

雄：奇怪了，妳到底是什麼人？

琴：你甭管我是什麼人，你要買藥？我可以賣給你。你要不買，請走。別站在這兒礙事。

雄：（不悅）妳居然叫我走？我叫妳走還差不多。

琴：（也不悅）真是豈有此理，你為什麼賴著不走？難道你閒著沒事兒做嗎？

雄：妳才豈有此理，妳又憑什麼坐在這兒呢？

△腳步聲數響。

雄：惠娟，妳來得正好，這個瘋女人妳認識嗎？

琴：好哇！你罵我是瘋女人，你才是臭男人。

娟：唉呀，你們兩個怎麼吵起來了呢？真是大水沖了龍王廟，自己人不認識自己人。陳小姐，這位是我們家小老闆田長雄，以往在國外工作。小老闆，這位是製藥的陳秀琴小姐，最優秀的女推銷員。

琴、雄：（尷尬地）啊！喔——對不起。抱歉抱歉。小老闆多包涵。

雄：抱歉！我居然誤會你是沒有禮貌的店員。

△音樂划過。

安：哈，哈——真是有趣，你們兩個這樣認識很有趣兒。

琴：以後他請我吃飯，我回請他，接觸的機會多了，慢慢的建立了感情。

安：唔。很好（哈欠）。啊——

琴：爸，累了吧，要不要躺下瞇一會兒。

安：昨夜，和長雄談得很投機，談了一夜沒闔眼。

琴：爸，您沒有帶替換的衣服來，早先借一件睡衣就好了。

安：借人家的睡衣不好意思。

琴：穿我的睡袍可以嗎？

安：我穿女孩子的睡袍，不太好吧！

琴：父親穿女兒的睡袍有什麼關係？穿上，穿上，否則您會著涼的。

安：哈，哈，妳看可以嗎？不大雅觀吧！

琴：挺好的嗎，反正別人也看不見。

安：是呀，倒是挺舒服的。（頓）昨夜我和長雄並而躺在小閣樓上，覺得很奇怪，頭一次見面的人，可是卻沒有陌生的感覺，反而覺得很親切。

琴：長雄打電報通知我，您已經答應了。電報比飛機先到，可是在沒有看到您從飛機下來以前，我的心跳的很厲害。

安：為什麼？

琴：我怕您生氣。

安：生氣倒不會。我常常告訴我自己，即使不滿意妳的結婚對象，也要尊重妳的選擇，長雄的確不賴。他是不是妳的初戀愛人？

琴：是的。

安：這更好。長雄也幸運。不過妳以前有沒有男朋友，給妳寫過情書？
琴：有，有的。
安：把那些情書燒掉，如果有日記或是紀念品什麼的，統統燒掉。
琴：這沒有關係的，長雄不會在意的。
安：爸爸叫妳燒妳就燒，聽話。愛情往往容不下一點兒別的東西。專心一意地去愛長雄吧！
琴：爸爸怎麼會特別注意這件事情？莫非爸爸經歷過？
安：是被刺傷過。那是我逼著妳母親燒她的情書——

△音樂划過。

李玉珍：人家寫給我的信統統在這裡了，都點火燒起來了。你要看清楚呀。
安：（語氣年輕點）我看得很清楚。這裡還有一封。
珍：你放在火堆裡燒吧！都燒光吧！這你該滿意了吧！
安：聽妳的口氣，好像我陳福安很殘酷似的。妳是不是捨不得燒掉這些信呀？妳說呀妳。
珍：哼！既然被你發現了，還有什麼好說的。任由你擺佈好了。（頓）男人為什麼這麼自私，像你這樣大的氣量，居然也會斤斤計較。
安：夫妻之間不應該有秘密，能夠容下第三者介入嗎？妳憑良心說，能不能？
珍：我跟那男人是從小在一起的表兄妹，真正的青梅竹馬，我沒有和你認識以前，我們已經很好了。我說這話並不是不愛你。我跟他的感情非常純潔，我沒有一絲一毫對不起你的地方。
安：妳珍惜過去的純情，為什麼不跟他結婚？為什麼要嫁給我呢？豈不是多此一舉嗎？
珍：我嫁給你沒錯呀！我一直是你忠實的妻子。

安：可是你更忠實對他的感情。

珍：用「忠實」兩個字形容是不恰當的，只不過是難以忘記，不，也不是難以忘記，應該是偶爾想起。

安：偶爾想起，就是對我不忠實。已經構成情感走私了。妳燒掉有形的情書，確保存無形的感情，妳太厲害了。

珍：我哪厲害？你一個勁兒的逼我往後退，我已經沒有退路了，你還要我怎麼樣呢？請你多少尊重我一點兒。

安：妳要我尊重妳，妳卻背叛我。我要完整的愛，全心全意的愛。

珍：妳要我把心挖出來給你看嗎？如果這樣能證明我是愛你的，證明並沒有第二人存在，我就挖心給你看。

安：講的血淋淋的做什麼？其實妳的心不必用眼睛看，用我的感覺就明白了。告訴妳，我們很難共同生活下去，同房不同床，同床不同被，這算什麼夫妻。婚後多年你們不斷通信，這樣的事實我不能忍受，也無法遷就。

珍：你容不下我，我回娘家去好了。

安：好哇！妳回娘家離他更近，見面更方便了。

珍：（氣）你，你到底要我怎麼做呢？

△音樂划過

安：男人固然不必那麼自私，可是女人也不必那麼小心眼兒，抓住一絲私人的感情，就捨不得放下。

琴：爸，所有的信都燒光了。

安：好哇！以後妳的感情就屬於長雄一個人了。秀琴，長雄家的西藥房大嗎？生意好嗎？

琴：生意很好。他們家不是只靠門市，也做批發，算是中盤商。長雄的父親才中學畢業，刻苦經營，一手做起來的，他母親克勤克儉，很會持家。

安：很正派的老夫妻。秀琴，妳現在要結婚了，妳是否想到妳母親？妳小時候和我住在一起，母親離家出走了，妳常常喊著「媽媽，媽媽！」真是可憐的。

琴：爸，我一直想跟你說，我想邀母親來參加我的婚禮。

安：長雄跟我提起過這件事。

琴：我覺得擅自跟母親見面，是對爸爸的不尊重。

安：這是妳的自由，如同妳結婚是妳的自由一樣。再者，女兒在結婚的前夕，想見到父母是很自然的事情，妳不是也接我來台北了嗎？

琴：我不願意瞞著爸爸和母親見面。

安：妳儘管去見妳母親，做婚前的告別吧！以往在心理上，我是不願意妳和妳母親見面，就怕妳倒向她，偏向她。但此時此刻，我必須糾正這種心裡，因為妳要出嫁了。她畢竟是妳的母親——

琴：我希望母親也到這公寓裡來，趁著爸爸在這裡的時候。

安：妳，妳是說也要我和妳母親見面嗎？

琴：爸爸，這是我的請求，答應我。

安：喔，我明白了。這就是妳叫長雄去接我來的原因。

琴：爸爸，求求你，這是我一直盼望的。一直想達到的願望啊。

安：可是我後天就回學校去了。

琴：爸，你不能走！爸爸，等我請媽媽來你們見了面，我們一家三口團聚，兩位老人家共同參加我的婚禮，這樣我才會安心的出嫁啊。爸，我求求您，求求您。

安：（聲音有些顫抖）父母共同參加女兒的婚禮——好——好吧！

琴：答應了。謝謝爸爸。我好開心。我馬上給媽媽打電報，再寫限時信。

安：不必寫限時信，看到電報妳母親馬上會來。限時信才會寄到，也看不見了。

琴：電報不能說清楚事情的內幕，萬一媽媽不肯來，那麼限時信就有作用了。
安：嗯，妳很仔細。想的真周到。唔——還不曉得妳媽肯不肯和我見面哩。

△夢幻似的音樂轉場。

珍：福安——
安：啊！——唔——妳——
珍：福安，你醒了——
安：喔，妳是誰呀？
珍：福安，你在說什麼？我是你太太玉珍啊——我來看你了。
安：喔，妳，妳果然是玉珍。我睡迷糊了。玉珍。妳知道嗎？咱們的女兒秀琴要結婚了。
珍：是呀，我已經和秀琴見過面了。她好高興我來參加她的婚禮。擁抱我。親吻我。
安：妳是接到她的電報才來的嗎？真快啊。
珍：是呀。
安：（心聲）奇怪了，怎麼會這麼快呢？昨天晚上才發的電報，天還沒亮就來了。莫非是秀琴事先安排好了。早就把她母親接來台北了。
珍：福安，我早就想和你見面，因為秀琴結婚我才能有機會見到你。
安：嗯。妳是坐飛機來的吧！
珍：是的。
珍：妳對於秀琴結婚，有什麼意見嗎？
安：我贊成秀琴和長雄結婚。

珍：我不敢想象那是什麼感受？隨著結婚進行曲，女兒一步一步的走向禮堂，很快的就變成人家的媳婦兒了。也許我會情不自禁的掉下眼淚——

安：那是既辛酸又喜悅，很複雜的情緒吧！

珍：這是女兒的房間吧。

安：是的。

珍：這麼多年，女兒單獨住，單獨生活。而你和我都不在她的身邊，我們虧欠她太多了。

安：是的，直到她結婚，我們才趕了來。真是有說不出的抱歉。（頓）玉珍，這麼多年，妳還沒有顯老，看上去還是很年輕，我就不行了，完全老了。

珍：你也沒有多大改變，跟過去沒有分別，尤其是那安靜穩當的神情，一如往昔。你還是我想念中的模樣兒。

安：玉珍，妳這麼說我感到很大安慰，似乎又回到了從前。看得出來，往後的日子，我不可能有太大的改變了。秀琴勸我搬來台北，我沒答應，我捨不得那些孩子們，雖然那是迷你小學，可是我喜歡。如今秀琴有了歸宿，我不必再牽掛著她了。

珍：是的，嫁個好丈夫，父母最安心。記得小時候給秀琴換尿布，她的小腿怎麼踢，腳上什麼地方有可愛的凹線。我都看了個仔細，清楚的記得。秀琴這孩子最喜歡洗澡，兩隻小手把水撲撲的叭叭的響，真有意思——

安：是呀，越撲她越高興，濺得一地的水，妳一個人從來不給她洗澡，總是拖著我一起給她洗。後來孩子長到三歲半就開始自己洗了。那是因為她母親離開了她——

珍：唉！她那麼小，我就離開了她——

安：假使沒有和妳分居，可能現在我們住在台北，有了大一點的房子，守著女兒頤養天年，那麼她結婚，我們的感覺就不一樣。

珍：（酸鼻）福安，是我不好，是我的錯——

安：玉珍——

珍：你怪我嗎？

安：玉珍，我沒有怪妳，我對妳的一顆心，沒有改變，即使有一天我死了，也不會改變的。

珍：我多麼高興聽到你這麼說，有你這幾句話，我死也瞑目了。

安：我們都老了，常常會到回憶裡，往事歷歷，都覺得很值得珍惜。玉珍，妳呢？

珍：我也是一樣。

安：有沒有談得來的朋友？

珍：沒有。

安：有沒有人向妳提過婚事？

珍：提倒是有人提過，但一直在想，可能有一天要與你重逢，即使不能言歸於好，見見面也安心，沒想到女兒結婚，促成了這機會，而且是在女兒的房間裡。

安：雖說是一間狹窄的小套房，但是從昨夜起，我就覺得很溫暖，能夠安安靜靜的坐著，說也真奇妙。

珍：是的，福安，我們死後只剩下秀琴一個人活著，我們的生命也有了寄託。

安：玉珍，幹嘛談到死呢？

珍：到了時候不得不死啊。

安：不會的，妳還年輕，尤其是妳穿這件旗袍，似乎我又捕捉到過去的妳，妳的氣質，妳的韻味都有了。玉珍，我喜歡妳穿這件旗袍。

珍：我知道你喜歡才穿來的呀。是你從前在一家稠緞莊買的衣料訂做的，你挑來挑去，挑得很仔細。過去的衣服就只剩這一件了。

安：妳保留得很完整，妳這件衣服保留了從前的記憶。可惜我的衣服一件都沒留下來，那是在一場火災中燒光了。對了，秀琴從前男朋友的信，昨晚上我都叫她燒掉了。

珍：秀琴從前還有男朋友嗎？寫了很多信給她嗎？難道秀琴也跟我一樣嗎？

安：跟妳大不相同。妳婚後還和從前的愛人通信，信寫到妳娘家，妳回娘家去看，妳母親不但不責備妳，反而袒護妳。

珍：唉！那些信成為我跟你分居的原因。有時候我上樓梯，想起往事，我的腳就癱瘓無力，走不動了，雖然離開你已經是很遙遠了。

安：遙遠？用什麼來衡量遠近呢？我覺得一切都很近，不是嗎？有妳的地方就有我，有女兒的地方就有母親。玉珍，這不是單方面的錯，我們都老了，讓我們守住女兒，跟女兒一起過日子，這樣再幸福不過了。

珍：（傷）不，我不行了，只要秀琴幸福，你健康，我就滿足了。福安，我走了，我不能不走了。

安：玉珍，你不能走，不能走哇。

珍：再見了，福安，別了，別了。

安：妳不能走，玉珍，妳不能走，不能。

琴、雄：（腳步）爸爸。

雄：老伯！

安：秀琴，妳母親來了，她又走了。

琴：爸，你在說什麼？母親不會來，永遠不會來了。

安：怎麼不會來？剛才明明來過了嘛。

琴：爸，那是您的幻想，要不然就是作夢。外婆打電報來，母親兩天前的夜裡零點二十分與世長辭了。

安：（驚）玉珍怎麼去世了？我剛剛才跟她見面的，不可能，我不相信！

雄：老伯，伯母的確去世了！喏，電報在這裡。老伯您想一想，前天夜裡零點二十分，我們正在山中聊天，就是那時間伯母去世的。

安：長雄，你這話提醒了我，黑夜之中飛舞的螢火蟲，突然消失了，玉珍也去世了，沒有螢火蟲了。（悲）玉珍，我對不起妳，都沒有補償的機會了——（深沉地）我，我錯了，實在對不起你。我的面子算得了什麼？我的自尊又算得了什麼？玉珍，我對不起妳——

琴、雄：爸爸——老伯——

△悠悠音樂收場。

五、最佳企劃案——特別推薦

「最佳企劃案」寫的是關於先天性心臟病兒童的故事，如何引起社會大眾的注意，伸出援手，予以救助。特別是劇中主要人物趙玉萍，和病患兒童的母親張太太，創造完整，性格突出，浮出紙面，飾演者為馮雲鍾、戴愛華，w他們的表演刻劃入微、扣人心弦，十分的精彩，值得讚揚。

本來寫本書時，並沒有選入這個劇本，後來我聽錄音帶，使我注意到這個劇本，是不可多得、不可埋沒的作品，臨時選進去的。

最佳企劃案

劇中人

趙玉萍：女，卅八歲，某廣告公司總經理，堅強，能幹。
杜淑文：卅三歲，溫柔女性，趙玉萍的工作夥伴，也是學妹。
邱來順：某公司經理，趙玉萍大學同學。
張太太：精明又慈祥，有愛心的好母親。
張小娟：纖細柔美的小女孩。九歲。
王　嫂：張太太的女佣人。

△張太太為本劇重要角色。

△音樂開場—

趙玉萍（自誇）太棒了，這個企劃案好的不得了，它是我靈感的展現，智慧的結晶，工作經驗的總匯，有創新有創意，大步的向前超越和突破，是我從事廣告工作以來最優秀最傑出的作品。

喔，喝杯咖啡，慰勞慰勞自己吧！

△沖泡咖啡聲——

萍：我剛才說了些什麼？那樣誇張，簡直是自吹自擂，自我陶醉嘛。我身為總經理，總要收斂一點才好，所謂：「君子不重則不威」嘛。

△喝咖啡聲——

△敲門聲——

萍：誰？

杜淑文：總經理是我，杜淑文。

萍：喔，淑文，你怎麼還沒有下班呢？

文：我不是下班，我是來上班。現在是早上七點五十分，你還以為是晚上七點五十分嗎？

萍：啊？早上七點五十分，不知不覺天亮了。

文：總經理，你又熬夜作企劃案嗎？

萍：不錯。淑文，告訴你，熬夜是有代價的。我這企劃案內容生動，構想創新，我敢斷言，這麼新穎的企劃案，別家公司是望塵莫及的。

文：是不是宣導小兒先天性心臟病的公益廣告。

萍：是的。淑文，這是很有意義的廣告。我們一定要全力投入，不計成本，把它拍的盡善盡美。你看我這企劃案還有什麼需改進，或是補充的地方？來一下腦力激盪吧！

文：我不要看。

萍：為什麼？

文：你剛才說它是創新的企劃案，現在有些人並不真正了解新的東西，對於新穎的內容和創新的風格不見得欣賞，反而會排斥。

萍：我這不是標新立異，我相信會被廣大觀眾接受的。淑文，不要一提到「新」字就害怕！要拿出勇氣，大膽地嚐試！

文：好了，我不願跟你爭辯，但願這次能得到出錢的大老闆賞識，不要再打回票。

萍：什麼話，說這個，你未免太悲觀了。

文：你未免也太樂觀了。—好了，去吃早點。

萍：我不想吃，這企劃案還有最後一部份沒寫完，我要把握住，別讓靈感跑掉了。

文：像你這樣不眠不休，體力透支，消耗腦力，你這企劃案對小兒先天性心臟病宣導還沒有產生效果，恐怕你自己倒先累出心臟病來了。
萍：說這種話，庸俗。
文：不要寫了，我命令你停止寫企劃，去吃早點。
萍：咦，杜淑文，你憑什麼命令我？
文：就憑我是你的同學又是副總經理。我有責任維護你的健康，你熬了夜，要補充營養。跟我去吃早點。
萍：好了好了，我搞不過你，你比我媽還厲害。你先去，我隨後就來，我把最後這一部份寫完我一定去。
文：好。

△音樂划過——馬路上的人，車聲——

邱來順：（呼痛）唉喲，唉喲……我說你這個人，放著馬路不走，怎麼往人身上走呢？
萍：你，我……
順：你的高跟鞋踢到我的小腿了，好痛喔！鞋頭那麼尖。
萍：（抱歉口吻）對不起，對不起。因為我要趕去豆漿店，腦子裡又想著企劃案。
順：你胡說什麼，我聽不懂你說的話。——咦，你，你不是趙玉萍嗎？
萍：你，你是邱來順。
順：對呀，咱們在大學裡是同系又同班，只是沒有同坐位。
萍：哈，哈，跟你同坐位怎麼坐呀。邱來順，你還是那德性，豪爽、開朗、不拘小節。
順：你還是那麼美麗，不，應該說是比從前更成熟、更有氣質了。
萍：謝謝。你現在在那兒得意？

順：談不到得意，混飯吃罷了。交換名片。
萍：好。喲，貿易公司公關經理。不賴嘛！
順：喲，你是玉麗廣告公司總經理，你的職位比我高多了，混的不錯。
萍：我們是小公司，規模不大。你沒想到我會投入廣告這一行吧！
順：我的確沒想到。你我學的是植物病蟲害。
萍：人家是學以致用，我是學非所用。
順：哈哈……彼此彼此，你我都一樣。
萍：豆漿店有人等我。怎麼樣，一塊去吃早點吧！
順：我吃過了，我要去上班。
萍：改天咱們聊聊。
順：好。再見

△音樂划過——

萍：（興奮昂然）淑文，淑文，你快來喔。
文：（腳步聲）來了。玉萍，什麼事？你好像很興奮？
萍：（得意）哈，哈……我的企劃案又有了新構想新點子和新發現。
文：新新新三個新。
萍：新，嶄新、全新。「新」這個字太重要了。
文：玉萍，我跟你說過多少次了，有些人對於新東西並不是樂意接受，還是按部就班的來比較好。
萍：你觀念落伍，陳舊。淑文，腳步要放快一點。

文：這是因為你腳步太快了的緣故。
萍：淑文，你聽我說，我要找一個真的罹患先天性心臟病的小女孩，做廣告中的主角。
文：噢？不找演員，找真實人物。
萍：是的。讓她現身說法，使觀眾感同身受。你看怎麼樣？
文：喔：有道理。
萍：什麼「有道理」，太有道理了。這個小女孩，要瘦瘦的，眼睛大大的，有一股靈秀之氣，看上去討人喜歡，惹人愛憐，於是社會人士紛紛解囊捐款。
文：玉萍，如果真像你說的這樣就好了，這正是我們預期的效果，可是到那裡去找這樣的小女孩呢？太難了。
萍：到處去找呀，加把勁兒嘛！

△音樂划過——電話鈴響。

順：（接電話）邱來順，你那位？
萍：我是趙玉萍。
順：玉萍。
萍：來順，我們說好的要聚聚聊聊。你到我辦公室來好嗎？
順：抱歉，我還有事情，今天不能去拜訪你！
萍：我不是要你來拜訪我，那沒有意思，我是有重要的事情找你商量。
順：改天，下次好不好？
萍：不能改天，也不能下次，拜託你馬上過來。

順：玉萍，你還是像在學校那樣急性子，說風就是雨。
萍：你還是像在學校那樣不慌不忙，不急不徐的態度。哎，我叫你來你就來，我真的有事求助於你。
順：喔：好吧！

△音樂划過——

萍：淑文，你找到理想的小女孩了嗎？
文：那裡還談得到理想呢？連比較合適的都沒找到。玉萍，我跟你說過這事不好辦。
萍：哼，不好辦，是因為你「難」字當頭。
文：我看還是找童星來主演吧！
萍：不。
文：要來登報徵求。
萍：不，我已經找到人了。
文：你找到人了，為什麼不早說呢？故意賣關子是吧？
萍：不是故意賣關子，而是還有困難，我已經打電話請邱來順協助解決。

△敲門聲……

文：大概是邱來順來了。（大聲）請進來。
順：（腳步）哈，哈：玉萍，你這廣告公司不含糊，亂像那麼回事，你這位總經理也挺神氣的。
萍：見笑，見笑，一家小小的公司算不了什麼……

順：這位是⋯

萍：她是我們後期同學杜淑文。

順：你是學妹啦！

文：請學長多指教。

順：不敢當。

文：學長，你坐，我不奉陪了，我還要去招呼錄影。

順：你忙你忙。

萍：來順，我寫了一個企劃案，完全是我的構想，說它是我趙玉萍94年代表作也可以。這是一則公益廣告，由企業機構支援經費，宣導兒童先天性心臟病預防與治療，本公司從構想、企劃，到拍攝以及處置作業全程製作。這個廣告的主角很特殊，他不是俊男美女，也不是達官貴人，而是一個小女孩，並且需要你幫忙。

順：需要我幫忙，我沒有聽錯吧，我是單身漢，我沒有小女孩喔。

萍：我不是要你家的女孩，我是要請你幫忙去找。

順：我到那裡去找，我這個貿易公司的公關經理，可從來沒跟小學老師、幼稚園園長、或是孤兒院打交道。

萍：你就認識這樣的女孩，她看上去楚楚動人，叫人同情，叫人愛憐，你想想看⋯⋯

順：（思索）喔⋯⋯楚楚動人，叫人同情，叫人愛憐⋯⋯喔，我想起來了，你說的是張小娟。

萍：對對，就是張小娟。這是我們透過各大醫院，從病歷表中查到的，真是費了九牛二虎之力。

順：喔。

萍：張小娟的母親張太太是你們公司的常務董事，又是你表姊，由你出面，我想她會同意的。

順：不見得，我表姐這個人很固執，不好說話。她雖然是我表姐，可是我跟張家也沒什麼來往。

萍：去你的吧，你騙誰呀！你常常去張家給她送薪水和福利品。張太太很賞識你，張小娟也很喜歡你，對不對？
順：你全知道了，真搞不過你，玉萍，你的確有兩把刷子。
萍：說真的，來順，我請你助我一臂之力，否則我這兩把刷子也不靈了。
順：怎麼呢？
萍：因為我曾經單槍匹馬的去過張家，結果是鎩羽而歸，我把事情告訴你。

△音樂——
△狼狗吠聲。

萍：好大的狼狗，怪怕人的。
王嫂：傑美，不要叫，這是客人。——小姐，你等一下，我進去跟我們家太太說一聲。
萍：好的。
王嫂（進內）：太太，有位小姐來看你。
張太太：小姐？嗯，請她進來吧！
王嫂（腳步聲）小姐，我們家太太請你進去。
萍：謝謝你。（腳步聲）請問你就是張李月娥常務董事吧！
太：叫我張太太。
萍：張太太，這位想必就是你的千金張小娟啦。
張小娟：（柔細輕聲）是的，我就是張小娟，阿姨好。
萍：好乖，好清秀，好可愛。
娟：謝謝阿姨。

太：請問你是——
萍：我姓趙，趙玉萍，這是我的名片，請指教。
太：喔，你是廣告公司總經理，你這麼年輕就當了總經理，真有本事。
萍：那裡，我並不年輕了，卅多了。
太：卅多在我眼裡還是小孩嘛。告訴我，你到我們家來有什麼事情？
萍：張太太，我來的有些冒昧，請原諒。事情是這樣的，我們公司企劃一個廣告想請小娟當模特兒。
太：模特兒？要我女兒當模特兒？這不是笑話嗎？
萍：不是笑話。我請的模特兒，不是畫室裡的模特兒，也不是舞台上的模特兒，而是廣告中的主角。
太：（堅決）不可以。我們家小娟不拍廣告。
萍：張太太，這是一個公益廣告，很有意義的。
太：什麼廣告也不拍。
娟：媽，你不要對阿姨那麼兇嘛。
太：我們家小娟，平常是不出門的，拍廣告太累了，她承受不了。
萍：張太太，我會把小娟拍的很漂亮，使她更清秀更可愛，畫面儘量烘托她，凸顯出來。這則廣告一播出，會有幾百萬觀眾欣賞她，讚美她。
太：我說過她承受不了，你沒聽懂嗎？她不需要幾百萬人欣賞。她只要過平靜的日子就夠了。她是一個在母親妥善照顧下的孩子，她患了小兒先天性心臟病！她活的很累很辛苦……（欲哭）不要別人打擾她……
娟：媽，你又哭……
太：媽不哭……
萍：張太太，我們這廣告就是為了心臟病兒童拍攝的呀！
太：什麼廣告也不拍。我從來沒想到讓我女兒拍廣告，在電視上拋頭露面，那不是欣賞更不是讚美，那是對我女兒的奚落嘲弄和諷刺！
萍：張太太，你怎麼這樣說呢？
娟：媽——
太：怎麼啦？乖女兒。
娟：你不要跟阿姨吵嘛。
太：媽不該大聲說話，媽知道刺激了你，你進臥房躺一會兒好不好？
娟：我不累。
太：你坐太久了，進臥房休息一下吧！去，聽話。
娟：趙阿姨，你坐，我進去了。（腳步）
萍：好。好乖的孩子。—張太太，你放心，我會派專人照顧小娟，使她不致於太疲勞。同時我們會付相當高的酬金。
太：趙總經理，你誤會了，我跟你爭論，不是為酬勞，我壓根兒就沒往錢方面去想，我是為了我女兒身體著想，不讓她被折騰，聽說拍電視挺折騰人的。
娟：（在臥室呼）媽，媽⋯
太：（回應）喔，來了（進臥房）。小娟，你怎麼不好好休息呢？
娟：媽，我在想⋯想⋯
太：想什麼？
娟：想趙阿姨說的話。
太：什麼話？
娟：拍廣告呀，我想那一定很好玩的。媽，你說是不是很好玩？
萍：（腳步，接說）很好玩。小娟，阿姨告訴你，的確很好玩。

太：（不悅）你怎麼進來了？

萍：張太太，我跟你說老實話，我極需要像小娟這樣的小女孩來拍攝這個角色，非她莫屬，除她之外不作第二人想，否則我這企劃案就泡湯了。張太太，我求你成全我，答應我！

太：我不答應，你請便吧。

萍：張太太，你聽我說。

太：（截斷）你不必再說了。我們小娟絕不拍。

△音樂——

萍：來順，就這樣我被攆出來了，弄得我好尷尬，好窩囊，碰了一個大釘子。

順：玉萍，你碰了釘子，我去了照樣會碰釘子。

萍：你們的關係不同呀！你出面請她幫忙，她不會拒絕的。

順：你那裡知道，張太太對張小娟，保護得非常周到，可說是費盡了心血，她絕對不會讓小娟出來拍廣告的。

萍：那我這企劃案也完蛋了。

順：你為什麼一定要找張小娟呢？找別的女孩不行嗎？

萍：這點我要堅持！非找張小娟不可，只有張小娟的外貌、氣質、和靈性，才能詮釋我廣告的內涵，別人根本沒辦法比。

順：玉萍，你還是像在學校一樣，勇往直前，不達目的誓不罷休。

萍：你錯了，來順，我跟在學校的時候大不相同了，我現在看的更廣、衝勁兒更大了。

順：你往前衝是你的事情，幹嘛也拉著我往前衝呢？

萍：好了，我不跟你浪費口舌，這點小事還要推三阻四的，你不幫忙拉倒！

順：不是我不幫忙，實在是……
萍：你請吧！
順：玉萍！
萍：走哇！

△音樂划過——
△門鈴聲——開門聲——

順：淑文，是你？你怎麼會到我這兒來呢？
文：來順，我不能不來呀！你跟玉萍鬧僵了是不是？
順：她不應該對我擺高姿態！我又不是你們公司職員。
文：學長，她一直是高姿態，也不知道我受了她多少閒氣，看了她多少臉色！
順：噢？
文：她的話就是命令，她的構想是最有智慧的，她的企劃案是最完美的，她決定了的事情非完成不可。
順：這麼說她是女強人了？
文：豈只是女強人，她是女強人中的女強人。
順：這麼厲害！
文：我剛才不是說過嗎？我跟她合作，不知道受了她多少閒氣，看了她多少臉色，說她是頤指氣使，一點也不過份。
順：淑文，這我就不明白了，既然如此，那你為什麼還要跟她在一起呢？
文：這是，這是因為——

順：一個願打一個願挨！對不對？

文：也不盡然。她也有好的一面，比方說她的意見，別人駁不倒她，因為她事先經過仔細的調查、評估、分析。她堅持要做的每一件事情，到最後都証明是正確的，成功率都在百分之九十以上。不得不叫人佩服。

順：所以你挨罵、受氣、看臉色也就認了。

文：我們公司從一間廿坪的房子，兩張辦公桌幹起來的。擴充到七十坪的大辦公室，員工有廿二人，基本客戶將近三百家，每月的營業額都超過一千萬，這不能不歸功她的領導、執著，和她超越的智慧以及不眠不休的勤奮努力。

順：她不眠不休？

文：是的，她每天的工作量，至少超過廿小時，甚至有時候從黑夜到天明。

順：這怎麼可以，簡直是工作狂嘛。

文：這是因為她太投入，太認真，太求好心切了。

順：（感嘆）唉！難怪她老的那麼快，眼角出現了魚尾紋……

文：你可憐她？

順：不，跟你一樣，我佩服她。

文：那麼你要助她一臂之力了。

順：這樣的企業家不幫助，那我邱來順還算人嗎？

△音樂划過——

太：小娟，媽給你煮了廣東粥，裡面放了淡菜、干貝、蟹肉、蝦仁、還有香菇。

娟：放那麼多東西幹嘛？我不想吃。

太：好鮮喔，好吃的不得了，你嚐嚐看，媽餵你。
娟：媽，我自己會吃，幹嘛還要你餵呢？
太：一直都是媽餵你呀，媽餵你你可以省點事兒，這樣比較好。
娟：（順從）喔，那你就餵吧！
太：媽做的這廣東粥好不好吃？你喜歡不喜歡吃。
娟：媽，你一直問，我怎麼吃嗎？
太：好了好了，別生氣，我的乖女兒，媽不問了。

△狼狗吠聲——

娟：媽，傑英叫了，有客人來了。
太：你吃你的，王嫂會招呼的。

△狼狗再叫聲——

萍：這狼狗兇巴巴的，我真有點怕牠！
王嫂：你不要怕，牠不會咬你的，裝裝樣子而已。
萍：這時代連狗都會裝腔作勢。
王嫂：二位請客廳坐，請進請進！
順：好的。（二人腳步聲）表姐。
萍：張太太。

太：來順也來啦，好久不見了。
順：是呀，好久沒來看表姐和小娟了，真是不應該。
太：沒什麼，我知道你很忙。
順：這位是我的同學趙玉萍小姐。
太：見過，趙小姐是第二次來啦。
萍：哎哎，真不好意思，又來打擾。
太：上次對你不大禮貌，希望你別介意。
萍：張太太，快別這麼說，那是我太冒昧了。
太：來順，怎麼你跟趙小姐是同學呀。
順：是呀，我們同系同班。
太：這很難得，老同學聚在一塊，不容易。坐，坐。
王嫂：二位請喝茶。
萍：謝謝。
順：謝謝。
萍：小娟，你在吃粥呀！
娟：是呀。
萍：很好吃是不是？看你吃的津津有味兒……
順：小娟，你吃了一碗呀，真不錯。
娟：沒有啦，半碗。
太：小娟，你忘了一件事，知道嗎？
娟：沒叫人是不是？趙阿姨、表舅，你們好。

順：好，小娟真是一個可愛的孩子。
萍：就是嘛，可愛的不得了，臉蛋紅紅的，像蘋果，充滿智慧的大眼睛。
娟：媽，我累了，想回房去躺一會兒，可不可以？
太：媽陪你去。
娟：不要，你招呼客人吧！（腳步聲）
萍：小娟好像不高興，是不是我說錯了話。
太：趙小姐，不瞞你說，小娟是有點不高興，你說她臉蛋紅紅的像蘋果，她就難過了。
萍：噢？為什麼呢？
太：因為心臟病的關係，她的臉總是蒼白的，她對別的小女孩紅紅的臉蛋和嘴唇，羨慕的不得了。所以我給她擦了胭脂和口紅，來遮蓋她那蒼白的臉色。
萍：喔，原來是這樣呀，我該檢討。
太：趙小姐，這不能怪你，不知者不為過。我平常對小娟說話特別小心，一個罹患先天性心臟病的小女孩，是非常敏感的。很容易受刺激，就好比一根琴弦，一碰就會響，稍微有一點疏忽，就會傷害到她。她立刻就有反應，心跳加快，臉上冒出汗珠，甚至昏倒。
萍：喔，真是疏忽不得。張太太，聽你這麼說，你真是一位勞心勞力既細心又慈祥的好母親。
太：有時候我不小心說錯一句話，我要十句廿句，甚至一百句話，才能把它扭轉過來。我對小娟說話，不僅僅要察言觀色，而且還要體會到她的心理反應，有時候一句話要在我腦海裡轉幾圈，然後才能決定說出來。
順：表姐，我覺得你這樣太苦了。
太：是很苦呀，可是有什麼辦法呢？上帝給了我這樣的孩子，使我做了小娟的母親，我就得默默接受，無怨無悔，同時，我要特別仔細的去照顧她，百倍千倍的去愛護她，因為她要在一個保護完善的環境裡才能夠生存下去。

萍：噢？怎麼呢？

太：比方說小娟不能喝汽水，吃冰淇淋，這些都會引起她肺部腫大，巨烈疼痛，對於一個小女孩是難以忍受的。對於電視節目，我要先看一遍，確定沒有可樂，汽水的廣告，才能給小娟看，這一切的措施，都是為了杜絕汽水可樂以及冰淇淋對小娟的誘惑。

萍：張太太，你真可以說是煞費苦心喔。

太：在學校上體育課的時候，只要小娟稍微運動一下，指尖和嘴唇就會腫大，其他小孩看見了逃的遠遠的，不願再和小娟接近。那麼大的操場，小娟一個人佇立在那裡，越發顯得孤獨，偷偷地哭泣……我身為母親，不能改變那些孩子們的錯誤觀念，我只有心痛，陪著小娟流淚……（泣）……

順：（感動）表姐……

萍：張太太…

太：（傷）孩子無辜，上天為什麼對她那麼殘酷，她那點錯了，為什麼這樣處罰她？

順：表姐。

萍：張太太，你不要難過。

太：趙小姐，現在你該明白了，我為什麼對你不客氣，為什麼反對小娟拍廣告。

萍：張太太。我拍的廣告就是為了救助心臟病兒童，提醒人們發揮愛心，群策群力貢獻所能。

太：趙小姐，你的動機很好，但是我不能讓小娟去拍廣告，這對她來說是不適合的，也是很危險的。

順：表姐，玉萍會做好妥善的準備。

萍：是的。張太太請想一想，這對小娟，以及和小娟同樣遭遇的兒童，是一大善舉，也是一大福音。

順：表姐，你就答應了吧！

太：我不能答應，你們的理由再對，我也不能答應。

萍：（急切地）張太太，我剛才說群策群力，也就是說單靠個人的力量是不夠的，你充其量只能照顧小娟，還有那麼多病童怎麼辦？所以說拍一則廣告，引起社會大眾的注意，呼籲大夥共同來救助，乃是十分必要的。

太：噢？這樣嗎？

萍：當然是這樣！張太太，你愛小娟，難道你不愛那些孩子們嗎？小娟是你的女兒，那些孩子們也是別人的兒女，天下父母心都是一樣的，張太太，我求求你，答應下來吧！

順：表姐，我認為你應該答應—

娟（腳步）媽，我也這麼認為。

太：小娟，你……

△音樂划過——

文：（招呼）張太太，這邊走，小心地上有電線。

太：喔。

萍：（招呼）張太太，小娟。

太：趙總經理。

娟：趙阿姨。

萍：小娟，趙阿姨特為給你設計的這套洋裝不錯吧！樣式新穎、靈巧，你穿穿看，挺合適的。

娟：是呀！趙阿姨，我好興奮喔，要拍電影啦。

萍：小娟，來，趙阿姨跟你說明一下。

娟：好。

太：趙總經理慢點。

萍：張太太，我們馬上就要拍攝了。

太：不要急，我要看一看劇本。

萍：張太太，我先前已經向你做了口頭說明。

太：口頭上說明不算數，我必須親自看看。

萍：合約上並沒有這條規定。

太：但是合約上也沒有說不許家長看呀！

萍：我的企劃是最好的，劇本也是第一流的，我保証新穎、感人、有效果。

太：我一定要看，否則小娟不能拍攝。

文：不要弄得這麼僵嘛！玉萍，給張太太看看也無妨。

太：對嘛，你既然認為是最好的，那麼自信，還怕給人家看嗎？

△音樂划過——

萍：淑文，張太太看完了嗎？

文：快看完了，她會來攝影棚的。

萍：浪費時間，全體工作人員都在等著她，完成的日期一拖再拖，還發生這種狀況。

文：這怪誰呢？你早點和她溝通，拿給她看，不就沒事了嗎？

萍：她懂得什麼？她能看出什麼道理出來，劇本是我親自執筆完成的，可說是無懈可擊。

文：（提醒）不要說了，張太太來了。

太：（腳步）這怎麼行呢？趙總經理，我不同意你的劇本。

萍：（慌）什麼？你不同意？
太：是的。如果照你這樣拍出來，不但對孩子沒有幫助，反而有負面作用，對孩子構成傷害。
萍：你這話我不同意。
太：不同意也得同意，因為你寫的與事實不符，不客氣的說是閉門造車，想像的成份太多，真實的成份太少。
萍：（氣）你不要再說了，停止你的胡亂批評。
太：（不悅）你說我胡亂批評？
萍：我費心血絞腦汁，不眠不休寫出來的劇本，居然給你批評的一個錢不值。
文：玉萍，你不要發脾氣嘛。
萍：我受不了這種侮辱。
太：我侮辱你了嗎？趙總經理，你太激動了。
萍：你不懂什麼是廣告的效益，更不懂什麼是企劃案，你否定了我的劇本，請問我怎麼拍下去？
太：我並沒有否定你的劇本。我是就事論事，提出我的意見，希望你換一種方式來拍攝，修改一下內容。
萍：我不能修改，一個字都不能修改。
太：你不修改就不能拍。
萍：不拍就不拍，死不了人。（喊）收工收工。
文：不能收工！玉萍，不要意氣用事，如果收工停拍的話，要遭受到很大損失！本公司會垮掉呀！
萍：天大的損失壓不死人，我不能被無知的婦女控制。
太：（氣）趙玉萍，你說誰是無知的婦女？我一再忍受你激烈的言詞，你卻咄咄逼人不留餘地。我們母女不是來被你罵的，小娟，我們走。
娟：媽！

文：張太太，別走，別走嘛。
太：不拍就不拍，嚇唬誰呀！告訴你，你想拍都拍不成了，小娟，走。
萍：你終止合約，我要告你。
太：歡迎，法院見！（腳步聲）
文：（急）怎麼會弄成這種結果呢？還要打官司，公司承當不起呀！玉萍，你比誰都清楚，這廣告拍不成公司一定垮。
萍：杜淑文，停止你的囉嗦！
文：你罵我囉嗦，你捅出紕漏還嫌我囉嗦！
萍：都是你搞出來的鬼，吃裡扒外，胳臂往外彎。
文：什麼？我吃裡扒外？你太冤枉我了，我受的委屈還不夠嗎？每次都是我給你處理善後，這次我不管了。
萍：不管你走。
文：走就走，早就想走了。哼！（腳步聲）
萍：唉！…都走了，就剩我一個人了，難道我錯了嗎？難道我要為心臟病兒童做點事情就這麼困難嗎？

△悠悠音樂上升——

順：玉萍。
萍：來順，你怎麼知道我在這西餐廳？
順：你發生的事情我全知道，玉萍，你在喝酒，你是不喝酒的。
萍：沒有什麼，偶而喝點酒開開胃，這是開胃酒。
順：拿過來！

萍：幹嘛？
順：我不許你喝，借酒澆愁不是辦法。玉萍，你願意跟我談談嗎？
萍：談什麼？
順：我認為你的劇本非修正不可。
萍：來順，是不是杜淑文叫你來的？
順：淑文沒叫我來，她只是把你的企劃案和劇本拿給我看。
萍：來順，你要我跟你談什麼都可以，唯有談修改劇本不可以。
順：為什麼不可以？你的劇本是天書，是聖旨嗎？
萍：你是不是和淑文一樣，遷就現實，怕我遭受到嚴重的損失？公司垮掉？
順：不，我不遷就，更沒有想到你公司垮掉，而是我認為你的企劃案只有感官的刺激，沒有感性的溫馨。
萍：連你也這麼說我。
順：你一向獨斷獨行，發號施令，淑文從不反駁你，因此養成你的狂妄自大、驕傲成性，淑文同你合作可說是吃盡了苦頭。
萍：淑文向你訴苦嗎？
順：淑文不必向我訴苦，這是有目共睹的事情。貴公司需要你堅強的作風，同時也需要淑文柔性的作法。你們二人是缺一不可。
萍：來順，你是和淑文聯絡好了，逼我就範。
順：決不是逼你就範，而是你必須接受張太太的意見，她親自感受、體驗深刻，這樣拍出來的東西更能感人！
萍：（轉趨認同）噢？是嗎？
順：淑文來了，你不要再罵她，否則我不再管你們的事情。
文：玉萍。
萍：你不是走了嗎？受委屈了嗎？

順：（制止）玉萍！淑文，你不要介意。
文：我才不跟她計較咧，我早就知道她的臭脾氣。（呼）張太太請進來。
太：喔。（腳步聲）
萍：張太太，實在對不起，我太衝動了。
太：玉萍，咱們吵歸吵，鬧歸鬧，這則廣告還是要拍攝的，因為廣告的影響力太大了。所以我願意盡一份力量。
萍：張太太，你說的對，不過我要解釋一下，我是要用恐嚇刺激的手法來達到表達主題的功效，比方說宣導交通規則，用一輛撞得「希巴爛」的汽車，一旁躺著死人，大灘紅色的血，人們看了自然會有所警惕，產生效果。
太：你說的沒錯，但是對於罹患心臟病的兒童，這種表現方法就錯了。光是你這標題：「如何置她於死地？」就大有問題。
萍：不不，我不認為——
順：
（共同制止）玉萍。
文：
太：趙小姐，罹患先天性心臟病的兒童，是要鼓勵他們活下去，勇敢的活下去，決不能用死亡來刺激他們，因為她們隨時隨地都會因為突發狀況而夭折。假如照顧不周，有一點疏忽和過失，他們也會死去，他們是沒有明天的。
每天晚上我看著小娟睡了……便為她祈禱，第二天早上看她睜開了眼睛，才鬆了一口氣，放下心來，玉萍，你那「置她於死地」的字句能用嗎？你是鼓勵他們活下去？還是要他們死呢？
文：玉萍，改吧！
順：玉萍，你應該有所堅持有所不堅持才對。
萍：是的。主觀的想像，往往與客觀現實不符。由此可見，任何作品都不能脫離現實！

萍：好。我看看。（紙聲）喔……嗯……太好了，這是一段感人肺腑的話。

太：玉萍，我這裡寫了一段話，由小娟在廣告中唸出來，能不能用，完全由你決定。

△音樂划過——

太：玉萍，經過修正後的企劃案，不但完整而且很感動人。

萍：張太太，這才是真正的最佳企劃案，我要特別感謝你的意見。

太：那裡。

文：玉萍，可以拍攝了，一切都準備好了。

萍：好的。小娟，你緊不緊張？

娟：有一點。

太：小娟，有媽在這，不要緊張。

萍：對。儘量放輕鬆，就照著阿姨教給你的做，知道嗎？

娟：知道。

萍：（呼）預備。開麥拉。

娟：（柔性、感性唸出）各位叔叔伯伯阿姨們，我姓張，叫張小娟，不幸罹患了小兒先天性心臟病，隨時都會離開這個世界。

娟：……像我們這樣的孩子，需要父母特別照顧和愛護，更需要各位叔叔伯伯阿姨的關懷，請伸出援手，救救我們……救救我們……救救我們……（聲漸遠）救救我們……（聽不清了）……

△音樂收場。

第十八章　舞台劇

「夕陽無限好」是舞台劇，主要的是寫一位倔強老人的心態，不服老自不量力，不肯放棄自己既得的利益，咆哮、掙扎，企圖東山再起，忘不了過去的風光。也就是活在過去中！

夕陽無限好——又名「情人十一歲」

四幕五場話劇

劇中人

孫在吉：某公司董事長，有威嚴，中風之後，依然爭勝好強。
孫偉強：孫在吉的長子，代父管理公司，老實人。
朱麗玲：孫偉強的妻子，賢慧的媳婦。
小　寶：九歲男孩。孫在吉的孫子，聰明、機智、討喜。
孫偉國：孫在吉的三子，心地善良的在職青年。
孫偉芬：孫在吉疼愛的小女兒，經營書店。

馬來喜：九歲男孩。小寶同學，聰明伶俐有智慧。

杜大全：孫在吉的老友，工商界有名望的人。不出場，但導演想要他上場，只要把他寫給孫在吉的信轉變為對白即可。

本劇發生於民國九十七年三月間。

布景與說明。

本劇有兩個景，一為客廳，一為書店。

這裡是有錢人家的客廳，不必太豪華，不妨古樸一點，顯得這個家是有水準有文化。道具力求簡單，表演區要大，因為本劇主要人物是坐在輪椅上的。必須推來推去。本劇布景不必寫實，但內容力求其實，劇中孫在吉的心態、觀念，是屬於老年人的，有普遍性，並非影射特殊人物，這是必須說明的，否則演出此劇不會有太大意義。

△第一幕

△燈亮，商場上的強人——吉利公司董事長，孫在吉在輪椅上睡著了。他已中風，他的兒媳婦朱麗玲走了過來。

朱麗玲：喔，怎麼又在輪椅上睡著了呢？說也不聽，勸也不改，多麼固執的老頭。（發現自己說錯話，立即用手矇住嘴，倒退兩步。稍停，再走近孫在吉。）

孫在吉：（驚醒）喔，誰？小寶嗎？

玲：爸，不是小寶，是我。

吉：麗玲，小寶呢？

玲：在做功課。（一面說著，一面用紗布為吉擦口水。）

吉：真不好意思，口水流這麼多，還叫你給我擦。

玲：爸，應該的，我應該服侍您老人家。

吉：我這不中用的身體，拖累了妳，也拖累了全家，我怎麼會中風呢？

玲：爸，事已至此，別抱怨了，徒增煩惱是不是呢？

吉：麗玲，妳什麼時候回來的？妳今天怎麼回來得這麼早？

玲：從下個月起，我不去上班了，我決定辭職。

吉：妳決定辭職？

玲：是的，我先前跟您說過的，我要在家陪伴您，服侍您。

吉：麗玲，妳這是為我犧牲。……

玲：也不盡然，我也想休息一段時間，同時公司業務下滑，正準備裁員，兩個副理決定裁掉一個，那位副理小孩子多，全指望他那份薪水過活，我走，他留，乾脆成全了他。

吉：妳這是做好事喔。唔……要嘛妳到咱們自己的公司去做事，幫助偉強，妳作他的副總經理。

玲：這樣不好，丈夫作總經理，太太作副總經理，家族味太重了。

吉：我總是覺得偉強做的不理想，不合我意，他的能力有限呀。唉！我這不爭氣的身體！

玲：可以啦，您不能對他要求太高。爸，以後別在輪椅上睡覺了，萬一跌下來可怎麼得了？

吉：我也不想在輪椅上睡覺，可是我迷迷糊糊地就睡著了。我是一個失去控制能力的人，明明知道跌下來危險，可是誰扶我上床睡覺呢？我一個孤老頭子！

玲：對不起，爸，兒媳婦說錯話了，您別生氣。

吉：我不怪妳，妳夠孝順了。誰叫我中風呢？誰叫我半身不遂呢？我，我真恨……

玲：爸，我看這樣吧，給您請個特別護士。

吉：不要！不要！叫個陌生人服侍我，我會不自在的。再說，我也沒到那種地步，我耳聰目明，頭腦靈活，我還想做些事情哩。可是，妳和偉強什麼事都不要我做，把我當作吃閒飯的人，這使我很難過，我彆得難過呀。你們為什麼限制我呢？

玲：爸，我會照顧您，陪伴您的，您要放下一切，好好休息。

吉：我放不下呀！越休息越壞，肌肉會萎縮的，手腳愈發不靈活。我不能把生命消耗在輪椅上，我要做事，我要動起來。

△吉激動，口水噴在麗玲身上

玲：爸，您講話太多，血壓會升高的。進屋躺一會兒吧。

△玲推輪椅進屋

△孫在吉的孫子，麗玲的兒子小寶上場

玲：小寶，你功課做好沒有？

寶：媽，妳煩不煩呀，總是問我功課做好沒有。

玲；（嚴肅）告訴媽，功課做好沒有？

寶：只剩下一點點了。

玲：不行，去做功課。

寶：（暗示）爺爺，慢慢地畫一個圈在書上面。
玲：（對著寶）你說什麼？
吉：（會意）啊！啊！嗯！（點頭）
寶：爺爺（使眼色）
吉：麗玲呀，妳去做妳的事情吧！由小寶推我進屋去。
玲：喔！

△麗玲行出。

吉：爺爺慢慢地畫一個圈在書上。你是說「漫畫書」。
寶：對呀！這樣我媽就聽不懂了。
吉：你這個小精靈，漫畫書在哪兒？快拿來給我看。
寶：在這裡。（從衣服裡掏出來）「美少女大戰大法師」，很精彩喲。新出版的。
吉：好好，推我進屋，咱爺倆兒好好欣賞。這是咱爺倆的祕密，可別讓他們知道。（樂了）嘻嘻……

△寶點頭推吉入內
　立刻從內室流出祖孫二人的談笑聲，天倫之樂。
　　孫家的小女兒偉芬行入。她大學畢業，目前經營吉利關係企業一家頗具規模的書店。
△偉芬東看西看，似是找人。

芬：（至父房外）（呼）爸，爸。

吉：（在內室）哪一位？
芬：爸，是我。偉芬呀。我可不可以進去？
吉：（在內室門口）不要，不要打攪我，有事回頭說。咦，妳怎麼不去書店招呼生意呢？業精於勤，不要偷懶。
芬：沒有出事，我隨便問問。
吉：沒有沒有。老三在高雄不是幹得好好的嗎？他回來幹嘛？莫非出事情啦？
芬：我剛從書店回來。爸，三哥有沒有回家來？
吉：啊！

△吉退回室內。

芬：（獨白）三哥怎麼還不回來呢？他答應我趕快回來的呀！黃牛了嗎？——不會的。在我們兄弟姊妹之間和我最談得來的就是三哥，也只有三哥願意幫助我。……

△麗玲上場，執鮮花一束放入瓶中

芬：（上前招呼）大嫂。
玲：偉芬，妳怎麼不在書店招呼生意呢？書店生意好吧！
芬：哪裡好得起來，經濟衰退，各行各業都難維持。書店當然也不例外。
玲：說得也是，為了爭取顧客，一套精裝書賣五十塊，十塊錢一碗牛肉麵，一塊錢一個肉粽，什麼怪事都有，名牌內衣只賣五塊錢，居然有很多人坐火車去買，爭相搶購。

芬：牛肉麵有人買，內衣有人搶購，如果一塊錢買一本書，恐怕還是沒人問津。你送給他，他還嫌麻煩呢。放在皮包裡嫌太重哩。
玲：瞧妳說的，不至於如此吧。
芬：唉！不談這些。大嫂，爸爸怎麼啦？好像不開心似的。
玲：剛才還跟我發牢騷哩。他說：他要做事，不能把生命浪費在輪椅上。
芬：爸爸是不是耐不住寂寞，退而不休呢？
玲：不僅僅是退而不休，他還要幹一番事業，他壯志未酬哩。
芬：行嗎？他坐在輪椅上能幹嘛？爸爸是怎麼了？我真不懂。
玲：我也不懂。

△此時，老大孫偉強由外行入

孫偉強：咦！偉芬，妳怎麼不在書店裡招呼生意呢？
芬：你們都這樣問我，好像我不應該回家來，要待在書店裡，死在書店裡。
強：不要情緒化好不好？妳是我妹妹，吉文書店的總經理，我關心妳，才問你的。

△芬拉長了臉，回自己的房間去。

強：（對著內側）哼！任性、傲慢，只能聽順耳的話，不能聽逆耳的話。
玲：老公，你少說兩句吧。這個家夠複雜了。
強：爸怎麼樣了？好吧？

玲：發了很多牢騷。

強：發什麼牢騷？是不是我接替他掌管公司的業務，他不開心？

玲：他覺得無事可做，好無聊，好孤獨，叫你找點事情給他做。

強：爸爸也真是的，已經退休了，享享清福不好嘛？幹嘛要找事做呢？我真不明白，這是什麼心態。

玲：不甘心不甘願，不甘寂寞。

強：是不是不相信我，認為我沒有能力把公司做好，不合他的意？因此不滿意我？

玲：不滿意你搶了他的位子。他雄心未泯，還想轟轟烈烈的幹一番事業。

強：時不我予，他已經七十一歲了。

玲：七十一歲，顛倒過來就是一十七歲，他以為他還年輕得很哩。

△此時，小寶從爺爺房裡出來

寶：唉！我警告你們！

強：警告我？你是我兒子，你警告爸爸？

寶：你們在背後批評爺爺，還不該警告嗎？要是給爺爺聽見了，不修理你們才怪哩。

強：（緊張）給爺爺聽見啦？

玲：（也緊張）偉強，我們剛才說的話太不適當了。的確有失體統。對老爸不太尊敬了。

強：是呀，怎麼辦呢？我們進去陪爸爸說說話吧！小寶，你陪我進去！

寶：爸，對不起，我功課還沒做完哩！不陪你去！

△小寶回內側，行出。

強：這小傢伙，越來越神氣了。
玲：給老爸寵的。老爸疼他。
強：那妳陪我進去。

△二人正要走進去，孫在吉從內室出來。

強、玲：爸。
吉：偉強，你要找點事情給我做做。
強：爸……
吉：怎麼？孫總經理不肯嗎？
強：爸，像你這樣清閒的日子，無憂無慮，很多人想都想不到哩。一無掛慮，又無煩惱，多舒服。
吉：舒服？我哪點舒服？（大聲）我煩透了。告訴你，我要過有意義的生活，我不要把我最後的日子，消耗在輪椅上。
強：那怎麼辦呢？您必須坐在輪椅上，你走不動了啦。
吉：我不要過這種寂寞孤獨、無聊透頂的輪椅生活。我不習慣坐輪椅，你懂不懂。
強：坦白說，我不大懂。
吉：（斥）你是白癡嗎？
強：我腦筋轉不過來。
玲：偉強，不要跟爸爸頂嘴。
強：我是說實話呀。
吉：（斥）你的話很氣人。你根本不尊重我。自從我把總經理的位子讓給你以後，你就自尊自大，自以為了不起。神氣活現，眼睛裡沒有我這個老爸了。

強：我沒有，我對您沒有一絲一毫的不尊敬。我……

玲：偉強，您聽爸爸說！

吉：你要為我想一想，站在我的立場為我想一想，我想的是什麼？我需要的什麼？

強：爸，我已經請營養師為您設計健康食譜，以後每天照著食譜作給您吃，叫廚師老周做給您吃。

吉：不要！不要！

玲：爸，我來做給您吃。

強：我已經為您接洽好全天候的特別護士，使您吃得好睡得好，並且有人陪伴您，和您說話。

吉：不要不要，通通不要。吃了睡睡了吃，我是一隻豬嗎？兒子，你要認真的想一想，像我這樣，一天到晚坐在輪椅上的老人，需要的是什麼？怎樣才能使我心情愉快？動動腦筋嘛。

強：爸……

吉：什麼健康食品，什麼特別護士，這些就能打發我了嗎？你就以為盡心盡力，可以不聞不問了嗎？我在病發以前，總管全公司業務，從早忙到晚，一進到辦公室直到離開，沒有一刻功夫停歇，我是全心全力投入呀。

強：爸，您是不是怪我不夠勤快？

吉：你根本沒有按照我的計畫實行，偏離了方向，這是很嚴重的。

強：爸，您有您的作風，我有我的作風，我不可能完全照著您的模式去做，請爸多原諒！

吉：（氣）那你要怎麼做？你把公司帶到哪裡去？告訴我。

玲：爸，您別生氣。

吉：（對強）你不瞭解我的想法和作法，你更不瞭解我需要的是什麼？

強：爸……

玲：爸一向肯做事，不能做事，全然無事可做，當然不習慣。同時也無法適應。偉強，你要為爸爸安排工作，把公司的人事、財物、業務交給他來管理監督。

強：這……爸爸已經退休了。這樣做行嗎？董事會會答應嗎？恐怕公司的員工也會有意見。

吉：（氣）……糊塗，腦筋不清楚！作兒子的反而沒有兒媳婦孝順。

△吉氣呼呼地推著輪椅向內室去。

△強上前推輪椅。

吉：（揮掉強）不要你推。

△小寶行入。

寶：我來我來。（上前推輪椅）

吉：小寶，你是我最貼心的小孫子。

△寶對強、玲做鬼臉。隨之推輪椅入內。

△立即聽到在吉倒地聲，小寶尖叫聲。

△偉強與麗玲驚訝！

寶：（衝出）爺爺摔倒了。（急入內）。

強：（緊張）這可怎麼得了，（呼）爸爸。（急入內）。

玲：老年人是不能摔跤的。（急入內）。

△室內傳出：「爸爸，爸爸。」
△燈暗，第一幕完。

△第二幕

△偉強、麗玲、小寶從在吉的房內走出。
△另一邊，孫家老三偉國由外門行入。他是一個善良、純樸、善體人意、樂意助人的青年。

寶：三叔，你打高雄回來啦。
孫偉國：小寶，嗯，家裡發生了什麼事情？一個個都悶悶的。
寶：爺爺摔了一跤。
國：摔了一跤？這可怎麼得了。（向房內衝）
寶：你別吵醒爺爺，沒事了，大夫來看過了。爺爺好不容易睡著。
國：啊！
寶：爺爺怪爸爸、媽媽不關心他，生氣了。不要他們推輪椅，要我推。我扶爺爺上床休息，我扶不上去，爺爺就摔了跤。爺爺罵爸爸、媽媽，爸爸、媽媽就罵我。我真委屈。
國：你沒錯，不過，爺爺常常叫你陪他，因為你攔阻了你爸爸、媽媽接近爺爺的機會，所以他們才會氣你怪你。
寶：這我也沒辦法。爺爺喜歡我嘛。我服侍爺爺最好嘛。

△小寶行出。
△偉國至吉門口，想進去看父親又怕吵到他，正猶豫時。

△孫在吉由內室出來。

國：爸，我回來了。

吉：偉國，你怎麼回家來了呢？

國：爸爸，我……爸我聽說您跌倒了，有沒有關係？老人跌跤是很危險的。

吉：沒有危險，趙醫師來過了，給我做了詳細的檢查。並無大礙。

國：喔，這就好了。

吉：偉國，剛才我問你，你為什麼回家來？你還沒回答我呢？

國：是嗎？爸，我不得不回來。

吉：（不悅）「不得不回來」？你有重要的事嗎？非要大老遠的從高雄回家嗎？偉國，你要專心工作，張董事長才會賞識你。張董是我的老朋友，他會提拔你的。但是你自己要爭氣。不要常常跑回來，一個戀家的青年不會有前途的。

國：爸，您兒子一向安於工作，勇於負責的。可是我接到妹妹傳真信，我不能不回來呀。

吉：偉芬有傳真信給你，拿給我看。

國：爸，（取出信）喏，這就是。

△國將信交給吉，吉視之。

芬：（ＯＳ）三哥，我心情惡劣透了，你快回家來吧。我要當面和你談談。唉！這事別告訴爸。

吉：什麼事情嗎？

國：我不知道，我還沒見到她。

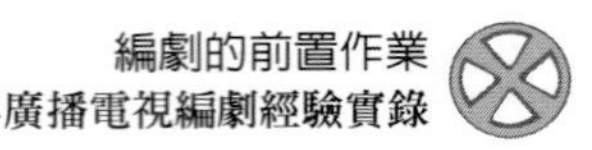

吉：（臉沉下來）偉芬這個死丫頭，居然叫你不要告訴我，有什麼大不了的事情，要瞞著老爸呢？難道，我真的沒有用了嗎？
國：爸，我想您會知道的，您天天跟她生活在一起。
吉：生活在一起有什麼用，她不肯接近，似乎是躲著我，把我這老爸，不放在眼裡，輕視我嘛。
國：爸，您總是這樣想。妹妹不會的。我跟大哥大嫂也都不會的，您是我們最敬重的爸爸。
吉：會不會，你們心裡有數。哼！偉芬有事情不跟我說，還老遠的把你叫回來。哼！你可真聽話。叫你回來你就回來。
國：妹妹嘛，我怎麼不回來呢？爸爸，您別怪妹妹，您平時管教她太嚴了，不許這樣不許那樣，坦白說，她很怕您。
吉：女孩子當然要管嚴一點，不管嚴怎麼行？她是我最喜歡的小女兒，我是擔心她受騙，被欺負了。
國：偉芬一向行事謹慎小心，她不可能出事情，（忖）那是為了什麼叫我回來呢？對了，她是不是談戀愛了？
吉：沒有吧。我對她無法照顧，所以不知道她的情形。我想她沒有談戀愛，就是有，她也不會跟我說的。唉！她離我越來越遠了。
國：那麼是不是書店生意不大好，使她覺得辜負了您對她的期望？
吉：書店自從交給她以後，我沒有過問過。照說，生意不會壞的。自己的房子不要付房租，又是鬧區，人來人往的，顧客盈門，生意怎麼會不好呢？
國：我也是這麼想，再說偉芬精明能幹，善於經營，不會做不好的。到底是發生了什麼問題呢？
吉：你跟她研究研究，要是書店賠了錢，我不饒她。我交給她的時候還有一千多萬的盈餘哩，這個死丫頭，搞什麼鬼？

△孫在吉氣呼呼的推輪椅進去了。

△另一邊偉芬行入

芬：（驚喜）三哥。

國：偉芬。

芬：三哥，你果然回來了。

國：孫家最得寵的小么妹呼召，我哪敢不回來嗎？

芬：別說得寵啦，馬上要失寵啦。

國：究竟發生了什麼直情，老爸很關心哩。

芬：（緊張）唉呀！你告訴老爸啦！

國：是呀，妳給我的傳真信老爸看過了。

芬：（急）三哥，你怎麼這樣呢？我不是囑咐你不要讓老爸知道嗎？

國：我覺得不應該瞞著他，自從老爸半身不遂以後，他的心態十分反常，認為人人疏遠他，事事瞞著他。他唯一信賴的是妳和我，唯一疼愛的也是妳和我，如果我們兩個再瞞著他，他怎麼受得了。

芬：（急）唉呀！這件事要是給老爸知道了，他不把我罵死才怪哩。

國：啊！這麼嚴重嗎？

芬：太嚴重了。書店賠錢了，快要倒閉了。

國：怎麼會倒閉呢？妳經營得法，觀念新，點子多，又很努力。

芬：我的點子已經不靈了。這一年多以來，生意一直下滑，怎麼樣都拉拔不起來。銀行催繳貸款十分火急，逼得我走投無路了。

國：銀行催繳貸款？

芬：是呀，貸款已經到期了，銀行不肯再融資。
國：這是怎麼回事？老爸說書店交給妳的時候，還有一千多萬的盈餘。
芬：哪裡有這麼好的事！一千多萬盈餘。那是帳面上的數字，欺騙老爸的。自從我接手的第一天，我就揹債經營，好辛苦啊！老爸不察，弄不清真相。
國：真相是什麼？
芬：我，我不能說。
國：為什麼不說？揹債經營，自己受苦受累。
芬：我就是不能說。說出來要天下大亂了。
國：天下大亂？怎麼會天下大亂呢？
芬：三哥，你還記不記得？當初老爸把書店派我主持，大哥二哥還有二嫂，他們都不贊成，一致反對。就是為了虧空的一千萬呀！我這樣說，你該明白了吧？
國：嗯……我大致了解啦。小妹，妳這是代人受過，別人捅出來的紕漏，由妳來接補，妳太善良了。

△此時小頑童小寶的同學馬來喜進來。

馬來喜：（笑嘻嘻地）（對芬）唉！老闆娘妳好。
芬：你這小傢伙，我告訴過你，別叫我老闆娘。
喜：（不以為然）那家大書店是妳開的，當然要叫妳老闆娘啦。
芬：我沒有結婚，沒有老闆，哪來的老闆娘呢？
喜：那我叫妳什麼才好？
芬：我姓孫，叫我孫阿姨。

喜：孫阿姨，我……
芬：你來找小寶的對不對？
喜：是呀！可不可以？
芬：可以呀。
喜：我要找他玩電腦，我要去他房裡，可以吧。
芬：可以！可以！
喜：我明天還要到妳書店裡看書，可以吧？
芬：可以！可以！我書店設有兒童閱覽室，歡迎喜歡讀書的小朋友去那裡看書。
喜：我就是喜歡讀書的小朋友呀！嘻嘻。

△小寶由內行出。

寶：馬來喜你來了，真準時。
喜：這還用說。我是守時的小朋友。嘻嘻……
寶：跟我來。
喜：玩電腦嗎？
寶：不是啦，幫我做功課，有兩道數學習題我不懂。
喜：這好辦，你不懂我懂，我來教你（轉對國）你知道嗎？我是數學最棒的小學生。綽號「神算童子」。嘻嘻……

△喜跟寶下場。

國：這小傢伙……

芬：（接說）挺聰明的。

國：不，挺狡猾的。

玲：哪裡有？

國：你看他那嘻皮笑臉的樣子，說的那些話，好像故意在逗我們似的。

芬：一個天真無邪的孩子，那像你說的那樣，不談他了，還是談談書店周轉不靈的事吧！

國：需要多少融資？

芬：三千萬。一張五百萬的支票即將到期，其餘二千五百萬必須在一個月內陸續解決。

國：銀行不能再寬限一些時日嗎？

芬：就是不能寬限。所以我才急得像熱鍋上的螞蟻，找你來救我呀。

國：這就是說五百萬乃是燃眉之急，二千五百萬是火燒屁股。

芬：唉呀！你文雅一點好不好？如果問題再不解決，書店的水電費、電話費都要到期，還有員工的薪水也都發不出來了。

國：怎麼會弄成這種地步？書店不是還在營業嗎？

芬：買書的人越來越少，看書的人越來越多，每天都有一些青少年光顧，都是只看不買。

國：那妳為什麼不把他們轟出去呢？

芬：不能轟出去。書店沒有不讓人看書的道理，小孩子光顧也會增加人氣。

國：人氣有了，財氣飛了。我想這是受大環境的影響。經濟衰退，百業蕭條，失業率逐步上升，人們連肚子都填不保，哪會有錢買書呢？偉芬，如果經濟大環境不改善，妳想脫離困境，恐怕不容易。

芬：三哥，你別扯遠了！我們無力改變大環境，總有辦法改善書店的盈虧吧！

國：妳說得對。讓我來動動腦想一想。走吧！陪我去吃點東西，我肚子餓了。

芬：你還沒吃東西？我帶你去吃涮涮鍋，有大閘蟹，很棒哩。

國：好吧，我們走。

△國與芬從大門出去。

△馬來喜由內側行出，東張西望。

△少頃，小寶也從內側追出來。

寶：馬來喜。

喜：幹嘛？

寶：我問你，你有沒有看見一千塊錢？

喜：（驚）一千塊錢？

寶：放在床頭櫃抽屜裡的。我剛才要拿錢請你吃東西，找不到了。

喜：你怎麼找不到了呢？

寶：被人偷走了。

喜：被人偷走了？你是懷疑我偷的？我是小偷。

寶：只有你一個人進我房間。

喜：我進你房間，就偷你一千塊錢嗎？你簡直胡說八道，我馬來喜是小偷嗎？孫小寶，你冤枉我。我們家窮，就偷錢嗎？

寶：你小聲點，吵醒我爺爺可不得了。

喜：有什麼不得了？

寶：我爺爺很厲害。

喜：我不怕他。
寶：我們全家都怕他，你不怕他？回我房去吧。
喜：不回去。
寶：為什麼？
喜：我生氣了。（往外走）
寶：馬來喜，不要走嘛！還有一題數學題，需要你教我。
喜：我才不管你哩。以後我不理你了。不到你家來了。

△喜向外快步走去。

△寶悵然。

△孫在吉由內室行入。

寶：（悶悶地）爺爺。
吉：小寶，你怎麼啦？一副不高興的樣子。
寶：（嘆氣）唉！我那裡高興得起來？我煩死了。
吉：瞧你，小大人似的，你怎麼了嗎？有人得罪你嗎？告訴爺爺，爺爺為你解決。
寶：你解決不了。功課做不好，老師會罵的。數學好難喔。
吉：喔！這樣呀！這是你上課不專心，沒有注意老師講解。

△此時偉國由外行入

國：（向吉打招呼）爸。

寶：三叔，你幫我做數學。（拉國）

國：回頭幫你做，我跟爺爺說話。

寶：那你回頭到我房裡來喲。

國：（點頭）嗯。

△小寶向內側行入

國：爸，您醒啦。

吉：醒醒睡睡，睡睡醒醒，該睡的時候不睡，不該睡的時候反而睡了。這就是老人的睡眠，零零碎碎的沒個準。這是病態，我這身體……

國：爸，您一直對您的病，您的身體抱怨，不甘心，不服氣，找不到平衡點。事已至此，您再怨嘆再懊惱，也是無濟於事的。爸，認了吧。

吉：「認」了吧！認什麼？認命嗎？

國：爸，只有承認事實，才能取得平衡，否則您是無法安靜下來的。您的憂慮也會日漸增多。

吉：你也認為我是一個無用之人嗎？坐在輪椅上，走完我人生最後的路程嗎？

國：爸……

吉：你跟你大哥一樣，不瞭解我。不知道我需有的是什麼？我要東山再起，轟轟烈烈的幹一番事業。我不要坐在輪椅上，動彈不得。

國：爸，我認為——

吉：（截斷）不要再說了。你和偉芬是我最喜歡的，我關心偉芬，器重你，以後不准在我面前說不中聽的話。你們要順著我，知道嗎？

國：知道了。

△麗玲偕偉強由外行入

強：爸，我們有一件重要事情向您稟報。

吉：什麼事？

強：麗玲，妳來說。

玲：好的。經過偉強連日來的運作、遊說，董事會答應由您監督公司人事、財務和業務部門的工作，仍擔任董事長。

吉：（高興）好哇！這是真的嗎？

強：剛剛董事會已經通過，所以我們趕快來告訴您。

玲：先前沒有跟您講，是怕有變數，現在董事會通過了，就沒有問題了。完全ＯＫ。

吉：我說怎麼沒有消息了呢？原來是鴨子划水。偉強，你做得好，做得對。你們知道，我為什麼要回公司工作嗎？

國：爸，您想東山再起。

強：爸，您放不下公司，不放心我。

玲：爸，您太寂寞了，必須有工作，您才活得充實，活得有意思。

吉：你們都說得不錯。但是不完全對，你們知道嗎？我不能看著公司垮掉。公司的營業方針，走的方向不對，完全不合乎我的理想和要求，所以，我不得不站出來。我愛公司，拼了老命，關心公司。

國：爸，您的身體，您的年齡，叫我們作兒女的，怎麼忍心呢？爸，您可不可以再考慮一下。

吉：我不能考慮了，我等太久了。我必須站出來，完成我的理想。不顧有病的身體，不在乎七十一歲高齡。老驥伏櫪，志在千里，烈士暮年，壯心不死……

△在吉顯出一副堅決、勇氣十足的樣子。真是威武，眾人互看，不知該說些什麼？

△幕徐徐落下，第二幕完。

△第三幕

布景：

這是孫家小女兒經營的書店。

舞台左面（以觀眾的左右為左右）是一排排的書架，一直延長到舞台正面三分之二的地方。

舞台正面靠右後方，是兒童閱覽室，有一布幔半遮著，可看見擺了一些兒童坐的小凳子，旁邊豎一個牌子，寫著「文華書店兒童閱覽室」，有時可見青少年在看書，有時沒有。（根據劇情安排，由導演決定。）

舞台中央擺的有書攤，有新出版的暢銷書，琳瑯滿目。

舞台右邊靠前方是一精緻的圓形櫃臺，上面有電腦，帳冊、文具等，最突出的是一台收銀機。

△幕啟，燈亮。

△偉芬收拾店面，偉國幫忙。

國：偉芬，我看妳手腳好靈活，整理起來非常熟練。
芬：每天開門營業，都要我親自整理。店員要到十一點才來上班。
國：那怎麼可以？
芬：要他們早上來也沒用，通常上午連一本書也賣不出去。
國：這麼慘呀！
芬：實在是支持不下去了，我已經精疲力盡，找銀行行不通，找朋友周轉，也都是自顧不暇，哪裡還有餘力來幫助我。三哥，你不曉得，我有多憂慮多痛苦，真是難忍難熬呀！
國：妹妹，妳該不會害躁鬱症吧。
芬：躁鬱症？
國：是呀！由於經濟不景氣，工商業紛紛倒閉，失業人口急遽飛升，根據醫學界統計，患躁鬱症的比過去多出了六倍。
芬：是不是憂慮、煩惱、痛苦不堪、無法受，結果走上自殺之路。
國：嗯！就是這樣。
芬：那我快要跳樓了。
國：妳跳樓？不要胡扯。
芬：我不是胡扯，我早已患了躁鬱症。
國：我不要聽妳說這些話，以後不許說消極的話。說多了就會成為事實。真是可怕。
芬：可怕的事情馬上就會來到。
國：妳指的是……
芬：我覺得老爸好像知道了書店經營不善，如果他查問起來，我如何應對呢？
國：妳不說，老爸怎麼會知道？

芬：我叫你回來，他會有聯想呀。他是商場上的老手，經驗豐富又敏感。
國：如果是這樣，我這一回來，不但沒幫上妳的忙，反而害了妳。
芬：三哥，你猜怎麼著？
國：怎麼著？
芬：你這就叫做「幫倒忙」。
國：去你的。我這麼衰嗎？
芬：你不衰，你趕快為我想想辦法吧。天快要塌下來了。
國：沒這麼嚴重。
芬：老爸要是發現書店虧了錢，對我而言，就如同天塌下來一樣，我不自殺也被壓死。
國：不會不會。天塌下來有三哥頂著。

△此時馬來喜由外行入

喜：老闆娘，不，孫阿姨，妳好。
芬：你來幹嘛？
喜：來看書嘛。長學問呀。
芬：這麼早。
喜：早好哇！腦筋清醒嘛，我進去啦。（至閱覽室）
芬：不要不要。
喜：怎麼？不歡迎我呀？
芬：不是不歡迎，是還沒收拾好。我這就去收拾，你稍待一會兒。

喜：可以，妳快一點兒。

△芬進入閱覽室收拾。

國：（招呼走近喜）喂，小朋友，我們好像見過面？你還記得嗎？

喜：當然記得。在大宅院。

國：「大宅院」？

喜：連續劇的劇名啦。你們家就像那樣，好氣派，好有錢，我好羨慕喲。

國：為什麼要羨慕人呢？

喜：因為我們家太窮了，你知道嗎？我們家有五個小孩，我爸爸死了，我媽媽失業又生病，日子真是不好過喔，沒錢沒吃的，快撐不下去了。

國：唉！你叫什麼名字？

喜：你問我的名字？

國：對呀！

喜：那你先告訴我，你叫什麼名字？

國：聽好，我姓孫，叫偉國，是偉芬的三哥。

喜：孫中山的孫，偉大的偉，中華民國的國，對不對？

國：完全對。你這小傢伙倒是挺聰明的。

喜：你好偉大。

國：名字偉大，人不見得偉大。該你了。

喜：我姓馬，叫馬來喜。

國：馬來西（喜）再加上一個「亞」字，就是「馬來西亞」，你是亞洲大國之一，你也很偉大。
喜：（高興笑出）嘻嘻，我是亞洲大國，真爽。可是我的名字是歡喜的「喜」，不是馬來西亞的「西」。
國：喔，音同字不同也可以呀。我說馬來喜，你懂得可真不少。

△偉芬從閱覽室出來。

喜：孫阿姨，整理好啦？
芬：你可以進去看書了。
喜：謝謝。

△來喜入內看書去了

芬：三哥，告訴你一件事情，閱覽室的書缺少了好幾本。
國：妳是說看書的青少年手腳不乾淨？
芬：就是嘛，被偷走了。
國：偷書？青少年偷書，此風不可長。
芬：不僅僅是偷書，而且還偷錢。
國：偷錢？
芬：有時候顧客給的錢，我忘記放入收銀機，擺在桌上，去招呼客人，一下下就被偷走了。
國：這麼快？簡直是神偷嗎？被偷了幾次？
芬：五、六次了。

國：一共偷了多少錢？

芬：不多啦，總共有七千多塊。

國：妳有沒有線索，是什麼人偷的？

△此時有二三少男少女嘻嘻哈哈進入閱覽室看書。

芬：我猜測是這些青少年當中的一個。究竟是誰？也沒法查出來。

國：我來幫妳查出來。錢雖不多，但行為可恥。一定要查個水落石出。

芬：三哥，算了算了。不好調查呀。搞得不好，家長會找上門來抗議，丟雞蛋，向我們索取名譽損失費，這是一個沒有是非，沒有正義的社會。你還記得有一個民意代表，用不堪入耳的粗話罵一個女主持人，居然還像受了委屈似的訴苦，有人送花籃，有人送金牌，一下子成了英雄。三哥，還是省省吧。不要調查。

國：不，不可向惡勢力妥協。我非要查個水落石出。把那個偷書賊給揪出來。

芬：（望向馬路）（緊張）唉呀！老爸來了。

國：（也望去）在哪兒？

芬：轉角的地方，大嫂陪著老爸。老爸該不是檢查書店業務吧？那我可糟了。

△麗玲推著輪椅進來

△國與芬上前幫忙

國、芬：爸爸。

玲：爸去公司上班，經過這裡，順便看看書店營業的情形。
國：大嫂，妳每天都陪著爸去上班呀？
玲：是呀，反正我也沒事。
吉：不對不對，是我要麗玲照顧我，我已經聘任麗玲為我的助理，有些公事要麗玲來處理。
玲：沒有啦，我僅僅是聯絡聯絡，傳達爸爸的指示，我還是以家庭為重。
吉：妳要放棄家務事，完全投入公司的工作，否則就是埋沒人才。妳比偉強能幹多了。他是扶不起的阿斗。
玲：爸，……
吉：（回顧）怎麼沒有顧客呢？冷清清的，生意好吧？
芬：還可以。
吉：有盈餘嗎？
芬：有一點，不多。
吉：真的嗎？沒有賠錢嗎？周轉沒問題嗎？
芬：沒問題……
吉：看妳那吞吞吐吐的樣子，好像是賠了錢，妳是不是騙我？
芬：我哪敢騙爸爸。
吉：那妳叫偉國回來幹什麼？不是因為周轉不靈，找他來商量，出主意嗎？
國：爸，不是啦，我能出什麼主意？
吉：咦，你不是金頭腦、理財專家嘛。
國：爸，我哪裡配稱金頭腦？吹牛的啦。
吉：那偉芬叫妳回來幹嘛？用意何在？（嚴肅）何在？
國：是，是……

吉：你說呀！總不會無緣無故的叫你回來呀！
國：爸，您是不是有所懷疑呀？
吉：你不說清楚我當然懷疑。快告訴老爸。是不是書店經營不善，嚴重虧損，支持不下去了。所以偉芬叫你回來，出主意，想辦法，如何挽救。是不是？
國：這個，……
吉：偉芬，妳說！
芬：我……
吉：你們不說我就要查帳。看妳的生意是好是壞？
芬：（緊張萬分）查帳！（求救）三哥。
國：小妹叫我回來，不是為了書店生意，而是為了她的私事，她談戀愛了。
吉：（驚喜）談戀愛？偉芬談戀愛了。偉芬呀，妳為什麼不早說呢？不好意思嗎？
芬：我，我沒有徵得爸爸的同意，所以不敢說。
吉：妳徵得我同意幹嘛？妳老大不小的啦，早就應該談戀愛結婚啦。
國：爸一聽到妹妹談戀愛，馬上就想到結婚，那有這麼簡單。
玲：爸一直關心偉芬的婚事，這在爸爸是心中大事。
吉：是呀！心中大事！可別成為心腹大患喔。偉芬，對方是什麼樣的人？
芬：（茫茫然）什麼樣的人？
吉：妳不好意思說，我就不問了。我看這樣吧，約個時間，妳把他帶來我瞧瞧。
芬：（緊張）帶來給您瞧瞧？
吉：是呀！無論他是什麼人，只要給我瞧瞧，我就能斷定他的人品好壞，事業有沒有發展。
芬：爸，您會看相呀！

吉：這是憑我的閱歷、我的經驗。爸是識途老馬。好啦。爸不跟妳談這些，妳把他帶來給我瞧瞧。
芬：（傻眼）怎麼瞧瞧？
吉：怎麼瞧瞧，這妳都不會做嗎？妳去找他來跟我見見面，就行啦。
芬：我，我到哪兒去找他？
吉：妳到哪去找他？妳自己不知道嗎？還要問老爸，怎麼一下子變得傻呼呼的了呢？
玲：偉芬頭一次談戀愛，也許有很多地方不懂得。
吉：不懂要自己去體會。自己去嘗試呀！妳經營書店不懂，我可以教妳，難道妳談戀愛，也要老爸來教教妳嗎？妳馬上去找他來給我瞧瞧。免得妳找錯對象，誤了一生。聽見嗎？
芬：我，我沒辦法找他來給你瞧瞧。
吉：（不悅）妳這話是什麼意思？妳找老三到台北來，妳事先不跟我說，瞞著我。妳談戀愛跟老三商量，不跟我商量，妳又想瞞著我，妳瞞得了嗎？妳的婚姻大事不能由妳一個人作主，必須徵得我同意才行。現在妳找他來給我瞧瞧，妳就推三阻四的，妳簡直是看輕我，不把我放在眼裡。難道我半身不遂，坐在輪椅上，你們一個個的把我看低了嗎？
玲：爸，您別生氣，您的血壓高。
吉：爆血管，死了算了。
芬：（急切）爸，不是這樣，不是這樣的。
吉：我白疼妳了，妳辜負了我一片苦心，妳是我最疼愛的小女兒，妳這樣傷我的心。
芬：這叫我怎麼說呢？（求助）三哥！
國：爸爸，是這樣的，偉芬的男朋友出國去了，根本不在台灣，所以偉芬沒辦法找他來給你瞧瞧。
吉：（對芬）那妳為什麼不說呢？
芬：我，我……

國：爸，她被您嚇糊塗了，一下子說不出來。
吉：妳呀！妳呀！談戀愛不告訴我，找老三商量不找我商量，我現在知道了，要見那小子，他都出國去了，見不到人了，這都是妳瞞著老爸的後果。他出國是留學嗎？那妳和他還談什麼戀愛？妳呀妳呀！叫老爸怎麼幫妳，妳是永遠長不大的孩子。出國留學，那我要等到什麼時候才能見他。
國：爸，不要等，那個人不是留學，是出差，過幾天就會回國的。
吉：好啦！那就等他回國吧！哼，見妳的男朋友比見總統還難！（對玲）咱們走。
芬：（上前）爸，好走。
吉：（嘟噥）我坐在輪椅上怎麼「好走」？

△玲推輪椅出去。

芬：三哥，妳是怎麼搞的？異想天開，跟老爸說我在談戀愛？
國：要不，怎麼說呢？說妳書店經營不善，即將倒閉。找我回來商量解決的辦法，老爸不是會更加生氣更要罵嘛
芬：可是怎麼向老爸交代呢？到哪兒去找一個人當我男朋友？這不是濫竽充數，隨便拉一個人來就行的呀！
國：這個讓我想想看。哇！我肚子餓了。
芬：我去買便當。

△偉芬去買便當
△少頃，馬來喜由閱覽室出來

國：馬來喜，你怎麼不看書了呢？
喜：出來活動活動，清清腦子。唉！孫阿姨呢？
國：她去買便當。
喜：你為什麼不跟孫阿姨一起出去吃飯呢？找一家有名的餐廳，點自己喜歡吃的菜。吃便當多沒意思。
國：那麼講究幹嘛？隨便吃一點就好了。

△馬來喜不時看櫃臺，看收銀機。偉國看他的舉動似有所悟。

喜：我們家吃飯，都是全家一起吃。我們家有六個小孩，我是最大的。我們圍著桌子，和我媽媽一起吃。我爸爸早就死了，我媽媽一個人做工養活我們，好累啊！她累壞了身體，還要去工作，她不工作，我們就要餓肚子。（搖頭）我跟你說這些幹嘛？你會看不起我的。
國：你錯了。我不但不會看不起你，而且我羨慕你。
喜：你們家那麼有錢，你會羨慕我？愛說笑啦。
國：不是愛說笑，是真的羨慕你。因為你有母親，我沒有母親，我母親在我六歲的時候就去世了。
喜：啊！這樣嗎？
國：你以為我們家富有，所以幸福、快樂。其實，失去母愛的痛苦並不是富有可以代替的。人們常說，有錢好辦事，又說金錢萬能。其實，有很多事是金錢辦不了的。
喜：喔……
國：你不大懂吧？
喜：我不贊成你說的，我愛錢，我長大了要賺很多錢，吃大餐，住大廈，錢太可愛了。
國：那你要好好讀書，有了學問就能作大事，作大事就能賺大錢。

喜：你說對了。我看書就是為了賺錢。我要看書賺錢去了。嘻，嘻……

　△喜進入閱覽室看書去了

國：（沉思）……這小傢伙。（搖頭）……

　△國伏在櫃臺上寫字條。又掏出兩百塊放在櫃臺上。

　△偉芬提便當進來

芬：便當買來了。一塊錢一個。

國：一塊錢一個？

芬：是呀！經濟衰退，買氣太差，老闆為招攬生意，大減價特賣。

國：這樣呀！偉芬，我要做一件驚人的事給妳看。

芬：驚人的事情？

國：對，妳跟我來。

　△國拉芬到一排書架後面。

　△有青少年走出閱覽室回家去

　△少頃，馬來喜由閱覽室出來。東張西望。

喜：咦，孫偉芬不在。孫偉國也不在。他們去了哪裡？（看看牆上的鐘）哇！該是吃午飯的時候了。我媽等著我買東西回去哩。我哪來的錢買東西呢？我沒有錢呀。

△馬來喜看到櫃臺上的錢。

△書架背後，國與芬看到馬來喜的一舉一動

國：注意，有好戲看了。

芬：馬來喜走向櫃臺，他要幹什麼？

國：他要偷錢。

芬：他怎麼會偷錢呢？櫃臺上有錢嗎？

國：有。我放了兩百塊錢。

芬：不會吧，馬來喜怎麼會偷錢呢？我不相信。

國：妳看嘛。

△馬來喜猶豫、張望，下手偷錢。

芬：原來偷錢的就是馬來喜，真是沒想到。

國：我早就想到了。第一次見到他，我就覺得他不大對勁兒，就對他產生了懷疑。

芬：三哥，還是你行。咦，他在看什麼？

國：一張字條。是我寫給他的一張字條。

芬：我去把他抓住，送派出所。

國：不要不要！

芬：人贓俱獲，為什麼不要他？
國：不要抓他，妳聽我的沒錯。
芬：你看，他也在寫字呢。
國：嗯。

△馬來喜寫完字條走了。

芬：他寫些什麼？
國：我們過去看看吧。

△二人走至櫃臺。

國：偉芬，妳看，這是我寫給馬來喜的字條。
芬：我看看。（唸）「馬來喜，你的偷竊行為已被全程錄影，你想賴也賴不掉了。我要告訴你媽媽，你是小偷。」
芬：三哥，其實你並沒有錄影，你這是「心戰」。
國：妳再看看馬來喜寫的字條。
芬：（接過字條視之）「偉國叔叔，我是不得已才這麼做的。拜託，你千萬別告訴我媽媽，我明天一定拿錢來還給你。」
芬：他會還嗎？他有這個能力嗎？我看他以後不會來了。
國：他會再來，他會還錢。

芬：三哥，你為什麼這麼肯定？

國：從他留下的字條就可以看出，他是一個善良的孩子，「千萬不要告訴我媽媽」，由這句話可以推測，他也是一個孝順的孩子。

△轉場

△燈暗

△燈亮。

△國與芬在招呼生意，有顧客買書，也有兒童和青少年走進閱覽室看書。看書的顧客不多，買書的更少。

芬：三哥，你要給我出主意，否則怎麼向老爸交代。

國：實在是不好交代。

芬：老爸那嚴厲的目光像針一樣刺過來，還有那厲害的言詞，我好害怕。

國：我看只有面對現實，實話實說了。

芬：你是說告訴老爸，書店周轉不靈，快倒閉了。

國：要不，怎麼辦呢？

芬：你要給我想想辦法，合著你來了，只為我抓小偷呀。

國：抓小偷僅僅是附加價值。這樣吧，我幫你把問題解決了，我再回南部去。一日不解決一日不回去，妳看好不好。

芬：（鬆一口氣）這才對嗎。（隨手撿起櫃臺上的字條）你寫給馬來喜這張字條上：「我要告訴你媽媽，你是小偷。」你這樣寫是不對的。

國：怎麼不對？

芬：你應該寫上：「……我要告訴你老師，你是小偷。」這樣才會發生嚇阻作用，因為小學生都怕老師，不怕媽媽。

國：是嗎？

芬：尤其是怕老師把他偷竊的行為向全班同學宣布，傷害他的自尊，從此他在同學面前抬不起頭來。往後再也不敢偷錢了。

國：偉芬，你這想法是不對的。我問妳，妳那麼在乎七千塊錢嗎？七千塊錢買不回孩子的自尊，而且，很可能毀掉一個孩子的一生。

芬：三哥，你在說什麼？我聽不懂。

國：妳不懂我就告訴妳。從前，有一個讀小學六年級的男孩，拿了一位張同學彩色筆盒，為什麼說拿不說偷呢？因為那男孩太喜歡那筆盒了。可說是愛不釋手。於是下課鈴響了，同學們收拾書包回家，那男孩順手把那彩色筆盒放在自己的書包裡回家了。第二天上學，他正要把筆盒還給張同學，張同學一口咬定他偷了他的筆盒，並且報告老師，老師聽了大怒，不問青紅皀白，罰他站在走廊上，被同學譏笑、羞辱，他頭低低的，一動也不動的忍受著，眼淚一滴滴的掉下來。

芬：這男孩好可憐。……

國：可憐嗎？妳知道他是誰嗎？

芬：（悟出）喔！他，他就是你！

國：是的，就是我！這種傷害太大了。以後班上只要有人掉了東西，就會聯想到我，家裡兄弟姊妹掉了東西，我也會心跳不止，於是造成了我敏感、多疑。這陰影一直跟隨著我，使我不能專注工作，甚至安心的生活。

芬：三哥，想不到你還有這一段。你從來沒和我提起過。

國：提它幹嘛？又不是什麼光彩的事情。

芬：三哥，我現在完全明白你不告訴老師的原因了。

國：我不是看重那失去的七千塊錢，更不是告訴老師懲罰馬來喜，而是幫助馬來喜改正他偷竊的行為，不使他的心靈蒙上一層陰影，做一個有自信有勇氣，努力向上的小學生。

芬：三哥，你好有修養，你的待人接物，值得我學習。

國：妹妹，妳要有自信。

芬：啊！……

國：妹妹，妳看！（指向外面）

芬：馬來喜。他來了。真想不到他來了。

△馬來喜行入。

喜：偉國叔叔，偉芬阿姨。對不起，我因為去打工賺錢，所以黃牛了。從今天起，每隔三天我就來還兩百塊錢，一直還清七千塊錢為止，我招供，你們失去的七千塊也是我偷的。喏（取出兩百元）這是兩百塊錢，先還第一次。

國：馬來喜，先別談還錢的事。你昨天為什麼不來呢？

喜：我昨天沒賺到錢，所以沒來。今天賺到兩百塊，特地來還給你們。我馬來喜是講信用的人，寧願我家晚飯吃不成，也要還錢。

芬：晚飯吃不成了？難道你們家的飯食都要靠你偷錢解決嗎？

喜：是的，我偷的錢不是去打電動玩具，也不是為了抽煙喝酒亂來，而是為了我們全家五個小孩一個大人的一頓飯呀。

芬：一頓飯？難道你們家只吃一頓晚飯嗎？

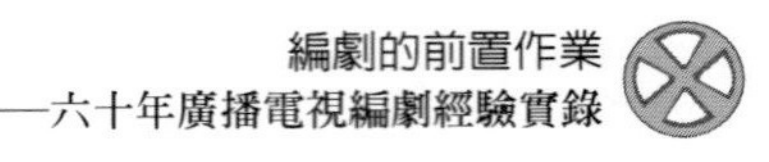

喜：是的，早餐不吃，中午吃一個麵包，或者是分吃一碗速食麵。弟弟妹妹們都等待著一頓吃得飽飽的晚餐，那是我們的盼望，也是我們的安慰，是我們全家最快樂最溫暖的時刻呀！可是，我們昨天沒有吃晚飯。弟弟妹妹，愁苦的臉，媽媽躺在床上痛苦的呻吟……

芬：你媽媽躺在床上痛苦的呻吟？你媽媽怎麼啦？

喜：我媽媽生病了。自從失業以後，她就病了，她不能工作，就沒有收入，生活好困難，活不下去了。

國：於是你就作了小偷？

喜：是的，要不怎麼辦？沒錢給媽媽治病，弟弟妹妹張著嘴，要吃要喝。唉！不說這些了，兩百塊錢還給你們。我走了。

國：馬來喜，偉國叔叔不要你還錢。

喜：不要我還錢？

芬：是的，收起你的兩百塊錢。

國：（害怕）那你們是不是要懲罰我？告訴我媽媽？我媽媽的病很嚴重，你們不要刺激她，如果她知道她兒子這麼沒出息，作了小偷，她會氣死的。她為了養育兒女每天早上去兩座大廈洗電梯、打掃清潔，她好累啊！營養又不好，把好東西都給我們吃了，自己餓肚子。請你們做做好事，千萬不要告訴她我作了小偷，我以後決定不作小偷了。如果再做，我會把手砍掉。

國：馬來喜，你聽好，我們不要你還錢，並不是要告訴你媽媽，要你媽媽打你、罵你，而是要你覺悟，斷絕你的偷竊行為。

芬：是的，改正你偷竊行為比什麼都重要，所以，我們不要你還錢，也不會告訴你媽媽。

國：還有你要好好用功讀書。

喜：我怎麼能好好的讀書？我作小偷怎麼能好好的讀書？你們哪裡知道作小偷有多累、多緊張！

國：是的，我們不知道，誤會你了。希望你以後改邪歸正，回學校讀書。

芬：希望你不要辜負偉國叔叔對你的期望，返校復學。你是一個孝順的孩子，你要孝順你媽媽，照顧弟弟妹妹，而且還要作弟弟妹妹的好榜樣。
喜：（點頭）嗯。
國：你會做到嗎？
喜：我試試看，一個小偷作一個好學生，是很難的。
國：你有困難，我們會幫助你的。
芬：盡量幫助你解決困難。
喜：（點頭）嗯！

△燈暗。第三幕完

△第四幕

△幕啟，孫家正在吃晚飯，孫偉強吃完坐在一邊喝茶。偉芬也吃完坐一邊吃水果。
△桌上有孫偉國、孫在吉、麗玲、小寶，小寶挾菜餵在吉吃。麗玲在侍候在吉。
△另外有一菲傭站在在吉身後，服侍在吉的。

吉：不吃了！不吃了。（把碗推開。）
玲：爸爸，您吃太少了，是不是今天的菜不合您胃口。
吉：今天的菜很好。
玲：那您為什麼不吃了呢？

吉：麗玲，我吃得不少，妳可不能填鴨。
寶：嘻嘻，爺爺是鴨子。
玲：（斥）不要亂講話。
寶：（撒嬌）爺爺，媽媽又罵我。
吉：（袒護）小孩子講話不限制他。童言無忌。
寶：爺爺，那您就是鴨子啦。
吉：爺爺是老鴨子，你是小鴨子。
寶：嘻嘻！我是小鴨子。
吉：一隻醜小鴨。
寶：一隻醜小鴨餵老鴨子吃飯，嘻，嘻。

△玲瞪小寶一眼，制止他亂講話。

玲：爸爸，您在公司上班很辛苦，要多吃點。
強：是呀！爸，您太勞累了。
吉：（不悅）勞累什麼？我坐在辦公室裡沒事幹，哪裡會勞累呢？你明明是諷刺我。
強：爸，我怎麼敢呢？
吉：我待在家裡被你們看成廢人，我在公司裡被大夥看成廢人，我在家裡不舒坦，我在公司裡更不舒坦。
國：大哥，這豈不是讓爸爸受罪嗎？怎麼會這樣呢？
強：我也不知道。
吉：你會不知道？公文到了你那裡就停止了，根本就到不了我這裡，因為你把它處理了，不聽我的意見，不要我參與，不尊重我。這是我的悲哀，一個半身不遂的老人的悲哀，更是一個退休老人的悲哀！

國：大哥，你不可這樣對爸爸。
強：這是公司新建立的制度，分層負責，爭取時效。有很多公文也到不了我這裡就處理掉了，並不是我壓下來不讓爸爸知道。
吉：什麼分層負責、爭取時效，明擺著是針對我。
寶：爺爺，您真傻，幹嘛要搶著做事呢？
玲：偉強，有些重要的公文，你必須呈請爸爸批准，由爸爸來決定啊。
國：大哥，可以嗎？
強：好吧！
吉：嗯！好！你總算明白過來了，這對你對我對公司都好。
強：就從明天開始。重要的公文，一定呈爸爸審閱、批示。
寶：明天是一個新的開始，對不對？爺爺。
吉：（高興起來）對對！小寶說得對！小寶最聰明了。咦，偉芬呢？
國：偉芬到她房裡去休息了。
吉：（轉對強、玲、寶）你們也去休息吧。偉國留下來。
強：是！爸爸。

△強、玲、寶行出。

吉：偉國，我問你，偉芬的男朋友回國了嗎？
國：沒有回來。
吉：怎麼還沒回來呢？你不是說他去美國出差，一個禮拜就回來，你不是這麼說的嗎？

國：是，我是這麼說的。
吉：那你怎麼說沒回來呢？
國：我不大清楚。
吉：怎麼不大清楚呢？我不是關照你幫助偉芬，使她的戀愛順利、圓滿、結良緣、快點結婚？你怎麼不清楚呢？
國：是的。
吉：她男朋友回來不回來？你都不知道？
國：大概，也許回來了。
吉：（大聲）到底回來沒有？肯定的說，不要模稜兩可。
國：（也大聲）回來了。
吉：你叫偉芬出來。
國：這個……
吉：我要你叫她出來。吞吞吐吐，心神不定的樣子，你在搞什麼？讓我親眼看看那個人，我才放心。
國：是的，是的。
吉：快叫偉芬出來。
國：（對內喊，至內側口）偉芬，偉芬。
芬：（在內室）三哥，什麼事？
國：妳出來一下。
芬：喔。

△偉芬行入。

吉：聽說那個人已經從美國回來了，是不是？
芬：從美國回來了，誰從美國回來了？
吉：當然是妳那個男朋友。
芬：男朋友？我不知道呀。
吉：妳三哥都知道了，妳怎麼不知道呢？
芬：三哥知道？三哥怎麼會知道？根本沒這回事。
吉：沒這回事？妳說的什麼話？怎麼迷迷糊糊的呢？
國：（為之解圍）偉芬，剛才我已經告訴爸爸，妳的男朋友已經回國了。還是我們兩個一道到機場去接他的。（使眼色）妳怎麼忘記了呢？
芬：（已領悟）是的，我忘了，瞧我這記性，（對看）的確是三哥和我到松山機場去接他的。
國：（糾正）中正機場，妳又忘了。
芬：我沒忘是松山機場。
國：松山機場是國內航線，中正機場才是國外航線。
芬：喔喔，這樣呀，反正機場都差不多，都有櫃臺、候機室、跑道等，飛機飛來飛去。我實在是記不清楚了。
吉：記不清楚，也不能胡扯呀，你恐怕得了健忘症耶。我問妳的男朋友叫什麼名字？
芬：（傻眼）叫什麼名字？叫——
吉：糟糕，連男朋友的名字妳都不記得了嗎？妳真的得了健忘症，這可怎麼得了？
芬：沒有什麼不得了，三哥知道。
國：（也傻眼）我……
芬：三哥當然知道，要不三哥怎麼和我一起到機場接他呢？
吉：有道理。偉國，那你就說吧！他叫什麼名字。

國：爸，偉芬故意逗您的，自己男朋友的名字她怎麼不知道呢？
吉：對呀！偉芬說！
芬：爸，我不是逗你的，我是真的不知道。
吉：那妳跟他來往，不叫他名字嗎？
芬：我不叫他的名字，我只叫他小馬。
吉：小馬，那麼他姓馬嘍。
芬：是的，姓馬。
吉：叫馬什麼？偉國你來說，一個名字攪來攪去，我可不耐煩了。
國：爸，您別不耐煩，我說我說，他叫馬……馬來喜。
芬：（脫口而出）我的媽呀！
吉：怎麼啦？
國：她是說我的馬呀，馬郎！是在呼喚她的小馬，（嗔）馬郎。
吉：（高興）馬郎，你們已經這麼親熱啦！老爸還擔心妳認錯了人交到壞朋友哩。現今社會常常看到女性被糟蹋，偷拍什麼的，真可怕！老爸可不允許我的乖女兒被欺負。
芬：不會不會，小馬是好人。你想三哥這麼優秀，他的好朋友好同學還會差嗎？
吉：哇，偉國，原來馬來喜是你的同學呀！
芬：同班同學，同系同教室，一路從建國中學升上來，進入台大，在美國讀哥倫比亞大學，得兩個博士學位。比三哥還多一個。我沒說錯吧！三哥。
國：哎，哎……
吉：偉國，這麼說你很瞭解馬來喜了。說給老爸聽聽，他是什麼樣的人？
國：是的，馬來喜忠厚老實，品行端莊，手腳靈活，規規矩矩做事，而且有才幹。

吉：（高興）這我就放心了，偉國，你幫偉芬完成婚姻大事，居功厥偉。
國：是的，居功厥偉。
吉：偉芬不小了，個性又內向，不善交際，找對象不是容易的事，可以說越來越困難了，高不成低不就，叫我一直擔心她嫁不出去，形成我沉重的壓力，如今你能介紹你同班同學給她，老爸感到十分欣慰。
國：這不在話下，我很優秀，我的同學當然也是人中之人了。這請老爸放心。
吉：那你要多多費心，完成此事，成全小妹。
國：是的。成全小妹。
吉：這事就交給你負責了。
國：我負責，我負得了責嗎？
吉：如果搞砸了，唯你是問。對了，馬來喜在哪裡工作？
國：在，在文化界。
吉：在文化界做什麼工作？
國：做……做跟書有關的事情。
吉：他寫書嗎？
國：不，他在出書。
吉：那是出版社啦？
國：出版社。
吉：待會兒你帶我去出版社瞧瞧，瞧瞧馬來喜的出版社有多大規模，出版哪些書，業績如何提升，這方面我是內行，給他指導指導。我們現在就去。
國：（緊張）不能去，不能去。
吉：為什麼不能去？

國：因為沒有出版社。
吉：你剛才不是說馬來喜經營出版社嗎？
國：他是開書店的，他喜歡看書。
吉：語無倫次，顛三倒四，我看你跟偉芬一樣，也得了健忘症。
國：我比她更厲害。
吉：好了好了，既然你們不要我去看他，那麼你們就帶他來給我瞧瞧！偉芬，妳說什麼時候帶馬來喜來？
芬：這，這個由三哥說吧，三哥比我熟悉。
國：我說？
吉：偉國，你說。
國：爸，這，這等我跟他聯絡以後再說吧。
吉：（堅持）不能「再說」了。先前說是出國不能來，現在又說「再說」，奇怪，你們為什麼推三阻四的？瞧瞧，能瞧掉一塊肉嗎？聽著，我要你們馬上給我一個日期。
國：那就下星期二吧！
吉：好，就下星期二，你們帶馬來喜來給我瞧瞧，你們說話算數，不許拖延。
芬、國：是、是！

△在吉推著輪椅進去了。

芬：三哥，你怎麼把看書小孩的名字說出來呢？
國：我看爸爸要發脾氣了，一時想不出名字，就把馬來喜說出來了。
芬：三哥，我百分之百的敗給你了，我長這麼大，今天才領悟到你的糊塗勁兒。

國：是呀是呀，大智若愚，難得糊塗。
芬：你害死我了，馬來喜讀小五才十一歲呀，如何充當我的男朋友呢？下星期二找他來怎麼行呢？
國：當然不會找馬來喜來。
芬：那怎麼辦呢？
國：不要緊，沒什麼大不了，船到橋頭自然直。
芬：直不了啦，要翻船啦！
國：（笑起來）哈哈……
芬：你笑什麼？
國：我笑我們兩個真是一對聰明而有智慧的兄妹。書店賠錢妳巧妙地瞞過了爸爸，而我又創造了一個「影子戀人」馬來喜。
芬：別得意，下星期二就要被拆穿了。

△燈暗。
△燈亮時小寶在場。
△馬來喜由外行入。

喜：小寶，我來陪你做功課。
寶：好哇，你先到我房裡等我。我在這兒等我爺爺。
喜：你爺爺出去啦？
寶：我爺爺去公司上班，馬上就要回來了。
喜：你爺爺去公司上班，真稀奇。

寶：真稀奇？
喜：是呀，他那麼老了，還去上班？而且他還坐在輪椅上去上班。這不是很稀奇嗎？
寶：我爺爺最討厭別人說他沒有用，你這些話要是給我爺爺聽到，他會大罵你！
喜：真的？我好怕他。
寶：那你去我房裡，快點，我爺爺快進門了，別讓我爺爺看見你。
喜：喔。

△喜迅速進入室內。
△強、玲陪伴在吉行入。

寶：歡迎爺爺回家。我一直在這裡等候爺爺回家。
吉：是嗎？真是我孝順的小孫子。哈哈！我說偉強，本公司的業績真的有起色嗎？
強：是的，爸，公司的業績，正在慢慢的上升。本年度渴望度過難關，不必裁員減薪了。
吉：喔，這樣呀。

△偉國由內側行出。

國：爸，您下班啦。
吉：是呀，偉國，今兒我在公司裡接到你們老總來電話，說你有創意有才幹，大大誇獎了一番，還說你是不可多得的人才。偉國，可見得你幹得很有成就。
國：虎父無犬子，這是您的遺傳。

吉：你別捧我，這是你自己的努力。偉強，你剛才說本公司的業績，「正在慢慢的上升。」這是什麼意思？是不是你嫌太慢了？

強：爸，您怎麼會這樣想呢？

吉：我很自然的就這樣想。自從我核閱業務、財務、行政三個部門的重要文件，本公司的業績迅速上升，這是有目共睹的事實，你卻嫌我做得不好，說什麼「正在慢慢的上升。」言詞之間會有怪我的意思。

玲：爸，偉強說話不適當，我相信他絕對不會有怪您的意思。

強：是呀，我怎麼敢。

吉：你不敢？在我面前唯唯諾諾，裝出一副可憐相，背後你對我亂批評，說我抓權弄權。你陽奉陰違，十分陰險。

強：是的，我陰險，我陽奉陰違。

吉：怎樣，說說你，你還不服氣？

強：我不懂，我說業績「正慢慢上升」有什麼錯，我沒說慢慢下降呀！

吉：你是想說，可惜說不出來，因為我做得太好，使你無懈可擊，甚得全公司同仁的擁戴。麗玲，妳說是不是？

玲：是的。爸有理想有作為，而且有魄力，公司在爸的領導之下，蒸蒸日上，一日千里。

吉：（高興）你聽到沒有，這是你老婆說的真心話。你呀，糊裡糊塗，滿腦袋漿糊，要不是我挺身而出，公司不知道要被你帶到哪裡去，就是不死，也脫層皮。

強：既然爸這樣輕視我，那我，我就辭……

吉：你說什麼？

強：我——

玲：好了好了，你少說幾句吧！爸在工商界德高望重，誰不尊重，說你幾句你就受不了嗎？

吉：你好好聽著，我指責你，是經驗的傳承，是為你有進步，好成材。不知好歹的東西。
強：（氣）爸，您——
吉：怎麼樣？你想反抗嗎？哼，推我進房。

△玲推在吉進屋去。

強：把我當成什麼了，動不動就教訓我，臭罵我一頓，我說好話聽不進去，說不好聽的話就更不得了啦。把我在公司裡的埋頭苦幹、勵行篤實，完全不放在眼裡，輕視我，瞧不起我，諷刺我，壓迫我，不把我當人看，就是一條狗也受不了。總有一天，狗急會跳牆！
玲：（推吉進屋後，立即行出）你小聲一點，給爸聽到就不得了啦。
強：聽到就聽到，我豁出去了。大不了不幹這個受氣又挨罵的總經理。
玲：不要衝動。
強：我已忍到最低限度，忍無可忍了。
國：光「忍」不是辦法。
強：那你說該怎麼辦？
國：你要摸老爸，摸他的意願，摸他的心思。
玲：三弟這話說的對。爸明明是一個好大喜功，喜歡戴高帽子的人，你就吝嗇說一句使他聽了順耳的話，他當然對你不滿意了。
國：老年人要聽順耳的話，尤其是老爸，他在商場不可一世，叱吒風雲，中風閒在家裡，他是不甘心的，有那麼一點壯志未酬的味道。
強：他不甘心又怎麼樣？他在公司裡並沒有做事情，他也不能做任何事情。是我在那裡苦幹，才拼出一點業績來，他就往自己身上攬，認為是他幹的。其實他是意見多，難伺候、只會製造麻煩的人。偏偏有些人捧著他，贊成他。

玲：誰贊成他？你以為我贊成他嗎？我是在哄著他，逗他開心。說一些好聽話，讓他高興高興。你想想，他奮鬥一生，落得如此下場，寂寞孤獨、空虛，他怕被別人遺忘，你懂嗎？

國：大嫂這番話，算是摸著了老爸的心態。大哥順著點，別擰著幹。多則五年，少則三年，老爸會離開我們，真乃是夕陽無限好啊……

△燈暗

△強、玲、國三人無言以對。

△強，不知如何是好。

△燈亮的。

△小寶和馬來喜由內側行出，小寶牽著馬來喜的手，親切相待。

喜：（有點擔心）小寶，我這事兒，你爺爺會答應嗎？

寶：不成問題。我爺爺又回到公司工作了，他要用什麼人就用什麼人，誰敢反對？我爺爺說了算。

喜：你爸爸不是總經理嗎？

寶：我爺爺是董事長，董事長比總經理大，懂不懂？

喜：喔！

寶：來，我們去見我爺爺，把你的事跟他說。

喜：好！

△二人正要進在吉房，在吉推輪椅出來。

寶：（上前）爺爺。

吉：（撫慰寶）小寶，有事嗎？

寶：和爺爺說話。

吉：好哇！（轉對喜）這是——

喜：我跟小寶是同班同學。

寶：他常常教我算數，他好棒唷！

吉：他常常來我們家，我怎麼沒見過他？

寶：有時他來了，你在房裡，有時他來了，你去上班，當然碰不到他啦。

吉：喔！那咱們今天是幸會啦。

喜：「幸會」？是的，幸會！幸會！

吉：你很聰明，你叫什麼名字？

喜：馬來喜。

吉：（驚一下）馬來喜？哪三個字？

喜：馬來喜。馬來西亞的馬，我來了的來，歡喜的喜，就是說，我馬來喜來了你就會歡喜。

吉：（已明白）嗯，你的名字有意思。……

寶：爺爺，馬來喜要求你一件事情，請爺爺答應他。

吉：什麼事情？

寶：馬來喜，你自己說吧。

喜：我們家有五個小孩，要吃要喝，就是我媽一個人賺錢養活我們，我媽好累啊，她累病了，不能工作，等病好了回公司工作，公司怪她請病假太久了，就不要她了。我媽失業了。全家沒吃沒喝，快要餓死了。請孫爺爺幫我媽找個工作，救救我們全家吧！真的快要餓死了呀！

吉：怎麼請病假就免職呢？這是不對的。馬來喜，你媽是在什麼公司工作？

喜：這我不大清楚，好像是一家很大的公司。

吉：擔任什麼工作？

喜：清潔中庭、樓梯和電梯。

吉：該公司在哪條街，你知道嗎？

喜：好像在南京西路，一家百貨公司附近。

吉：……嗯，我知道了。我會替你媽想想辦法，我保證你媽媽會復職，你回家去等消息吧。

喜：好的。謝謝孫爺爺，謝謝孫爺爺。

△馬來喜行出。

寶：爺爺，您真的會幫馬來喜的媽媽嗎？

吉：我一定會的。小寶，你知道嗎？那家公司就是我們的公司。因病請假免職，這是不對的。我們對不起馬來喜的媽媽。

寶：喔！那是爸爸開除了馬來喜的媽媽啦。

吉：哼，不是他還有誰！

△此時，強與玲由內側行出。

玲：爸，該上班了。
強：爸，走吧。
吉：慢點，偉強，我問你，公司裡那個女清潔工怎麼沒看見了呢？
強：喔，你是說那個阿巴桑？她辭職不幹了。
吉：辭職不幹了？另有高就嗎？
強：是的，她到別家公司作廚師了。
吉：做廚師，炒菜煮飯嗎？
強：做廚師，當然要炒菜煮飯啦。
吉：哼！當然要炒菜煮飯。她快要沒飯吃，快餓死啦！你知道不知道？睜著眼睛說瞎話，你就會騙我，大事小事你都騙我，你把她開除了，所以她才沒來上班。是不是？
強：是的。
吉：那你為什麼瞞著我不跟我講，東瞞西瞞，瞞天過海，你把我當賊？處處防著我是何道理？我是你爸爸，我不是賊！我是來幫助你的，不是要整垮你的！
強：辭退一個清潔工，乃小事一樁，爸，您何必發這麼大脾氣呢？
吉：由這件事可以看出你居心不良，不孝順、不尊重！你一腳想把我踢開。
玲：爸，您別生氣，您血壓高，這件事是偉強不對。
吉：因病請假，怎麼可以辭退人家？這要傳出去，人家會批評我們公司霸道，員工生病都不能請假，非要做到死不可！這種批評好聽嗎？你孫偉強聽得下去嗎？
強：她請假太久了，有半個月之久。樓梯、電梯、中庭沒人打掃，既髒且亂，我不得不另外找人。
吉：她生病，並不是偷懶，你沒有理由辭退她。如果她抗議，丟雞蛋，灑冥紙，那就難看了。
強：不致於吧？她不會的。

吉：她會不會是她的事情，你開除她沒有立場，你去告訴她，請她回公司工作，現在就去。帶一份禮物去。你要不知道地址，小寶會帶你們去。

強：小寶知道嗎？

寶：我怎麼不知道？她就是我同學馬來喜的媽媽。剛才馬來喜都告訴爺爺了。爸，你好差勁兒！做這種事情。

△強欲教訓寶。

△吉揮手叫他們快去

△寶、玲、強行出

△另一邊，芬、國由內側行出

國：（招呼）爸。

芬：爸，您還沒上班？

吉：是的，我沒上班。

△國、芬二人起步

吉：（制止）不要走。

芬：爸，書店的業務很忙，我們正準備推出「一元一書」促銷活動。

國：是呀！是呀！「凝聚人氣，提升業績。」

吉：你們認為是「凝聚人氣，提升業績」，我確認為是「殺雞取卵」，是「飲鴆止渴。」業績是一點一滴提升起來的，製造高潮不是辦法，高潮不是人製造出來的，乃是水流匯聚而成的。什麼一元肉粽、五元內衣以及灑美金，都是一時的，解決不了問題，我不贊成這麼做，這不合我經營的原則。

芬：爸，不這樣做不行。

吉：怎麼不行？賠錢了？支持不下去了？是不是？

國：（解圍）不是不是，當然不是。妹妹觀念新，點子多，經營得法，每個月都有一百多萬的盈餘。

吉：是嗎？偉芬。

芬：（硬撐著點頭）是，是的。

吉：回頭拿帳目給我看。

芬：爸，您這樣不相信您的女兒嗎？還要查帳？

國：爸，您不覺得這很使妹妹難堪嗎？

吉：好了好了，我今天不跟你們說書店的業務。（對芬）我要跟妳談婚姻大事。今天是什麼日子，你們知道嗎？

國：什麼日子？

芬：沒人過生日，也不是紀念日，普通日子嘛。

吉：你們在跟老爸打哈哈，今天可不是普通日子，今天是歡樂喜氣的日子，你們要帶偉芬的男朋友馬來喜給我瞧瞧！

國：今天？

芬：今天是星期二。

吉：是呀！你們自己答應我的。沒錯吧！偉芬呀，你的男朋友馬來喜怎麼還沒來呢？應該來了吧！

芬：（怯）爸——

吉：是不是應該來呀？

芬：是，是應該來了。

吉：讓我等他不好意思吧！
芬：是的，不好意思。
吉：我說偉國呀！
國：（頓時緊張）在，在。
吉：馬來喜不是你的同學嗎？
國：是，是同學。
吉：是前後期同學，還是同班同學？
國：是前後期同學。
吉：前後期同學，那你不太瞭解他啦？為什麼介紹給偉芬呢？
國：是同班同學，我說錯了。
吉：喔！又成為同班同學了。那他有遲到的習慣，你應該知道吧！
國：知道，當然知道，不過沒怎麼注意。
吉：這怎麼不注意呢？這是壞習慣呀。
國：是的，壞習慣。我要糾正他，叫他改過自新。
吉：哦？你能嗎？偉國我問你，他的工作情形怎麼樣？
國：當然是很好啦。
吉：怎麼好法？
國：他很喜歡看書。
吉：看書不是工作，我問你他是做什麼的？
國：他知過必改，本性善良，做事光明磊落，絕對沒有偷竊的行為，就是有偷，也會立即改過。
芬：（為之緊張）三哥。

吉：你在胡說什麼？（大聲）我問你，他是做什麼的？
國：他沒有做事。
吉：他失業了？
國：他沒有失業，他在讀書。
吉：還在讀書呀？讀什麼學校？
國：小學五年級。
芬：（昏了）三哥。
吉：信口雌黃，胡說八道。
國：一點沒有胡說八道，我說得完全是事實。
吉：那麼我再問你，他多大年紀了？
國：十一歲。
吉：十一歲，你介紹他給偉芬作男朋友，你簡直是荒唐。
芬：三哥，你要害死我呀，你怎可以亂說！
國：我怎麼亂說，我說的完全是事實。
芬：你突然神智不清，胡言亂語起來，我的天呀！
國：好，到了這種地步，我們還能瞞著老爸嗎？從老爸的逼問中，已經透露出來他知道了，我們不要再瞞著老爸了。說謊是一件痛苦的事情，我再也不說謊了。妹妹，承認吧，勇敢的告訴老爸真相，不要再欺騙老爸。
吉：好兒子，這才是好兒子。你們要知道，任何大小事情瞞著我，都會被我拆穿！偉芬你還要欺騙老爸嗎？
芬：爸，不敢了。
吉：你們也真行，拿一個小五學生當男朋友，真是又好氣又好笑。你們知道馬來喜是誰嗎？他不僅是小寶的同班同學，幫小寶做功課，而且他還是我們公司打掃清潔的阿巴桑林阿梅的兒子。林阿梅生病沒上班，你大哥就把她辭退了，這是不合理的。我立刻責成偉強恢復她的職務，我絕不能製造失業人口。增加社會的負擔。知道嗎？

△燈暗（僅僅是表示時間過程，並非分場）

△燈亮時，偉強緊張的進來。麗玲在場。

強：麗玲。

玲：什麼事？瞧你緊張的樣子。

強：公司出事了。（取出一件公文）喏，妳看！

玲：（視文）唔，這是爸爸批閱的公文嗎？我看不懂。

強：妳看不懂我也看不懂。公司裡沒一個人看得懂。公文上是一團墨汁，誰能看得懂呢。

玲：是嗎？一團墨汁，沒有批照准，沒有批同意，也沒有批不同意。奇怪，爸爸是什麼意思？

強：當時我不在公司，承辦人無所適從，一件價值五千萬的生意就這樣泡湯了。

玲：（驚一下）喔！怎麼啦？

強：給別的公司搶去做啦。經濟如此的衰退，同業競爭愈演愈烈，做生意講究的是時效，我們沒有即時回覆，人家就找別家公司了。

玲：五千萬呀！

強：麗玲，妳跟爸爸說說，請他以後別再批閱公文了。

玲：我不敢說，老爸那霹靂火似的火爆脾氣！你為什麼自己不說呢？

強：我更不敢說了，如果我說了，他會多心，懷疑我篡位謀奪他董事長的位子。他脾氣火爆，性格多疑，權謀太重，獨斷獨行，而且他……

玲：好啦！保留一點，他就是有一千個不是，總是你爸爸，我公公。

強：不說不行呀，我們沒有第二個五千萬，任由他來損失。麗玲，妳去跟他說，他一向認為妳是一個孝順的媳婦。

玲：你別給我壓力？難道你不是孝順的兒子嗎？

強：他身體雖然殘廢了，可是鬥志還是那麼堅強，意志力也超過一般人，誰去跟他說都沒用，叫他不做事，他是絕對不肯的。

玲：就是這話。

強：對了，要不這樣好不好？重要的公文由我來批閱，不重要的交給他批。

玲：你想用欺騙的手法

強：要不，怎麼辦呢？

玲：行不通的。公司是他創辦的，他對公司的業務清清楚楚，你瞞不了他的。（傾聽內室）不要說了，他起來了。

△二人靜待。

△吉推輪椅行入。

強、玲：爸。

吉：偉強，你是不是有什麼事瞞著我？

強：沒，沒有。

吉：比方說你對我有什麼不滿意。

強：爸，我怎麼對您不滿意呢？我是您兒子呀。

吉：我做錯了事，導致公司損失，你就不是我兒子了，而是總經理了，擺著一張臭臉。
玲：爸。
吉：你這是心裡話嗎？不誠實。麗玲，妳誠實，妳會說真話。
強：爸，您怎麼這樣說我呢？不管您做錯任何事情，公司招致再大的損失，我都是您的兒子。
吉：是不是那件公文我批錯了，沒有明確指示該不該做？使得那件生意被別家公司搶去了？招致公司重大損失。
玲：是的，爸，損失了三千萬。
強：爸，您說我臉色難看，我怎麼能好看得起來？我們經不起這麼大的損失。
吉：五千萬，五千萬？這麼多。
強：（心疼的）那是我下了功夫，期盼了很久的一筆大生意，一下子就泡湯了。
吉：其實我是批准的。以我的經驗，我知道那是賺大錢的生意，我在商場打滾了五十年，我能不懂得嗎？可是我，我力不從心，我的手微微發抖，寫不出「照准」兩個字，我愈著急手愈抖的厲害，就是寫不出來，結果墨汁掉在公文上，字不像字，圓圈不像圓圈，方塊不像方塊。當時我使出渾身力量，元氣大傷。伏在辦公桌上昏了過去，以後的事情我就不知道了。
強：以後他們送您去醫院急救，等您清醒過來，您堅持要回家，他們只好送您回家。
玲：爸，這好危險，我看您不要批公文了。
強：是呀！您的手發抖，寫不出字來，怎麼能再批公文呢？
吉：是的，我的手發抖，不能再批公文了。左批是圓圈，右批是方塊，中間是一滴墨水，叫你們看了好笑，笑我老了，不中用了，我的路已經走到了盡頭，沒有前途，沒有希望，注定要坐在輪椅上等死！等死！
強：爸，我不是這個意思。
吉：你當然不是這個意思。你的意思，不僅僅是我的手發抖，最好腿也發抖，腳也發抖，眼睛嘴巴都發抖，渾身上下都抖起來，抖呀！抖呀抖呀抖個不停，什麼事情都不會做只會抖，公司的事完全由你來管，我

坐在輪椅上死掉，你就稱心如意了。

強：爸，您這樣說我，我很難過，兒子寧願不作總經理，甚至不要公司，也不願意你發抖。五千萬就五千萬，不提了誰也不提了。

吉：你的意思是我發抖會把你這位總經理抖掉，會把公司抖的關門？

玲：爸，我和偉強不在乎公司的盈虧，五千萬算不得什麼，買不回爸爸的健康，我們唯一的希望，就是您身體復健成功，過著平靜安詳快樂的日子。

吉：有這樣處心積慮，居心叵測的兒子，我哪裡能過平靜安詳快樂的日子？簡直是痴人說夢。哼！

△吉推著輪椅忿忿不平的下場

△偉強猶如元氣大傷似的，坐在椅子上。

玲：（上前安慰）想開點，回房去休息吧！

強：哪有這種道理，我做任何事情，他都看著不順眼，動則得咎，胡亂罵人，這叫我怎麼受得了。

△國與芬上場。

國：（邊走邊說）實在受不了。

芬：（也是邊走邊說）的確難以忍受。大哥，你好修養。

強：什麼好修養，我快崩潰了。——唉！老爸罵我，你們聽見了？

芬：是的，我們在後面都聽見了。

強：你們躲在後面不理不問，看著我挨罵。哼！毫無手足之情。

國：大哥，你是說讓我們解圍嗎？我們解得了嗎？老爸會聽我們的嗎？
芬：不但不聽，恐怕連我們一起罵。
玲：我想我們找一個人跟他說，我想到一個人——
強：誰？
玲：杜大全杜伯伯，他退休在家。老爸是他的好朋友，過去在生意上合作過。二人很談得來。
芬：杜伯伯很好。他隨和開朗，不固執己見，的確是好人選。
國：就是他了。
強：誰去請呢？
玲：我去。
國：要快喲！
玲：我知道，我不會耽擱。

△玲偕強由外門行出。
△芬、國正要向內側走去
△馬來喜由外行入。

喜：（招呼）孫叔叔、孫阿姨你們好。
芬：馬來喜你怎麼來了？
國：是呀，想必有什麼事吧！
喜：當然有事，要不我跑來你們家幹什麼？告訴你們說，是孫爺爺打電話叫我來的。
芬：我老爸派人叫你來的？

喜：是呀！稀奇吧！
芬：三哥，大概老爸已經知道書店賠錢的事了。
國：馬來喜，孫爺爺有沒有問你說書店賠錢的事？
芬：（急切地）馬來喜，你跟我老爸說了些什麼？有沒有說書店賠錢的事情？
喜：我沒說，我也不知道妳書店賠不賠錢，我只是把書店經營的情形說了一些。
國：你這等於說了一樣呀！
芬：（焦急）三哥，這怎麼辦呢？
國：順其自然吧。船到橋頭自然直。
芬：直不了啦！要翻船了。

△在吉推輪椅上

芬、國：爸。
喜：孫爺爺。
吉：馬來喜，你早來啦。
喜：我剛來一會兒。
吉：馬來喜，我找你來，是要你做一個見證人，叫我的兒女不再瞞著我，欺騙我。馬來喜，孫爺爺很悲哀，在我身邊的人，沒有一個是對我真心的，他們不為我著想，只為他們自己著想，他們只為自己打算，從來不為我打算。有這樣的兒女，可怎麼是好？馬來喜，你說孫爺爺是不是很悲哀很可憐。
喜：孫爺爺，我沒有想到，像您這樣的大人物，還這樣悲哀、這樣可憐。
吉：唉！什麼大人物？聖經上說，在先的就是在後的，在後的就是在先的。孫爺爺也是這樣。看上去，我是大人物，其實是可憐的小人物。

芬：（動容）爸，您別這麼說，您這麼說叫我們作兒女的好難過，好慚愧。

國：爸，有些事情我們瞞著您，是為了是您清靜，不為我們費神操心，甚至傷心難過。

吉：難道你們欺騙我，我就不傷心、難過嗎？等我發現你們是在欺騙我的時候，我是十倍的傷心，十倍的難過啊。

芬：爸，女兒不孝，一直在瞞著您，使您傷心、難過，女兒經營書店賠了錢，徹底失敗了。

吉：賠了錢，徹底失敗了？

芬：女兒對不起您，求您原諒。

吉：妳為什麼不早說，妳為什麼要瞞著我？妳以為爸爸沒有能力解除妳的危機嗎？妳以為爸爸老舊過時了嗎？不能為妳出主意了嗎？妳驕傲自大，自以為是，自作聰明，把書店經營的一塌糊塗。妳的驕傲救不了妳，妳的自作聰明反而害了妳。在妳身邊的老爸妳都不諮詢，妳不信任，反而老遠的把偉國叫回來，結果怎麼樣？妳輕視老爸，看不起老爸，老爸是個廢人，坐在輪椅上的廢人。

芬：（被斥痛哭）爸，我錯了，我傷了您的心，我是糊塗笨拙又無能的女兒……（哭）

國：爸，您錯怪了妹妹，妹妹是怕您罵她才不敢對您說，她絕對沒有輕視您老人家的意思。

吉：你也不是好東西。你人在高雄，一年到頭難得回家看看老爸，偉芬叫你回來，你馬上就回來了。跟偉強是一丘之貉，自私自利。跟偉芬一樣，自作聰明，在每個人面前遊走、討好，偽善，你這種不穩定的性格不改，絕對成不了大器，所以一直到現在你沒有事業，沒有經濟基礎，你馬首是瞻，伏在你們總經理之下，做一名聽話、好用、沒出息的小職員。

國：爸，您罵得對，罵得好，兒子就如您所說，是一個仰仗別人氣息，寄人籬下沒出息的小職員。

吉：怎麼？你在說反話嗎？你不服氣嗎？

國：我請求爸爸，把「沒出息」三個字，改成「快樂」兩個字。您的兒子是一個快樂的小職員，如果再加上

「奉公守法、知足常樂」八個字那就更好了。
吉：喔！喔！我不會給你加添，但是我會承認你說的事實。
國：謝謝老爸。
吉：最誠實最孝順的人，在我身邊出現了，他不是別人，就是馬來喜。
國：馬來喜！孫爺爺說你是最誠實、最孝順的小孫兒。
喜：我，我哪行？
國：來喜兄，你令人敬佩。
喜：（笑出）嘻嘻……他叫我「來喜兄」。
國：孫爺爺嘉勉你，力挺你，我願意向你學習。
喜：不敢當。嘿嘿……
吉：當然要獎勵。偉芬，先解決妳的問題。妳書店虧了多少錢？照實說。
芬：你當之無愧。爸，您要怎樣獎勵馬來喜？
芬：爸——
國：偉芬，爸要妳照實說。妳就照實說。事情到了這一步，妳不說也不行。
芬：虧了五千萬。
吉：虧了五千萬？哼，由於那點墨汁，公司也損失了五千萬，看來「五」這個數字對我很不利。（喟嘆）
唉！誰叫我當初派妳經營書店。這事我負責。
芬：爸，我無能，我糊塗，我辦事不力。我向您辭職，請您改派大嫂來經營，她對書店很有興趣。
吉：交給妳大嫂經營，那妳做什麼？
芬：我想休息。
吉：妳想休息？我退休了都沒休息。告訴妳說，不許休息。妳繼續幹下去，沒人為妳收拾爛攤子。

芬：爸，我克服不了困難，無力挽回頹勢。
吉：責無旁貸。
芬：爸……
吉：偉國，你到我銀行戶頭裡去領一億。五千萬給偉強彌補他的損失，去掉他的「扎心之痛」，另外五千萬給偉芬還債。
芬：（感激）謝謝爸爸。這樣問題就完全解決了。我要再出發，再接再厲，重整旗鼓。今後要謙卑自勵，絕不高傲自大。
吉：妳還要刻苦奮鬥，老爸要罰妳一年之內不許支薪。
芬：我接受，應該的。
吉：現在輪到馬來喜了。
喜：還有我的份？
吉：這次你提供了確實的資訊給我，使我瞭解了真相，即時挽救，否則就麻煩了。
喜：沒有什麼。沒有什麼……
吉：我問你，你母親是不是已經去公司上班了？
喜：是的，去了好幾天了。而且還預支了薪水，我們全家的生活不成問題了。
吉：為了使你們家生活更好一點，你每天放學以後到書店幫忙兩小時，只要兩小時，不要多，以免耽誤你做功課。偉芬，每月給馬來喜三萬塊薪水。
芬：好的。
喜：哇塞！三萬塊，這麼多。（鞠躬）謝謝孫爺爺，謝謝孫爺爺。
此時，偉強和麗玲進來。稍後小寶也來到。

強、玲：爸。
吉：你們來的正好。我正有重要的事向大家宣布。
△眾人聞聽有要事要宣布，頓然緊張起來。
吉：我要宣布第一件，你們請我的至交好友杜大全來家勸勉我，他並沒有來，他派人送來一封信，（掃眾人一眼）這是誰出的主意？是誰去請杜大全的？
玲：（怕被罵，但又不能不承認）爸，您別生氣！是我去請杜伯伯的。
吉：喔！是妳！妳跟他說得很詳細，把我的心態，把我和你們之間的關係等等，都說了。
玲：是的。杜伯伯要我說清楚，否則他無從勸說。爸，對不起，我不該把我們的家務事告訴杜伯伯。
吉：家醜不可外揚嗎？——由此可見，你們對我的的所作所為已經厭煩到了相當程度，也就是說，不可容忍的地步，所以你們才想到去請杜大全開導我。杜大全很聰明，他怕我發脾氣罵他，所以不敢來，只寫信來。
玲：爸，我這樣做，並不是為您的脾氣，而是為您的身體，為了您的健康著想喲。
吉：妳不用解釋，我不怪妳。（掃大家一眼）我知道這不是妳一個人的主意。小寶。
寶：爺爺。
吉：你把杜大全爺爺寫給我的信，念給大家聽。
寶：爺爺，可是……可是，杜爺爺要是說你不好！不對……
吉：不對就不對。你不要保護爺爺了。念吧！
寶：好的。（對大家）這封信不是全念，只念爺爺用紅筆鉤出來的。我念了，你們注意聽。
（念信）「老哥哥」久未晤面，想必無恙。據聞偉強不許你管理公司之事，你認為是解除了你的武裝，削掉了你的權柄，你不甘心。這在我看來是清除了你的欲望，此一時也彼一時也，你的身體已無法達成你的欲望了，與其說偉強削掉了你的權柄，何不說消除了你的負擔，減輕了你的負擔。老哥哥，你已老邁，你的時代已經過去了，不必掙扎、強求。老哥哥是該交棒的時候了。閣下那種氣焰萬丈的氣勢，該收斂了。

△眾人聞聽反應。並小聲私語。

寶：（念）老哥哥，你覺得兒女們摸不著你的心，你又何嘗瞭解兒女們的心態呢？你給他們的壓力很大，怕對你服侍不周，惹你生氣，傷了身體，因而他們是在戰戰兢兢、戒慎恐懼中度日。你怪他們不貼心，不了解你，不照你的作風辦事，所以你還要站出來拼老命。老哥哥，好比老牛一樣，勞苦了一輩子，如今還要耕田嗎？不必了，老哥哥。莫怪小弟直言，你太頑強、你太不安分，你對子女要求太苛刻了。你必須自我安慰，自我調適，自尊自強才是。活在權威裡的人，往往是一瞎子，看不清別人也看不清自己，權利使人迷惑！

△眾人反應

吉：好了，就念到這裡吧！我看了杜大全的信，難過了一夜，到天亮的時候，我終於醒悟過來，我這個董事長是該辭職的時候了。偉強，由你來接任吧。
強：爸，您要我獨當一面是不行的，本年度公司虧了三億九千萬，所以還是由爸爸連任才行。
吉：老爸深知本年度虧損，就是你未能獨當一面的緣故，我處處牽制你，使你不能放手去做，現在我完全退出，你盡情發揮，相信不但能夠彌補虧損，更會提升業績。兒子，你要再接再厲！我的時代已經過去了。

強：（感動）謝謝爸爸的嘉勉和鼓勵，謝謝爸爸的愛護和栽培。
國：爸，您這是明智的決定。從此您卸下重擔，摒除一切煩惱，頤養天年。
芬：爸，真高興您這麼做。從此我找回了我失去的爸爸，您也找回了您自己。

△眾人感動。
△在吉笑著點頭。

全劇終。

九十年元月十八日脫稿在板橋獨居軒。
九十六年元月修正。

後記

看到這裡，這本書已經到了結尾的階段，接著下來是參考劇本研究。你的感覺如何？你是不是有所領悟？得到了一些初步的認識，有了一個簡單的概念。如果仍然不大懂，不要緊，我建議你把它擱一擱，過些時候再讀一遍。我保證你會有不同的感覺，新的看法，新的認識，會得到更大更具體的收穫。

作為一個成功的編劇，並不容易，但也不是很困難，只要抓住了竅門，瞭解了進入的門檻，就會成功。這最後叮嚀的話，對你很有幫助。

你想作一個成功的編劇嗎？那麼我告訴你，首先要瞭解劇本的結構，熟練運用編劇的技巧，珍惜編劇經驗，最好是把別人寶貴的經驗吃進去、消化掉，轉成你自己的經驗，時時鞭策自己、惕勵自己。另一方面，你必須擁有一顆好心，這與技巧、理論是不相干的，這是屬於內心的世界。

這顆好心，尤勝過良心，它是集愛心、同情心、正義、光明、悲天憫人之大成，一顆多元化的好心。所謂「愛心出發，同情先行。」愛心與同情心雖然性質相近，但是同情心是愛的眼睛，愛的哨兵。當你在街上看見一個衣衫藍褸的老人，你會升起同情心，於是掏出十元硬幣給了他，這十元硬幣表示你從同情心已經升到愛的層次，你有了愛心的行為。

當你在夜晚醒來聽到一個女人哭泣，聲音非常淒涼，於是翻身起來跑下樓去，看見那個女人，抱著一個奄奄一息的小嬰兒，不知所措，你急忙叫計程車送她去醫院。

在睡夢中，聽見無助而淒涼的女人哭聲，激起了你的同情心，接著你下樓瞭解狀況，送她去醫院，這就提升愛的境界。愛是有行動的，行動是來自愛，同情心僅僅是同情而已，所以說「愛心出發，同情先行。」

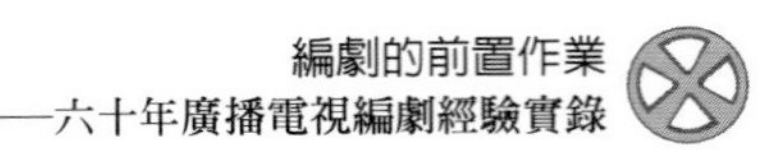

每天大街上有千百人經過，也就有千百人看見了那衣衫藍褸的老人，給他錢的沒有幾個，大多數的人都是看一眼覺得他怪可憐，（同情階段）便走過去了。為他忙碌的生活繼續奔波了。半夜哭聲，鄰居們都聽到了，有很多人翻了一個身又呼呼大睡了，聽那女人哭聲能夠再睡的人還算好心，有的人聽了繼之開口大罵，罵妨害他睡眠，他氣的也睡不著了，一直罵到天亮，睜著惺忪的眼睛去上班，這個人不但沒有同情心、愛心，還有惡心。這就是同情心、愛心的區別。作為一個編劇，你必須是那個有同情心和愛心的人，不能有惡心，否則你別幹編劇。因為別人感動不了你，你寫的東西也不會感動別人。

編劇除了一顆好心之外，還要俱備敏銳與靈敏的感覺，別人看不見的，你看見了，別人感覺不到的，你看見了，別人感覺不到的，你感受到了，我們的心靈常常被蒙上一層灰塵，落入世界了，不妨過一過文藝生活，將心靈洗滌乾淨，像是聽音樂會，觀賞各類舞台劇的演出，參觀畫展或是到優美的風景區遊覽，都可以恢復靈敏度與銳敏度。

作家的寫作歷程，也就是他本身成長的過程，你對別人有恨，有嫉妒，會在你的作品當中表露出來，如果你坑人騙人又說謊話、虛偽，也會在你的作品中表露出來，你有自私的態度和搶奪的企圖，也會在你的作品中表露出來，這是蓋不住的，常言說得好，欲蓋彌彰。

我常常告訴我的學生，寫作就是自我修練的過程，等到你完整無缺、毫無瑕疵，你成熟的作品就會創造出來。

修養也不是一下子做好的，完整的劇本也不是一蹴而成的，走好心的路，過文藝生活是有必要的。

一個編劇除了編劇經驗與編劇技巧之外，還要具備人格高尚和道德素養，一個沒有人格沒有道德的人，甭說不能編劇，什麼事都做不好。甚至連總統都幹得一塌糊塗，害得老百姓苦了八年。

一九四八年六月十日，我從上海乘中興輪來到台灣，中興輪是上海到台灣定期的船班，也是唯一客貨兩棲輪船，在基隆港上岸，那時候剛從南京國戲劇專科學校（後改為國立戲劇學院）第十屆畢業。

接著去了高雄鳳山，在一個演劇隊裡任演出組長，演出了「鄭成功」（兼編劇）、「明末遺恨」、「美男子」、「黃金萬兩」，導演「樑上君子」、「皆大歡喜」、「富貴浮雲」，那時名編劇丁衣尚未成為編劇，飾演「美男子」男主角，和我一塊來台灣的劇專畢業同學有張方霞（已故），他飾演鄭成功一角，金馬（已故）、馬驥（已故）、陳汝霖、林偉琦、浦靜、錢通、羅健鄉、田開烈，一共有十幾位。

那時台灣剛光復，百廢待舉，街上行人穿拖板鞋，大街上有公共浴室，男女分兩邊入浴，一切都很落後，談不上經濟，更談不上文化，演話劇更是稀奇的事兒，我們這批剛出山林的小伙子，便成為戲劇的尖兵，耕耘、撒種、開拓，忙得一塌糊塗，把在學校學的一股腦兒都傾倒出來，獻給社會，貢獻給戲劇，真是幹得起勁兒又開心。

後來又從事編劇工作，進入中國廣播公司寫廣播劇，在漢聲電台成立廣播劇團，擔任製作、編導，又進入台灣電視公司，擔任基本編劇兼製人。這段期間，編劇、製作連續劇、導演電視劇、話劇，真是忙得不亦樂乎，是我從事編導工作的黃金時段。只是好景不常，好事多磨，自從政權由某人主政後，我就成了無業遊民，文化流浪漢，無所事事了，真是晚景堪憐，苦悶在心，煩惱纏身。

本人參加編劇的節目也紛紛停掉，計有廣播劇方面，台灣電視公司的「週日劇場」連續劇，中視公司的省政電視劇，華視的單元劇「華視劇展」也都停掉，這些停掉的節目，有的是沒有經費，有的是製作的單位被裁撤。

現在空坐愁城，無稿可寫，一方面參加藝人半百頑童聯會發發牢騷，出出悶氣，一方面自我安慰一番，心想「這麼多廣播電視劇節目都被我這枝筆，寫的停播了，我真是滿偉大的哩。」調侃一下自己。

現在是無業無事，無憂無慮，無怨無悔，生活簡單樸素，每日清晨到運動場運動兩小時，精神振奮，精力充沛，活得滿充實，滿愉快的。

沒事聽一聽我自己錄的我所寫的廣播劇錄音帶，打電話和老友話話家常，面對著我書桌上放的書，書櫥裡放的、衣櫃裡放的成堆約有三千多本劇本的打字本，心裡特別踏實，這一輩子我沒有白活，我活得很有意義。

這種感覺和平淡舒適的生活，是值得珍貴的，這也是我努力寫稿，奮鬥了六十年的收穫。養成了我樂觀

豁達的風格，任何抱怨、氣惱、憤慨的情緒，都不會延長到落日，太陽下山，我惡劣的心情也消失，入夜安睡，明早又是新生的一天。這一切應該都是編劇工作，編劇心得所賜。

一九八六年由女編劇家廖小潔推薦，我信了基督，這是我人生的一件大事，也是我的轉捩點，從此我過著召會生活（基督徒生活）不求名不爭利不為己，有了神聖的生命，因信生義，憑靈而行。正如保羅所說：「我也將萬事看做虧損，因我們認識基督耶穌為至寶，我因祂已經虧損萬事，看做糞土，為要贏得基督。」我不再追求自己的利益和享受，我心中有至寶基督。世界萬物，花花世界都不在我的眼裡，我只為贏得基督而活，我的價值觀完全改變，而且漸漸的，一步一步的達到目標，終結於新耶路撒冷。

我把這本書，我的編劇經驗，和心中的基督，作為我奉獻的一部份。

二〇〇八年三月十四日寫於板橋

國家圖書館出版品預行編目

編劇的前置作業——六十年廣播電視編劇經驗實錄 / 高前作.
-- 一版. -- 臺北市：秀威資訊科技，2009.03
面； 公分. -- （語言文學類；PG0225）
BOD版
ISBN 978-986-221-159-5（平裝）

1.電視劇本 2.廣播劇本 3.寫作法

812.31 98000592

語言文學類 PG0225

編劇的前置作業
——六十年廣播電視編劇經驗實錄

作　　者 / 高　前
發 行 人 / 宋政坤
執行編輯 / 林世玲
圖文排版 / 郭雅雯
封面設計 / 陳佩蓉
數位轉譯 / 徐真玉　沈裕閔
圖書銷售 / 林怡君
法律顧問 / 毛國樑　律師
出版發行 / 秀威資訊科技股份有限公司
台北市內湖區瑞光路583巷25號1樓
電話：02-2657-9211　傳真：02-2657-9106
E-mail：service@showwe.com.tw

2009 年 3 月　BOD 一版
定價：500 元

讀者回函卡

感謝您購買本書，為提升服務品質，請填妥以下資料，將讀者回函卡直接寄回或傳真本公司，收到您的寶貴意見後，我們會收藏記錄及檢討，謝謝！如您需要了解本公司最新出版書目、購書優惠或企劃活動，歡迎您上網查詢或下載相關資料：http:// www.showwe.com.tw

您購買的書名：______________________________

出生日期：________年________月________日

學歷：□高中(含)以下　□大專　□研究所(含)以上

職業：□製造業　□金融業　□資訊業　□軍警　□傳播業　□自由業

□服務業　□公務員　□教職　□學生　□家管　□其它____

購書地點：□網路書店　□實體書店　□書展　□郵購　□贈閱　□其他

您從何得知本書的消息？

□網路書店　□實體書店　□網路搜尋　□電子報　□書訊　□雜誌

□傳播媒體　□親友推薦　□網站推薦　□部落格　□其他________

您對本書的評價：(請填代號　1.非常滿意　2.滿意　3.尚可　4.再改進)

封面設計____　版面編排____　內容____　文／譯筆____　價格____

讀完書後您覺得：

□很有收穫　□有收穫　□收穫不多　□沒收穫

對我們的建議：______________________________

請貼
郵票

11466
台北市內湖區瑞光路 76 巷 65 號 1 樓
秀威資訊科技股份有限公司 收
BOD 數位出版事業部

....

（請沿線對折寄回，謝謝！）

姓　　名：________________　年齡：________　性別：□女　□男

郵遞區號：□□□□□

地　　址：____

聯絡電話：(日) ________________ (夜) ________________

E-mail：____